MICHEL BIRBÆK

WENN DAS LEBEN EIN STRAND IST, SIND FRAUEN DAS MEHR

ROMAN

BASTEI LÜBBE

BASTEI LÜBBE TASCHENBUCH
Band 15 501

1. Auflage: Juni 2006
2. Auflage: März 2007

Vollständige Taschenbuchausgabe
der in der editionLübbe erschienenen Hardcoverausgabe

Bastei Lübbe Taschenbücher und editionLübbe
in der Verlagsgruppe Lübbe

Umschlaggestaltung: Marianne Greuer,
nach einem Entwurf von HildenDesign, München
Titelbild: getty-images / Martin Barraud
Satz: Kremerdruck GmbH, Lindlar
Druck und Verarbeitung: Ebner & Spiegel, Ulm
Printed in Germany
ISBN 978-3-404-15501-9

BASTEI
LÜBBE

Über den Autor:

Michel Birbæk. Geboren in Kopenhagen, lebt in Deutschland. Autor von *Was mich fertig macht, ist nicht das Leben, sondern die Tage dazwischen.* Drehbuchautor, Erzähler, Erfinder der Sit-Down-Comedy, Lachfaltenfan.

*»Sie ist der Grund, warum ich lebe.
Bevor ich sie kennen lernte, habe ich nur existiert.«*

JOHNNY DEPP

Ähnlichkeiten mit lebenden oder toten Personen sind rein zufällig.

Kapitel 1

Glück ... Manchmal ist es so einfach. Der Garten duftet nach Blumen, Bienen summen, Vögel zwitschern und von meinem Liegestuhl aus kann ich meine beste Freundin durch das offene Badezimmerfenster beobachten. Sie steht im Slip vor dem Spiegel, cremt sich ein und wirft dem Spiegelbild dabei prüfende Blicke zu. Wie immer wenn ich sehe, wie eine Frau sich pflegt, bin ich fasziniert von der Ernsthaftigkeit, der flüchtigen Intimität und der uninszenierten Schönheit.

Sie stellt die Lotion weg, schnappt sich die Gesichtscreme, untersucht kurz ihre Oberlippe und summt dabei. Ich weiß wirklich nicht, wann ich das letzte Mal so etwas Sinnliches ... und schon fällt mir wieder ein, seit wann nicht mehr. Und warum nicht mehr. Und schon ist der Augenblick vorbei. Und nichts mehr einfach.

»Ähem.«

Buddys Spiegelbild schaut mich durch das offene Fenster an.

»Dass du mich beobachtest, törnt mich irgendwie an. Aber erstens bin ich eine treue Ehefrau, zweitens muss ich jetzt an meine Körperbehaarung ran und drittens: Mach dich mal sauber, dir läuft da was aus dem Mundwinkel.«

»Du hast zugenommen«, sage ich.

»Echt?«, strahlt sie.

Sie dreht sich und mustert ihre fünfzig Kilo im Spiegel. Dabei hebt sie ihre kleinen Brüste an, als könnten die bei irgendwas im Weg sein.

»Kann natürlich auch an diesen unglaublichen Büscheln liegen«, schiebe ich nach.
Sie gibt mir einen Blick, lässt ihre Brüste los und schließt das Fenster. Kaum ist es zu, ziehe ich die Top-10-Box aus der Survivaltasche, schiebe die DVD in den Laptop und setze mir die Kopfhörer auf. Beim ersten Ton von Aznavours *She* bekomme ich Gänsehaut. Gab es je einen passenderen Opener für einen Liebesfilm? Und schon läuft mein eigener …
Es gibt da diese Szene, als Julia Roberts in Hugh Grants Buchladen kommt und sagt, dass auch sie, der größte Filmstar überhaupt, nur ein Mädchen sei, das einen Jungen bittet, sie zu lieben. Eine große Liebesszene; alles auf das Wesentliche reduziert: nur ein Mädchen, das einen Jungen liebt. Ja, *Notting Hill* ist eine perfekte Romantische Komödie, dennoch hätte der Film es nicht in meine Top-10-Box geschafft, wenn mir nicht die Rolle von *William Thacker* so nahe wäre: Wie er sich in *Anna Scott* verliebt, wie er ihr hilft, wie sie ihn verlässt und er keine Chance hat, seinen Frieden wieder zu finden, weil er sie jeden verdammten Tag auf Bussen, in Zeitungen, auf Plakaten, T-Shirts und im Fernsehen sieht und jeder, den er trifft, mehr über sie weiß als er, weil er sich weigert, die Klatschspalten zu lesen.
»Gleich fertig!«, ruft Buddy aus dem Haus.
»Lass dir Zeit«, motiviere ich sie, denn meinetwegen können wir zu spät kommen.
Ich nehme einen Schluck Eistee und sehe zu, wie *Anna* in Williams Buchladen kommt, er sie wenig später mit O-Saft überschüttet, sie mit hinter die blaue Tür nimmt und sie ihn dort schließlich küsst. Als ich mir damals mit Grace *Notting Hill* anschaute, wandte sie mir in diesem Moment ihr schiefes Lächeln zu und sagte, dass sie genau dasselbe tun würde, wenn sie berühmt wäre: jemanden küssen und ihm damit einen ganz besonderen Tag schenken. Und die Frau, mit der 83 Prozent der deutschen Frauen gerne befreundet

wären und 89 Prozent der deutschen Männer gern ein Date hätten, macht jetzt irgendwo genau das: Sie küsst jemanden und macht ihn zu etwas Besonderem. Aber ich bin es nicht. Nur ein Mädchen, das jetzt einen anderen Jungen liebt.
Buddy kommt aus dem Haus gehetzt. Ich tippe schnell auf den Bildschirmschoner, Julia und Hugh werden durch ein Aquarium ersetzt.
Buddy schaut überrascht auf den aufgeklappten Laptop.
»Schreibst du noch am Drehbuch?«
»Nein. Ich meine, na ja, eine Kleinigkeit.«
Eine legitime Notlüge, denn wenn sie mitkriegt, dass ich mir *Notting Hill* anschaue, wird sie mir wieder lang und breit ihre Masochismus-Theorie vortragen.
Sie zappelt herum.
»Beeil dich, wir sind spät dran.«
Ich fahre den Laptop runter und mustere ihr Outfit. Gelbes Sommerkleid. Kein BH. Nackte Füße in Hochhackigen. Holzschmuck. Haare auf ungestylt gestylt. Wenn das Glück im Detail liegt, hat Buddy eine Menge Glück gehabt; sie sieht aus wie die farbige Ausgabe von Holly Hunter. Allerdings wie eine halbnackte farbige Holly Hunter.
»Verrat mir eines ...«
»O.k., o.k.«, seufzt sie, »ich spuck`s manchmal wieder aus, wenn Steffen nicht hinsieht, bist du jetzt zufrieden?«
Ich starre sie an. Sie kichert. Ah. Verstehe. Einer ihrer lustigen Sexwitze.
»Ich meinte, was hast du vor?«, sage ich und deute auf den halben Quadratmeter Stoff, mit dem sie ihren Körper zur Schau stellt.
»Ich mache mich eben schön«, sagt sie und zerrt mich aus dem Liegestuhl. »Na los, wir verpassen noch den Anfang.«
Ich kann gerade noch den Laptop in die Survivaltasche stecken, schon zerrt sie mich ins Haus, durch das Haus, aus dem Haus und über den Bürgersteig zum Parkplatz, auf dem

das Monster wartet. Das Monster ist ein Chevy Van G20, den sie billig aus dem Fuhrpark einer Stuntfirma abgestaubt hat. Von außen sieht der Wagen aus wie ein mobiler Schrottplatz, aber innen ist er vom Allerfeinsten. Das Geld, das Buddy bei der Anschaffung gespart hat, investierte sie in neue Ledersitze, Holzarmaturen, getönte Scheiben und eine Anlage, mit der man ein Rockkonzert beschallen könnte. Dazu kommt ein aufgemotzter 8.6-Liter-Motor mit Turbogebläse, breite Rennreifen mit Sportfelgen sowie ein Rennauspuff mit seitlichen Doppelendrohren – fertig ist die tödlichste Waffe des Stadtverkehrs.

Sie öffnet mir die Tür und verbeugt sich grinsend, während ich einsteige. Dann geht sie um den Wagen herum, steigt ein, und die ganze Zeit strahlt sie wie Robert Benigni bei seinem Oscargewinn. Hm. Wir gehen auf eine Filmpremiere. Ich hoffe auf der anschließenden Party die Cutterin wieder zu treffen. Vor ein paar Jahren hatten wir einen schönen Sommer, der am Herbst verendete. Jetzt ist wieder Sommer, und ich hoffe, sie erinnert sich ebenso gerne wie ich. Für mich gibt es also durchaus einen Grund, Laune zu haben. Buddy dagegen wird sich gleich eine Horror-Teenie-Komödie anschauen.

Sie dreht den Zündschlüssel. Das Monster erwacht knurrend zum Leben. Sie lässt es die Auffahrt runterrollen und biegt dann langsam in die verkehrsberuhigte Straße ein. Kinder sind das Einzige, worauf sie im Straßenverkehr Rücksicht nimmt.

Ich mustere sie. Sie summt vor sich hin.

»Du freust dich, dass Steffen heute zurückkommt, hm?«

»Oh, ja«, seufzt sie, »ich habe ihn echt vermisst.«

Ich nicke ihr zu. Natürlich kann ihre Laune damit zusammenhängen, dass ihr Mann heute von einem Nachdreh nach Hause kommt und diesmal sogar fast unbeschadet geblieben ist. Er ist Stuntman, und manchmal schreiben wir

beide selbst die Unfälle, die er baut. Buddys Schreibe hat ihm bereits eine gebrochene Nase plus zwei Rippen eingebracht; ich führe mit einem Handbruch und vor allem mit dieser bösen Kopfverletzung, die ihm ein Teil seiner Erinnerung weggehämmert hat. Seitdem hat er leichte Aussetzer. Gehirnzapping nennt es Buddy und hält ihren Mann für einen Glücksjungen, immerhin kann er sich *Die üblichen Verdächtigen* immer wieder zum ersten Mal anschauen. Ich halte ihn auch für einen Glückspilz. Zum einen hat er Buddy. Zum anderen kann er nicht nur Filmhandlungen vergessen.
Sie wirft einen Blick rüber.
»Alles klar?«
»Schau auf die Straße.«
Sie mustert mich, doch bevor sie etwas sagen kann, gelangen wir an die Kreuzung zur Hauptstraße. Ich werfe mich schreiend im Sitz herum, zerre panisch am Gurt, kriege ihn frei, reiße ihn mir über den Körper, ramme ihn in den Gurthalter und klammere mich an die Haltegriffe.
»Oh mein Gott!«, winsele ich und presse mich in den Sitz.
»Witzig«, knurrt sie und legt ihre fünfzig Kilo aufs Gaspedal.
Das Monster brüllt auf, verschluckt ein paar Liter Benzin und bringt uns in einem Wimpernschlag auf achtzig. Buddy lächelt selig und schiebt die gleichnamige Band in den CD-Player.
Ich hätte nie gedacht, dass es so einfach ist, sich zu verstecken. Ich kann das mittlerweile richtig gut; ich erzähle ein bisschen Müll, bringe die Leute zum Lachen – und schon vergisst sogar Buddy, dass ich seit Monaten zu wenig schlafe, zu viel trinke und fast gar nicht mehr esse. Ich fühle mich wie Jeff Goldblum in *Kopfüber in die Nacht*: auf Autopilot durch die Alltagswatte. An der Oberfläche ist alles beim Alten; Schreiben, Weggehen, Leute treffen. Aber darunter schwappt die ganze Zeit diese dunkle Suppe, die irgend-

wann jemand auslöffeln muss, und ich ahne, wer das sein wird …

Das Einzige, was durch die Watte dringt, ist Film. Kino ist Gruppentherapie. Wenn das Licht im Saal erlischt, lasse ich mich gehen, denn ich *vertraue* Filmfiguren, schließlich bin ich Drehbuchschreiber, kenne die Mechanismen und weiß, dass Figuren, die auf eine gewisse Art in einem bestimmten Genre eingeführt werden, nicht gebrochen werden. Der Held in einem Actionfilm wird nicht den letzten Kampf verlieren. Und die Heldin eines Liebesfilms mutiert nicht über Nacht zur illoyalen Egoistin. Kino gibt mir das, was ich da draußen nicht bekomme: Sicherheit, Vertrauen, Entspannung. Doch auch da ist es so eine Sache mit den großen Gefühlen, denn wenn man sich *jenseits der Stille* in die kollektive Rührung fallen lässt, gilt man noch als sensibel. Geht man aber ebenso aus dem Leim, wenn Nicolas Cage seiner Tochter in *Con Air* das blöde Kaninchen in die Hand drückt, geht der Ruf langsam flöten. Seitdem ich mit Niels in *Good Will Hunting* war und bei der Du-bist-nicht-schuld-Szene zwischen Robin Williams und Matt Damon ein wenig die Fassung verlor, weigert er sich, mit mir ins Kino zu gehen. Buddy dagegen macht sich nur noch lustig, weil es mich eben auch umgehauen hat, als Kevin Costner seinen zwölften Ball in *Tin Cup* einlochte. Mittlerweile macht sie eine richtige Show daraus: Sie packt an der Nachotheke genüsslich tonnenweise Servietten ein, während sie jedem Umstehenden lang und ziemlich breit erklärt, dass die nicht für sie sind, sondern für das Weichei da, das bei der ersten Emo-Szene zusammenklappen wird. Und sie hat Recht, denn im Kino *weiß* ich, dass alles gut wird. Ich vertraue jemandem und bekomme mein Vertrauen bestätigt. Da kann die Realität in letzter Zeit nicht mithalten.

An der nächsten Ampel kommt ein Schlipsträger flott in seinem japanischen Cabriolet daher und hört dabei etwas zu laut schlechte Popmusik. Buddy schaut zu ihm herunter, tippt mal leicht aufs Gas und bläst ihre öligen Auspuffgase in den halb so hohen Sportwagen. Der Schlipsträger mustert den blubbernden Schrotthaufen neben ihm verächtlich und lässt seinen Motor kurz aufjaulen. Buddy grinst ihn an, ich klammere mich an die Haltegriffe.

Die Ampel zuckt grünlich, schon lässt Buddy den Schlips in einem Hagel von Asphaltkieseln zurück. Ich drehe den Kopf und beobachte seine Reaktion durch das Rückfenster. Durch die Schrapnellattacke hat das Monster sich einen leichten Vorsprung herausgeschlagen, aber nach fünfzig Metern überwindet der Schlips den Schock und gibt wütend Gas. Der Sportwagen kommt längsseits, und er gestikuliert wütend zu Buddy hoch. Sie macht eine kleine Bewegung am Lenkrad, das Monster schlenkert auf die andere Spur, und plötzlich hat der Schlips alle Hände voll zu tun, auf die Bremse zu treten und eiligst in eine Nebenstraße zu verschwinden.

Buddy grinst zu mir rüber. Ich verdrehe die Augen.

»Gott, wann wirst du endlich erwachsen!«

»Ich sage dir dann Bescheid«, grinst sie.

Eine kleine halbe Stunde später parkt sie das Monster schwungvoll in einer Parklücke, in der ein Smartfahrer klaustrophobische Anfälle bekommen hätte. Zwischen ihrem Haus und unserem jetzigen Aufenthaltsort sind Dutzende Verkehrsteilnehmer damit beschäftigt, sich am Straßenrand eine zitternde Zigarette anzuzünden. Auch die Securitys vor dem Kinopalast entspannen sich langsam wieder. Nein, nein, kein Sprengstoffattentat, nur eine Frau, die Elwoods Fahrstil liebt und mit ihrem Mann zu oft beim Fahrtraining war.

Sie zieht den Schlüssel, zippt den Gurt, doch bevor sie aussteigen kann, tippe ich ihr auf die nackte Schulter.

»Warte mal …«
»Wir kommen zu spät«, sagt sie.
»Wohl kaum. Dank deinem Fahr, ähm, stil, bauen die da drin wahrscheinlich gerade die Stühle auf.«
»Danke!«, strahlt sie.
Manchmal macht sie mich fertig.
»Also, was ist? Gibt es Probleme mit dem Drehbuch?«
Sie schaut mich überrascht an.
»Nee, wieso? Mit dem Buch ist alles gut. Morgen ist Abnahme, weißt du doch.«
Ja, genau, Gott sei Dank, dann kann ich endlich auf die Insel. Aber das ändert nichts daran, dass sie mir ausweicht.
»Ist was mit Steffen?«
Sie runzelt die Stirn und zieht die Schultern leicht hoch.
»Nee, wieso, ihm geht's gut, nur Prellungen. In vier Stunden ist er wieder zu Hause.«
»Was ist dann? Bist du enterbt? Nein, warte, ich hab's: Es hat dich jemand überholt!«
Sie lacht.
»Vik, was hast du denn? Es ist ein herrlicher Tag, die Sonne scheint, wir gehen zu einer Filmpremiere, morgen stellen wir eine fette Rechnung, mein Mann kommt nach Hause, es ist alles gut. Okay?«
Nein, auf gar keinen Fall, aber ich habe es versucht und sie will anscheinend nicht darüber reden. Ihrem Gesichtsausdruck nach zu urteilen, ist es keine tödliche Krankheit, also kann ich es auch einfach abwarten. Lange kann sie es eh nicht für sich behalten.

Kapitel 2

Der Film ist als Teenie-Horrorkomödie angekündigt, und nach dreißig Minuten kommt er dann so richtig in die Pubertät und weiß gar nicht mehr, was er will. Dank meiner letzten Beziehung ist mir durchaus bewusst, dass man Liebe, Tragödie und Horror mixen kann, aber im Kino verlangt ein Genremix besondere Offenheit vom Zuschauer, und um diese zu erhalten, hätte es nicht geschadet, wenn der Film uns im Gegenzug eine emotionale Anbindung an die Figuren, ein wenig Humor oder etwas ganz Verrücktes wie einen Haupterzählstrang geboten hätte. Ich weiß es, dennoch werde ich nie wirklich verstehen, wie aus Millionen Euro und der Arbeit von Hunderten Profis so ein verwirrender Mist entstehen kann. Aber auch wenn der Film nicht kickt, so hat er einige recht fiese Splatterstellen. Buddy klammert sich in regelmäßigen Abständen an mich, und als das Licht wieder angeht, habe ich neunzig Minuten nicht an meine Ex gedacht. Danke, Kino. Vielleicht hätte die Auszeit sogar noch länger gedauert, doch mitten in dem Abspannapplaus dreht sich eine vor uns sitzende Münchener Produzentin um und bringt ihr Boulevardwissen an den Start. Sie weiß ja, dass ich mit Grace zusammen bin, und sie hat da diesen Stoff, der perfekt zu ihr passen würde, kann ich sie denn nicht vielleicht bitten zurückzurufen …?

Ich starre sie an. Liest sie nicht die *Gala*? Liest sie nicht die *Bild*? Hat sie keine verdammte *Ahnung*?! Buddy legt mir eine Hand auf den Arm und verspricht, dass wir es Grace bei der

nächsten Gelegenheit ausrichten werden. Die Produzentin lächelt zufrieden und dreht sich wieder nach vorne. Ich atme ein … aus … Ein kurzes Massaker auf einem Nebenschauplatz, an dem noch nicht einmal Krieg herrscht. Promis bekommen die Nachteile ihres Berufs gut bezahlt. Die kriegen den Scheck, der Ex bekommt die Quittung.
Buddy wirft mir einen Blick zu, ich winke ab, also widmen wir uns der Egomassage vor der Leinwand, wo jemand die Mitwirkenden vorstellt. Nirgends wird die Hierarchie im Film so deutlich wie bei Premieren und Preisverleihungen. Als wir zum ersten Mal für eine Krimiserie geschrieben haben, lernten wir den Headwriter kennen, der die Serie mitkonzipiert und über die Jahre 44 Drehbücher beigesteuert hatte. Als die Serie den deutschen Fernsehpreis gewann, erfuhr er es aus der Presse. Dementsprechend werden jetzt nach vorne gebeten: der Regisseur, die Hauptdarsteller, die Produzentin, der Producer. Die Filmförderung, der Verleiher.
Ich stupse Buddy an.
»Hast du 'ne Ahnung, wo der Autor sitzt?«
Sie nickt und zeigt irgendwohin nach oben hinter uns.
»Da oben auf den billigen Plätzen«, sagt sie.
»Ah«, sage ich. »Da ganz oben, wo die Kostümbildnerin sitzt?«
Sie schüttelt den Kopf und zeigt irgendwohin.
»Nein, dahinter noch, im Dunkeln, da, in der Ecke, direkt neben dem Kameramann.«
Ich drehe mich um und starre nach oben.
»Ach, da, im Dunkeln, ganz oben, hinten in der Ecke, neben der Aufnahmeleiterin?«
Ein paar Leute beginnen den Raum nach der Crew abzusuchen, doch Buddy schüttelt den Kopf.
»Nein, noch weiter hinten, schau doch mal, da ganz oben, in der Ecke, am Notausgang, neben dem Ton.«
»Da, wo sie den Regieassi versteckt haben?«

Sie nickt.
»Ja, genau, ganz hinten, oben, im Dunkeln.«
»Ach so, da oben, ganz in der Ecke, im Dunkeln, hinten.«
»Yup.«
Köpfe drehen sich hin und her. Einige suchen den Raum nach der Crew ab, andere mustern uns kopfschüttelnd. Vorn auf der Bühne wird man aufmerksam, dass irgendwas im Publikum los ist. Eine Frau mit Augen, als wäre sie zu oft neben *Mr Wrong* aufgewacht, *tssst* in unsere Richtung.
Buddy stupst mich mit dem Ellbogen an.
»Man hält uns für kindisch.«
»Ich fühle mich auch jung. Und du?«
»Jünger, ätsch.«
»Tsss …«
Die Ungeliebte *tsssst* noch mal. Ich winke ihr zu. Sie schaut kopfschüttelnd nach vorn.
Vor der Leinwand geht es weiter im Programm, und ich versuche nicht daran zu denken, wie ich Grace zum ersten Mal geküsst habe. In diesem Kino. Drei Reihen weiter hinten. Wir schauten *Strange Days,* und als Ralph Fiennes Angela Basset endlich küsste, drehte Grace ihr Gesicht zu mir und lächelte ihr schiefes Ellen-Barkin-Grinsen. In der Nacht schliefen wir zum ersten Mal miteinander. Ich war so verliebt, dass meine Finger wehtaten, wenn ich sie nicht berührte. Sie fehlt mir. Jeden Tag. Jede Stunde. Stundenlang. Es fehlt mir, mit ihr zu arbeiten, mit ihr zu reden, mit ihr zu schlafen, mit ihr zu vögeln, neben ihr zu liegen und sie atmen zu hören. Mir fehlt die Hoffnung, die ich hatte. Mir fehlt die Sicherheit, in der ich mich wähnte. Mir fehlen die Gefühle. Als sie verschwand, nahm sie meine Empfindungen mit sich, wo meine Nervenenden waren, befinden sich jetzt abgestumpfte Drähte. Doch morgen um diese Zeit sitze ich im Flugzeug. Ein paar Wochen am Meer werden es schon irgendwie richten.

Ich sehe aus den Augenwinkeln, dass Buddy mich beobachtet. Bevor sie was sagen kann, stupse ich ihr meinen Ellbogen in die Rippen. Sie schnauft überrascht und schlägt mir gegen die Schulter. Sofort kneife ich sie in den Oberschenkel. Sie verpasst mir einen Schlag in den Magen, dass mir die Luft wegbleibt. Ich sacke in meinen Sitz zusammen.

»Friede!«, stöhne ich.

Sie grinst zufrieden und lässt auch körperlich von mir ab. Ich atme insgeheim auf. Ist nur eine Phase. In einem Leben voller Phasen. Das Leben geht ja weiter. Leben, geh weiter.

Nach zwanzig Minuten Lobsudelei für die sinnlose Verschwendung von Steuergeldern, gehen wir ins Kinofoyer, in dem uns Lachs, Champagner und Schauspieler in Crazy-Kellner-Kostümen erwarten. Eine Rolle, die viele von ihnen in den nächsten Jahren perfektionieren werden.

Während ich mir am Büfett einen Teller belade, schaue ich mich nach der Cutterin um, kann Katarina, von Berufs wegen Kata, aber nirgends entdecken. Wie ich aus Erfahrung weiß, macht sie die meisten Dinge mit Hingabe, es besteht also durchaus die Möglichkeit, dass sie, nach diesem Streifen, bereits auf irgendeinem Dachboden baumelt. Buddy dagegen ist nicht zu übersehen. Sie zieht mit ihrem Gläschen von Grüppchen zu Grüppchen, erzählt dreckige Witze und hinterlässt beeindruckte Produzenten, die dann unbedingt mit dieser lustigen Autorin mal was machen wollen, vor allem, als sie ihren Knackarsch sehen, der unter dem Sommerkleid eine unvergessliche Visitenkarte abgibt. Ich schaue ihr bei der Arbeit zu, grüße ein paar Bekannte und versuche herauszubekommen, wie viel Lachs in meinen Magen passt, während ich mich weiter nach Kata umschaue.

Wie so oft, hat auch diese Premierenfeier etwas Unbeholfenes an sich. Da der Film noch nicht angelaufen ist, kann

niemand wissen, ob er erfolgreich wird. Dementsprechend müssen Leute, die normalerweise die Qualität eines Films ausschließlich über die Boxoffice definieren, plötzlich bescheuerte Fragen nach dem Inhalt beantworten.
Eine männliche Nebenrolle stellt sich neben mich. Er lässt ein paar Anstandssekunden verstreichen, dann wirft er die Angel aus.
»Und, wie fanden Sie den Film?«
»Hab ich Sie nicht eben sterben sehen?«
»Ich hab's irgendwie überlebt!«, sagt er lachend.
Ich stopfe mir den Mund voll Fisch und gewinne dadurch etwas Zeit. Er füllt seinen Teller und wartet. Als ich den Fisch runterschlucke, habe ich mich immer noch nicht entschieden, ob ich die goldene Künstlerregel brechen soll, einen Künstler nie direkt danach zu kritisieren. Soll ich ehrlich sein? Bringt ihm meine Wahrheit etwas?
Er wartet immer noch.
»Nun, ich fand ihn ... hm, Horror.«
Er runzelt die Stirn, und ich entdecke endlich Kata. Ich habe sie nicht sofort erkannt, weil sie sich die Haare abgeschnitten hat und eine Baseballkappe trägt. Sie steht in der dunkelsten Ecke und starrt mit gesenktem Gesicht in ihr Glas.
»Entschuldigen Sie mich«, sage ich.
Er nickt und lächelt schon wieder. Ich schnappe meinen Teller und gehe zur Thekenecke hinüber. Ich stelle den Teller neben vier leere Champagnergläser und klopfe auf die Theke.
»Lange nicht gesehen.«
Sie hebt den Kopf und blinzelt mich angeschlagen an. Ich kenne sie als fröhliche Optimistin, doch jetzt ... und ihre Haare ... und ihre Augen ... Herrje.
»Hallo, Vik«, murmelt sie.
Sie senkt den Kopf wieder und starrt auf ihre Hände, die das Glas umklammern.

»Ach, komm schon, so schlimm war das doch gar nicht«, versuche ich es.

Als Antwort leert sie ihr Glas in einem Zug. Oh, oh.

»Okay«, räume ich ein, »vielleicht gab es die eine oder andere Szene, die nicht geschmeidig rüberkam, kann ja mal passieren.«

Sie stellt das Glas zu den anderen und mustert mich dunkel. Irgendetwas an dem, was sie sieht, scheint ihr nicht zu gefallen, denn sie schüttelt den Kopf.

»Du hast dich verändert.«

»Du dich auch. Die kurzen Haare stehen dir.«

Sie verzieht das Gesicht und winkt einer Schauspielschülerin.

»Weißt du, was ich immer an dir mochte?«

»Ja«, sage ich.

Für eine Nanosekunde blitzt ein schwacher Sonnenstrahl durch die Regenwolken, dann siegen wieder die Mächte der Finsternis.

»Du hast mir immer die unangenehmen Dinge ins Gesicht gesagt. ›Dein Schnitt ist Scheiße!‹, ›Das kannst du besser!‹, ›Der Sommer ist zu Ende!‹«

»Echt toll von mir«, sage ich.

Sie nickt.

»Darum habe ich dir auch die schönen Dinge geglaubt.«

Sie winkt weiter. Eine Schauspielschülerin, die wie *Ripley* gestylt ist, bleibt stehen und hält ihr ein Tablett hin. Kata greift mit beiden Händen rein, packt fünf Gläser und stellt sie auf die Theke. Ripley gibt Kata einen wissenden Ich-verstehe-dich-doch-Alkohol-ist-keine-Lösung-du-musst-die-Biester-in-den-Hintern-treten!-Blick und will weitergehen.

Kata hält ihren Arm fest und schnappt sich fünf weitere Gläser.

»Nimm das Tablett«, schlage ich vor.

Kata stellt die fünf zu den anderen fünf und kippt schon ein halbes auf ex.
Ripley merkt, dass sie nicht mehr gebraucht wird, und zieht weiter, während sie sich wundert, wie man so down sein kann, wenn man doch gerade bei einer Kinofilmpremiere mitgewirkt hat. Hoffentlich wird sie es nie erfahren.
Kata leert das Glas, stellt es zu den anderen, nimmt sich ein neues und wirft mir einen Blick zu. Ich entscheide mich für die sanfte Version.
»Ein echter Scheißstreifen. Wenn ich bedenke, was du vielleicht noch alles im Schnitt gerettet hast, möchte ich dem Regisseur den Bund der Steuerzahler auf den Hals hetzen. Ein paar saftige Splatterszenen, aber sonst? Die Geschichte so interessant wie 'ne Bundestagsrede, Dialoge aus den Fünfzigern, Humor aus den Achtzigern, ein Look, als hätte ein LSD-Junkie mit Buntstiften gespielt. Musik, als hätte Bohlen seinen schlechtesten Tag gehabt, Darsteller ohne jede innere Haltung, alles in allem: eine Inszenierung ohne Stil, Können und Leidenschaft. Wieso machst du bei so einem Scheiß mit? Bist du pleite? Oder hast du vorher nicht das Buch gelesen?«
Sie schüttelt den Kopf und winkt weitläufig ab. Ein wenig Champagner schwappt auf ihre Hose. Sie starrt auf den nassen Fleck.
»Das Buch war gut«, nuschelt sie.
Ich schaue sie wohl komisch an, denn sie nickt noch mal. Klar, viele Regisseure haben schon aus guten Drehbüchern Scheißfilme fabriziert, aber dass dieser Mist auf einem guten Drehbuch basieren soll, ist wirklich schwer vorstellbar.
»Was ist passiert? Hat der Regisseur Leim geschnüffelt? Gab es einen Nervengiftanschlag am Set?«
»Da«, sagt sie finster und deutet zu der Hauptdarstellerin rüber.
Die Angezeigte steht in einer Ecke des Raumes und lächelt

selbstgerecht auf mikrofonbewehrte Viva-Moderatorinnen herab, die um sie herumhüpfen wie Flöhe auf Speed. Sie als Untote zu besetzen hat schon was, denn ihr nuanciertes Spiel hat ihr immerhin den Spitznamen *Van Dammin* eingebracht. Was mich aber noch mehr beeindruckt, ist: wenn schon kein Talent, dann doch wenigstens Charakter oder Schönheit. Dennoch hält sie sich für die größte deutsche Schauspielerin seit Marlene. Dass sie noch nie ein Casting bis zum Ende miterlebt hätte, wenn sie nicht zufällig mit einem der einflussreichsten deutschen Produzenten liiert wäre, realisiert sie nicht. Sie sollte Vorträge über Autosuggestion halten.

Ich schaue Kata an, die sich soeben ein neues Glas nimmt.

»Lass mich raten, sie hat den Regisseur niedergemetzelt und das Kommando am Set übernommen?«

Kata starrt böse zur Untoten rüber.

»Sie kam sogar in den Schnitt …«, sagt sie finster.

»Mach dir nichts draus. Im nächsten Leben kommt sie als Ehefrau von Mike Tyson zur Welt.«

Sie lacht nicht. Wenn ein Schauspieler Katas Schneideraum betritt, ist Schluss mit lustig.

Ich schaue an *Van Dammin* vorbei und ertappe Buddy, wie sie den Hauptdarsteller anstrahlt. Sommerkleid plus kein BH plus Anstrahlen, hm, also, wenn ich nicht genau wüsste, dass sie monogam ist, würde ich glatt denken, dass … verdammt, da steckt er ihr doch glatt einen Zettel zu …

Sie merkt, dass ich zu ihr rüberschaue, fängt meinen Blick, grinst und wackelt mit den Augenbrauen. Ich verdrehe die Augen und wende mich wieder Kata zu, die der Glassammlung soeben ein weiteres leeres hinzufügt. Als wir uns kennen gelernt haben, wurde sie von zwei Baileys betrunken, jetzt säuft sie wie ein Braunschweiger Theaterdarsteller. Willkommen im Showbiz.

»Wieso hast du sie abgeschnitten?«

Sie zieht eine Grimasse.
»Männer ...«, seufzt sie und kippt ein halbes Glas.
»Oh ja«, stimme ich ihr zu. »Und Frauen.«
Sie leert das Glas und schnappt sich gleich ein neues. Wenn sie in dem Tempo weitermacht, muss sie bald ins Bett. Gut.
»Die Haare«, erinnere ich sie.
Sie schaut mich an. Ihre Pupillen haben bereits leichte Orientierungsprobleme. Dann schüttelt sie zur Abwechslung mal den Kopf, leert ein halbes Glas und starrt auf die Theke. Aha. Ich drücke ihr mitfühlend die Schulter. Sie ist wie aus Stein. Eine Entspannungsmassage wäre angebracht. Ich drücke ihr beide Schultern. Erst sanft, dann fester. Sie seufzt. Ich lächele.
Buddy winkt, dass ich mal rüberkommen soll. Ich schüttele den Kopf. Sie nickt entschieden und hält zwei Finger hoch. Ich drücke Katas Schulter.
»Bin in zwei Minuten wieder da«, sage ich.
Sie nickt nur und greift nach dem nächsten Glas. Ich gehe zu Buddy rüber, die mir den Hauptdarsteller vorstellt. Er ist lustig. Wir tauschen ein paar saftige Anekdoten aus, und schon sind wir für später auf einen kleinen Umtrunk im Hotel eingeladen, doch Buddy will nach Hause.
Sie wirft einen Blick zu Kata rüber.
»Du bleibst noch?«
»Ja.«
»Ihr seid aber nicht wieder zusammen, oder?«
»Ich sehe sie eben zum ersten Mal seit Ewigkeiten wieder.«
Sie hängt sich bei mir ein und lächelt mich unschuldig an.
»Bringst du mich zum Wagen?«
Ich schaue sie an. Sie weiß genau, dass ich die Survivaltasche noch aus dem Monster holen muss.
»Okay.«
»Ich sage nur noch tschüss«, sagt sie und geht los, um sich von der halben Party zu verabschieden.

Ich winke zu Kata rüber, dass ich gleich wieder da bin, aber ich bin mir nicht sicher, ob sie mich sieht, denn sie reagiert nicht. Vielleicht hat sie auch nur vergessen, wer ich bin.
Buddy kommt zurück, hängt sich bei mir ein und zieht mich Richtung Tür.
»Du hast dir eine Visitenkarte geben lassen«, sage ich.
»Ja«, strahlt sie und starrt auf die Karte, als wenn es die Qumran-Rollen wären. »Irgendwann machen wir was zusammen.«
»Was«, sage ich.
Sie grinst zur mir hoch.
»Geschäfte. Ich glaube, er mag mich.«
»Tja, wieso nur«, sage ich und starre ihr auf die Brüste, als ich ihr die Tür aufhalte.
»Tja, ja«, grinst sie und schwingt im Vorbeigehen ihren Hintern gegen mich.
Draußen ist es wärmer als drinnen. Einer der letzten Sommerabende. Wir gehen über den Vorplatz und bleiben vor dem Monster stehen. Sie wirft mir einen verschwörerischen Blick zu.
»Also, wie heißt sie?«
Ich hebe die Augenbrauen.
»Buddy? Und spricht von sich selbst in der dritten Person?«
Sie boxt mich gegen die Brust.
»Ach, komm schon! Wenn nicht mit Kata, mit wem dann? Du bist nie zu erreichen und auch nie zu Hause. Da ist doch was im Busch!«
Allerdings, aber das Thema hatten wir schon. Nach Grace habe ich den ersten Monat bei Buddy und Steffen gewohnt. Wir haben jeden Tag darüber geredet, bis Buddy nach ein paar Wochen beschloss, dass jetzt Schluss mit Jammern sei. »Viele Mütter haben schöne Töchter«, »morgen ist ein neuer Tag«, »Zeit heilt alle Wunden«, zack, fertig und abgehakt. So ist sie. Auch dafür liebe ich sie. Sie hat eben keine Lust auf

Opferrolle, und das ist gut, denn Jammern bringt tatsächlich nichts. Darum halte ich zur Zeit die Klappe.
Sie stupst mich wieder.
»Na, sag schon, kenne ich sie?«
Ich schaue sie nur an. Wenn sie unbedingt glauben will, dass ich rumpoppe und deswegen nie zu erreichen bin, werde ich sie nicht desillusionieren.
Sie legt mir eine Hand auf den Arm.
»Vik, sprich mit mir. Ich meine, wo schläfst du denn in letzter Zeit?«
Ich verziehe das Gesicht.
»Was soll das? Brauchst du Tratsch, oder was?«
Sie boxt mich wieder gegen die Brust.
»Ich mache mir eben Sorgen. Seit Monaten erreicht man dich nicht mehr zu Hause.«
»Dafür gibt es Handys.«
»Da ist immer die Mailbox dran.«
»Die ich regelmäßig abhöre.«
Sie stöhnt.
»Ach, komm schon, Süßer, ich kann mich nicht erinnern, dass du jemals so lange so down warst.«
»Wir kennen uns erst zehn Jahre«, lenke ich ab, aber dafür kennen wir uns nun wirklich zu lange.
Ihr Lächeln wird weicher.
»Ist es noch wegen … der Sache?«
Der Sache. Ich runzele die Stirn und lege Nebel:
»Was? Ach so, Quatsch. Wir haben jetzt sieben Skripts in Folge geschrieben, ich schätze, ich bin urlaubsreif. Morgen nach der Abnahme fahre ich nach Hause, packe, und dann hebe ich ab. Ein paar Wochen am Meer werden es schon richten.«
Sie nickt und sieht mit einem merkwürdigen Blick zu mir hoch.
»Genau darüber wollte ich mit dir reden.«

»Worüber?«
»Das sage ich dir erst, wenn du mir sagst, was mit dir los ist.«
»Ah, toll.«
Sie mustert mich herausfordernd, doch ich fange jetzt bestimmt kein Gespräch über mein Leben an. Am Anfang habe ich ständig darüber geredet – und hat es geholfen? Einen Scheiß hat es. Und schon gar nicht mit ihr. Sie ist der Meinung, dass drei Monate ausreichen müssten, um über so etwas hinwegzukommen. Ich wünschte, sie hätte Recht.
Sie schaut mich mitfühlend an. Ich schaue weg. Sie seufzt.
»Vik, sie kommt nicht zurück. Find dich damit ab. Sie ist weg, und du wirst eine Bessere finden. Du musst sie nur loslassen und Platz schaffen. Lass sie los.«
Ich nicke, als hätte sie mir etwas Kluges erzählt. Zehn zu eins, gleich legt sie die Filmplatte auf.
»Das ist wie im Film«, ereifert sie sich. »Ich meine, was nutzen ein paar schöne Szenen, wenn die Story mies ist? Und diese Story, lieber Himmel, die ist mies! Ich meine, erst machst du sie groß, und kaum hat sie Erfolg, lässt sie dich sitzen! Na, das muss ja Liebe sein!«
Sie schaut mich böse an, fasst mich an beiden Armen und drückt zu.
»Ich meine es ernst«, sagt sie eindringlich. »Ich weiß, es geht dir nicht gut, aber es ist nur eine Phase in einem Leben voller Phasen. Diese Phase wird bald vorbei sein, und zwar je eher du aufhörst, ihr nachzuhängen. Trauer: o.k., Wut: aber hallo! Doch Selbstmitleid ist destruktive Scheiße für Weicheier. Also, hör gefälligst auf damit!«
Da sind wir wieder. Sie liebt mich und meint es gut, aber wegen solcher Gespräche bin ich bei ihr ausgezogen. Menschen, die einen Partner haben, vergessen schnell, wie lähmend Einsamkeit sein kann, wie leer man sich fühlt, wenn jemand ein Loch im Leben hinterlässt, das niemand anders

füllen kann. Und das beschissene Gefühl, austauschbar zu sein. Aber Buddy meint es ja nur gut, nicht wahr?
Ich schließe die Augen und atme ein … aus … Sie hat ja Recht. Ist auch schwierig, unberechtigte Kritik an Grace' Verhalten zu üben. Aber nur weil sie Recht hat, fühle ich mich nicht besser.
Ich öffne die Augen und nicke.
»Ich versuche es. Danke.«
Sie lächelt mich an, während ich die Fahrertür öffne und mir die Survivaltasche schnappe.
»Mach dir einen schönen Abend. Wir sehen uns morgen früh.«
Ich schaue sie an.
»Morgen früh?«
Ihr Lächeln verschwindet schlagartig.
»Das Meeting, du Pappnase!«
»Ach so, das. Klar.«
Sie starrt mich an. Dann entspannt sie sich, lächelt und gibt mir einen Klaps auf die Wange.
»Komm, Süßer, Kopf hoch. Vielleicht begegnest du ja heute der Frau deiner Träume.«
»Hoffentlich nicht. Zur Zeit habe ich Albträume.«
Sie verdreht die Augen, zieht sich in den Wagen, knallt die Tür zu, startet den Motor und legt im selben Moment ihr ganzes Gewicht aufs Gaspedal. Das Monster brüllt wütend, und schon stehe ich zwischen Gummigestank und erschrockenen Passanten herum.
Einer der Securitys hat reflexartig in die Jacke gegriffen und sieht aus, als würde er dem Wagen gern ein paar Projektile nachjagen.
»Mach ruhig! Ist der Regisseur von dem Streifen!«, rufe ich. Findet er nicht komisch. Ich gehe schnell wieder rein, bevor er in dem Satzaufbau einen tätlichen Angriff entdeckt.

Am Büfett belade ich einen neuen Teller und versuche mich in das Gefühl hineinzuversetzen, ich hätte eine Frau, die eine Filmpremiere sausen ließe, um da zu sein, wenn ich von der Arbeit nach Hause komme. Und schon muss ich an letztes Silvester denken, als Grace mich um halb zwölf anrief, dass sie später käme, weil sie sich gerade mit De Niros ehemaligem Schauspiellehrer über Kamera-Acting unterhalte.

Als ich mich ausreichend fertig gemacht habe, gehe ich zur Bar zurück und stelle fest, dass Kata weg ist. Auf der Theke stehen vierzehn leere Gläser, doch auch auf dem Boden ist nichts von ihr zu sehen, also überbrücke ich ihren Toilettengang bei Produzent und Hauptdarsteller. Wir tauschen Anekdoten und trinken quer. Beide beweisen einen fiesen Humor. Die Stimmung steigt, der Pegel folgt, doch dann wird der Spaß von der Ansage unterbrochen, dass jemand den Film noch mal laufen lassen möchte. Dieser Horror wird den meisten Gästen dann doch zu real. »Toller Film, echt, morgen früh Termin, super, man sieht sich.« Die Massen strömen Richtung Ausgang.

Ich stelle mich neben die Tür, verabschiede mich von ein paar Mitkämpfern um den deutschen Film, während ich mich nach Kata umschaue. Der Raum leert sich. Der Hauptdarsteller kommt vorbei und schlägt vor, den Abend woanders ausklingen zu lassen. Ich schaue mich noch mal um. Von Kata keine Spur, und alles ist besser, als jetzt allein zu sein, also stimme ich zu.

Als ich rausgehe, werfe ich der Hauptdarstellerin einen letzten Blick zu. Sie steht mitten im Raum und lächelt selig vor sich hin. Wie wohl das Wetter auf ihrem Planeten ist?

Kapitel 3

Promis ... Ich weiß nicht, warum sie mich so stressen, doch sobald mehr als einer in der Nähe ist, spielt mein Magen verrückt. Die Sitzgruppe im Hotel reicht aus, um ihn in ein Säurebad zu verwandeln.

»Alle fanden meinen Auftritt bei *Wetten, dass ...?* toll!«

»In dieser Rolle habe ich wirklich den Ort gefunden, von dem Pacino immer redet.«

»Platin, natürlich. Die Scheibe ist direkt in die Charts gechartet.«

In Charts gechartet ... Oh Gott. Ich stecke mir eine Tablette in den Mund. Sieben im Magen, drei im Sinn. Wenn es in diesem Tempo weitergeht, ist die Packung vor Mitternacht leer. Dabei fing alles so schön an: Produzent und Hauptdarsteller waren im Taxi so lustig, dass ich fast meine Promiphobie vergaß. Fast. Denn ein weiteres Problem mit Promis ist ihr Hang zur Rudelbildung. Kaum hatten wir die Hotelbar betreten, schon fielen aus allen Himmelsrichtungen Popstars, Comedians, Schauspieler, Darsteller, Showmaster und die unvermeidlichen Viva-Moderatoren über uns her. Wo man hinschaut: fremde Menschen mit bekannten Gesichtern.

Links von mir sitzt eine Sängerin, die sich in ihren Videos wie eine Crackhure aufführt, aber sie möchte ausschließlich über ihren Gesang definiert werden. Sie trägt ein Kleid, mit dem sie der Fantasie leider keine Chance lässt, und redet zu laut.

Ich kippe den nächsten Wodka und taste wieder nach der Tablettenpackung, denn rechts neben mir hockt ein Schauspieler, der seinen verdrehten Hoden vermarktete, um mehr Presse zu bekommen. Stand seine Serie letztes Jahr noch kurz vor dem Aus, so hat er jetzt, dank OP-Fotos – *vorher, nachher* – und des plötzlichen Ablebens seines Haustieres, gute Quoten und schreibt zurzeit gerade seine Autobiografie. Mit einer ehemaligen Moderatorin, die einst Hollywood erobern wollte und jetzt beim TV-Shopping Fitnessgeräte anpreist, sucht er seit einer guten Stunde einen Titel, der über den Inhalt hinwegtäuschen soll. Ich sehe ihn ganz gern arbeiten, aber wenn er noch einmal *Catchphrase* sagt, hole ich mir vielleicht ein Messer aus der Küche und säge ihm den Karrieremacher ab.

Ich klinke mir eine weitere Tablette ein und denke an den Kommentar von meinem Dad zum Thema: *Je höher der Affe klettert, desto besser sieht man seinen großen roten Arsch.* Dabei sind sie ja nicht alle so. Manche sind freundlich und sozial, was man ihnen extrem hoch anrechnen muss, denn wenn dir tagein, tagaus in den Hintern gekrochen wird, jeder dich lobt, mit dir reden, arbeiten, reisen, poppen und leben will, ist es schon eine Leistung, auch nur annähernd menschlich zu bleiben. Das schaffen viele Dorfschönheiten ja nicht mal, wenn sie Samstagabend in der Dorfdisco zwei Stunden lang von Bauern angeglotzt werden. Nichts gegen Bauern, aber hier geht es zusätzlich um Millionen, Fincas auf Malle, Models auf Knien und Designerdrogen bis zum Abwinken, ergo: viel rötere Ärsche.

Ein weiterer Stressfaktor an Promis ist, dass sie mich aus den falschen Gründen wieder erkennen. Es war immer ein Traum, als Drehbuchschreiber bekannt zu werden, weil das so gut wie unmöglich ist, denn Drehbuchautoren existieren in den Medien nicht. Wieso sollten wir auch? Wir schreiben nur die Geschichte, die Figuren, die Regieanweisungen und die Dialoge. Doch unseren Stellenwert im Filmbiz dokumentiert der Hollywood Boulevard *Walk of Fame*, auf dem mehr Tiere als Autoren verewigt sind. Folgerichtig werde auch ich nur als Begleiter von jemandem wahrgenommen.

Als Grace berühmt wurde, wurden wir durchgereicht; Partys, Verleihungen, Premieren, Eröffnungen. Dementsprechend bin ich jetzt »der von Grace« und muss Grüße und Einladungen für sie entgegennehmen. Wenn ich durchblicken lasse, dass ich nicht weiß, wann ich sie wieder sehe, hat es sich mit der Einladung meistens erledigt.

»Also hab ich zu dem Deal Nein gesagt, ich meine, Scheiß auf das Etablissement, *credibility* ist wichtiger!«

Die Sängerin legt sich ins Zeug, um ihre Zuhörer von ihrer Glaubwürdigkeit zu überzeugen. Von meinem Sessel aus kann ich die Farbe ihres Slips erkennen.

Ich schaue mich nach einer anderen Sitzgruppe um, aber hier den Platz zu tauschen ist wie auf der Titanic den Liegestuhl zu wechseln. Es gibt natürlich auch interessante Gesprächspartner, aber die sind belegt. In der Sitzgruppe gegenüber zum Beispiel sitzt mein Lieblingslatenighter. Es wäre bestimmt ein Vergnügen, gemeinsam dieses Sit-in gepflegt zu kommentieren, aber er wird belagert wie Berlin fünfundvierzig. Er mag es nicht, wenn man ihm zu sehr auf die Pelle rückt, und hat sich daher eine Art Todesstreifen-Aura zugelegt. Sobald ihm jemand zu nahe kommt, verbreitet er ein mentales Minenfeld um sich und schickt spirituelle Schäferhunde auf Doppelstreife. Man muss ziemlich blöd, extrem unsensibel und eigentlich ein totaler sozialer Versager sein, um durch dieses Minenfeld zu latschen, ohne etwas zu bemerken. Dementsprechend wird er auf der einen Seite von einem Viva-Moderator belagert und von der anderen Seite beackert ihn ein Skelett, das jemand neulich das *Soaptalent* nannte. Talentierte Soaperin? Warum nicht gleich pazifistischer Skinhead? O.k., o.k., ein Soapdarsteller kann Talent haben, welches in der Soap nicht abgefragt wird, und ja, wahrscheinlich sind viele Soapdarsteller besser als das ausgestrahlte Ergebnis, aber *dieses* Soaptalent kann mir nichts vormachen, denn ich habe sie auf einer Theaterbühne das tun sehen, was sie für Schauspielerei hält. Talentiert? Wohl eher Satans Geheimwaffe.

Mein Magen beruhigt sich etwas, also traue ich mich und lausche. Was sie von ihm will, kann ich ihrem Monolog nicht entnehmen, doch da jeder im Raum weiß, dass Latenight verheiratet ist, ist es absolut Minuswürde, ihn so unverblümt anzubaggern. Klar, man ist viel unterwegs, und da passieren schon mal Dinge, aber wohl kaum mit ihr und wohl kaum in einer Hotellobby. Sind ja nur etwa fünfzig Leute, die an der Bar herumhängen und sich keine Bewegung der Promis entgehen lassen. Fans, die sich Mut antrinken, Klatschspaltenjournalisten, die auf eine Schlagzeile lauern, Fotografen, die irgendwas ins falsche Bild rücken wollen.

Ein gut aussehender Zwanzigjähriger stellt sein Glas ein bisschen zu hart auf die Theke, schaut entschlossen zu uns rüber und stößt sich von der Theke ab. Er schafft es glatt durch die ersten Tische hindurch, doch vor dem Latenighter bleibt er stehen, als wäre er gegen eine Wand gerannt. Sogar ein besoffener Junge spürt den Todesstreifen, in dem das Soaptalent seit einer Stunde fröhlich herumhüpft.

»Hallo«, sagt er und verfällt in Totenstarre.

Latenight nickt ihm zu, ist aber vom Soaptalent zu genervt, um einen weiteren Fantalk einzugehen. Herrje, da steht der Arme nun paralysiert mitten im Niemandsland und hat einen Blackout. Was tun? Zurückgehen ist tödlich, denn seine Fußspuren durch das Minenfeld sind bereits verblasst und jeder Fehltritt kann ihn zur Hölle schicken. Stehen bleiben ist aber auch Scheiße, da ihn die Schäferhunde gleich entdecken werden. *Was soll er denn bloß tun?*

»Hey, Max«, grüße ich ihn. »Mann, wie geht's? Lange her, was? Setz dich doch.«

Er ist nicht geübt in so etwas, und der Alk tut sein Übriges, also starrt er mich erst mal an und versucht sich klar zu werden, wieso ein Fremder ihn Hey nennt. Er lächelt unsicher und will gerade was sagen, als das Soaptalent loslegt.

»Nerv nicht rum!«, blafft sie ihn an. »Wir unterhalten uns gerade!«

Der Junge wird von ihrer Aggressivität voll erfasst, taumelt zurück, tritt auf die Minen und – Boom! Die Explosion schleudert ihn bis an die Bar zurück, wo er seine Jacke packt und das Hotel verlässt, als stünden seine Eier in Flammen. Alles starrt das Soaptalent finster an, doch niemand sagt was. Für sie ist eh jeder Spruch Zuspruch. Auch Latenight macht neutrale Miene zum bösen Spiel. Er würde ihr wirklich gern ein paar reinhauen, aber das darf er ja nicht, denn schon lesen wir morgen früh zum Kaffee: DEUTSCHLANDS LATENIGHTER VERPRÜGELT SCHWANGERE AUSLÄNDERIN! Dass sie nicht schwanger ist und auch keine Ausländerin und durchaus ein paar Schläge verdient haben könnte, wird zwei Wochen später in Vier-Punkt-Schrift auf Seite zwölf abgedruckt. Bis dahin hat Frau Latenight die Scheidung eingereicht, vier Sponsoren die Verträge gekündigt und der Sender ihn auf die Liste gesetzt.

Also sitzt er still da. Er will die Hunde freilassen, die MGs benutzen und die Luftwaffe einsetzen. Aber so lange die halbe Stadt ihn angafft, bleibt ihm nichts anderes übrig, als diplomatisch kühl zu lächeln. Der Arme. Er ist der Beste in seinem Job, er hat Millionen zum Lachen gebracht, er verdient Millionen, doch zu Arschlöchern darf er nicht Scheiße sein. Höchste Zeit, ihm einen Teil zurückzugeben.

Ich fange seinen Blick und nicke ihm aufmunternd zu. Dann schmiere ich ein paar Wörter auf eine Serviette, schiebe dem Soaptalent die Serviette rüber und gehe zur Toilette.

Auf der so genannten Herrentoilette treffe ich Sven & Martin, bekannt aus Film und Fernsehen, aber hoffentlich nie Bühne. Sie sind in einen kurzen, aber heftigen Schneesturm geraten. Sie verziehen das Gesicht und atmen durch die Nase, weil der Schnee zu kalt für die Zähne ist.
Als ich an ihnen vorbeigehe, starren sie mich böse an. Sofort macht mein Magen einen nervösen Hüpfer. VIPs auf Drogen ... Da fallen meinem Unterbewusstsein ein paar Erinnerungen ein, die mein Bewusstsein nicht grundlos in den Keller geschickt hat. Ergo tauche ich schnell in eine Kabine ab, in der ich mir geräuschvoll die Nase hoch ziehe, damit sie wissen, dass ich einer von ihnen bin.
Sie kommentieren die Geräusche lachend und verlassen die Toilette. Kaum sind sie raus, pinkle ich mit links und mache mit rechts das Handy an. Ich ignoriere die Nachrichten und rufe Niels an.
Er geht sofort ran.
»Scheiße-wer-*ist*-da!«
Er klingt wie ein überhitztes Maschinengewehr, das mit Onelinermunition beladen ist.
»Ich bin's, dein bester Freund, schau doch einfach aufs Display.«
»Ich-habe-keine-Zeit-für-so'n-Scheiß! Hörst-du-eigentlich-mal-deinen-verdammten-Nachrichtenspeicher-ab-und-merke-ich-hab-nicht-*Mailbox*-gesagt!«
Die Anglisierung der deutschen Sprache bringt ihn total auf die Palme. Wie drei oder vier Millionen andere Dinge.
»Sag mir doch einfach, was du drauf gesprochen hast, dann brauche ich nicht ...«
Die Leitung ist tot. Toll. Geht doch nichts über einen Anruf bei einem guten Freund. Ein Freund, den ich in den letzten zwölf Monaten keine zwei Tage am Stück gesehen habe. Seitdem er Regie führt, ist er entprivatisierte Zone, denn sein erster Film *Was mich fertig macht, ist nicht das Leben,*

sondern die Tage dazwischen räumte zweikommaacht Millionen Besucher an der Kasse ab. Jetzt könnte man sagen, zweikommaacht, na ja, *Good bye Lenin* hatte das xfache ... Aber *Was mich fertig macht* ... kostete keine halbe Million, und wenn man mit einem deutschen Low-Budget-Film zweikommaacht macht, gilt man als Genie. Vorausgesetzt, man kann den Erfolg wiederholen. Und darum steht Niels seit einem Jahr unter Strom, und das geht nicht spurlos an ihm vorbei. Wenn er sagt, dass er ein Drogenproblem hat, meint er damit, dass sein Dealer nicht zurückruft.

Ich höre meinen Nachrichtenspeicher ab.

Anruf 1: Meine Agentin möchte einen Rückruf.

Anruf 2: Meine Agentin möchte einen Rückruf.

Anruf 3: Niels findet-es-total-beschissen-dass-ich-ein-Handtelefon-habe-und-trotzdem-nie-zu-erreichen-bin! Ich-soll-sofort-nach-Berlin-kommen! Der-Dreh-ist-durch-es-gibt-ein-Fest-und-merke-er-hat-nicht-*Party*-gesagt!

Anruf 4: Meine Agentin. Sie möchte einen Rückruf. Es ist wichtig.

Anruf 5: Buddy erinnert mich an das Meeting morgen früh und wünscht mir eine schöne Nacht. Ich kann sie jederzeit anrufen, wenn ich reden will.

Anruf 6: Meine Agentin will einen Rückruf. Es ist sehr wichtig.

Anruf 7: Ein Produzent will einen Rückruf wegen eines Drehbuchs.

Anruf 8: Meine Agentin will einen Rückruf. Es ist wirklich wichtig.

Mailboxende. Aus Masochismus höre ich auch noch den Festnetz-AB ab. Meine Agentin ... Buddy ... Niels ... Meine Agentin ... Meine Agentin.

Meine Agentin ruft acht Mal an, ohne einen Hinweis zu hinterlassen, worum es geht? Annahme: Es gibt einen guten Grund dafür, dass sie den schlechten Grund verschweigt.

Schlussfolgerung: Sie weiß, dass ich nicht zurückrufen würde, wenn ich den Grund wüsste. Randwette: Zehn zu eins, dass es sich um eine Arztserie handelt, die frische Autoren braucht, weil die alten Autoren auf der Intensivstation liegen.

Ich schalte das Handy wieder aus. Wie immer erleichtert, dass sie nicht angerufen hat. Wie immer enttäuscht, dass sie nicht angerufen hat. Wieso mache ich das Scheißding überhaupt noch an? Dreizehn Anrufe, fast so oft verwählt wie privat. Was sagt das über mein Leben aus? Ich muss dringend irgendwann mal drüber nachdenken.

Vor der Toilette erwartet mich das Soaptalent. Sie mustert mich neugierig und zeigt mir die Serviette.

»Hallo, ich bin die Marie-Simone. Sie haben einen Tipp für mich?«

Zieh dir was an. Iss was. Such dir einen Job, in dem du der Menschheit weniger Schaden zufügst. Vielleicht Bomberpilot?

»Viktor Stern. Ich kenne Ihre Arbeit.«

»Freut mich«, sagt sie glatt.

»Man trifft nicht viele wirkliche Talente, wenn Sie wissen, was ich meine.«

Natürlich weiß sie, was ich meine: Diese Spakken, mit denen sie sich täglich am Set abquälen muss, schlimm. Aber das darf sie ja nicht sagen, könnte ja als Arroganz missverstanden werden, also lächelt sie mich an und wartet ab.

Ich hebe zwei Finger.

»Es gibt zwei Möglichkeiten: Entweder Sie schaffen es in die erste Liga, oder Sie suchen sich einen anderen Job.«

Sie schaut mich überrascht an.

»Einen anderen Job ...? Ich bin Schauspielerin!«

Menschheit, ich hab's versucht.

»Und deswegen habe ich eine interessante Übung für Sie.«

»So? Welche denn?« Sie lächelt.
Ich zücke eine Visitenkarte. *Viktor Stern – Medienscout.* Auf der Karte steht keine Telefonnummer, nur ein Mailconnect, den Niels einmal im Monat abruft, wenn er in irgendeinem Hotel was zu lachen braucht. Ich notiere ihr eine Webadresse auf der Rückseite.
»Laden Sie sich hier ein paar Drehbücher herunter. Schauen Sie sich die Geschichten an, die dramaturgischen Bögen. Achten Sie darauf, wie die Szenen personalisiert werden. Nehmen Sie dann eine Szene für vier Figuren und spielen Sie die verschiedenen Rollen durch.«
Sie nickt reserviert, solche Übungen kennt sie von der Schauspielschule.
»Sie arbeiten die Szene aus, bis Ihnen alle Rollen und Dialoge hundertprozentig gefallen. Lassen Sie sich Zeit, Sie schreiben immerhin die perfekte Szene, verstehen Sie?«
Sie runzelt die Stirn.
»Ich soll die Szene selber schreiben?«
Ich nicke. Sie schüttelt den Kopf.
»Ich bin keine Autorin, ich bin–«
»Schauspielerin, klar, und gerade deswegen müssen Sie lernen, Drehbücher zu lesen, um das volle Potenzial der Rolle auszuschöpfen. Das lernt man am besten, indem man die Szene selbst schreibt. Okay?«
Sie kaut auf ihrer Lippe. Soll wohl nachdenklich wirken. Ich leiere weiter.
»Sie müssen das ja niemandem zeigen oder veröffentlichen. Sie schreiben die Szene nur für sich selbst. Mit Ihrem ganz unverwechselbaren Stil. Jeder Mensch hat einen eigenen Stil, und es ist wichtig, seinen Stil zu erkennen und ihn weiterzuentwickeln!«
»Ah, okay«, murmelt sie.
»Sie schreiben also diese Szene und feilen so lange daran, bis sie perfekt ist. Perfekt, verstehen Sie?«

Sie nickt und sieht sich schon den Oscar für Skript entgegennehmen. Aber ein guter Geschichtenerzähler überrascht seine Zuhörer mit einem Twist vor dem letzten Plotpoint.
»Und wenn Ihre Szene schließlich perfekt ist, dann ...«
Ich mache eine kleine Pause, und der Cliffhanger bleibt nicht ohne Wirkung. Sie beugt sich leicht nach vorn und kneift die Augen zusammen.
»Ja?«
»Dann lassen Sie die Szene von jemand anderem umschreiben.«
Sie schaut mich an, als würde ich von ihr verlangen, nie wieder über sich selbst zu reden.
»Ich soll *meine* Szene umschreiben lassen? Von jemand *anderem*!?«
Ich nicke.
»Das wird Ihr Einfühlungsvermögen in die Regieanweisungen verbessern, und es wird Ihnen viel Verständnis für die Arbeit des Regisseurs bringen.«
Und ein wenig mehr für die Arbeit der Drehbuchautoren, hoffe ich.
Sie senkt den Kopf, mustert die Visitenkarte und denkt darüber nach. Dann verstaut sie die Karte sorgfältig in ihrer Hose, hebt den Kopf und mustert mich. Jetzt anders.
»Danke«, lächelt sie. »Was machen Sie denn so?«
»Nein, nein.« Ich winke ab. »Ich ertrage es nur nicht, wie die Branche mit Talenten umgeht.«
Sie knickt leicht in der Hüfte ein.
»Später noch, meine ich,« sagt sie. Soll wohl sexy sein. Wo ist denn das verdammte Rote Kreuz, wenn man es braucht?
Ich lächele bedauernd. »Ich muss morgen früh raus. Aber vielen Dank.«
Die Abfuhr prallt an ihr ab. Sie notiert etwas auf der Serviette, reicht sie mir und lächelt mich wissend an.
»Man sieht sich, hoffe ich.«

Ich bekomme ein Bussi, wobei ihre Brüste meinen Arm streifen und die Serviette in meiner Tasche verschwindet. Dann schwebt sie aus dem Hotel, von der Aussicht beschwingt, die perfekte Szene zu schreiben. Himmel, was drehe ich der Nächsten an – einen Beleuchterworkshop? Aber vielleicht bleibt ja tatsächlich mal was hängen und sie verbessert sich. Das mindert die Schmerzen von Millionen Zuschauern, denn sie ist zwar untalentiert, aber sie sieht gut aus und ist willig. Mit diesen Qualitäten baut sie sich schon bald eine Villa irgendwo in der Fernsehlandschaft.

Ich mache einen Schlenker an der Bar vorbei, um mich mit einem doppelten finnischen Nationalgetränk zu versorgen. Als ich damit zur Sitzgruppe zurückgehe, hat ein Fußballkommentator den Platz des Soaptalents eingenommen und mein Latenighter kriegt Vakuum in Stereo. Die Hunde wimmern, und das MG kann nicht feuern, weil die blöden Tölen verwirrt durchs Schussfeld rennen. Latenight wirft mir einen Blick zu, aber diese Tour zweimal an einem Abend? Das schaffe ich nicht mal für ihn.

»Die Catchphrase ist der Sellingpoint. Wenn der greift, wird alles gegreenlighted.«

Für einen Augenblick steht der Abend auf des Messers Schneide … Dann kippe ich den Doppelten und gehe schnurstracks zur Bar zurück, um mich mit skandinavischem Kulturgut zu betäuben. Unterwegs fällt mir der Wodkaworkshop ein, den ich vor ein paar Jahren mit einem suizidgefährdeten finnischen Regisseur überlebte. Wir hatten uns in einer Wodkabar durchs Regal getrunken und wollten gerade einen U-Turn machen, als sein Handy klingelte. Sein Therapeut. Aus Helsinki. Wollte sich umbringen. Hatte niemand, mit dem er darüber reden konnte. Also rief er eben jemanden an, der sich mit der Thematik auskannte – seinen Patienten.

Ich winke dem Barmann mit dem leeren Glas und klinke mir eine weitere Tablette ein. Nur noch eine in der Packung. Wird kein langer Abend.
»Für Kopf oder Magen?«
Ich drehe den Kopf und schaue in ein gutes Gesicht. Neugier in den Augen, Humor neben dem Mund. Sie kommt mir bekannt vor, aber nichts Schlimmes.
»Sie müssen ein glücklicher Mensch sein. Wollen Sie einen Tipp?«
Sie mustert mich einen Augenblick und nickt dann vorsichtig. Ich halte die Packung hoch.
»Wenn Sie die hier mal erkennen, wechseln Sie Job, Stadt und Lover.«
Sie bekommt etwas von Rene Russo um die Augen.
»Wer hätte das gedacht, Lebenshilfe in einer Hotelbar«, spöttelt sie.
»Klar«, sage ich. »Wir können es uns ja nicht leisten, zu viele von Ihrer Sorte zu verlieren.«
Sofort wird ihr Blick wieder reservierter.
»Und was wäre meine Sorte?«
»Na, gut aussehende Frauen, die betrunkene Typen in Bars anquatschen«, sage ich und wackle mit den Augenbrauen.
Sie mustert mich. Dann entscheidet sie sich, mich für einen harmlosen Irren zu halten, legt den Kopf schief, und Rene ist wieder da.
»Flirten Sie etwa mit mir?«
»Würde ich nie wagen. Wie fühlt man sich denn als attraktivste Frau im Raum?«
Sie legt den Kopf in den Nacken und lacht. Sie wirkt dabei völlig natürlich, aber ich bleibe auf der Hut. In einer Stadt voller Schauspieler kann alles Teil einer Rolle sein.
»Sind Sie im Showbiz?«
»Oh, nein, lassen Sie uns bitte nicht über die Arbeit sprechen«, sagt sie ernüchtert.

Ich nun wieder; wir kennen uns keine Minute, und schon ist sie enttäuscht. Ich auch, denn ich habe meine Antwort. Nur jemand aus dem Geschäft kann auf eine solch harmlose Nachfrage so allergisch reagieren, Außenstehende finden das Showbiz ja spannend. Sofort geht in meinem Hinterkopf der Trittbrettalarm los. Als Grace bekannt wurde, kamen Frauen auf mich zu, die vorher nie bei mir in die Offensive gegangen sind; hier eine Telefonnummer, da ein geflüstertes Versprechen. Ich brauchte nur auf Partys herumzustehen und Angebote zu sortieren. Irgendwann kapierte ich es. Sie wollten unbedingt den Typ flachlegen, der *sie* flachlegt. Einmal besser, größer und erfolgreicher sein als *sie*. Und wenn es nur für eine Nacht wäre. Ich sammelte Telefonnummern und vermittelte die Würdelosesten an Niels weiter, der laut seinem eigenen wohl formulierten Sprachduktus ein paar Wochen nichts anderes machte, als Trittbretter zu nageln.
Ich mustere Rene. Ist sie ein Trittbrett? Hat sie mich erkannt? Will sie ihren Freundinnen morgen erzählen, wie der Typ im Bett ist, der *sie* ins Bett brachte? Oder werde ich langsam nur so paranoid wie die Möchtegernprominenten, die keine Sau kennt, die sich aber ständig so verhalten, als ob die ganze Welt sie jagt?
Sie lächelt mich noch kurz an und dreht sich dann wieder nach vorn. Ich schaue auf die Theke und spiele mit meinem Glas, bis ich merke, dass es unsicher wirkt. Ich höre damit auf, und das wirkt noch unsicherer. Ein unnatürliches Schweigen breitet sich aus. Ich sollte die Pause breaken, doch ich habe einen Blackout vom Feinsten. Na, toll. Ich habe Hunderte Dialoge für solche Szenen geschrieben, aber kaum brauche ich selbst einen – willkommen in der Realität. *Jetzt, komm schon! Ein einziger guter Satz, und du hast zumindest Trinkgesellschaft! Und, wer weiß, vielleicht geht mit ihr das, wovor du dich seit Monaten drückst.* Und schon

denke ich an Grace. An unseren Seelensex. Sie ist noch immer die letzte Frau, mit der ich geschlafen habe. Wenn ich nachts wach liege, kann ich sie manchmal riechen. Ihre Haare, ihren Atem, ihre Haut. Ich spüre ihre Brustwarzen in meiner Handfläche, fühle ihren Hintern an meinem Bauch, höre ihre Töne, ihre süßen Lügen und ... *Stopp! Du stehst in einer Hotelbar, du Pappnase! Niemand zwingt dich anschließend mit jemanden aufs Zimmer zu gehen, also los jetzt, ein guter Satz, und der Abend ist gerettet, hey, alles ist besser als jetzt allein zu sein!*

Ich wende mich ihr frontal zu.

»Äh, mögen Sie das Hotel?«

Beeindruckt von meiner ausgeklügelten Fragetechnik, wendet sie sich mir ebenfalls zu, und schon sind aus Wir-stehen-zufällig-nebeneinander-an-der-Bar offizielle Gesprächspartner geworden.

»Ja.« Sie nickt. »Und Sie?«

»Äh, ja, auch.«

Sie lächelt mich an. Ich lächele zurück. Wow. Darauf einen Drink.

Ich winke dem Barmann mit dem leeren Glas. Er übersieht mich glatt. Meine Trinkpartnerin hebt einen Finger in seine Richtung und deutet kurz auf mein leeres Glas, schon ist die Bestellung in Auftrag.

»Woody Allen«, sage ich.

Sie hebt fragend die Augenbrauen.

»Er meinte, in seinem nächsten Leben wird er eine schöne Frau; dann braucht er nie wieder auf den Kellner zu warten und kann den ganzen Tag vor dem Spiegel stehen und mit seinen Brüsten spielen.«

Sie lacht wieder dieses Lachen, und das ist schön. Mit vielen Frauen kann man schon beim ersten Drink über die verheerenden Zustände in Altersheimen und die unzähligen Hungertoten in der Dritten Welt reden. Aber wehe, man macht

einen Witz, in dem gewisse Körperteile vorkommen – haste-nicht-gesehen steht man allein da.
Sie lächelt mich wieder an. Ich lächele wieder zurück. Das machen wir echt gut. Und schon muss ich daran denken, wie Grace mir auf Partys durch den ganzen Raum Botschaften zukommen lassen konnte. Ich stand in einer lauten Wohnung, kreischende Musik, schreiende Menschen, und plötzlich spürte ich etwas, drehte den Kopf und sah sie dreißig Köpfe weiter, wie sie mich auf einer Frequenz anlächelte, die nur wir fühlen konnten. So muss es für einen Hund sein, wenn er eine Hundepfeife hört.
Der Barmann stellt ein volles Glas vor mir auf die Theke. Rene hebt ihres.
»Auf das Leben«, sagt sie.
»Integrität und Paul Newman«, ergänze ich und stoße mein Glas gegen ihres.
Wir trinken und mustern uns. Mitte dreißig, dezenter Silberschmuck, unauffälliges Seidenhemd, schwarze Jeans, hochhackige Sandalen, unlackierte Zehennägel. Sie ist schön, lässt es aber nicht raushängen. Eine seltene Mischung in einer Stadt, wo man tagtäglich mit der Option beschossen wird, Superstar werden zu können, vorausgesetzt, Brüste und Psychose sind größer als Hirn und Würde.
Kaum berühren die leeren Gläser die Theke, hält sie dem Barmann zwei Finger hin.
»Ich glaube, ich nehme jetzt auch Wodka«, sagt sie.
Und schon sind aus Gesprächspartnern offizielle Trinkkumpels geworden. Wir schauen uns wortlos in die Augen, und das habe ich schon ewig nicht mehr getan. Für einen Augenblick verspüre ich tatsächlich einen Anflug von Lust. Sie ist schön und klug, und es ist wirklich ewig her. Aber ist sie ein Trittbrett? Und ist das überhaupt wichtig? Vielleicht verbindet es uns ja, wenn wir beim Sex beide an Grace denken …

»Worüber amüsieren Sie sich?«, fragt sie.
»Hm, ich frage mich, ob wir uns nicht doch irgendwoher kennen …«
Sie schüttelt den Kopf.
»Von Film, Fernsehen, Bühne?«
Sie schüttelt den Kopf.
»Dann vielleicht privat? Bars, Fußball, Swingerklubs?«
Swingerklubs? Ich sollte echt langsamer trinken.
»*Fußball* …?«, lacht sie. »Wie pervers!«
Ich lache. Frauen mit Humor. Danke, Gott. Aber ich vergesse nicht, dass sie mir ausweicht, also bleibe ich am Ball.
»Und, was machen Sie so beruflich?«
»Herrje, hören Sie denn nie auf?«, stöhnt sie. »Wieso wollen Sie das unbedingt wissen?«
»Ich will nur sichergehen, dass ich p.c. bin und nicht etwa mit jemandem trinke, den ich von Rechts wegen verachten müsste. Nachher sind Sie mit Lothar befreundet. Oder gar einer von Kohls Ehrenwortkumpels? Jeder von uns hat eine Vergangenheit.«
Sie mustert mich. Dann platziert sie zwei Fingerkuppen auf meinem Handrücken und senkt die Stimme etwas.
»Mich interessiert die Vergangenheit weniger als die nähere Zukunft.«
Das sagt sie so einfach und lässt ihre Fingerkuppen gleichzeitig leicht über meinen Handrücken gleiten. Sie flirtet wie eine Frau, und gibt es etwas Schöneres als Frauen, die wissen, was sie wollen? Ja. Frauen die es mit mir wollen. Theoretisch. Denn dann bleibt da ja noch das Praktische. Und da sind wir wieder beim Problem.
»Bin gleich wieder da«, lächelt sie und verschwindet Richtung Toiletten.
Ich schaue ihr nach und vergleiche ihren Gang. Und das ist mein Problem. Okay, eines meiner Probleme. Die letzte Frau, mit der ich geschlafen habe, liebte ich, und ich weiß

nicht, ob ich schon so weit bin, mit jemandem zu schlafen, den ich nur klasse finde.
Ich halte dem Barmann mein Glas hoch. Er kommt sofort rüber und füllt es.
»Man muss also nicht selbst eine attraktive Frau sein, es reicht, wenn man eine kennt, ja?«
Er schaut verständnislos drein.
»Woody Allen«, sage ich.
Versteht er nicht. Findet er nicht komisch. Abgang Barmann.
Ich widme mich wieder dem Problem. Trittbrett ja/nein. Und was, wenn ich gar nicht kann? Mein letzter One-Night-Stand ist tausend Jahre her. Vor Grace gab es Kata, während Grace gab es nur Grace, und seit Grace gab es nada. Ist Rene eine Frau, die damit leben kann, dass sich erst im Bett entscheidet, ob gevögelt wird? *Jetzt hör auf mit dem Scheiß! Wird schon klappen, und eine Nacht mit einer humorvollen Frau ist genau das, was dir fehlt! Sie ist interessant und interessiert, und irgendwann musst du eh wieder mit jemandem schlafen, oder willst du im Sarg explodieren?*
Äh ...
Ich kippe den Drink und winke dem Barmann. Wieder kommt er sofort. Pawlow würde mit dem Schwanz wedeln vor Freude.
Nach einem weiteren finnischen Mutmacher schmerzt mein Gesicht von dem breiten Ach-leck-mich-heute-wird-gevögelt-Grinsen. Und schon fällt mir die Cocktail-Massage-Seelensexnacht mit Grace ein. Irgendwann war ich so blau, dass ich nur noch fotografieren konnte. Am nächsten Morgen schauten wir uns die Bilder an und holten das Körperliche nach. Auch davon habe ich noch eine Serie irgendwo auf der Festplatte. Super, dass mir das jetzt einfällt. *Genau deswegen musst du es machen! Vögel endlich die Erinnerungen weg!*

Rene kommt immer noch nicht von der Toilette zurück, vielleicht hat sie sich ja verpisst, hahaha, nur gut, dass ich nicht gleich blau bin. Betrunken genug, um mit ihr aufs Zimmer zu gehen. Aber auch betrunken genug, um ihr dort das zu geben, was sie will?

Ich schalte das Handy ein und wähle Niels.

»Wer-stört-zum-Teufel!«, schnarrt er.

»Ich hab dich auch vermisst.«

»*Mann-pass-mit-dem-verdammten-Scheinwerfer-auf!* Alter-wo-bist-du? Hier-geht's-gleich-ab!«

»Was sind die Regeln für One-Night-Stands?«

»Biet-ihnen-eine-Rolle-an.«

»Ich meine es ernst – und sprich langsamer!«

»Scheiße, wieso fragst du mich? Ich hab schon ewig kein weibliches Wesen getroffen, das sich wie eine Erwachsene benimmt.«

»Versuchs mal mit einer, die nicht in deinem Film mitspielen will.«

»Und das von dem Ein-Haustier-wäre-schon-ein-Fortschritt-Typ! *Au! Scheiße! Pass-auf-Mann!-Das-Ding-ist-scheißenheiß!*«

Es raschelt und kracht in der Leitung. Jemand flucht unterdrückt.

»Bist-du-noch-da?«

»Langsamer ...«, seufze ich.

»Wo waren wir?«

»Frauen.«

»Versuchs mit Verhütung.«

»Wahnsinn. Seit Jahren poppst du dich durch Erdteile, und dein bester Tipp ist Verhütung ...?«

»Als Gesprächsthema, du Niete! Frauen stehen drauf, wenn man das von sich aus anspri-*AU! Scheiße-Mann-was-ist-dein-Gott-verfluchtes-Problem!?!*«

Er legt die Hand über die Muschel und faltet jemanden

zusammen. Am Telefon gibt es keine Chance, ein normales Gespräch mit ihm zu führen. Ohne Telefon ist es in letzter Zeit auch nicht mehr so einfach.

Er nimmt die Hand wieder von der Muschel.

»Aber vorher redest du nur Zeug«, sagt er.

»Zeug.«

»Ja, du weißt schon, Zeug.«

»Ach so.«

Keine Ahnung, wovon er redet.

»Na, Zeug, verdammt! Belangloses Zeug!«

»Ach, du meinst Smalltalk?«

»Das hast *du* gesagt!«

Ich werfe einen Blick zur Toilettentür. Nichts. Vielleicht ist sie durchs Hinterfenster raus.

»Niels. Warum sollte eine erwachsene Frau auf Smalltalk stehen? Ich denke, je älter, desto mehr wollen sie wissen, mit wem sie sich einlassen.«

»Scheiße, Mann, das ist ja nun wirklich totaler Bull... Schwachsinn! Wenn du ihnen zu viel von dir erzählst, vergleichen sie dich doch nur mit ihren Ex-Typen, und das ist scheiße, denn sonst wären die Typen ja nicht Ex. Glaub mir, je weniger sie von dir wissen, desto besser können sie ihr Ding abwickeln.«

»Du meinst, ich soll ihnen eine leere Projektionsfläche bieten, auf die sie ungestört ihre Fantasien projizieren können?«

»Alter, hast du dir wieder Willemsen-Wiederholungen reingezogen?! Mann, mach's nicht so kompliziert! Die heutigen Frauen sind total gestresst: Karriere, Familie, Selbstverwirklichung, Fitness, die Umwelt retten, denkst du, da haben die noch Bock, sich volllabern zu lassen, wenn sie 'ne Nummer schieben wollen? Mann, vergiss es! Die meisten, die ich treffe, sind froh, wenn sie für eine Nacht ihr eigenes Leben vergessen können!«

Ich verkneife mir die Bemerkung, dass Achtzehnjährige nicht so fürchterlich viel zu vergessen haben.

»Frauen musst du machen lassen«, rattert er weiter, »Mädchen dagegen haben noch nicht so viel erlebt, denen muss man eine leere Schale füllen und–«

»Ich lege gleich auf!«

»Das ist doch rein symbolisch, du Nase! Bei Mädchen musste eben den Film zeigen, bei Frauen nur das Equipment stellen. *AU!! Verdammter-Penner! Aufpassen-hab-ich-gesagt! Noch-so-ein-Ding-und-du-fliegst! ... Was-soll-das-heißen, am-letzten-Drehtag-kann-ich-das-nicht? Du-bist-gefeuert!*«

»Wie immer eine Hilfe«, sage ich und unterbreche das Massaker, denn im selben Augenblick kommt sie aus der Damentoilette.

Renes Blick sucht sofort die Theke ab, und für einen Augenblick wirkt sie genauso überrascht wie ich, dass ich noch hier bin. Dann lächelt sie. Sie kommt mit elegantem Schwung näher, stellt sich neben mich und lächelt mich an.

»Noch einen letzten Drink?«

Ich nicke. Sie ordert. Und dann lächeln wir uns wieder so an. Jetzt schön small, dann werde ich vielleicht die Haustierstufe überspringen.

»Ähm, wie verhüten wir denn?«

Sie kneift die Augen leicht zusammen.

»Das ist aber eine sehr direkte Frage.«

Ich nicke. Wo sie Recht hat, hat sie Recht, mein lieber Scholli.

Sie mustert mich, dann beugt sie sich vor:

»Kondome?«

Ich schließe die Augen.

Als ich sie wieder aufmache, nimmt die Frau, die eben noch eine Hoffnung war, die Drinks entgegen.

»Den Deckel auf meine Rechnung«, sage ich zum Barmann und lege meine Hand kurz auf ihre.

»Sie sind eine Klassefrau. Aber ich habe zu viel getrunken. ’tschuldigung.«
Ich schnappe meinen Drink und schwanke los. Auf dem Weg zum Fahrstuhl spüre ich ihren Blick im Rücken. Ist nur fair.
Während die Fahrstuhltüren sich schließen, steht sie immer noch regungslos an der Bar und versucht zu verstehen, was eben passiert ist. Was hat sie falsch gemacht? Waren es die Kondome? Oder der letzte Drink? Doch man muss nicht immer was falsch machen, damit es falsch läuft. Manchmal reicht es auch einfach, das falsche Parfum zu benutzen.

Kapitel 4

Auch nach einer heißen Dusche fühle ich mich immer noch lächerlich. Wird das jetzt mein neuer spiritueller Weg? Jemand war fies zu mir, und jetzt bin ich fies zu allen? Die Broken-Heart-Theorie?

Ich haue mich aufs Bett und schiebe *Notting Hill* in den Laptop. Noch vor dem ersten Ton von *She* klicke ich den Film wieder raus und schiebe stattdessen *Nobody's Fool* rein. Nach der ersten Szene klicke ich ihn wieder raus und versuche es mit *Chasing Amy*. Geht auch nicht. Nachdem auch *Sein oder Nichtsein* wieder rausfliegt, klappe ich den Laptop zu, gehe zum Fenster und schaue auf die nächtliche Stadt. Nach drei Monaten nutzen sich meine Favoriten langsam ab. Dann bleibt nur noch die Realität, und in der gibt es nichts Beschisseneres als …

1. Nachts ohne Freunde zu sein.
2. In einem Hotelzimmer nüchtern zu werden.
3. Nachts ohne Freunde in einem Hotelzimmer nüchtern zu werden.

Das eine versuche ich mit Hilfe der Minibar zu verhindern, aber den anderen Punkt räume ich voll ab. Und wieso hänge ich allein in diesem beschissenen Hotelzimmer herum? Habe ich etwa keine Freunde? Seit der Schulzeit schwirrte es nur so von guten Leuten um mich herum, Kreative, Neugierige, Lustvolle und verrückte Powerleute, die in alle Richtungen machten. Es war klar, dass einige von uns ein paar Treffer landen würden, doch wir haben die Streuung unterschätzt: Touristikmanagerin in Capetown, verliebt in Neuseeland, Arzt in Italien, Tauchlehrer in Spanien, als Masseur einiger Nationalmannschaften im Dauereinsatz, Musiker auf Tour oder als Workaholic im Hundertstundenstress. Und dann gibt's natürlich noch mein Lieblingspärchen, aber wer weiß, wie oft wir uns sähen, wenn wir nicht zusammen arbeiten würden. Echt, der Spruch *Traue keinem über dreißig* ist falsch. Richtig müsste es heißen: *Find mal jemanden über dreißig*!

Bleibt Niels ... Jahrelang hingen wir zusammen herum, schrieben nach Lust und Laune Drehbücher, Gags und Konzepte. Alles lief bestens, bis wir eines Nachts besoffen in eines unserer TV-Movies reinzappten und kaum eine Szene wiedererkannten. Als dann noch die Schlüsselszene fehlte, in der die Motivation des Antagonisten erklärt wurde, schlug ich vor, dass wir selbst Regie führten. He, schlimmer könnte es doch nicht mehr werden, oder? Und schon schaukelten wir uns besoffen hoch: *Niemand kennt die Geschichte so gut wie der, der sie geschrieben hat! Komm, zeigen wir es ihnen, jawoll!*

Als wir morgens aufwachten, verschwendete ich natürlich keinen Gedanken mehr daran, doch Niels konnte von nichts anderem reden. Zwölf Monate später verfilmte er sein eigenes Drehbuch, und schon war es vorbei mit dem schönen Leben. Jetzt macht er Karriere. Tauschte Dolce Vita mit der deutschen Vita.

Ich lege mich mit einer Batterie Miniflaschen wieder aufs Bett und zappe tonlos durch die Kanäle. Schrott... Schrott... Schrott... Schrott... ah, da läuft *Die letzte Kriegerin*, wunderbarer Film, aber niemals mit Werbepausen. Weiter. Schrott... Schrott... Schrott... und schon bin ich in einer Szene, die ich kenne. Ein frühes Werk von Buddy und mir. Eigentlich eine gute Geschichte und auch eine gute Besetzung, doch leider hatte der Regisseur damals gerade *Snatch* gesehen und beschloss, den Film mit ähnlichen Comicgeräuschen zu untermalen. Auch ohne Ton weiß ich, dass es in jeder Szene *huscht* und *ploppt* und *knarrt* und *fitzelt*. In der Kussszene schmatzt es. Grundgütiger, ein Liebesfilm mit dem Sound eines Computerspiels für Sechsjährige. Interessante Art, einskommafünf Millionen in den Sand zu setzen, aber eben auch interessant, dass es niemand hinderte, ihm anschließend weitere Regiejobs zu geben. An der Quote kann es nicht gelegen haben, die war gottlob dem Werk angemessen. Weiter.

Schrott … Schrott … ah, *Spacenight*. Klasseidee. Aber geht jetzt nicht. Zu einsam. Weiter.

Schrott … Schrott … Schrott … Schrott … Schrott … Schrott … Schrott … Schrott … ah, na bitte, geht doch: eine Talkshow. Irgendjemand Belangloses redet mit irgendjemand Belanglosem über irgendwas Belangloses, und zwar in langen ruhigen Einstellungen. Ich knacke Miniflaschen, mustere die Gesichter und versuche das Thema zu erraten. Plötzlich schwenkt die Kamera auf einen neuen Gast, und ich sehe … Grace. Sie trägt das rote Kleid, das ich ihr in Kopenhagen gekauft habe. Sie setzt sich und erzählt bestimmt von ihrem Bambi, ihrem tollen Leben, ihren noch tolleren Plänen, und dabei lächelt sie die ganze Zeit dieses schiefe Lächeln, als wüsste sie etwas, was wir alle wissen sollten. Eigen und schön.

Ein Schweißtropfen fällt auf die Fernbedienung. Ich sollte umschalten, also mache ich den Ton an. Ja, sie ist zurzeit sehr glücklich. Ja, der Erfolg hat sie überrascht, vor einem Jahr war sie schließlich noch völlig unbekannt. Ja, privat wäre sie zur Zeit auch sehr glücklich.

Sie plaudert leicht, offen und lächelt dabei. Sie kommt wirklich sympathisch rüber, solange man nicht weiß, wie sie Beziehungen beendet. Die Talkrunde und die Zuschauer hängen an ihren Lippen. Ich erinnere mich, diese Lippen auf meinen, diese Lippen um meinen Schwanz, dieses schiefe Lächeln nur für mich, und in mir ist nichts. Kein Schmerz, keine Wut, nichts. Ich bin durchgeschwitzt, spüre meinen Puls, alle Zeichen auf Stress und fühle ... nichts.

Ich hatte schon mal Liebeskummer, daher wundere ich mich nicht, dass mein Körper alle Empfindungen runtergefahren hat – Ärzte versetzen einen Patienten nach der OP ja auch ins Koma, um den ersten Schock zu mildern. Aber irgendwann werde ich aufwachen, und dann wird der Schmerz da sein und wozu? Was soll der Schmerz mir dann sagen? Dass Liebe falsch ist? Dass ich falsch geliebt habe? Dass ich gar nicht lieben soll? Dass Besitzansprüche falsch sind? Erwartungen grundsätzlich immer zu hoch? Dass *sie* die Falsche war, obwohl sich alles richtig anfühlte? Alles, was ich wollte, war Liebe, und jetzt kann ich nicht mehr schlafen? Ich habe jemandem vertraut, und jetzt fühle ich mich hässlich?

Eine Sache, die ich am Leben immer mochte, war der naturwissenschaftliche Standpunkt, dass alles Sinn macht. Es gibt für alles einen Grund, für jedes Lebewesen und für jedes Verhaltensmuster. Doch das hier macht einfach keinen Sinn. Keinen verdammten Sinn. Alle sagen, es ist nur eine Phase, ich muss Geduld haben und nichts hat eine Bedeutung außer der Bedeutung, die man der Sache gibt. Ist bestimmt richtig. Hilft mir aber nicht. Der einzige Tipp, der wirklich etwas in mir auslöste, war der, ans Meer zu fahren, und genau das werde ich tun. Morgen liege ich an irgendeinem Strand. Schwimmen, Lesen, Essen, Atmen. Denken. Und vielleicht endlich wieder etwas fühlen. Raus durch den Notausgang namens Last-Minute. In meinem Fall eher Last-Second.

Ich schalte den Fernseher aus und starre an die Wand. Nie im Leben hätte ich gedacht, dass ich eines Tages einer dieser Typen sein würde, die nachts allein rumhängen und nicht wissen, wen sie anrufen sollen. Wenn ich wenigstens in

meinen eigenen Wänden wäre, auf meinem Lieblingsstuhl, vor meiner Homestation, in meinem eigenen Bett. Doch dort warten die Erinnerungen, und schon bei der Erinnerung an die Erinnerungen lege ich mir die letzte Tablette auf die Zunge. Der Gedanke, dass eine Klassefrau ein paar Zimmer weiter im Bett liegt und sich abgewiesen fühlt, baut mich auch nicht auf. Hoffentlich ist die Scheiße bald vorbei. Mir fehlt es, mit einem vertrauten Körper einzuschlafen, doch es gibt nur einen Ort, an dem ich das jetzt bekommen könnte, und der Preis ist zu hoch.
Ich setze mich auf und schaue mich um.
Oder auch nicht.

Kapitel 5

Der Schlüssel liegt über dem Sicherungskasten. Ich schließe die Tür auf, öffne sie leise und höre ... nichts. Theoretisch bin ich bei Yasna immer willkommen, das Problem ist nur, sie wohnt nicht allein, und als ich letztes Mal hier war, wurde ich im Flur erwischt und ernsthaft verwarnt. An der ersten Zimmertür richte ich daher einen Horchposten ein, höre aber keine Geräusche. Patrizia scheint keinen männlichen Besucher zu haben, also schleiche ich weiter und öffne Tür zwei.

Yasna wird nicht wach, während ich mich ausziehe. Ich schiebe die Survivaltasche unter das Bett, gleite unter die Decke und schmiege mich an. Herrje ... was soll man über ein Mädchen sagen, dessen Geruch einem so vertraut ist wie der eigene. Sie riecht himmlisch, verdammt, ich mag sogar ihre Fürze. Na gut, nicht alle, aber Liebe, Mann, Liebe ...

Ein fragendes Seufzen, dann hat sie die neue Situation im Tiefschlaf angenommen und schnurrt zufrieden. Ich atme tief ein ... aus ... ein ... aus ... Alles fällt von mir ab. Der Tag. Die Nacht. Die Tage davor. Die Wochen dazwischen. Endlich sicher. Wenn auch nur für ein paar Stunden. Es kommt mir vor, als sei es ewig her, seitdem ich hier ausgezogen bin. Ich war hier in Sicherheit, und es hätte ewig weitergehen können. Vielleicht hätte ich doch nicht ausziehen sollen. Aber im Nachhinein ist man immer schlauer? Ich nicht.

Kapitel 6

Helles Licht. Draußen fährt ein LKW vorbei. Irgendwo im Haus plärrt leise ein Radio. Schon ertappe ich mich dabei, wie ich die Arme ausstrecke und die Survivaltasche checke. Reflexe eines Menschen, der zu oft an falschen Orten aufgewacht ist.

Als ich die Augen aufschlage und das Engelsgesicht auf dem Kissen neben mir sehe, entspanne ich mich wieder. Ich genieße das Gefühl, neben jemandem zu liegen, der mich bedingungslos liebt und mich vermutlich nie verlassen wird. Eine, die sich immer freut, mich zu sehen, die mir nicht mal einen Vorwurf macht, wenn ich mal über Nacht bei einer anderen bleibe. Ich halte dieses Traummädchen im Arm und wünsche mir mal wieder, sie wäre ein wenig älter als acht.

Ich werfe einen Blick auf den Stundenplan, der neben dem Bett an der Wand hängt. Wie es aussieht, muss sie heute um halb zehn zur Schule. Jetzt ist es kurz vor halb neun, das heißt, gleich bricht hier die Hölle los, denn Yasna ist morgens immer im Koma. Nach vielen sanften Wecktaktiken haben wir ihr irgendwann den lautesten Wecker gekauft, den es im freien Handel gibt. Ausführung *Manowar-Konzert, Normandie 44*. Die Nachbarn drehen regelmäßig durch.

Der Wecker lauert hinten auf dem Schreibtisch, damit man erst aufstehen muss, um ihn auszustellen, und in genau sieben Sekunden wird er die Stille massakrieren. Fünf, vier, drei, zwei, eins – die Hölle bricht los! Der Wecker taumelt kreischend über den Schreibtisch wie ein Frettchen unter Stark-

strom. Obwohl ich darauf vorbereitet war, kriege ich fast einen Herzinfarkt. Yasna verändert nicht mal ihre Atmung.
Ich springe auf und hämmere auf die Austaste.
»Yasna, wach auf, ein neuer wunderschöner Tag wartet auf dich.«
Nichts.
»FEUER!«
Nichts. Wenn das der Schlaf der Gerechten ist, muss sie mindestens Robina Hood sein.
Ich greife zu dem gemeinsten aller Psychomittel. Ich beuge mich zu ihrem Ohr und flüstere:
»Brad Pitt putzt sich dreimal am Tag die Zähne.«
Sie schiebt die Beine aus dem Bett und taumelt los.

Wenig später steht sie vor dem Waschbecken mit einer Zahnbürste in der Hand. Ich bezweifle, dass sie schon weiß, dass sie aufgestanden ist. Sie nennt mich Mutti. Wer ihr um diese Uhrzeit die Zahnbürste reicht, ist eben Mutti.
»Putz dir die Zähne, damit du Brad anlächeln kannst.«
Sie schielt mich verschlafen an und beginnt sich brav die Zähne zu putzen. Wir putzen, und dann merke ich, dass die Zeit vergeht, denn als sie auf den Pott muss, muss ich das Bad verlassen.
»Du bist erst acht, Grundgütiger!«
Doch sie steht einfach nur da und wartet, bis ich das Bad verlasse.
Ich nutze die Pause, um an Patrizias Schlafzimmertür zu klopfen, gehe aber im selben Atemzug rein, weil es keinen Sinn macht, auf Einlass zu warten. In dieser Familie ist Koma Erbgut. Und richtig, Patrizias Radiowecker pfeift sich die Lunge aus dem Leib, aber wenn man Patrizia wecken will, bedarf es schon härterer Maßnahmen. Zum Beispiel den Wecker auszustellen. Stille macht sie fertig. Sie ist DJ.
Aber vorher gönne ich mir noch einen Blick. Die Decke liegt,

wie immer, neben dem Bett auf dem Boden und Patrizia absolut regungslos auf dem Rücken, ein Kissen zwischen die Beine geklemmt. Ihre Dreads haben sich im Schlaf über das ganze Bett verteilt, ein Viertel ihres Körpers ist mit Tattoos bedeckt, und wenn es einen Gott gibt, muss ich ihn jetzt mal loben, denn hier hat er wirklich ganze Arbeit geleistet. Nicht dass Patrizia alle Modelnormen erfüllt, aber die Art, wie manche ihrer Maße sich weigern, ein Modelmaß zu sein, hat etwas Einzigartiges. Sie ist früher geschwommen und hat diesen Körper, den Schwimmer oft haben und alle anderen auch ganz gerne hätten. Breite Schultern, lange geschmeidige Muskeln, schmale Taille, fester Po. Man sieht ihr an, dass sie ein Kind zur Welt gebracht hat, auch ihre Brüste haben durch Yasnas Hunger etwas an Festigkeit eingebüßt. Sie ist vom Leben gezeichnet und so sexy, wie Lebenserfahrung nur sein kann, und wie so oft frage ich mich, wie es sein kann, dass ich für jemanden, der so aussieht und den ich so sehr mag, keinerlei sexuelle Regungen empfinde. Das Leben ist wirklich eine Baustelle.

Ich stelle den Wecker aus.

»Drogenfahndung! Raus aus dem Bett! Sie sind verhaftet!«

Sie schlägt ihre grauen Magnetaugen auf und schielt mich genau so an wie ihre Tochter vor wenigen Minuten.

»Was …?«, murmelt sie.

»Hey, Rabenmutter, raus aus dem Bett! Deine Tochter kommt zu spät zur Schule! Sie kommt zu *spät, spät, spät!*«

Sie richtet sich ruckartig auf und ist sofort auf Betriebstemperatur.

»Vik! Was machst du hier?!«

»Es ging nicht anders.«

»Es ging nicht anders?«

Sie rollt sich stinksauer aus dem Bett, und die Chancen, dass sie mir mit ihrem Zeigefinger gleich ein Auge ausstechen wird, stehen nicht schlecht.

»Habe ich dir nicht gesagt, dass du nicht mehr–«

»Was, zum Henker, ist denn *das!*«, stöhne ich entsetzt und deute auf den roten Klettverschluss zwischen ihren Beinen. Sie schlägt mir auf die Schulter.

»Zeig nicht auf meine Vagina, wenn ich mit dir rede!«

»Ist dein neuer Säger Schumifan, oder was?«

Sie schlägt mich noch mal. Fest.

»Ich rede mit dir, verdammt noch mal! Du kannst hier nicht rein und raus laufen, wie es dir passt! Du wohnst hier nicht mehr! Es ist *mein* Zuhause! Geh zu *dir* nach Hause und hör auf, *meine* Tochter durcheinander zu bringen!«

»Ich bringe gar nichts durcheinander, und sie freut sich, mich zu sehen.«

»Und ist total durcheinander, wenn du wieder weggehst!«

»Was ich nur tue, weil du mich fortjagst.«

Ihre Magneten funkeln mich an.

»Es hat dich niemand gezwungen, auszuziehen. Außerdem ist es für ein Kind wichtig, dass Besuche regelmäßig stattfinden, damit es weiß, wann es den anderen Elternteil wiedersieht.«

»Richtig. Aber ich bin nicht der andere Elternteil.«

Darauf will sie was Heftiges entgegnen. Stattdessen schüttelt sie den Kopf.

»Verdammt, wieso rede ich überhaupt mit dir …?«

Sie stößt mich aus dem Zimmer und tritt die Tür zu. Irgendwie macht es mich scharf, wenn sie sich aufregt, also klopfe ich an die Tür.

»Die Kleine ist noch im Bad. Wie wär's mit 'ner schnellen Nummer?«

Keine Reaktion. Ich klopfe noch mal.

»Komm schon, du willst es doch. He, weißt du noch, wie du damals nachts in mein Zimmer gekommen bist und …«

Drinnen kracht etwas Schweres an die Tür. Sie ist immerhin nur ein einziges Mal in fünf Jahren WG schwach geworden

und eines Nachts in mein Zimmer gekommen. Es bringt sie um, dass sie sich diesen einen Ausrutscher geleistet hat, und ich werde sie noch in hundert Jahren damit an den Rand eines Gehirnschlags bringen.
Ich überlege mir, ob ich weitermachen soll, aber dann vergisst sie wahrscheinlich ihre gute Erziehung, und von der ist eh nicht so viel übrig, also gehe ich lieber in die Küche und mache Frühstück für ihre Tochter.

Wir frühstücken zusammen. Ich habe Spaß, und der Keks hat Spaß, und man könnte meinen, ich tue ihrer Mutter einen Gefallen, indem ich ihr Arbeit abnehme, aber Patrizia ignoriert mich. Ich habe ihre Ansage missachtet und ihr Schuldgefühle eingeredet; sobald ihre Tochter zur Schule aufbricht, wird sie mir den Kopf abreißen. Aber der Preis ist okay für fünf herrliche Stunden Schlaf und den Anblick, wie Yasna Frühstück in sich reinschaufelt.
»Wohnst du jetzt wieder hier?«, strahlt sie.
Auch ohne hinzuschauen, spüre ich, wie Patrizia mich von der Seite anfunkelt.
Ich schüttele den Kopf.
»Nein. Beeil dich, sonst kommst du zu spät zur Schule.«
»Aber du hast mir keine Geschichte erzählt! Du musst mir immer eine erzählen, wenn du hier schläfst!«
»Du musst zur Schule.«
»Aber du hast es versprochen!«
»Beim nächsten Mal erzähle ich dir dafür eine lange, versprochen.«
»Heute Abend!«
Ich werfe Patrizia einen Blick zu. Ihre Magneten funkeln mich an. Ein falsches Wort, und ich bin geliefert. Bin ich vielleicht eh, aber ihr Blick versucht mir den Unterschied zwischen einem schnellen Tod und zwölf Stunden Bunsenbrenner auf die Klöten klar zu machen.

»Heute Abend kann ich nicht.«
»Dann morgen! Bitteeee!!«
Diesmal schaue ich Patrizia erst gar nicht an.
»Tja, weißt du, Keks, das müssen wir einfach abwarten. Ich fahre heute in Urlaub.«
»Aber du kommst am nächsten Samstag zu meiner Überraschung, ja? Bitteee!!«
Überraschung? In ihrem Gesicht steht es in Großbuchstaben: Diese Überraschung bedeutet ihr eine Menge, und zu meiner eigenen nickt Patrizia mir von der Seite zu.
»Klar, Keks, das würde ich gern, aber ich glaube nicht, dass ich am Samstag schon wieder …«
Mein Einwand geht in Yasnas Jubel unter, und schon habe ich einen warmen Körper im Arm, ihre Arme um meinen Hals und ihre Zähne in meinem Ohrläppchen.
»Oink! Oink! Oink!«, jubelt sie.
Was würde ich dafür geben, wenn mich eine erwachsene Frau so anstrahlen würde. Nachdem wir uns fünf Jahre kennen. Obwohl wir uns fünf Jahre kennen. Weil wir uns fünf Jahre kennen.
»Warte, ich habe nicht versprochen zu kommen. Es kann sein, dass ich nicht da bin. Hörst du mir zu?«
Tut sie nicht. Sie packt ihren Ranzen, küsst ihre Mutter, küsst mich, und weg ist sie, glücklich und neugierig auf dem Weg in ein neues Abenteuer namens Alltag. Wahnsinn.
Kaum fällt die Tür ins Schloss, bricht der kalte Krieg aus.
»Wie machen die das nur?«, komme ich Patrizia zuvor. »Ich meine, wann hast du dich das letzte Mal auf einen Samstagabend so gefreut wie die Kleine sich auf einen normalen Morgen?«
Aber ihr ist gerade nicht nach philosophischen Alltagsbetrachtungen. Sie funkelt mich mit den Magneten an und schüttelt den Kopf.
»Wie soll sie sich daran gewöhnen, dass du nicht mehr hier

wohnst, wenn du immer wieder mal da bist, wenn sie morgens aufwacht? Wenn du dann mal nicht da bist, glaubt sie, dass wir Streit haben.«

Sie holt ihr Zeug raus und beginnt sich einen Turm zu bauen. Ich werfe einen Blick auf die Wanduhr. Keine Reaktion. Ich werfe einen langen Blick auf die Wanduhr.

»Wann ich was rauche, geht dich einen Scheißdreck an«, sagt sie, und da weiß ich, dass sie es nicht mehr im Griff hat.

»Was ist das für eine Überraschung?«

»Schulaufführung.«

»Schulauf... sie spielt Theater?«

Sie gibt mir einen Da-hast-du-es-Blick.

»Da hast du es«, sagt sie. »Sie weiß, dass du diese Schauspielerpsychose hast, also verschweigt sie dir, dem wichtigsten Mann in ihrem Leben, den größten Spaß in ihrem Leben. Und warum verschweigt sie es dir? Weil sie Angst hat, dich zu enttäuschen. Und wann merkst du das? Wenn verdammt noch mal alles schon wieder fast vorbei ist! Vik, seit vier Wochen probt sie die Rolle einer Untergrundkämpferin in einem faschistischen Regime, genau so lange hält sie ihre Proben vor dir geheim, und zwar wegen *deines* intoleranten Schauspieler-Hass-Regimes!«

Ich starre sie an.

»Gott, mit wem bumst du denn bloß zur Zeit? Trotzki? Wird der Rote deine Tochter je morgens wecken und ihr Frühstück machen?«

Sie funkelt mich wütend an, aber die WG-Zeiten haben sie abgehärtet, und so atmet sie tief durch, bevor sie antwortet.

»Das ist ...«, sie atmet noch mal durch und kontrolliert ihre Stimme, »... total ungerecht und egoistisch von dir. Du willst mir Schuldgefühle machen, um deine eigenen Interessen durchzusetzen.«

»Klasse«, seufze ich. »Du fickst mit Kommunisten herum und bekiffst dich schon beim Frühstück, aber der Demokrat, der dafür sorgt, dass deine Tochter pünktlich zur Schule kommt, ist ein Ego, ja?«

Sie starrt mich an, schwer am Schaffen, um nicht die Beherrschung zu verlieren, und ich muss mich wirklich anstrengen, um nicht loszulachen. Wenn es nur halb so geil ist, mit ihr zu schlafen, wie es ist, mit ihr zu streiten, dann habe ich tatsächlich was verpasst.

Sie zündet sich den Turm an und zieht sich Rauch in die Lunge.

»Du hast inhaliert«, sage ich.

Ihre Magnetaugen mustern mich nur. Dann bläst sie eine Qualmwolke aus.

»Vik, hör zu, diese nächtlichen Besuche müssen ein Ende haben. Es war deine Entscheidung auszuziehen, und jetzt versuche ich ein eigenes Leben zu führen. Wenn du noch mal nachts hier auftauchst, bekommst du Hausverbot. Ich meine es ernst.«

Sie saugt wieder an dem Rohr.

»Verstehe«, sage ich, und zur Abwechslung ist es die Wahrheit. Wir wissen zwar beide, dass sie das nie tun würde, aber ihre Drohung zeigt, dass sie mit ihrem Latein am Ende ist.

Ich trinke meinen Kaffee aus und stehe auf.

»Wie ich viel zu leicht erfahren habe, kann man jetzt auch größere Mengen bei dir kaufen. Pass auf, dass Yasna sich nicht irgendwann Besuchszeiten merken muss.«

Sie bläst wieder Rauch aus.

»Erstens geht dich das einen Scheiß an. Zweitens hapert es hier mit der Kohle, seit ein Mitbewohner plötzlich ausgezogen ist.«

Ich schüttele den Kopf.

»Zieh ich mir nicht an, den Schuh. In der Zwischenzeit hättest du dir längst einen neuen Mitbewohner suchen können.«

»Und wie soll ich Yasna erklären, dass hier ein neuer Kerl

wohnt, bei dem sie nicht unaufgefordert reinplatzen kann, der sie nicht zur Schule bringt und ihr kein Frühstück macht?«

Ich schüttele wieder den Kopf.

»Du kommst ja noch nicht mal auf den Gedanken, es mit einer Frau zu versuchen, so sehr bist du auf deine Patchworkkiste fixiert.«

»Du ziehst dir doch nie einen Schuh an«, sagt sie und inhaliert wieder tief.

Mich beschleicht das Gefühl, dass sie auf dem Weg ist, ihr bester Kunde zu werden.

»Doch«, sage ich, »und darum möchte ich nicht, dass du hier einen Handel aufziehst, denn das läuft darauf hinaus, dass das Jugendamt Yasna in die Finger kriegt, wenn du in den Knast gehst.«

Für einen Augenblick wirkt sie nachdenklich. Dann zuckt sie die Schultern.

»Die Welt wird bald meinen Sound entdecken. Bis dahin verdiene ich ein bisschen nebenbei.«

»Geiler Plan«, sage ich.

Ich packe die Survivaltasche und gehe. Ihre Stimme holt mich an der Tür ein.

»Vik. Wenn du Yasna sehen willst, fragst du mich vorher. Ich will euch nicht trennen, du weißt, dass ich das nicht will, aber so geht es nicht. Ich meine es ernst. Du hast dich für diese Veränderung entschieden, und jetzt gelten neue Regeln.«

»Ja, das sieht man an deiner Möse. Herrgott, pass bloß auf, dass Yasna das nicht sieht, sie denkt glatt, du verblutest.«

Ich kann dem Löffel gerade so ausweichen und bin dann draußen in der Sonne. Ein neuer Tag erwartet mich. Wäre ich doch bloß acht und Yasna meine beste Freundin, dann könnten wir heute zusammen spielen, zusammen aufwachsen und irgendwann heiraten. Alles wäre gut.

Kapitel 7

Als ich das Haus verlasse, lege ich den Schlüssel wieder auf den Sicherungskasten. Patrizia weiß von dem Schlüssel. Solange er da liegt, ist alles schlimm, aber eben nicht so schlimm, wie es sich anhört. Was aber schlimm ist, ist die Sache mit der Aufführung. Meinen Urlaub bis nach Samstag verschieben? Noch fünf Nächte in D.? Horror! Aber ich habe nicht vergessen, wie wichtig es früher für mich war, dass meine Eltern am Spielfeldrand standen, und Yasnas richtiger Vater wird bestimmt nicht auftauchen. Aber andererseits kann man nicht alle Termine im Leben wahrnehmen, also werde ich sie irgendwann eh enttäuschen müssen. Wäre es also nicht besser, mich selbst zu retten, statt mit mieser Laune bei ihrer Aufführung aufzutauchen und ihr vielleicht sogar den Augenblick zu versauen? Hm.

Ich spaziere über den Spielplatz. Die Sonne scheint, der Himmel ist blau, eine träge Spätsommerstille liegt über dem Viertel. Ein schöner Tag, wenn mir dabei nicht gleich einfallen würde, was ich letztes Jahr an einem solchen Morgen zuerst getan habe. Kommt mir vor, als sei es tausend Jahre her. Aber immer noch nicht lange genug.

Ich werfe einen Blick auf die Uhr. Es ist noch Zeit, um vor dem Meeting beim Briefkasten vorbeizuschauen, also mache ich mich auf den Weg und checke dabei die Mailbox.

Anruf 1: Niels-will-wissen-ob-ich-zum-Schuss-gekommen-bin-und-wettet-einen-Hunderter-dass-nicht.

Anruf 2: Meine Agentin möchte immer noch einen Rückruf. Es ist immer noch dringend.
Anruf 3: Buddy erinnert mich an das Meeting.
Anruf 4: Jemand hat angerufen und aufgelegt, ohne eine Nachricht zu hinterlegen.
Mein Puls geht stiften … Ich checke die Anruferinformationen. Nummernsperre. Grace ist manisch darauf bedacht, dass ihre Nummer nicht in Umlauf kommt. Für einen Moment werden meine Beine schwächer, und schon spüre ich die Erleichterung: Sie hat mich angerufen! Und schon flackert Wut auf: Sie hat mich angerufen! Obwohl ich es ihr verboten habe! Sie respektiert mich nicht! Gott sei Dank. Soll ich zurückrufen? Auf keinen Fall. Oder? Nein! Aber … oder?
Das Handy klingelt in meiner Hand. Ich setze mich vor Schreck fast hin, bis ich Niels' Namen auf dem Display erkenne.
»Ja …«, flüstere ich.
»*Nein-wir-bezahlen-den-verdammten-Hundezwinger-nicht!* Hey-bist-du-dran? Mann-der-Film-ist-im-Kasten! Wo-bist-du? Ich-muss-dir-tausend-Geschichten-erzählen!«
Ich unterbreche die Verbindung. Es dauert fünf Sekunden, dann klingelt das Handy wieder.
»Mann-was-soll-der-Scheiß!«
»Sprich … langsamer.«
»Schrei mich nicht an, ich bin sensibel! Hey, wie lief es denn gestern noch? Hast du endlich, Sekunde … *Was-will-sie? … Hat-die-aus-dem-Klo-gesoffen-oder-was! Sag-der-Irren-wenn-sie-je-wieder-in-einem-von-meinen-Filmen-mitmachen-will-dann … WAS?!! Warte-mal …* Mann-die-Hauptdarstellerin-dreht-durch-ich-rufe-dich-später-an.«
Die Verbindung ist tot. Ich stehe noch ein bisschen herum und warte, bis mein Puls sich beruhigt, dann rufe ich wieder die Mailbox an.

Anruf 5: Eine Producerin ist in der Stadt und will sich treffen, um über Projekte zu sprechen. Sie hätte da eine Idee, die Grace auf den Leib geschneidert wäre.
Anruf 6: Wieder legt jemand nach der Ansage auf. Ich checke die Infos: Wieder Nummernsperre. Wieder geht mein Puls ab. Total bescheuert. Es kann sonst wer sein. Ist sie etwa die Einzige auf der Welt, die ihre Nummernsperre aktiviert hat? Echt, zu glauben, sie hätte mich zweimal angerufen, ohne etwas zu sagen. Schwachsinn. Sie war das nicht. Oder? Nein. Oder? Scheiße.
Meine Füße tragen mich über den Spielplatz zu meinem Büro. Das Büro, das meine Wohnung war, seitdem ich bei Patrizia und Yasna ausgezogen bin. Das Büro, das von einer Bombe namens Erinnerungen verseucht ist. Halbwertzeit ungewiss.

Ich räume gerade den Briefkasten aus, als die Haustür aufgeht und meine Dachbarin aus dem Haus herauskommt. Als sie mich sieht, bleibt sie stehen, hält die Tür auf und lächelt breit.
»Hey, Unterbewohner, dich hab ich ja ewig nicht mehr gesehen.«
»War viel auf Achse«, sage ich und fummele mit dem Briefkastenschlüssel.
Sie wirft einen Blick auf die Survivaltasche.
»Warst du verreist?«
»Nicht wirklich.«
»Ah …«, grinst sie. »Frauen, ja?«
Ich nicke. So gesehen …
Sie lächelt verschwörerisch.
»Ist sie denn leise?«
»Kein Kommentar«, sage ich und kniepe ein Auge.
Sie grinst, und schon muss ich an Grace denken. Außer wenn sie kam, war sie nie zu hören. Gute alte katholische

Schule. Meine Dachbarin dagegen ist laut und hat einen leisen Kerl. Das führte dazu, dass man manchmal nur sie und mich hörte. Es hat seinen Reiz, sich mit jemandem in Rage zu stöhnen, und so ertappte Grace mich einmal dabei, sie zu vögeln, mich aber dabei mit der Dachbarin durch die Decke hindurch hochzuschaukeln. Grace konnte darüber lachen, der Dachlover nicht. Fortan musste meine Dachbarin beim Sex die Klappe halten. Schön, dass mir das jetzt einfällt.
Meine Dachbarin wird schon zappeliger, hält mir aber immer noch die Tür auf.
»Sag Bescheid, wenn du wieder so lange wegbleibst, dann kümmere ich mich um deine Pflanze auf dem Balkon. Sie ist eingegangen.«
»Mach ich.«
Ich brauche ewig, bis der Briefkasten zu ist, und dann fallen ein paar Briefe runter.
»Ich muss echt los«, zappelt sie.
»Warte nicht auf mich«, sage ich.
»Okay. Man sieht sich. Oder hört sich!«, grinst sie und eilt fröhlich zu ihrem Wagen.
Die Glastür fällt ins Schloss. Sie steigt in ihren Golf und fährt los. Ich winke und schließe den Briefkasten. Dann schaue ich durch die Scheibe ins Treppenhaus. Eigentlich könnte ich da jetzt hochgehen. Doch bei dem, was mich da oben erwartet, ziehe ich sogar ein Meeting vor.

Kapitel 8

Das Meeting macht eine dringend benötigte Pause. Wir steuern die Senderkantine an und drehen vorher eine Runde in den Gängen, um die angestaute Energie loszuwerden. Ich klinke mir eine Tablette ein und arbeite an meiner Tiefenatmung. Buddy springt durch die Gänge.

»Ich bin stolz auf dich«, sagt sie und springt einen einfachen Axel.

»Stolz«, sage ich und halte sieben Finger hoch.

Sie schaut mich an.

»Ist doch okay, dass ich dieses Wort benutze, oder? Ich meine, wir können doch nicht all die schönen Wörter den Nazis überlassen, oder?«

»Ja, ja, okay«, sage ich schnell, bevor sie wieder ihre Wehret-den-Anfängen-Platte auflegt.

Dem Axel lässt sie einen eingedrehten Rittberger mit Feuermelderberührung folgen. Ich halte acht Finger hoch.

Sie runzelt die Stirn.

»Hast du den Feuermelder nicht gesehen?«

»Du hast ihn nicht sauber erwischt.«

»Du Bush!«

Ich klappe alle Finger, bis auf den mittleren, runter.

»Abzug wegen Schiedsrichterbeleidigung.«

Sie dreht kopfschüttelnd ein paar Pirouetten. Seit fünf Jahren arbeiten wir zusammen: Ich habe beim Schreiben die Nase vorn, sie bei den Meetings. Je wahnwitziger die Debatte wird, desto ruhiger sitzt sie da, hört aufmerksam zu und legt sich ihre Argumentation zurecht. Ich dagegen verbringe die meiste Zeit damit, mich zu beherrschen. Wenn ich mich dann so weit im Griff habe, dass ich etwas Sinnvolles sagen könnte, hat Buddy schon die Vor- und Nachteile der verschiedenen Vorschläge aufgezeigt, das Schlimmste abgewendet, und das alles auf eine Art, die jedem Anwesenden das Gefühl vermittelt, er wäre Teil eines kreativen Prozesses gewesen. Ohne mich wäre sie vielleicht nicht so gut im Geschäft. Ohne sie wäre ich vielleicht gar nicht mehr im Geschäft.

»Weswegen?«

»Weswegen was?«, fragt sie und dreht eine weitere Pirouette.

»Stolz.«

»Na, weil du Schulz-Äh noch nicht umgebracht hast.«

»Kommt vielleicht noch«, sage ich.

»Wir plädieren präventiv auf Notwehr«, sagt sie und springt einen schlechten Lutz über eine Topfpflanze.

Ich gebe ihr eine wacklige Sechs. Sie gibt mir noch ein Kopfschütteln. Theoretisch ist es heute das letzte Meeting für dieses TV-Movie, aber Drehbuchentwicklung ist immer so eine Sache ... Manche Redakteure geben dem Autor Vorschussbonus. Sie halten sich, wie ein guter Mentor, bei der Stoffentwicklung im Hintergrund, behalten sich aber für den Fall, dass der Autor schwächelt, ein klares Vetorecht vor. Andere dagegen halten sich für superkreativ und bombardieren die Autoren mit ihren Wahnsinnseinfällen und wären hinter einer Fahrbahnmarkierungsmaschine besser aufgehoben. Manche sind bessere Plotter als Buddy und ich zusammen und lassen es nur raushängen, wenn es nicht anders geht. Andere wiederum gehen mit Autoren um wie Faschisten mit Minderheiten. Es gibt eben alle möglichen Arten von Redakteuren. Und dann gibt es die unmöglichen. Wie Schulz-Äh.

Vor kurzem rannte sie noch durch die Uni und schrieb Expo-

sés, die niemand wollte, plötzlich sitzt sie in einem Sender und betreut Millionenprojekte. Sie weiß nicht so richtig, wie das passiert ist, aber, hey, sie verdient einen Haufen Kohle und kann Leute nach ihrer Pfeife tanzen lassen. Und so bläst sie allen den Marsch, ohne die Melodie zu kennen. Es gilt, den Tag ohne Vorstrafen zu überstehen.
Buddy hämmert gegen eine Tür.
»Feuer!«, ruft sie, strahlt mich an und flitzt los.
Zwei Gänge später bleibt sie zusammengekrümmt an einer Wand stehen und lacht sich schlapp. Ich stelle mich vor sie und behalte den Gang im Auge.
»Du verdammte Irre!«
»Dein ... Gesicht ...«, prustet sie.
»Falls die uns die Kosten für einen falschen Alarm aufdrücken, kannst du zahlen, bis der Arzt kommt, oder schlimmer noch – die Arztserie!«
Sie rappelt sich kichernd auf.
»Die brauchen hier doch dringend mal einen Alarm, damit sie merken, dass sie von Schulz-Äh infiltriert worden sind.«
»Hm, da ist was dran. Vielleicht sollten wir ihre Vorschläge ins Buch einarbeiten und zuschauen, wie Regie und Schauspieler sie dann abknallen, das würde auf das Problem aufmerksam machen«, schlage ich vor.
»Au ja!«, sagt Buddy und parodiert jemanden, der von allen Seiten Kugeln fängt.
»Aber vorher sollten wir etwas anderes tun«, sage ich.
Sie hört auf zu zappeln und drückt ihre kleinen Brüste hervor.
»Okay, aber Steffen darf das nie erfahren.«
»Nicht das, du Pappnase – den Verein gründen!«
»Männo«, sagt sie und zieht eine Schnute. »Ich dachte schon, ich müsste mich zu diesen Orgasmen lecken lassen, von denen deine Ex so schwärmte.«

Mein Herz setzt aus. Ich schubse sie.
»Verbotenes Wort.«
Sie hebt die Augenbrauen.
»Was, lecken? Ach so. Ex ...«
Ich schubse sie noch mal. Sie stolpert gegen einen Zopfträger, der mit einer Aktentasche um die Ecke gebogen kommt.
»'tschuldige, Regisseurin, um die Uhrzeit schon blau«, flüstere ich ihm zu und ziehe Buddy schnell weiter.
»So kann ich nicht arbeiten, Kinders!«, ruft sie.
Der Zopf schaut uns nach, bis wir hinter der nächsten Ecke verschwunden sind.
»Wenn du so weitermachst, brauchen wir uns hier bald nicht mehr blicken zu lassen«, warne ich sie.
»Lange hältst du das doch eh nicht mehr durch«, kichert sie.
»Noch ein Argument, um den Verein zu gründen«, sage ich.
»Also gut«, seufzt sie. »Welchen verdammten Verein?«
»Die wahren A.A.: die *Anonymen Autoren*!«
Sie breitet die Hände aus.
»Aber wir sind doch gar nicht anonym. Im Gegenteil, wir sind ziemlich bekannt.«
»Das sind die Alkoholiker in ihrer Stammkneipe auch, dennoch treffen sie sich anonym, weil sie nur da ehrlich sein können. Genau wie wir. Ein TV-Autor kann heute auch nur anonym seine Meinung äußern, oder glaubst du, wir können Schulz-Äh nachher sagen, was wir wirklich von ihren Ideen halten?«
»Da ist was dran«, nickt sie.
Plötzlich zittert sie am ganzen Körper.
»Hi. Mein Name ist Buddy. Ich bin Drehbuchautorin. Und heute ist der erste Tag meines restlichen Lebens.«
Ich kneife die Augen zusammen.
»He, sind Sie etwa auf Romantikstoff?«
Sie zittert.
»Alter, ich wollte diesmal clean bleiben, echt!«

»Ich empfehle Ihnen dringend einen Ausstieg aus der Szene; verringern Sie step by step die Dosis. Erst auf leichteren Stoff umsteigen, Action. Dann auf Arztserie. Und zum Schluss ...«
»Soap – die Ausstiegsdroge!«, grinst sie.
»Und wenn wir dann clean sind und der Stoff uns nichts mehr bedeutet ...«
»Dann können wir endlich für Van Dammin schreiben!«
Wir klatschen uns ab. Manche prophezeien uns, dass uns diese Kaspereien eines Tages einen Job kosten werden. Allemal angenehmer als ein Magengeschwür.

Wir betreten die Kantine und laufen meiner Agentin in die Arme. Diana sieht mehr nach Schauspieler aus als die meisten Schauspieler, die ich kenne. Wo Buddy Holly ist, gibt sie eine Michelle mit dunklen Zwischentönen. Trauriger als in *Wolf*, aber nicht so wütend wie in *1000 Morgen*. Wie immer ist sie perfekt gestylt, wie immer lächelt sie fein, wie immer ignoriert sie Buddy.
»Hallo, Viktor.«
»Die Antwort ist Nein«, sage ich und will an ihr vorbei.
Sie stellt sich mir in den Weg, legt mir eine manikürte Hand auf den Arm und lächelt entschuldigend.
»Es tut mir wirklich sehr Leid, wie es in L.A. gelaufen ist, aber große Dinge brauchen ihre Zeit. Ich habe da was als Wiedergutmachung.«
Einen Satz der »groß« und »Wiedergutmachung« beinhaltet, hört man ja ganz gern aus dem Mund einer ehemaligen Pornodarstellerin, aber nicht, wenn man noch Rückenschmerzen hat, weil man dreißig Stunden in verschiedenen Transportmitteln verbracht hat. Letzte Woche ließ sie mich nach L.A. fliegen, wo ich einen Produzenten zum Lunch treffen sollte, der angeblich eines meiner Spec-Skripts *fabulous* findet. Ergebnis: Ich saß mir den Rücken in einem Flieger

krumm, ließ mich am Zoll erniedrigen, um dann einen ganzen Tag in einem Warteraum mit entkoffeiniertem Kaffee gefoltert zu werden. Den elfstündigen Rückflug verbrachte ich zwischen einer Quasselstrippe aus der Werbebranche und einem extrem übergewichtigen Ami mit Flugangst. I love L.A.

»Ein schnelles Rewrite, Neunzigminüter, Action. Die wollen –«

»Nein.«

Ich versuche um sie herumzugehen, doch sie macht den Sidestep mit und versperrt mir den Weg.

»Übertreib es nicht«, warne ich sie.

»Ist das dahinten nicht Till?«, fragt Buddy gehässig.

Dianas Augen flackern automatisch zur Seite und scannen die Kantine nach dem großen Schweiger ab. Wir nutzen die Gelegenheit, schaffen aber nur fünf Schritte, bis sie wieder an uns dran ist.

»Die wollen in sechs Wochen drehen und brauchen schnellstens ein Rewrite.«

Eine Überarbeitung kurz vor Drehbeginn ist einer der dankbarsten und stressigsten Jobs für einen Drehbuchautor. Man verdient gut, gibt dafür sein Leben eine Zeit lang komplett auf, weiß dafür aber genau, wann die Tortur zu Ende ist, weil der Drehbeginn feststeht. Eigentlich mag ich Rewrites, aber …

»Ich mache Ferien«, sage ich.

Sie dreht den Kopf und nimmt zum ersten Mal Buddy zur Kenntnis.

»Würde es dir etwas ausmachen, uns kurz allein zu lassen? Bitte.«

Zu meiner Überraschung willigt Buddy ein.

»Tja, war schön, dich wieder zu sehen, Diana. Ich bin ein großer Fan von deinen Filmen«, strahlt sie und macht einen Abgang.

Diana schaut ihr nach, und den Spruch über ihre Vergangenheit finde ich auch scheiße. In unserer Branche werden genauso viele Schwänze gelutscht, nur eben nicht vor der Kamera. Schätze, es dauert nicht mehr lange, bis die Kassen Castingknie als Berufskrankheit anerkennen.
Diana holt Luft, doch ich komme ihr zuvor:
»Hab ich schon mal erwähnt, dass ich lange Flüge hasse? Und amerikanische Zollbeamte, die mich wegen eines alten Strafzettels wie einen gottverdammten Terroristen behandeln? Nicht zu vergessen diesen Hollywood-Arsch, der mich stundenlang in einem Raum mit vier Fernsehern warten lässt, um mir dann von einer halb verhungerten Siliconpomeranze ausrichten zu lassen, dass er den Termin nicht wahrnehmen kann?«
Sie hebt die Hände.
»Viktor, bitte, es tut mir Leid. Ich weiß, wie du dich fühlen musst, doch es gibt eben auch einen guten Grund dafür, dass er dich versetzt hat. Er hat sich wegen des Skripts mit jemandem getroffen.«
Sie schaut mich an, als hätte sie mir gerade verraten, dass man fünf unbekannte Lubitschfilme entdeckt hat.
»Echt? Ein Hollywood-Producer hat sich mit jemandem getroffen? Vielleicht zum Lunch? Starke Geschichte. Ich glaube, ich drehe durch. Kann mich kaum beruhigen.«
Sie lässt meinen Spott regungslos über sich ergehen, und da wird mir klar: Für die lahme Story hat sie mir nicht aufgelauert. Ich mache die Klappe zu und warte.
Sie lässt mich zappeln, genießt es in vollen Zügen. Schließlich gebe ich auf.
»Diana«, seufze ich. »Ich komme aus einem Meeting mit Caligulas Tochter, und jetzt stehst du zwischen mir und meiner Mittagspause …«
»Paramount«, sagt sie, und schon bricht die Euphorie hervor und ersetzt die Strenge in ihrem Gesicht.

Ich schaue sie an. Ah. Verstehe. Doch schwer zu glauben. Zur Sicherheit frage ich noch mal nach.
»Paramount will *In der Zwischenzeit* optionieren?«
Sie nickt und kontrolliert mit Mühe ihr Lächeln. Ihre Euphorie ist ansteckend, für ein paar Sekunden bin ich versucht, mich nach ein paar Tapeten umzuschauen. Dann komme ich wieder runter und stelle die Frage.
»Aber?«
Ihre Euphorie verliert an Fahrt. Sie druckst herum.
»Nun ... sie können vielleicht erst mal nichts zahlen.«
Ich starre sie an.
»Hab ich das richtig verstanden? Wir machen Geschäfte mit *Holy-wood.* Und *die* können nicht bezahlen ...?«
Sie schaut verlegen.
»Erst mal nicht«, sagt sie.
Ich lache. Sie muss ihren Verstand verloren haben.
»Wie viele deutsche Drehbücher werden in Hollywood jährlich gedreht? Korrigiere mich ruhig, wenn ich falsch liege ... Also, ich würde mal sagen: Wenn's hochkommt und man alle zusammenzählt, so circa eins? Mann, eher wird Bush Pazifist, bevor die da drüben beginnen, deutsche Drehbücher zu verfilmen, also sag mir, du Agentin meines Vertrauens, wieso, zum Henker, soll ich ein Drehbuch in Amiland für *lau* optionieren lassen, wenn ich es hier *verkaufen* kann?!«
Sie breitet die Hände aus.
»Viktor, genau darum geht es ja. Wenn du das Drehbuch hier verkaufst, ist es eines von vielen. Verkaufst du es aber drüben, ist es etwas ganz Besonderes.«
»Ich wäre ja gern etwas Besonderes, aber wenn das ausschließt, dass ich bezahlt werde, komme ich mir dabei nur besonders dämlich vor. Ich weiß, Hollywood ist geil und all das, aber es ist total unrealistisch, die haben da drüben genug gute Schreiber, wieso sollten die sich einen aus Europa holen?«

»Weil es ein besonderes Buch ist. Viktor, glaub mir, die finden *Zwischenzeit* wirklich gut, die Sache klappt.«
»Hast du letzte Woche auch behauptet.«
»Aber diesmal klappt es wirklich«, beteuert sie.
Agentinnen, Mann, Agentinnen …
Buddy winkt von der Kasse und steuert mit einem Tablett Richtung Tische.
Ich schüttele den Kopf.
»Diana, dein Geschäftssinn neigt in letzter Zeit dazu, mich Geld zu kosten und mir Rückenschmerzen einzubringen, also hör zu: Wir haben hier ein konkretes Angebot auf dem Tisch, und genau das nehmen wir. Sag den bescheuerten Amis, ohne Feier keinen Geier, ohne Geld keinen Held.«
Sie weicht meinem Blick aus.
»Ich habe bereits zugestimmt. Der Optionsvertrag ist unterschrieben.«
Ich suche nach einem Hinweis in ihrem Gesicht, dass sie Witze macht. Noch eine vergebliche Suche.
»Du hast einem Vertrag zugestimmt. Ohne mich zu fragen.«
Sie nickt trotzig, kann mir aber nicht in die Augen schauen.
»Ich soll dich gut vertreten. Dann musst du mir vertrauen.«
Da ist das Wort wieder. Es war mal eines meiner Lieblingswörter, doch in letzter Zeit durchlebt es eine Inflation wie eine südamerikanische Währung.
»Verstehe«, nicke ich und versuche mich zu beherrschen. »Ups, ich hab das Drehbuch, das dein nächstes Jahr finanzieren sollte, für lau optionieren lassen, und zwar ohne dich zu fragen, aber, hey, vertrau mir! Verdammt, was kommt als Nächstes? Wache ich eines Morgens auf und stelle fest, dass du mich an eine isländische Vorabendserie verkauft hast? Scheiße, ich hab so die Schnauze voll von euch Ego-Ärschen!«
Die halbe Kantine schaut zu uns rüber. Ich atme durch und senke die Stimme.

»Diana, ich will das nicht diskutieren, wir verkaufen *Zwischenzeit* hier, verstanden?«
Sie zieht die Schultern hoch.
»Der Vertrag ist dicht.«
»Dein Problem.«
Sie hebt wieder den Blick und schaut mich an.
»Viktor ... siehst du denn nicht, was sich uns hier für eine Riesenchance bietet?«
Ich starre sie an. Sie ist tatsächlich überrascht von meiner Reaktion. Noch jemand, der ganz von den Socken ist, weil nicht alle anderen darauf stehen, beschissen zu werden.
»Riesenchance? Riesenscheiße meinst du wohl! Du machst den Deal rückgängig!«
Ich drehe mich um und gehe zu Buddy rüber, die uns einen Platz neben dem Klo besorgt hat.
»Toller Platz«, sage ich und setze mich.
Sie zuckt die Schultern und fällt weiter über ihren Teller her wie Obelix über ein römisches Militärlager. Das Hauptlager hat sie bereits verwüstet, und jetzt jagt sie versprengte Einheiten, die einen verzweifelten Ausbruch versuchen.
Ich stochere lustlos auf meinem Teller herum und lasse die Info sacken. Nicht dass ich pleite bin, aber mit den Einnahmen von *Zwischenzeit* hätte ich mir nächstes Jahr nicht nur eine Auszeit finanzieren können, es wäre auch eine weitere Verfilmung statt eines Skripts in der Schublade. Ich hasse es, Drehbücher zu schreiben, die nicht gedreht werden, aber schlimmer als das ist, dass sie mich beschissen hat. Wieder eine. Was haben wir gerade für Zeiten? Das Jahr der Arschlöcher? Jahrelang läuft alles klasse, ich vertraue Leuten, und ich bekomme mein Vertrauen bestätigt, und dann plötzlich: leere Versprechen, berechnende Versprecher, die Nachteile für das Team, die Vorteile für den Solokünstler.
Buddy lehnt sich zufrieden schnurrend zurück und schiebt ihren Teller zur Seite. Das Fleisch ist weg, die Soße bis auf

den letzten Tropfen aufgewischt. Der Salat liegt unberührt am Rand. Ihre Auffassung von Trennkost.
Sie stochert sich mit einem Finger in den Zähnen herum und schaut mich fragend an.
»Also, was ist?«
»Darf man jetzt Frauen schlagen oder nicht?«
Sie zieht den Finger aus dem Mund und schaut mich überrascht an.
»Einem Kerl, der das getan hätte, was sie getan hat, dem hättest du eine reingehauen?«
»Vermutlich.«
Sie begutachtet das braune Etwas, das ihr jetzt am Fingernagel klebt, dann schüttelt sie den Kopf.
»›Vermutlich‹ reicht nicht. Gewalt gegen Frauen braucht einen triftigen Grund. Außerdem kann sie doch nichts dafür, das Mister Hollywood dich warten ließ, und wenn ich mich recht erinnere, hörte es sich an, als hättest du danach noch eine richtig geile Nacht in L.A. gehabt, du Schwein. Isst du das noch?«
Sie zeigt auf meinen Teller. Ich schüttele den Kopf. Sie zieht den Teller zu sich ran, schiebt sofort den Salat beiseite, dann schaufelt sie sich eine Gabel braune Pampe in den Mund und kaut selig auf dem Zeug herum. Sie ist wahrscheinlich der einzige Mensch, den man zu jeder Nachtzeit mit einem Döner vor die Tür locken könnte.
»Erinnerst du dich an *In der Zwischenzeit*?«
»Klar«, sagt sie mit vollem Mund. »Tolles Buch.«
Sie türmt sich die nächste Gabel zusammen und lächelt dabei die Pampe an. Gleich wird sie Kosewörter flüstern.
»Sie hat es honorarlos optionieren lassen. Ohne mich zu fragen.«
Buddy hört auf zu kauen und starrt mich an.
»Sie hat es ohne Rücksprache optionieren lassen? Für *lau*?«
Ich nicke.

»Hau ihr was aufs Maul«, sagt sie.
Ich lehne mich zurück und fahre mir durch die Haare.
»Verdammt, Buddy, was mache ich bloß falsch ... es ist als ob alles, worauf ich mich verlassen habe, plötzlich nichts mehr wert ist. Liebe, Freundschaft, Vertrauen, Deals, ich habe das Gefühl, dass alle nur noch darauf warten, mir einen reinzuwürgen, sobald ich ihnen den Rücken zudrehe. Ich kriege noch Verfolgungswahn, ich meine, habe ich ›Bitte-bescheiß-mich‹ auf der Stirn stehen?«
Die Leute am Nebentisch schweigen, um ja nichts zu verpassen. Ich werfe ihnen einen Blick zu. Sie schauen weg, aber die Ohren kriege ich nicht in den Griff.
Buddy schluckt einen Brocken runter und zeigt mit einer tropfenden Gabel auf mich.
»Auf deiner Stirn steht höchstens ›Pechsträhne‹, und die geht auch wieder vorbei. Außerdem ist ›alle‹ falsch, ich bin ja auch noch da, und ich werde dich nie bescheißen.«
Sie schiebt sich das nächste Kilo in den Mund.
»Es liegt ein konkretes Angebot auf dem Tisch, aber nein, eine deutsche Produktion reicht Madame Größenwahn nicht, das Buch muss unbedingt nach Amiland, wo es jetzt jahrelang in einer beschissenen Schublade vermodern wird.«
Buddy schluckt mühsam. Erinnert mich an Bilder aus Dokumentarfilmen, wenn Schlangen Mäuse fressen.
»Hmrrrr ... hmrrr ... Ich verstehe, dass du sauer bist. An deiner Stelle ... hmrrrrr ... an deiner Stelle würde ich mir einen Anwalt nehmen und ... hmrrrr ... die Sache prüfen lassen. Aber ... hmrr, hmrrrrrr ... Sekunde ...«
Sie spült den Brocken mit Wasser runter, stellt das Glas ab und mustert mich.
»Sie hat doch vorhin von einem Actionbuch gesprochen.«
Ich schaue sie an. Ah. Verstehe. Wird ja immer besser.
»Hallo, geht's noch? Alles klar bei dir? Gerade hat mich

meine Agentin beschissen, und jetzt willst du mit ihr Geschäfte machen?«
Sie zuckt die Schultern.
»Sind zwei paar Schuhe. Das eine würde ich von einem Anwalt prüfen lassen. Das andere sollten wir uns anhören.«
Ich schüttele den Kopf.
»Wir holen uns heute die Abnahme, und dann haue ich ab.«
»Wohin?«, fragt sie und greift nach dem Brot.
»Nach ...«
Ich komme ins Stocken. Buddy lacht.
»Ist doch schön, wenn man Pläne hat.«
Sie wischt den Teller sauber.
»Kuba, Malediven, ist doch egal«, kontere ich lahm.
Sie zeigt mit einem Stück Brot auf mich, aus dem fette Soße auf den Teller tropft.
»Süßer, es kann nicht schaden, sich das Angebot mal anzuhören.«
»Noch ein Meeting, und ich bringe jemanden um.«
Noch eine Nacht im Hotel und es wird ein Massaker. Noch ein WG-Rauswurf, und ein voll besetztes Stadion muss dran glauben. Noch ein Verrat, und ich verbrenne Filme.
Buddy schiebt sich das Brot in den Mund und mustert mich belustigt.
»Ich meine es ernst«, sage ich.
»*Vik the Ripper*!«, kichert sie und prustet mir Soße auf die Hand.
»He ... pass doch auf!«
Ich greife nach einer Serviette.
»Leg Schulz-Äh um, dann komme ich dich jeden Sonntag im Knast besuchen«, meint sie kichernd und schaut auf die Uhr. »Apropos: Wir müssen wieder rein.«
»Ich mache keinen Job mehr«, sage ich.
»Okay«, sagt sie leichthin und will mit dem Tablett aufstehen.

Ich halte sie am Ärmel fest.
»Buddy. Ich mache keinen Job mehr. Ich weiß vielleicht nicht, wohin ich will, aber ich weiß, wie fertig ich bin!«
»Schon gut«, nickt sie verständnisvoll.
Ich kenne sie besser, als ich manche meiner Ex-Partnerinnen kennen gelernt habe, und als sie mich unschuldig anlächelt, bin ich mir sicher, dass irgendwas anliegt. Aber sie sagt immer noch nichts, und mir reicht es, dass sie die Klappe hält – in ein paar Stunden bin ich weg.
Wir stellen die Teller in die Rollwagen, und als wir die Kantine verlassen, folgen uns mitleidige Blicke – schon wieder ein Autor, der durchdreht. Wenn sie nur wüssten, wie Recht sie haben.

Kapitel 9

Eine Stunde später versuche ich dem Drang zu widerstehen, schreiend aus dem Fenster zu springen. Alle Wünsche seitens Produktion und Regie sind ins Buch eingebaut, es gibt also keinen Grund, sich noch ewig zu meeten, *außer* wenn die Redakteurin eine gescheiterte Autorin ist, der man ihre Ideen auf dem freien Markt um die Ohren gehauen hat. Als Redakteurin hat sie ja endlich die Chance, der Fachwelt zu beweisen, dass die Experten sich damals geirrt haben, nicht wahr? Und so müllt sie uns mit den Abfallprodukten ihrer nicht vorhandenen Autorenkarriere zu.

»Äh, also, was haltet ihr davon, wenn die Protagonistin eine gebrochene Großstadtpolizistin ist? Vielleicht suizidgefährdet, eine tickende Zeitbombe, die alle in Gefahr bringt, doch dann wird sie von dem Helden gerettet und sie verlieben sich?«

Ich drehe den Kopf und mustere den Producer, aber der starrt nur nachdenklich vor sich auf die Tischplatte und betet, dass uns zu dem Schwachsinn etwas einfällt, ohne dass er eingreifen muss. Auch der Jungregisseur hält sich bedeckt. Es ist sein erster Job, da will er keinen Fehler machen, also nickt er bedeutsam vor sich hin und macht sich fleißig Notizen.

Ich schaue zu Buddy rüber. Sie macht eine beruhigende Geste, und ich versuche es ja, aber bei Schulz-Ähs Vorschlägen wäre Gandhi zum Lustmörder geworden. Ich atme ein … aus … Niemand sagt etwas. Unser Schweigen prügelt auf

Schulz-Äh ein, doch sie schaut immer noch Lob heischend in die Runde und strahlt wie ein Baby, das mit der eigenen Scheiße spielt.
»Äh, na, was meint ihr dazu?«
Was wir dazu meinen? *Ich schneide dir das Rückenmark durch, und wenn du im Stuhl sitzt, tackere ich dir die Augenlider an die Stirn und zwinge dich, deine eigenen Filme anzuschauen, bis du mich anbettelst, dich mit zwanzig Kopfschüssen zu erlösen!*
Niemand sagt etwas. Schulz-Ähs Lächeln bekommt leichte Risse.
»Äh, suizidgefährdet, das würde doch die Fallhöhe erhöhen, ja?«, legt sie nach.
Höhe erhöhen … Oh Gott. Ich klammere mich an die Tischkante und werfe wieder einen Blick in die Runde. Der Producer nickt wie ein Wackeldackel auf der Hutablage und ist offenbar in echt komplizierte Gedankengänge versunken. Der Jungregisseur schreibt wie irre. Seine Kündigung? Buddys kleiner Finger der rechten Hand zuckt. Ohoo, sie verliert auch schon die Nerven. Im selben Moment dreht sie den Kopf und lächelt mich zuckersüß an.
»Ein interessanter Ansatz, nicht wahr, Vik?«
Sie ist tot.
»Interessant«, sage ich.
Ich schaffe es nicht, den Sarkasmus wegzulassen, aber für solche Feinheiten ist Schulz-Äh eh nicht empfänglich.
»Ja, wirklich, da müssen wir uns drüber unterhalten«, säuselt Buddy und beginnt Schulz-Äh einzuwickeln.
Ich nutze die Gelegenheit, um in den Wald abzutauchen. Ein … aus … Doch da fällt mir ein, wie ich mir mal mit Schulz-Äh ein Taxi teilen musste und nicht umhin kam, mich auf der Fahrt mit ihr zu unterhalten. Dass Filme eine Notwendigkeit sind, mit denen manche Sender die Pausen zwischen den Werbeblöcken füllen, mag für jeden Filmfan

ein Schlag ins Gesicht sein, aber so ist das TV-Biz heute eben. Was ich dabei nicht verstehe, ist, wieso man nicht trotzdem versucht, den bestmöglichen Film zu machen. Es zwingt uns ja niemand, langweilige, humorlose, uninteressante Filme zu produzieren. Oder Personen als Redakteure einzustellen, *die sich nicht gern Filme anschauen!* Wie Schulz-Äh mir im Taxi verraten hat. Dieses *Filmprojekt* wird von einer Redakteurin betreut, die *nicht gern Filme schaut!* Grundgütiger ... ein ... aus ...

Ich tauche rechtzeitig wieder aus dem Wald auf, um mitzuerleben, wie Buddy den Sargnagel in Schulz-Ähs Argumentation schlägt. Schulz-Ähs Lächeln bröckelt endgültig, als Buddy ihr schonend beibringt, dass ihr interessanter Vorschlag mindestens eine neue Drehbuchfassung erfordert, was den Drehbeginn verschieben und dem Sender ein paar Hunderttausend Mehrkosten einbringen wird. *Schwups* ist Schulz-Ähs eben noch so lebenswichtige Idee keinen Pfifferling mehr wert, das hätten wir ihr aber wirklich auch gleich sagen können, nicht wahr?

Schulz-Äh streicht auch diesen Punkt auf ihrer To-Müll-red-Liste. Der Producer atmet erleichtert auf. Der Jungregisseur mustert Schulz-Äh nachdenklich und macht sich ein paar Notizen. Buddy lehnt sich zurück und zwinkert mir zu. Ich zwinkere zurück und werfe einen Blick auf die Uhr. Kurz nach eins. Jetzt schnell zum Flughafen und in den nächstbesten Strandflieger. Vielleicht deklarieren sie mich ja als Krankentransport?

»Äh, also, gut. Gehen wir das Drehbuch noch mal durch?«

Was?? Ich starre sie an. Buddy macht eine beruhigende Geste zu mir rüber. Ich atme durch und schaue Schulz-Äh an.

»Was ist denn das Problem?«, frage ich und erhöhe präventiv auf *einundzwanzig* für den Mist, den sie gleich erzählen wird.

»Also, äh, ich habe da ein ganz schlechtes Bauchgefühl?«

Sie hat keine Argumente, also bekommt sie ein Bauchgefühl … Ich schließe die Augen. Ein … aus …
Buddy wirft dem Producer einen Blick zu. Er wirft einen auf die Uhr, sagt aber nichts. Der Jungregisseur macht sich Notizen. Buddy schaut mich an und zieht die Schultern leicht hoch. Schulz-Äh schlägt das Drehbuch auf. *Zweiundzwanzig.*

Kapitel 10

Tausend Jahre später wanken wir aus dem Sender und gehen in dem lauen Abend auf das Monster zu. Wir sind das Skript Seite für Seite durchgegangen, um dann ein paar Dialoge und Regieanweisungen zu ändern, an die sich am Set eh niemand hält. Ergebnis: Ich bekomme heute keinen Flieger mehr. Eine weitere Nacht hier. *Dreiundzwanzig.*

»Tot«, stöhnt Buddy und lehnt sich an mich.

»Noch ein Klub, den wir aufmachen können: Klub der toten Tippsen.«

»Der toten, aber glücklichen Tippsen«, sagt sie.

Ich ziehe eine Grimasse.

»So definierst du Glück?«

Sie zuckt mit den Schultern und lächelt zu mir hoch.

»Das Buch ist abgenommen, der Scheck in der Post.«

Wir steigen in das Monster, und eine Sekunde später bittet Solomon Burke uns, *Don't give up on me.* Was ihn betrifft, werde ich genau das tun.

Ich hole zwei vorgekühlte Gläser plus Champagnerflasche aus der Kühltasche. Buddy lässt sich in den Ledersitz sinken und schaut zu, wie ich mich mit dem Korken abmühe.

»Hast dich gut gehalten«, lobt sie mich.

»Hätte sie noch ein Mal Fallhöhe gesagt, hätte ich sie aufs Dach geschleppt und ihr gezeigt, welche Schäden so eine Fallhöhe anrichten kann.«

Buddy lacht. Ich kriege endlich den Korken raus und lenke Champagner in die Gläser.

»Und weißt du, was das Schlimmste ist?«, frage ich sie.
Sie zieht die Augenbrauen hoch.
»Dass wir es wieder tun werden?«
Ich schüttele den Kopf.
»Dass sie jetzt nach Hause geht und meint, einen guten Job gemacht zu haben. Dadurch dass man sie nie kritisiert, wird sie auch nicht dazulernen. Sie wird sich nie verbessern.«
»Nie die Hoffnung aufgeben«, sagt sie.
Ich reiche der Optimistin ein Glas. Dann drehen wir uns auf den Sitzen, prosten uns zu, trinken, setzen ab und schauen uns aus nächster Nähe an.
»Bereit?«, fragt sie.
»Bereit, wenn du es bist«, bringe ich den alten Klassiker.
Dann küssen wir uns, wie immer nach einer Abnahme. Lange. Nass. Und ohne Hände.
Schließlich breaken wir schwer atmend. Sie lässt sich keuchend in den Sitz fallen und starrt auf meine Hose.
»Ja?«
Ich nicke. Sie macht die Beckerfaust, als gäbe es bei ihrer Art zu küssen eine Chance, keine Erektion zu bekommen.
»Und selbst?«
»Halb Mensch, halb Pfütze«, stöhnt sie.
Ich lächele.
»Wundert sich Steffen eigentlich nicht, dass du nach einer Abnahme immer geil bist wie Nachbars Lumpi?«
»Wie Nachbars *Lumpi?*«, kichert sie. »Wenn du mich schon für einen Köter hältst, wie wäre es dann mit einem kleinen Knochen?«
»Falsches Wort«, sage ich.
Sie breitet die Arme aus.
»Was hab ich jetzt schon wieder gesagt …?«
»›Klein‹. Außerdem hättest du mit mir jetzt keinen Spaß, ich fühle mich wie nach hundert Liegestützen in der Sauna. Verdammt, wir waren da acht Stunden drin!«

»Heute kriegst du keinen Flug mehr, oder?«, fragt sie beiläufig und nippt unschuldig an ihrem Glas.
Ich horche auf. Da war es wieder in ihrer Stimme.
»Fahre ich eben morgen«, sage ich genauso leicht.
»Dann können wir morgen ja frühstücken, was hältst du davon? Komm vorbei, bevor du fährst, ja?«
Ich mustere sie, und für einen Augenblick macht sie ein merkwürdiges Gesicht, das ich noch nicht kenne. Eine Mischung aus Nervosität und ... Angst?
Sie trinkt schnell einen Schluck und versteckt sich hinter dem Glas. Als sie das Glas wieder absetzt, ist der Gesichtsausdruck verschwunden. Ich warte. Sie verändert etwas an den Bässen. Dann trinkt sie noch einen Schluck. Dann richtet sie den Rückspiegel neu aus.
»Mein Gott, sag's einfach«, stöhne ich.
Sie starrt durch die Frontscheibe raus.
»Morgen. Beim Frühstück.«
Ich seufze.
»Na, dann komme ich wohl mal zum Frühstück.«
Sie dreht den Kopf und lächelt.
»Gut. Und was jetzt? Nach Hause?«
Auf keinen Fall. Plan B ist eine Werbeagentur, die heute im Belgischen Viertel Fünfjähriges feiert. Dort werde ich bestimmt jemanden treffen, der auch nicht nach Hause will. Das ist das Schöne an Koks.
Ich werfe einen Blick auf die Armaturenuhr. Hm. Noch ein bisschen früh für eine Werbeparty.
Buddy mustert mich.
»Vik, du solltest nach Hause fahren, dich in die Wanne legen, den Blitz kommen lassen und vor dem DVD-Player mit einem Film aus der *Top 10* einschlafen. Zwölf Stunden Schlaf, und die Welt sieht anders aus.«
»Klingt gut«, sage ich.
Da fällt mir ein: In der Südstadt steigt heute der Staffelab-

schluss einer Produktionsfirma, für die wir mal ein paar Serienbücher geschrieben haben. Ich könnte zuerst da vorbeischauen.
»Du siehst müde aus. Geh nach Hause, Vik, schlaf dich mal aus.«
»Klar.«
»Ich meine es ernst.«
»Ich weiß.«
»Dann tu es.«
»Gute Idee.«
Sie schaut mich eindringlich an.
»Du gehst jetzt nach Hause?«
»Klar«, sage ich. »Ich muss vorher nur kurz auf ein paar Partys.«

Ich lasse mich den halben Weg beschimpfen. Vor Aufregung vergisst Buddy sogar, die Schweine, die ihre Straßen mitbenutzen, fertig zu machen, doch sie fährt den Umweg und setzt mich bei der Produktionsparty ab.
Als ich aussteigen will, hält sie mich fest.
»Wie lange willst du noch so weitermachen?«
»Wie lange willst du mich noch so weiter nerven?«
»Viktor!«
»Buddy!«
Sie zieht eine Grimasse.
»Süßer, das ist doch nicht gut.«
»Mein Reden: Du bist im Hafen der Ehe und machst mir eine Szene, wenn ich mal in See stechen will.«
Sie runzelt die Stirn. Bei Metaphern hört ihr Mitgefühl auf.
»Ich mach dir keine Szene, und lass diese Metaphernscheiße. Das geht jetzt ein halbes Jahr so. Höchste Zeit, dass du dich mal wieder einkriegst.«
»Drei Monate, zwei Tage«, sage ich und schaue auf ihre Hand.

Sie seufzt und lässt los. Ich steige aus und drehe mich draußen noch mal um.
»Fahr du nach Hause zu deiner Anlegestelle, statt über Schiffe zu urteilen, die in den Sturmfluten des Lebens Schlagseite bekommen.«
Ich habe Sicherheitsabstand eingehalten, dennoch, wäre sie nicht angeschnallt, hätte sie mich voll erwischt. Der Gurt rettet Leben.
Das Monster macht einen wütenden Satz nach vorn und brettert die Straße runter. Ich lache ihr nach. Vielleicht der letzte gute Augenblick des Tages.

Kapitel 11

Als ich den Saal betrete, schlägt mir ein kalter Hauch entgegen. *Achtung, Fiete!* Fiese Feten sind wie Hinterhöfe – zeig eine Schwäche, und du bist geliefert. Diese besteht aus einer Theke betrunkener Kerle, die die Frauen auf der Tanzfläche angaffen. So circa fünfzig Kerle. So circa zwanzig Frauen. Na prima.

An der Theke steht der Producer der Serie. Buddy und ich waren mal seine Lieblingsautoren. Unser drittes Buch für seine Serie gefiel ihm so gut, dass er die Figurenführung der Serie unserem Buch anpasste. Die Folge lief als Auftakt zur neuen Staffel und schloss mit der besten Quote, der Sender schickte Champagner, doch der Producer beschloss, uns bei dem nächsten Drehbuch durch neun Fassungen zu jagen und uns anschließend vorzuhalten, wir seien ausgebrannt. Ich verlor etwas die Nonchalance, und das war dann das Ende unserer Zusammenarbeit.

Anschließend versuchten wir herauszufinden, was das Problem war, aber so sehr wir uns bemühten, wir kamen nicht drauf. Erst Monate später erfuhr ich, dass der Producer sein Glück bei Kata probiert hatte, bevor es sich herumgesprochen hatte, dass sie mit mir den Sommer feierte. Er holte sich eine Abfuhr bei meiner Geliebten und wir uns dann die Kündigung bei ihm. Arschlöcher, Mann, Arschlöcher …

Ich mache einen Bogen um ihn und gleich den nächsten, als ich aus Versehen auf den Hauptdarsteller zusteuere. Zu spät,

er hat mich schon gesichtet und winkt. Meine Reflexe müssen dringend zum TÜV.
»Hey ... ähm.«
Er hat meinen Namen vergessen. Er hat mir ja nur auf Dutzenden Partys von seinem verdammten Leben, seinen verdammten Beziehungen, seinen verdammten Geldproblemen und den verdammten Rollen vorgejammert.
»Selber hey«, sage ich.
Er lacht.
»Selber hey, merk ich mir, äh ...«
»Max.«
»Hast du schon gehört ...«
»Ja.«
»... totaler Scheißdreh!«, ignoriert er mich. »Und dann dieses Drehbuch! Scheißautoren! Ich mein nicht dich.«
»Kein Problem«, lüge ich, aber er hört eh nicht zu.
»In der Szene, wo ich das Mordopfer finde, hat der Zeuge mehr Text als ich! Ich meine, wer ist denn hier der verdammte Hauptdarsteller! Na, wenigstens krieg ich einen Haufen Kohle für den Dreck!«
Er ist wie Radiohören. Man braucht ein paar Nebengeräusche, um die Illusion aufrechtzuerhalten, dass man nicht allein ist, also stellt man ihn an und er daddelt los. Man darf nur nicht genau hinhören, sonst fällt die Illusion in sich zusammen.
Ich lasse ihn plärren und nutze das vermeintliche Gespräch, um die Lage zu checken. Die Gazellen tummeln sich auf der Tanzfläche, derweil lauern die Typen an der Theke wie hungrige Krokodile. Starren Blickes warten sie regungslos, dass ein Rehlein Durst bekommt und sich zu nahe an die Tränke heranwagt. In einer dunklen Ecke entdecke ich Sven & Martin. Sie haben eine Betrunkene zwischen sich eingeklemmt. Die beiden sind berüchtigt für ihre Sandwiches, und die Arme scheint der heutige Belag zu werden.

Keine fünf Minuten hier, und schon frage ich mich, wie ich es so lange hier aushalten konnte. Manchmal macht es ja Spaß, zuzuschauen, wie Bedürftige sich erniedrigen. Aber nicht, wenn man dazugehört. Will ich hier etwa jemanden kennen lernen? Dann sollte ich zu meinem Nicht-allein-durch-die-Nacht-Bedürfnis dringend ein paar Stunden fiesen, unpersönlichen Sex hinzufügen, damit mich hier niemand für einen Perversen hält. Aber solange ich neben dem Tod allen Soziallebens stehe, ist Kontaktaufnahme sowieso hypothetisch.

»… ich meine, was wäre die Serie ohne mich? Die Leute scheißen doch drauf! Polizeiserien gibt es wie Sand am Meer! Was sie wollen, ist mein Gesicht!«

»Ich hole mich was zu trinken.«

Ich warte kurz. Er korrigiert mich nicht. Noch bevor ich den ersten Schritt gemacht habe, hat er sich schon umgedreht und quatscht sich in das Gespräch eines nebenstehenden Pärchens rein. Solange er Erfolg hat, geht das. Wieso eigentlich?

Ich finde einen guten Platz an der Theke. Volle Sicht auf Tanzfläche und Toilettentür.

»Guten Abend. Sie wünschen?«

Ein junger Barmann lächelt mich freundlich an und legt mir zwei Servietten hin. Er sieht gut aus und arbeitet beim Catering auf einer Filmparty? Hundert zu eins, dass er Schauspieler werden will. Der Arme. Er ist wahrscheinlich mit dem Herzen dabei und muss hier zusehen, wie Menschen, denen der Job am Arsch vorbeigeht, zynisch mit ihrer Kohle prahlen. Zeit, ein Zeichen zu setzen.

Ich runzele die Stirn.

»Kenne ich Sie nicht irgendwoher?«

»Sie kommen mir auch bekannt vor«, lügt er lächelnd.

»Aufführung an der Schauspielschule?«

»Da waren Sie?«, fragt er überrascht.

»Ich fand Sie gut und habe einigen Agenturen empfohlen, Sie im Auge zu behalten.«
Er versucht, ein Strahlen zu unterdrücken, schafft es nicht und ordnet die Servietten neu.
»Nett von Ihnen. Wirklich.«
»Ihr Spiel hat mich berührt. Ich hoffe, Sie machen mich irgendwann im Kino glücklich. Heute Abend reicht dafür ein großer Irgendwas auf Tequilabasis.«
»Ist Margarita in Ordnung?«
Ich nicke. Er lächelt mich noch mal an und macht sich an die Arbeit, beschwingt von der Nachricht, dass die Welt ihn wahrgenommen hat. Manchmal ist es so einfach, jemanden glücklich zu machen, was bedeutet es da schon, dass ich gelogen habe, wenn er dafür die nächsten Tage, vielleicht Wochen, ein besseres Grundgefühl, eine größere Motivation und stärkeres Selbstbewusstsein hat? Ist Glück etwa weniger wert, wenn es auf einer Lüge basiert? Tolle Frage. Echt, genau der richtige Zeitpunkt.
Während ich auf den Drink warte, werde ich von einigen Frauen übelst abgescannt. Sie stehen neben den Krokodilen an der Theke, und das eindeutig zu lange, denn die Typen haben schon auf sie abgefärbt. Sie schätzen mich kalt ab, jederzeit bereit, die Zähne in einen ungeschützten Bauch zu schlagen. Notgeile Frauen, die sich so verhalten wie notgeile Männer. Ungewollte Nebenwirkungen der Gleichberechtigung. *Und hier wolltest du jemanden finden? Na, dann viel Spaß, hohoho! Geh mal zu einer von diesen abgesoffenen Mannweibern hin und erklär ihr, dass du Lust auf Löffelchen hast. Sag ihr, dass du heute Nacht einen Platz zum Durchatmen brauchst, sag ihr, der Frieden, den ihre leisen Atemzüge verbreiten werden, wird dich in Sicherheit bringen, sag ihr, dass sie heute verdammt noch mal einen Menschen glücklich machen kann! Sag ihr das. Ich warte hier hinten und schaue zu, wie sie sich mit einem*

kühlen Drink auf die Veranda zurückzieht und von dort aus die Hunde auf dich hetzt.

Oh Gott, was mache ich hier? Ich setze die Frage auf die Liste, wende den Krokodilen den Rücken zu und konzentriere mich auf die Tanzfläche. Sofort werden die Schwingungen angenehmer, denn zwei der Tänzerinnen strahlen herzerfrischend in alle Richtungen und lassen raus. Die Blonde kenne ich. Sie ist Stuntfrau und mit Steffen mal auf einem brennenden Motorrad über eine Brücke in einen explodierenden LKW geflogen. Anschließend brachten wir beide ins Krankenhaus. Sie war k.o. und erkennt mich wahrscheinlich nicht wieder. Neben ihr tanzt eine rothaarige Kostümfrau. Vielleicht eine Spur zu schön, um mein Anliegen nicht missverstehen zu können.

Der Barmann stellt mir einen Margarita auf eine Serviette.

»Und was machen Sie beim Film?«

Statt zu antworten, probiere ich den Drink.

»Hoffentlich bekommen Sie nie eine Rolle«, sage ich.

Er traut seinen Ohren nicht.

»Wäre ein herber Verlust für alle Cocktailtrinker auf der Welt«, lächele ich.

Er braucht einen Augenblick, dann strahlt er.

»Danke! Wenn ich sonst was für Sie tun kann, rufen Sie mich. Max.«

Ich starre ihn an. Er nickt. Ah. Verstehe. Sein Name.

»Mach ich, danke.«

Ich sauge Margarita, schaue wieder zur Tanzfläche und schon bin ich in *High Noon*, denn die Rothaarige und die Stuntfrau haben zeitgleich beschlossen, die Bar aufzusuchen. Na prima, damit sind meine Chancen um fünfzig Prozent gesunken, denn wenn ich es erst bei der einen versuche und abblitze, wird die andere mich ebenfalls abblitzen lassen. Niemand ist gern eine Notlösung.

Sie stellen sich links und recht neben mich an die Theke.

Die Rothaarige ordert ein Bier und dreht sich weg, um von irgendjemandem eine Kippe zu schnorren. Ich nutze die Gelegenheit und nicke der Stuntfrau zu.
»Hi. Ich hatte nicht meinen besten Tag und würde mich echt besser fühlen, wenn mich jemand anlächeln würde.«
Sie mustert mich kurz, dann lächelt sie blitzend.
»Danke. Übrigens, der Barmann macht hervorragende Margaritas, darf ich dir einen ordern? Keine Angst, wir sind deswegen nicht gleich verlobt.«
Sie kneift die Augen leicht zusammen, nickt aber. Ich winke dem Barmann und gebe ihr währenddessen einen nackten Blick. Sie kontert mit einem verständnisvollen und kratzt sich mal eben an der Nase, um mir ihren Ehering zu zeigen. Abfuhren mit Stil. Ich liebe das. Das Problem ist nur, das macht sie erst recht interessant. So ist das mit Stil.
»Schade. Danke.«
»Viel Glück«, grinst sie und nickt in Richtung der Rothaarigen.
Ich drehe mich um und sehe, dass die Rothaarige mittlerweile eine Zigarette bekommen hat. Ich schnappe mir Streichhölzer von der Theke und komme einem Krokodil zuvor, das sie mit einem Benzinfeuerzeug näher ans Wasser locken will. Die Rothaarige hat Instinkt und entscheidet sich für das Streichholz. Das Krokodil zieht sich wieder ins Wasser zurück und funkelt uns von dort aus regungslos an.
Sie zieht den Rauch in die Lunge und lächelt mich an.
»Danke.«
»Gern. Kennen wir uns nicht von irgendwoher?«
Sie mustert mein Gesicht und schüttelt den Kopf.
»Ich glaube nicht.«
Dann merkt sie, dass sie die Frage ernst genommen hat. Sie lächelt verlegen und schaut schnell zur Tanzfläche. Da stehen wir. Offiziell wartet sie auf ein Bier. Inoffiziell ist sie im Polareis eingeschlossen und wartet auf einen Eisbrecher.

Ich will ihr gerade ein Kompliment für ihren Tanzstil machen, als ich eine bekannte Stimme höre. Ich drehe den Kopf und sehe einen bekannten Strubbelkopf. Kata. Sie steht neben dem Producer, klammert sich mit beiden Händen an die Theke und schwankt dennoch. Sie ist schwer angeschlagen.
»Entschuldige.«
Die Rothaarige schaut überrascht, als ich meinen Drink nehme und gehe. Wird langsam zur Gewohnheit, Frauen stehen zu lassen, wenn es gerade interessant wird.
Als der Producer mich näher kommen sieht, pumpt er sich auf. Er hat sie erlegt! Er will sie allein! Oder zumindest zuerst. Ich quetsche mich zwischen sie, lege Kata einen Arm um die Taille und ihren Arm um meine Schulter.
»Hey, Süße, das ist aber schön. Wo bist du denn gestern abgeblieben?«
Sie starrt mich ein paar Sekunden an, dann lächelt sie verschwommen und grüßt mit einem Becher Baileys auf Eis.
»Hal...lo ... Vik«, sagt sie überdeutlich.
Sie drückt mir einen Kuss auf die Wange und eiert Richtung Toiletten. Modernes Äquivalent zu Jagen & Erlegen? Zutexten & Abfüllen. Und das hat der Arsch echt geschafft, mein lieber Mann, sie kann kaum noch gehen.
Wir beobachten gemeinsam, wie Kata irgendwie die Toilettentür trifft und in der Frauentoilette verschwindet, dann dreht er den Kopf und starrt mich ausdruckslos an.
»Was hast du für ein Problem? Ihr seid doch nicht mehr zusammen ...«
Ich lächele freundlich. Verdammt, das kostet mich jetzt auf ewig die Serie. Buddy bringt mich um.
»Tja, das ist richtig, aber, tut mir Leid, Boris, wir sind immer noch Freunde, also kann ich sie in ihrem Zustand nicht allein lassen. Außerdem wäre alles, was du heute Nacht von ihr kriegen würdest, ihr Mageninhalt.«

Er mustert mich ausdruckslos. Für einen kurzen Augenblick werde ich unsicher, vielleicht sind die beiden ja zusammen und ich mache mich hier zum Affen. Ich halte Kata zwar nicht für so verzweifelt, dass sie mit solchen Typen rummacht, aber de facto habe ich keine Ahnung, was sie in den letzten zwei Jahren getrieben hat, und zwei Jahre können verdammt lang sein, davon kann ich ein Konzert singen. Himmel, vor zwei Jahren dachte ich noch, Liebe reicht.

Er starrt mich noch ein bisschen an, dann zuckt er die Schultern.

»Sie ist wirklich schon hinüber.«

Er ja nicht. Er wollte nur eine Volltrunkene flachlegen.

»Und, wie läuft's?«, fragt er und schaut sich im Raum um.

»Gut«, sage ich.

»Super für dich«, sagt er.

Sein Tonfall unterstützt seine Aussage nicht zwingend, und als er merkt, dass ich nicht auf den Smalltalk einsteige, nimmt er sein Glas und nickt mir zu.

»Man sieht sich.«

»Super für mich«, murmele ich.

Er steuert seine Produktionsassistentin an. Ich schaue ihm nach, nippe an meinen Drink und warte, dass Kata von der Toilette zurückkommt. Diesmal werde ich sie ins Bett bringen, und ob wir dann miteinander schlafen oder nicht, ich werde mich nicht mehr aus ihrem Bett bewegen, egal, was passiert. Ich werde mich an sie kuscheln und schlafen, bis mich entweder ihre Stimme, ihre Zunge oder die Sonne weckt. Nach einem Streit, einem Orgasmus oder einem Kaffee oder vielleicht sogar allem zusammen werde ich aufstehen, zum Flughafen fahren und ab ans Wasser. Ich habe es mir wirklich verdient, weiß gar nicht mehr, wann ich das letzte Mal eine Nacht durchgeschlafen habe, der Keks muss akzeptieren, dass ich ein eigenes Leben habe.

Jetzt, da ich in Sicherheit bin, kann ich mir die verzweifel-

te Suche im Raum in aller Ruhe anschauen. Kaum habe ich keine Bedürfnisse mehr, schon geht die Rothaarige in die Offensive. Sie lächelt mich über die Theke hinweg an und grüßt mit ihrem Bier. Ich kenne eine andere Frau, jetzt weiß sie ganz sicher, dass ich es nicht nötig habe. Ergo kann ich es sofort haben.
Ich winke zurück und sehe, wie Diana die Halle betritt und sich suchend umschaut. Verdammt, woher weiß sie, wo ich bin? Die Antwort ist nicht schwer, denn es gibt ja nur eine Person, die es wusste. Buddy. Sie hat es ihr verraten. Schon wieder Buddy und Diana. Da ist was im Busch.

Auf der Frauentoilette lande ich schon wieder mitten im tiefsten Winter. Sven & Martin erstarren, als ich reinkomme, doch der Belag lässt sich nicht stören. Sie nickt mir kurz zu und zieht sich dann eine weitere Nase. Aus einer Kabine hört man übles Würgen. Ich versuche, die Kabinentür zu öffnen, abgeschlossen.
»Kata, ich bin's, mach auf.«
Nichts.
Ich klopfe.
»Komm schon, ich bringe dich nach Hause.«
Sven & Martin starren mich an. *Die* willst du noch poppen? Und wir dachten, *wir* wären krank!
Ich ignoriere sie, so gut so etwas möglich ist, und klopfe wieder.
»Mach auf, Süße.«
Schon geht die Tür auf, aber die falsche. Diana kommt herein. Man sieht ihr an, dass sie dringend muss, und Pipi ist es nicht.
»Viktor, bitte, wir müssen miteinander reden.«
»Nicht jetzt.«
»Aber es ist wichtig für mich. Diese Option kann der Einstieg in den Amimarkt bedeuten, verstehst du das nicht?«

»Nicht jetzt.«
Ich ignoriere Diana und klopfe wieder an die Tür. Als Antwort erklingen wieder herzzerreißende Würgegeräusche.
»Katarina, mach jetzt die Tür auf! Komm schon, willst du nicht ins Bett?«
Sven & Martin schauen fasziniert hin und her. Bis eben dachten sie, das Frauenklo wäre ein ruhiger Ort, um sich 'ne Stulle zu schmieren und linientreu zu bleiben, doch jetzt outet sich vor ihren Augen ein Autor als Leichenpopper und Pornostarbekannter – wow!
»Viktor, bitte.«
»Diana, gleich werde ich echt sauer!«
Sven & Martin schauen angestrengt zwischen Diana und mir und der Klotür hin und her. Sie kapieren gar nichts mehr. Hey, da steht doch eine staatlich geprüfte Sandwichspezialistin, und der will immer noch die Kotzerin? Was ist bloß aus der verdammten Welt geworden?
Diana legt mir eine Hand auf den Arm.
»Dieser Deal ist meine große Chance, hier rauszukommen. Hier weiß doch jeder, was ich früher gemacht habe, und jeden Tag habe ich es mit Typen zu tun, die wegen meiner Vergangenheit auf mich herabschauen, obwohl sie ständig zu meinen Filmen onanieren und–«
»Stopp!«, sage ich und zeige ihr meine Handflächen.
Sie stoppt. Toll. Sie hört manchmal auf mich.
Ich wende mich unserem Publikum zu.
»Würde es euch vielleicht etwas ausmachen ...«
Sie blinzeln mich an. Ein offen geführter Satz mit direkter Anrede, aber ohne konkrete Aussage und einen fiesen Hang zur Frage. Was kann der bloß damit meinen?
Der Belag kommt zuerst dahinter.
»Ich gehe tanzen«, sagt sie und schaut Sven & Martin an. »Danke fürs Zeug.«
Sie zieht noch mal die Nase hoch, und weg ist sie. Sven &

Martin schauen ihr nach. Ha, da sind sie aber mal so richtig an der Nase herumgeführt worden, was? Doch dadurch ergibt sich ein anderes Problem. Wie man munkelt, spielen die beiden auch manchmal Sandwich, ohne einen Belag dazwischen zu tun, aber heute scheinen sie partout nicht ohne Pufferzone nach Hause zu wollen. Sie mustern Diana dreckig, und wenn einer jetzt einen Spruch macht, kann ich für nichts garantieren.

Diana spürt was und setzt ihre Erfahrungen tatsächlich mal zu meinem Vorteil ein. Sie lächelt die beiden an.

»Meine Herren. Wir haben hier was zu besprechen. Das nächste Mal geht der erste Drink auf mich.«

Sven & Martin grinsen sich an, und nach einem letzten geilen Hotdogblick auf Diana verziehen sie sich. Igitt!

Ich klopfe wieder an die Toilettentür, hinter der es verdächtig ruhig geworden ist.

»Kata, komm raus. Ich bringe dich nach Hause.«

Diana drückt meinen Arm.

»Viktor, ich muss raus aus Deutschland, irgendwohin, wo mich niemand kennt, und diese Option kann den Einstieg in den Amimarkt bedeuten. Wenn die eine internationale Co-Op mit *Zwischenzeit* machen oder sogar einen reinen Hollywoodfilm, mache ich drüben gleich die richtigen Kontakte und komme in den Markt rein. Verstehst du nicht? Das Ganze lohnt sich sogar schon, wenn das Buch nicht verfilmt wird.«

Ich versuche ruhig zu bleiben.

»Diana. Ich verstehe alles Mögliche, doch so wie die anderen dich benutzen, um ihr Ding durchzuziehen, benutzt du jetzt mich, um dein Ding durchzuziehen. Dieses Drehbuch gehört dir nicht, also woher nimmst du das verdammte Recht …«

Die Toilettentür geht auf. Kata kommt raus. Oder ihr Geist. Schwer zu sagen. Dann kommt der Geruch. Der ist jedenfalls real, mein lieber Scholli.

»Nach … Haussse.«
Sie hängt sich schwer an mich. Ich lege ihr den Arm um die Schulter. Diana stützt sie von der anderen Seite. Ich schiebe ihren Arm weg. Sie lässt los, bleibt aber auf Augenhöhe und hält uns die Toilettentür auf.
»Viktor, rede mit mir! Bitte!«
»Ja, scheiße, was zum Henker mach ich denn die ganze Zeit?!«
»Aber du hörst mir nicht zu!«
Ich bleibe stehen.
»*Ich* höre *dir* nicht zu?!? Als ich zu deiner ›Agentur‹ gewechselt bin, war das ein Telefon und eine falsche Postadresse! Du warst neu im Biz und kanntest niemanden! Jetzt bist du ganz gut im Geschäft, oder? Denkst du, es war einfach, mich von einer Anfängerin vertreten zu lassen, die das halbe Land mit Sperma im Gesicht gesehen hat? Ich hab dir eine Chance gegeben, und was erwarte ich dafür? Nur, dass du deinen verdammten Job machst, und zwar ohne mich zu bescheißen! Und was tust du? Du schließt Deals hinter meinem Rücken ab! Und mit welchem verdammten Recht tust du das? Mit keinem! Oder hast du eine Vollmacht? Verdammt, ich kann dich wegen Urkundenfälschung in den Knast bringen! Und jetzt stehst du hier und willst mir erklären, dass *meine* Sicht der Dinge das Problem ist??! Scheiße, ihr kotzt mich an! Ich arbeite daran, ein guter Partner zu sein, und wofür? Damit egoistische Schlampen rücksichtslos durch mein Leben latschen, um ihren eigenen kleinen Traum zu verwirklichen?! Diana – *verpiss dich!*«
Diana starrt mich mit großen Augen an. Katas Kopf schwenkt wie ein ausgeleiertes Pendel zwischen uns hin und her. Gleich wird sie mich bitten, sie wieder ins friedliche Klo zurückzubringen …
Die Tür geht auf, und die Stuntfrau kommt herein. Sie wirft einen Blick in die Runde und nickt mir dann anerkennend

zu – Respekt! Erst zehn Minuten hier drin und schon dieses Chaos?
Sie verschwindet in einer der Kabinen, und ich schaue Diana an, der es die Sprache verschlagen hat.
»Ich habe dir vertraut«, sage ich.

Als ich Kata durch den Partyraum lenke, haben Sven & Martin bereits die Rothaarige umzingelt. Sorry, Reddy, heutzutage muss anscheinend jeder auf sich selbst aufpassen.

Kapitel 12

Die frische Luft führt zu einer kurzen Wiederbelebung bei Kata, die dann allerdings bald ins Gegenteil umschlägt. Als ich ihren Toyota vor ihrem Haus einparke, haben wir jede Menge Spaß gehabt. Zuerst wollte sie unbedingt eine bestimmte Kassette hören, und als wir die gefunden hatten, musste sie dringend eine rauchen, wobei sie ihre Jacke ankokelte. Kaum war das Feuer unter Kontrolle, übergab sie sich in den Fußraum. Den restlichen Weg verbrachte sie mit geschlossenen Augen an die Scheibe gelehnt. Alles dreht sich? Nichts macht einen Sinn? Dir ist schlecht, und du wünschst dir, an einem anderen Ort zu sein? Oh, ich weiß Bescheid.

Ich trage sie halb die Treppe hoch, und schon muss ich daran denken, wie ich Grace nach einem Konzert nach Hause getragen habe. Nicht weil sie betrunken war, sondern weil ich Lust hatte, ihr zu dienen. Ich trug sie, sie lag mit ihrem Mund an meinem Ohr und flüsterte Süßigkeiten. Sie mochte es schon damals, hofiert zu werden. Wer weiß, ob sie sich jetzt Sklaven zugelegt hat. Leisten könnte sie es sich.

Um an den Haustürschlüssel zu kommen, muss ich Kata vor der Tür abstellen und ihre Taschen durchwühlen. Dabei öffnet sie die Augen und fokussiert mich mühsam.

»Wo warst du … so lange?«, bringt sie den alten Klassiker.

Lachend schließe ich die Tür auf und helfe ihr ins Badezimmer. Während sie eine Kopf-ins-Klo-Aktion startet, gehe ich in die Küche, um eine Präventivmaßnahme zu ergreifen. Die

Kunst, den allerübelsten Kater zu vermeiden, besteht darin, noch vor dem Einschlafen etwas zu essen. Also wärme ich ihr Restnudeln vom Herd auf.
Während die Nudeln sich auf Betriebstemperatur bringen, schaue ich mich um. Ich war hier seit Jahren nicht mehr, aber es hat sich nicht viel verändert. Eine neue Lampe neben der Fotowand, der Tisch steht anders, ein kleiner Teppich vor der Anlage, sonst ist alles beim Alten. Wir haben uns nach dem damaligen Sommer nicht wieder gesehen, weil sie meinte, dass es dadurch leichter für sie wäre. Damals hielt ich diesen totalen Break für einen Fehler, ich dachte, wir könnten es schaffen, uns langsam abzunabeln und dabei gemeinsam eine neue Basis aufzubauen. Heute weiß ich es besser. Lange genug aus den Augen, weit genug aus dem Sinn. Hoffe ich.
Als ich ihr die Nudeln ins Bad bringe, liegt sie in der Wanne. Sie ist noch dünner als damals. Ein weiteres Indiz dafür, dass sie sich zur Zeit nicht safe fühlt. Beziehungsstress oder Jobärger.
»Hunger?«
Sie schüttelt leicht den Kopf, doch das heiße Wasser hat sie geplättet, also füttere ich sie. Die ganze Zeit liegt sie da, blinzelt zu mir hoch, öffnet, kaut, schluckt, blinzelt, öffnet, kaut, gleich wird sie mich Mutti nennen.
Wir leeren den Teller, und da ich schon dabei bin, gehe ich voll in meiner Rolle auf und sehe nach, ob sie ihre Pille genommen hat. Sie nahm sie früher immer gegen Mitternacht, mit einem leichten Hang zur Vergesslichkeit. Nicht dass es mich etwas anginge, aber als ich sehe, dass der Tag noch unberührt ist, drücke ich die Pille aus dem Plastik und halte sie ihr hin.
»Schlucken«, sage ich.
Sie öffnet ihren Mund, und als ihre weichen Lippen an meinen Fingerspitzen nippen, muss ich aus irgendeinem Grund an Sex denken, ja, ja.

»Besser?«
Sie nickt träge. Das heiße Wasser tut weiter seine Wirkung, und als ich sie ins Bett trage, ist sie völlig hinüber. Nackt, warm, voll gefressen, schmusig, völlig entspannt. Es geht nicht spurlos an mir vorüber.
Kaum lege ich sie aufs Bett, schon gleitet sie wie ein Slomoaal unter die Decke, dreht sich auf den Rücken, streckt die Arme nach mir aus und hebt den Kopf, um mich zu küssen. Fehler. Wenn ihre Pille sie zu 98 Prozent schützt, ist sie mit ihrem Atem heute hundertprozentig sicher. Mundgeruch – das freundliche Öko-Verhütungsmittel.
Ich zögere ein paar Sekunden, und sie schläft auf der Stelle ein. Wenn es mit meiner Chancenverwertung so weitergeht, werde ich wohl nie wieder Sex haben. Und schon muss ich an Grace denken. Bei längeren Schreibsessions schlief sie oft schon, wenn ich nachts ins Bett kam. Ich leckte sie nass, glitt in sie und weckte sie mit meinen Bewegungen. Sie schlug verschlafen die Augen auf, realisierte und gab mir dieses verdammte schiefe Lächeln. Manchmal schloss ich die Augen, um nicht zu schnell zu kommen. Verdammt, werde ich je wieder solchen Sex haben? Oder ähnlichen? Oder zumindest irgendeinen?? Ja! Morgen früh. Mit geputzten Zähnen. Die Blockade sprengen und frisch gevögelt in den Flieger steigen. So viel zum Plan.
Ich gehe ins Wohnzimmer und hole mir einen Saft aus dem Kühlschrank, dabei checke ich die Fotowand. Vielleicht finde ich ja hier den Anlass für ihre neue Frisur. Doch auf der Fotowand gibt es so wenig Neues wie in der Wohnung. Fotos von ihrem Vater und ihrem kleinen Bruder. Eins davon habe ich selbst geschossen, als wir die beiden auf Ibiza besucht haben. Fotos von ihrer Mutter, ein paar von ihren Freundinnen. Die einzig neuen Bilder sind von ihrer besten Freundin, zwei Postkarten von ihrem Bruder und ein paar Einladungen zu Filmpremieren. Sonst ist alles beim Alten. Der einzige Kerl,

der an der Wand hängt, bin ich. Bilder von uns auf Partys, im Mittelmeer, bei Shoppingtrips. Tickets von der Lesung, auf der wir uns kennen gelernt haben, und ein Nacktfoto von uns auf einer spanischen Klippe.
Ich setze mich. Mir kommen Erinnerungen, die merkwürdig sind, weil sie mal nichts mit Grace zu tun haben. Ja, es gab Frauen vor Grace, auch wenn mir das gerade komisch vorkommt, weil ich seit dem Moment, in dem ich Grace traf, nie wieder an andere Frauen gedacht habe. Keine vor ihr. Keine nach ihr.
Ich mustere die Fotos. Wenn Kata zur Zeit liiert wäre, könnten die doch nicht so offen herumhängen. Und eigentlich hängen sie genau so wie damals. War hier vielleicht kein Kerl mehr drin, seit ... *Wo warst du so lange?* Verdammt ... Bin *ich* der Grund für ihre Haare?! Ist sie bei der Filmpremiere meinetwegen verschwunden? Bin ich ihr Grace? Hat sie die letzten Jahre gelitten, ist mir aus dem Weg gegangen, und jetzt tauche ich plötzlich wieder aus dem Nichts auf und bringe sie ins Bett? *Wo warst du so lange ...?* Oh, heilige Scheiße .... Wie würde ich mich fühlen, wenn ich morgen neben Grace aufwachen sollte, nur um zuzuschauen, wie sie sich anzieht und wieder aus meinem Leben verschwindet?

Kapitel 13

Katas Haustür fällt ins Schloss und vereitelt jeden Rückzug. Und schon stehe ich wieder auf der Straße. Endlich wieder Nacht. Endlich wieder allein. Zur Abwechslung auch noch nüchtern, und das macht es nicht zwingend besser. Also, wohin?

Die Straße liegt tot da. Gab es nicht mal einen Film, in dem jemand aufwacht und merkt, dass er plötzlich der Einzige ist? He, das war gar kein Science-Fiction, das war nach Mitternacht in einer deutschen Großstadt. Kein Vogel zuckt, kein Auto fährt, kein Gassigeher, kein Streifenwagen, nicht mal ein Penner, nichts. Wenn das jetzt ein Film wäre, dann wüsste ich, dass sogar in dieser total öden Szene irgendwas Wichtiges geplantet werden würde, was für die Geschichte später von Bedeutung ist.

Wäre das hier ein Liebesfilm, bräuchte ich mich nur auf den Rinnstein zu setzen und zu warten, bis meine große Verliebtheit mich hier findet. Ich würde mich zum Versöhnen mitnehmen lassen, dann einen banalen Konflikt austragen, meine große Liebe verlieren, nach einer Zeit das Missverständnis aufdecken, gerade rechtzeitig, um auf ihrer Hochzeit aufzukreuzen, dem Arschloch, der sie nur als Trophäe wollte, was aufs Maul zu geben, sie zu küssen und hurra.

Ich schaue die Straße hoch. Nichts. Ich schaue sie runter. Nichts.

Ein Film von Woody Allen. In dem Fall müsste ich heute Nacht noch ein Verhältnis mit der Schwester meiner Frau

anfangen, einen Roman darüber schreiben und währenddessen entdecken, dass meine Dachbarin ihren Lover umgebracht hat.
Ich schaue die Straße hoch. Nichts. Ich schaue sie runter. Nichts.
Ein Film nach einem Skript von Shane Black. In dem Fall verliere ich gleich mein Gedächtnis, werde von Yasna verachtet, drehe bei einem Drogendeal völlig durch, zeige meinen nackten Po, werde gefangen genommen, befreie mich wieder, rette die Familie meines Partners, lege einen Haufen Bad-Guys um, gewinne Yasnas Achtung zurück und küsse am Ende Grace.
Ich schaue sie hoch. Nichts. Ich schaue sie runter. Nichts.
Ein Film von Oliver Stone. Ich melde mich freiwillig, ziehe in den Krieg, sehe meinen besten Freund sterben, komme als Zyniker zurück, verliere ein paar Finger, poppe Jennifer Lopez und decke eine Verschwörung auf, bevor ich in einem Auto verblute.
Hoch. Nichts. Runter. Nichts. Und auch niemand. Verdammt, sogar in einem Autorenfilm aus den Siebzigern würde längst ein abstruser LSD-Zufall die Handlung beschleunigen, doch ... hier ... passiert ... nichts.
Auch nach fünf Minuten nicht.
Auch nach zehn Minuten nicht.
Mal wieder lost das Leben gegen Film ab. Niemand weiß, was als Nächstes passiert. Niemand weiß, *ob* was passiert. Und wenn was passiert, weiß niemand, ob es Sinn macht. Ich kann hier rumstehen, bis ich an Altersschwäche sterbe, ohne dass sich dadurch irgendwas ändert. Ich muss also was tun. So etwas wie jemanden anrufen zum Beispiel. Oder irgendwo hingehen.

Kapitel 14

Meine Agentin öffnet barfüßig die Tür und blinzelt mich verschlafen an. Sie trägt einen Kimono und Abdrücke von einer Schlafmaske.

»Ich war zufällig in der Nähe und dachte, was soll's, eine schnelle Nummer ...«

Sie mustert mich, die Survivaltasche, wieder mich, dann wirft sie einen schnellen Blick in die Glasscheibe an der Tür. Im Schlaf haben sich tatsächlich ein, zwei Haare aus der Formation gewagt und von einem ihrer Zehennägel ist ein bisschen Lack abgeblättert.

Sie lächelt fein und gibt die Tür frei.

»Komm rein.«

Wir gehen durch ein großes Zimmer mit einer Glasfront zu einem Garten. Das Zimmer ist voller Sport. Laufband, Punchingball, Nautilusgeräte, Freihanteln. Eine Ausrüstung wie im Studio.

Wir durchqueren die Sporthalle und landen in einem spartanisch eingerichteten gemütlichen Raum mit Holzboden. Zwei Ledersessel, eine Ledercouch, ein kleiner Abstelltisch, zwei afrikanische Skulpturen, leere Wände, Durchreiche zur Küche.

»Schön hast du es hier. Wenn du alle deine Klienten vergrault hast, kannst du auf Innenausstatterin umschulen.«

»Ich habe die Wohnung möbliert gemietet. Sie gehört einem Produzenten.«

Ich ziehe die Augenbrauen hoch.

»Ach, ja, wem denn?«
»Von früher.« Sie winkt ab. »Mach es dir bequem.«
Sie verschwindet. Ich gehe auf den Ledersessel zu, der aussieht, als wäre er für mich gebaut worden. Ich lasse mich hineingleiten ... hmmm ... Ich komme langsam in ein Alter, wo ich einen guten Sessel zu schätzen weiß.
Diana kommt wieder. Ihr Haar liegt jetzt perfekt. Ich checke ihren Zeh. Da ist immer noch der Lack ab. Schlampe.
»Erst ein Bier oder gleich ins Bett?«
Ich schaue sie an. Sie lächelt fein. Ich kann in dem Lächeln nicht lesen, wie sie es meint.
»Äh, ein Bier wäre toll.«
Sie öffnet den Kühlschrank und bringt mir eine kalte Flasche, die sich irgendwie komisch anfühlt.
»Danke«, sage ich und sehe dann, was sie mir in die Hand gedrückt hat. Ein Carlsberg. In einer Plastikflasche ...
Ich schaue sie verblüfft an.
»Mann, Mann, Mann ...«
Sie freut sich über meine Überraschung.
»Du hast deine Lieblingssorte irgendwann mal erwähnt.« Sie lächelt.
Und sie hat sie sich gemerkt. Und hat sie besorgt. Für den unwahrscheinlichen Fall, dass ich sie mal besuche. Das ist mehr Aufmerksamkeit, als ich von meiner Ex bekommen habe.
Ich schraube die Flasche auf und nehme einen Schluck. Unglaublich.
Sie beobachtet mich lächelnd.
»Gut?«
»Sagenhaft.«
Sie freut sich. Dann verschwindet die Leichtigkeit.
»Viktor, wegen der Option ...«
Ich winke heftig ab, und ein bisschen der Köstlichkeit schwappt auf den Holzboden.

»Scheiße, sorry«, sage ich und will mich aus dem Sessel kämpfen.

»Bleib sitzen.« Sie nimmt sich einen Putzlappen von der Spüle.

»Ja, gut, aber fang bloß nicht damit an. Ich will echt nichts hören, ich bin rein privat hier.«

Sie denkt gründlich darüber nach, während sie den Bierspritzer mit einem Schwamm vom Holzboden tupft. Aus irgendeinem Grund muss ich an ihren Ex-Beruf denken, als sie zu meinen Füßen kniet, aber *never fuck the company*. Und wie ich seit meiner letzten Beziehung weiß: *Never company the fuck.*

»Gut, privat«, sagt sie. »Nur eine Sache …«

Ich verziehe das Gesicht.

»Mach's kurz.«

»Überlegst du dir wirklich, unsere Zusammenarbeit zu beenden? Falls ja, dann versprich mir, dass ich die Chance habe, dir vorher alles aus meiner Sicht zu erklären.«

»Okay.«

Sie atmet erleichtert aus.

»Gut.«

Ich halte ihr meine Flasche entgegen.

»Na dann, prost.«

Sie schaut auf das Bier.

»Ich habe schon ewig kein Bier mehr getrunken«, sagt sie und klopft sich an der Stelle auf den Kimono, wo sich ihre gertenschlanke Taille befindet.

Ich warte, bis sie sich eins aus dem Kühlschrank geholt hat. Wir prosten, ich höre das vertraute *plok* der Plastikflaschen, trinke einen Schluck, fühle mich angenehm relaxt, ohne müde zu sein.

Diana greift in einen Schrank und bringt ein Kästchen zum Vorschein.

»Möchtest du?«

Ich schüttele den Kopf. Sie stellt das Kästchen weg und holt stattdessen eine Dose hervor.
»Dann vielleicht einen Keks?«
»Was ist das hier – Escobars Geheimlabor?«
Sie lächelt nur und wackelt mit der Dose, in der es klackert.
»Das sind meine selbst gemachten Kekse. Schokokokos.«
Sie öffnet die Dose, nimmt sich einen braunen Klumpen heraus, beißt eine Miniecke ab und hält mir die Dose hin.
Ich nehme einen Keks und mustere ihn skeptisch.
»Sind da Schweinereien drin?«
»Das Schlimmste überhaupt«, sagt sie, »Kalorien.«
Ich beiße in den Klumpen. Hm! Sie beobachtet mich lächelnd.
»Und?«
»Lecker. Lass die Dose ruhig stehen.«
Sie freut sich, ich spüle nach.
Als ich die Flasche absetze, steht sie schon mit einer neuen vor mir, und ich spüre, wie meine Wut auf sie abnimmt. Gib dem Mann ein Bier? Himmel, bin ich kompliziert.
Sie lächelt, setzt sich auf das Ledersofa und schaut mich erwartungsvoll an. Ich knabbere ein paar Kekse und nippe am Plastik. Gute Kekse, leckeres Bier, klasse Sessel, die Freiheit vor Augen, alles bestens. Nur noch ein paar Stunden rumkriegen, dann bin ich frei.
»Also, Diana, was für Träume hast du?«
Sie schaut mich überrascht an.
»Du meinst wegen der Option?«
»Nein«, seufze ich, »wegen des Lebens.«
»Ah.«
Sie knabbert immer noch am ersten Keks und spült einen winzigen Krümel mit einem Minischluck runter.
»Ich will an einem Ort leben, wo die Menschen meine Vergangenheit nicht kennen. Egal wie erfolgreich ich hier je werde, Respekt kriege ich in hundert Jahren nicht.«

Sie stellt die Flasche ab und schaut mich an.
»Darum habe ich das mit der Option auch gemacht. Viktor, ich wollte dir nicht in den Rücken fallen, ich wollte nur–«
»Stopp.«
Sie stoppt sofort. Schon das zweite Mal. Scheinbar braucht sie nur klare Kommandos.
»Sorry«, sagt sie.
Mein Bier ist wieder alle. Sie macht den Ansatz zu einer Bewegung, aber diesmal bin ich schneller. Als ich den Kühlschrank öffne, lerne ich was Neues dazu, denn im Kühlschrank befinden sich mindestens zehn verschiedene Biersorten. Ich nehme mir ein Carlsberg, gehe zurück und lasse mich in den Maßsessel gleiten. *Plok.*
»Kein schlechter Trick mit dem Bier.«
»Männer haben feste Gewohnheiten«, sagt sie.
»Du musst es ja wissen. Aber woran erkennst du, wer welche Sorte mag?«
Sie schaut mich prüfend an, dann lächelt sie fein.
»Gar nicht. Ich liege genauso oft richtig wie falsch. Aber wenn es klappt, ist das ganz gut.«
Sie nippt wieder am Bier und wirkt auf dem Ledersofa entspannter, als ich sie je erlebt habe.
»Vorhin, das war ein Witz«, sage ich.
Sie nickt.
»Ich weiß. Du magst das nicht.«
Ich ziehe die Augenbrauen hoch.
»Was weißt du? Was mag ich nicht? Sex?«
»Sicher magst du Sex, das weiß doch jeder. Aber nicht so.«
»Weiß doch jeder.«
Sie beißt vorsichtig eine winzige Ecke von dem Keks ab, kaut darauf herum, schluckt ihn herunter, spült mit einem Schlückchen Bier nach und nickt dann.
»Wird viel getratscht, und wenn ich die Pornoschlampe bin, bist du der Starficker.«

»Starficker …«
Ich würde ein prima Echo abgeben.
Diana zieht die Schultern hoch.
»Wohnst mit Frau und Kind zusammen und schläfst nebenher mit Schauspielerinnen und schließlich sogar noch mit unser aller Grace.«
Sie gibt dem Starficker einen Da-siehst-du-wie-das-ist-Blick.
»Ich habe in einer WG gewohnt, und als ich Grace kennen lernte, war sie noch gar nicht unser aller Grace, sondern meine.«
Sie hebt die Hände.
»Ich sage dir nur, was man so redet.«
Das kostet die Welt ein Bier auf Ex, und ich meine damit ausdrücklich nicht sie.
Ich hole zwei neue aus dem Kühlschrank, stelle Diana eines auf den Tisch und lasse mich in den Maßsessel gleiten. Sie starrt auf das halbvolle Bier in ihrer Hand und auf das volle auf dem Tisch. Sie atmet durch, setzt an und leert die halbe Flasche in einem Zug. Dann schüttelt sie die Flasche leicht, um sicherzugehen, dass sie tatsächlich leer ist, und stellt sie sorgfältig auf exakt demselben Fleck ab, auf dem sie stand.
»Tut mir Leid, dass sie dich verlassen hat«, sagt sie.
»Danke. Und was macht die Liebe bei dir?«
»Ist nicht einfach«, sagt sie und macht eine Handbewegung, die alles und nichts aussagen kann.
»Ach so.«
Ich trinke einen Schluck und warte.
Sie rutscht in eine bequemere Sitzposition und nippt gedankenverloren an der neuen Flasche. Dann nimmt sie einen anständigen Schluck, zieht die Beine hoch und lehnt sich gegen das Kopfteil.
»Ob das bei den normalen Schauspielerinnen auch so ist? Versucht der Lover von Jamie Lee Curtis auch so witzig zu

sein wie John Cleese? Versucht Mel Gibsons Frau so zu lachen wie Julia Roberts? Ich weiß gar nicht mehr, wann ich mit einem Mann aus war und mich ganz normal unterhalten habe oder mit einem ins Bett gegangen bin und dann einfach nur mit ihm geschlafen habe. Jeder, den ich kennen lerne, muss immer die ganz wilden Sachen abziehen, um mir zu beweisen, dass er es drauf hat. Manchmal frage ich mich, ob ich je wieder eine normale Beziehung haben werde.«

»Wirst du«, sage ich.

Sie schüttelt den Kopf.

»Es ist immer dasselbe: Ich treffe einen, der weiß, was ich früher gemacht habe, und entweder verachtet er mich deswegen oder es erregt ihn oder beides abwechselnd. Oder ich treffe einen, der nicht weiß, was ich früher gemacht habe, wir haben eine schöne Zeit. Irgendwann erfährt er, was ich früher gemacht habe, und dann verachtet er mich oder es erregt ihn oder abwechselnd beides.«

Ich proste ihr zu.

»Irgendwann wirst du jemanden kennen lernen, dem deine Vergangenheit nicht so wichtig ist wie die Zukunft.«

Sie schüttelt den Kopf.

»Meine einzige Chance, einen Mann völlig unbefangen kennen zu lernen, ist im Ausland. Darum will ich ja nach Amerika.«

»Sextourismus mal anders«, grinse ich und trinke aus.

Sie macht den Ansatz einer Bewegung, aber wieder bin ich schneller und hole uns zwei Plastik. Ich stelle ihr eines auf den Tisch, lasse mich ins Leder gleiten und hebe meine Flasche.

»Auf die Richtige beziehungsweise den Richtigen.«

»Und auf guten Sex«, sagt sie. »Jahrelang hatte ich zu viel, jetzt habe ich gar keinen.«

Sie wirft mir einen Blick zu, den ich geflissentlich übersehe,

dann schaut sie auf die halb volle Flasche in ihrer Hand. Sie kippt sie hinunter.
»Du wirst bald einen Mann treffen, der nicht so bescheuert ist, dich über deine Vergangenheit zu definieren«, sage ich.
Sie schüttelt den Kopf.
»Du ahnst ja nicht, wie sensibel Männer sein können. Sie vergessen vielleicht meinen Geburtstag, aber niemals, welchen Job ich hatte: Ist er denn *groß* genug? Ist er *lang* genug? Ist er der *Größte*, Baby? Bin ich tiefer drin als *Rokko*?«
Sie lacht laut auf und hält sich dann erstaunt die Hand vor den Mund.
»Ich bin betrunken«, staunt sie hinter vorgehaltener Hand.
»Drei Bier, da kann man schon mal ausflippen.«
Sie kichert, und ich freue mich, dass meine immer so kontrollierte Agentin sich plötzlich wie ein Teenager benimmt. Wenn nur nicht ihr Kimono mal hierhin, mal dorthin rutschen würde. Zum einen bin ich mir nicht sicher, wie zufällig das ist, zum anderen muss ich dringend auf die Toilette , und da wirkt so ein Anblick kontraproduktiv.
Ich kämpfe mich aus dem Sessel.
»Wo ist das Bad?«
Sie zeigt kichernd in Richtung Flur. Ich gehe los und merke, dass ich irgendwie unsicher auf den Beinen bin. Oh Mann, ein paar läppische Bier, und ich habe das, was ein schwuler Bayernfan gern hätte – einen im Kahn. Einen im Kahn? Junge, Junge, ich bin betrunkener, als ich dachte.
Im Badezimmer finde ich eine Badewanne neben der Duschkabine. Ein Stück weiter ist das Klo, neben einem Fenster zum Hof mit Bäumen statt Mördern. Der Klodeckel lässt sich hochklappen. WG-geschult bleibe ich auf der Hut, doch er bleibt brav oben.
Während ich warte, dass meine Erektion sich entspannt, fällt mir die politisch korrekte Frauen-WG ein, in der Grace wohnte, als wir uns kennen lernten. Auf der Toilette musste

man sich immer verrenken, um gleichzeitig den Schwanz, den Hosenbund und die Klobrille zu halten, damit sie nicht mittendrin heruntergehechtet kam, um einen zu kastrieren. Würde mich nicht wundern, wenn jemandIn etwas patentiert hätte, womit man eine Klobrille absichtlich zum Fallbeil umfunktionieren kann. Bei einem verzweifelten Schmerzensschrei aus dem Bad nicken die BewohnerInnen sich in der Küche grimmig zu – wieder ein Stehpisserschwein weniger! Herrje, wie viel Müll muss ich mir noch zusammenspinnen, bevor endlich die Spannung nachlässt, gleich platzt mir die Blase. Die ganze Welt macht sich Gedanken, wie man ihn hochkriegt, ich muss ihn dringend runterkriegen. He, kann nicht jemand Anti-Viagra erfinden? Bis dahin versuche ich es mit der spirituellen Methode: Ich denke an die Bettlakenszene in *Trainspotting*.

Als ich eine Minute später in den Raum zurückkomme, liegt der Kopf meiner Agentin entspannt auf dem Kopfteil. Ich durchsuche den Kühlschrank, und da Carlsberg alle ist, schnappe ich mir zwei San Miguel, stelle eins vor ihr auf den Tisch, wanke mit dem anderen zu meinem Sessel und lasse mich hineingleiten. Die Blase leer, der Kühlschrank voll, und auf dem Ledersofa liegt eine Betrunkene, die ich noch nie so entspannt gesehen habe. Die Nacht fast rum, ich bald weg. Es war richtig, herzukommen.

»Hast Recht. Deine einzige Chance ist wegzugehen.«

Diana schreckt hoch.

»Du gehst?«

»Nein.«

»Ah … gut«, sagt sie und lehnt sich wieder zurück.

»Aber nicht einschlafen.«

»Ja«, sagt sie und reibt sich über die Augen, vorsichtig, damit keine Augenbraue verrutscht.

Ich deute auf das San Miguel. Sie schüttelt den Kopf.

»Ich kann nicht mehr«, stöhnt sie.

Sie setzt sich gerade hin und blinzelt verschlafen in die Runde, dann schaut sie mich an.

»Kann ich dich was fragen?«

Ich verziehe präventiv das Gesicht.

»Wieso hast du mir damals eigentlich den Job gegeben?«

»Das frage ich mich auch manchmal«, sage ich.

Sofort hat sie wieder diesen schuldbewussten Ausdruck.

»Es tut mir echt Leid mit der Option, aber–«

»Klappe.«

»Ja. Richtig«, sagt sie und lehnt sich wieder zurück.

Gemeinsam starren wir aus dem Fenster, wo die letzte deutsche Nacht vor meinen Augen stirbt. Eine Freundin von mir hat als Callgirl gearbeitet und hatte gleichzeitig eine Beziehung, daher weiß ich, dass manche Frauen gut zwischen Beruf und Privatleben trennen können. Manche Männer können es auch. Aber unsere Gesellschaft kann es nicht. Wer für Geld poppt, ist ein schlechter Mensch. Wer eine schlechte Frisur hat, kann keine gute Politik machen. Wer Wimbledon gewinnt, ist ein menschliches Vorbild. Wer nicht gut aussieht, hat keinen guten Charakter. Wer Vorstandsmitglied einer Dax-notierten Firma ist, kann niemals seine Tochter missbraucht haben. Was Heuchelei und Doppelmoral angeht, leben wir noch immer in der Steinzeit. Scheiß falsche Moral. Scheiß Kirche. Scheiß Spießer. Scheiß Heuchler. Ich hasse das. Umso mehr, wenn ich es in mir entdecke. Vielleicht habe ich Diana deswegen damals das Angebot gemacht: Um mich besser fühlen zu können, als ich bin.

Von der Ledercouch kommen leise Schnarchgeräusche. Meine Agentin ist eingeschlafen. Der Anblick tut gut. Ich mag es, wenn Menschen neben mir einschlafen. Gibt mir das Gefühl, dass sie mir vertrauen. Auch wenn ich sie manchmal erst abfüllen und bis morgens um fünf warten muss.

Ich lehne mich rüber und bringe ihr ein paar Haare durcheinander.
»Und weil ich dich mag.«
Sie reagiert nicht, liegt völlig entspannt da, und ich sehe, wie sie als Baby ausgesehen haben kann.
Ich lehne mich wieder ins Leder und starre aus dem Fenster. Die Sonne kommt langsam raus, verjagt Schatten und zaubert Farben. Morgengrauen ist keine gute Bezeichnung für das, was da draußen abgeht. Gerechtigkeit ist keine für das, was hier abgeht. Jeder Gewaltverbrecher, jeder Vergewaltiger, jeder verdammte Päderast bekommt eine zweite und gar eine dritte Chance auf Rehabilitation. Jemand, der Millionen Männern zum Orgasmus geholfen hat, bekommt keine. Schöne neue Welt.

Kapitel 15

Helles Licht, warme Töne. Es riecht nach Sommer. Irgendwo zwitschern ein paar Vögel.

Ich öffne ein Auge. Anscheinend bin ich heute Nacht umgezogen, denn ich liege auf dem Ledersofa. Bis auf meine Hose bin ich nackt. Niemand liegt unter mir. Niemand liegt neben mir.

Die Survivaltasche steht unter dem Tisch. Ich fische eine Sonnenbrille heraus, richte mich auf und blinzele aus dem Fenster. Unten spielen ein paar Kinder in einem Garten. Ein paar Vögel picken Würmer. Ein Katze schleicht sich an. Zwei Omas unterhalten sich. Irgendwo da draußen wacht sie gerade auf und lässt sich verschlafen durchvögeln. Sie zieht sich ein Kissen aufs Gesicht, und erst wenn alles vorbei ist, nimmt sie es weg, kneift die Augen gegen das Tageslicht zusammen, lächelt schief und sagt: »Wunderbar.« Wie sie sich dann aus dem Bett rollt und mit einer scheuen Hand zwischen den Beinen ins Bad verschwindet, könnte ich malen. Er bleibt vielleicht im Bett liegen, wundert sich, wie er an diese Frau rankommen konnte, und fühlt sich abgewiesen, weil sie ihn nicht geküsst hat. Blödmann, sie küsst niemanden vor dem Zähneputzen. Es ist einfach lächerlich, dass ich ständig an sie denke.

Auf dem Weg ins Bad komme ich an Dianas offener Schlafzimmertür vorbei und werfe einen Blick rein. Ein Himmelbett. Leer. Die weiße Seidenbettwäsche zerwühlt. Ich gehe weiter ins Bad, hole den elektrischen und einen Nassrasierer

aus der Survivaltasche, schäle mich aus den Klamotten und springe in die Kabine.
Während ich mich rasiere, hält das Wasser die Temperatur. Manchmal kann eine heiße Dusche eine schlechte Kindheit wettmachen, und mein Wohlgefühl drückt sich auf vielfältige Art aus. Als ich mich wasche, kommt daher eins zum anderen, und schon lehne ich mit geschlossenen Augen an der Wand, während der Wasserstrahl sein Bestes tut, um meine Hände zu unterstützen. Ich denke dabei an nichts. Und niemand. Keine schmerzlichen Niemand-schmeckte-so-süß-wie-sie-Erinnerungen, keine Was-wäre-wenn-ich-jetzt-bei-Kata-aufgewacht-wäre, keine Was-wenn-Diana-jetzt-hier-wäre-und-eine-Kostprobe-ihres-Könnens-geben-würde-Bilder, keine Seelensex-Erinnerungen. Nichts außer einem pochenden Schwanz, der sich extrem vernachlässigt anfühlt.

Als ich frisch eingekleidet aus dem Bad komme, rieche ich Kaffee und höre Geräusche aus der Küche. Ich folge dem Geruch und sehe Diana, Kostüm, geschminkt, die Haare hochgesteckt. Ich checke ihren Zeh, aber den hat sie in geschlossenen Hochhackigen versteckt.
»Morgen.«
»Morgen.« Sie lächelt und deutet auf einen Stuhl, der vor einem reichlich gedeckten Tisch steht.
Ich setze mich, und während sie mir Kaffee eingießt, genieße ich den Anblick. Frische Brötchen, Ei, Maasdamer, Baguettesalami, die Morgenzeitung, und zwar eine mit Sportseiten.
»Möchtest du Rührei?«
Ich schüttele den Kopf und probiere den Kaffee. Auch das kann sie. Diese Frau weiß wirklich, wie man einen Kerl glücklich macht. Meine Agentin setzt sich und schaut mir lächelnd zu, wie ich mir ein Brötchen schmiere. Ich frage mich, wie lange sie nicht mehr mit jemandem aufgewacht ist.

»Möchtest du Müsli? Es gibt frisches Obst.«
»Danke, ich hab alles, was ich brauche«, sage ich.
Und schon muss ich an Grace denken. Als ich diesen Satz das letzte Mal sagte, meinte ich sie. Toll. Eine halbe Stunde wach und schon zweimal an sie gedacht. Aber dennoch, ich fühle mich gut, der Kaffee schmeckt, und gleich bin ich weg. Geschafft!
Ich genieße die Aussicht und lasse mich von Diana bedienen. Sie strahlt nur noch und ich werde mir immer sicherer, dass ich der erste Mann bin, der in ihrer Luxusküche Kaffee trinkt. Vielleicht hat sie auch das Trittbrettproblem? Vielleicht kann sie sich nie sicher sein, ob ein Kerl sich nicht nur damit brüsten will, Diana Diamanta flachgelegt zu haben. Aber dem Starficker vertraut sie, weil der ihr damals den Job gab und bislang nie etwas anderes wollte, als dass sie diesen Job möglichst gut macht. Und ausgerechnet den hintergeht dann ausgerechnet sie. Wir kennen uns also gut genug, um uns bescheißen zu können. Toll.
Ich trinke den Kaffee aus, schnappe die Survivaltasche und stehe auf.
»Ich muss dann.«
Diana schaut auf meinen Teller, der noch halb voll ist, bringt mich aber anstandslos raus. Sie öffnet die Tür und lächelt mich an. Sie sieht aus, als würde sie mir gleich einen schönen Tag im Büro wünschen. Oder auf einen Kuss warten. Oder vielleicht auf meinen Segen, *Zwischenzeit* als Visitenkarte für den Amimarkt zu benutzen.
»Danke fürs Asyl.«
»Jederzeit«, lächelt sie.
Ich küsse sie auf die Wange und gehe die Treppe runter. Sie schaut mir nach. Ich weiß, worauf sie wartet. Aber ich kann nicht.
Draußen mache ich das Handy an und rufe mir ein Taxi. Während ich warte, höre ich die Mailbox ab.

Anruf 1: Niels fragt, wieso-ich-scheiße-nochmal-nie-zu-erreichen-bin.
Anruf 2: Buddy erinnert mich an das Frühstück.
Anruf 3: Eine Boulevardzeitung fragt wegen einer Homestory an. Ich soll ihren Lesern zeigen, wie Grace lebte, bevor sie berühmt wurde. Wo kriegen die bloß immer meine Nummer her?
Anruf 4: Buddy warnt mich, ich soll ja nicht abhauen, ohne vorher vorbeizukommen.
Anruf 5: Eine Schauspielerin, für die wir mal etwas geschrieben haben. Sie sucht einen guten Stoff. Ihrem Tonfall nach ist sie schon fündig geworden.
Anruf 6: Jemand hat angerufen und aufgelegt. Ich checke die Nummer. Nummernsperre.

Kapitel 16

Steffen öffnet die Tür und ersetzt sie durch Körpermasse. Als Stuntman kann es ja nicht schaden, in Form zu sein, aber hier ist die Form eher in Steffen. Hundertdreißig Kilo Power auf zwei Meter verteilt.

Er lächelt mich jungenhaft an und umarmt mich.

»Mensch, Vik, das ist aber schön. Buddy hat mir gar nicht gesagt, dass du kommst. Oder hab ich das vergessen ...«

Er runzelt die Stirn. Dann zuckt er die Schultern.

»Na, egal, komm rein.«

Ich folge seinem Rat.

»VIK IST DA!«

Ich springe fast an die Decke. Man könnte sagen, dass seine Stimme trägt.

»In die Küche!«, ruft Buddy von irgendwoher.

Wir gehen in die Küche, die wie immer blitzblank aufgeräumt ist.

»Kaffee?«

»Klingt gut.«

Ich setze mich und schiebe die Survivaltasche mit dem Fuß unter den Küchentisch. Er nimmt eine Tasse und gießt mir einen Kaffee ein. Oben an der Haarkante hat er ein kleines Pflaster, und zwei seiner Finger sind verbunden. Ich frage schon gar nicht mehr. Es ist, als hätte er einen Nomadenverband am Körper, der sich mal hier und mal da niederlässt.

»Wusstest du übrigens, dass Brehme den Elfmeter gar nicht schießen sollte?«

Ich schaue ihn an. Er nickt.
»Neunzig im Finale. Er sollte den gar nicht schießen, aber Matthäus hat Schuhprobleme vorgetäuscht, also hat Andy sich die Kugel geschnappt und Argentinien versenkt.«
»Hm, das war mir so noch nicht klar.«
Er nickt und legt mir erst einen Untersetzer auf den Tisch und stellt dann die Tasse darauf. Die Milch gibt es in einer silbernen Kanne, den Würfelzucker mit Greifer, so ein Haushalt ist das.
Er setzt sich mir gegenüber und schaut zu, wie ich mir den Kaffee zurechtmache.
»Du siehst aus, als könntest du etwas Schlaf gebrauchen.«
Ich zucke die Achseln.
»So sehe ich um die Zeit immer aus. Manchmal stehe ich morgens ein paar Stunden vor dem Spiegel und schreie.«
Plötzlich fährt ein Zug durch die Küche.
»Wohl eine gute Nacht gehabt, ja?« Er lacht mich an.
Ich zögere, weil es so ungewohnt ist. Dann nicke ich. Ja, tatsächlich, eine gute Nacht am Ende.
Er schaut verstohlen zur Tür und senkt die Stimme.
»Ich auch«, sagt er und grinst von einem Ohr zum anderen. Gut, das wird man jetzt immer noch in benachbarten Stadtteilen gehört haben, aber zumindest sickert mir diesmal kein Blut aus den Ohren.
Buddy tritt in einem Bademantel durch die Tür. Auf dem Kopf trägt sie ein Handtuch zum Turban gewickelt. Sie wedelt mit lackierten Nägeln.
»Was hast du auch, Liebling?«
Steffen steht sofort auf.
»Was zu tun. Ihr beide habt ja auch was zu besprechen.«
Er küsst sie. Weg ist er. Buddy schaut ihm nach. Dann dreht sie den Kopf und mustert mich misstrauisch.
»Was hast du ihm gesagt?«
»Nichts. Er hat nur von dir geschwärmt.«

Sofort wird ihr Gesicht weich. Ein Ausdruck reiner Liebe. Ich gönne es ihr sehr, aber es schmerzt zu sehen, wie sehr sie ihn liebt.
Sie sieht etwas, tritt auf mich zu und umarmt mich. Ihre Brüste pressen sich gegen meine Stirn.
»Oh, Süßer, bald wirst du auch wieder …«
Ich gebe ihr einen Klaps auf den Hintern.
»Wenn du noch lange im Bademantel rumrennst, wird das früher sein, als du ahnst.«
Sie verpasst mir dafür einen leichten Schlag auf den Hinterkopf, nimmt eine Tasse vom Haken, gießt sich mit abgespreizten Fingern einen Kaffee ein und setzt sich. Sie probiert den Kaffee, nickt zufrieden und stellt die Tasse auf den Tisch.
Ich runzele die Stirn.
»Keinen Untersetzer?«
»Hab meinen Rock-'n'-roll-Tag.«
Sie lehnt sich zurück und mustert mich.
»Also, Sturmböe, wie war es noch auf der Party? Hast du den *perfect storm* erwischt?«
Ich beschließe, darüber hinwegzusehen, dass *perfect storm* ein Katastrophenfilm ist, in dem am Ende alle absaufen.
»War okay. Nichts Besonderes.«
»Und niemand Besonderes?«, hakt sie nach.
»Das auch«, sage ich, weil ich keine Ahnung habe, wie ich ihr erklären kann, dass ich beinahe bei Kata und dann bei Diana übernachtet habe. Glaubt sie mir nie, dass bei beiden nichts passiert ist. Ich kann es ja selbst kaum glauben. Eine Ex und ein Ex-Pornostar, aber der Herr kriegt es nicht mal da auf die Reihe. Gott sei Dank habe ich wenigstens onaniert. Ha, da habe ich's denen aber gezeigt!
»Und, wie geht es Steffen?«
Sie grinst.
»Zwei Finger verstaucht, die Rippen geprellt, aber sonst ist er fit. Und wie!«

Sie verdreht die Augen, lässt die Zungenspitze seitlich aus dem Mund hängen und hechelt.
»Und sein Gedächtnis?«
Sie zieht die Schultern ein Stück hoch. Ihr Bademantel öffnet sich ein Stück.
»Er vergisst immer einzukaufen und den Müll rauszubringen, so was.«
»Klingt für mich wie ein ganz normaler Kerl.«
Sie gickelt.
»Na ja, er verliert manchmal den Faden. *Oh ja, Süße, nimm ihn! Ah, geil! Oh, ich mache dich fertig! Okay, wir nehmen die gelben Gardinen!* Bringt einen manchmal ganz schön raus, kann ich dir sagen.«
Wir lachen. Wieder öffnet sich der Bademantel ein Stück. Schwierig, nicht hinzuschauen. Sie sieht meinen Blick und lächelt neckisch.
»Tss ...«
»Also, was liegt an?«, lenke ich ab.
Sie steht auf, schließt die Küchentür, setzt sich wieder und schaut mich irgendwie komisch an.
»Reg dich jetzt bitte nicht auf, ja?«
Mein Herz krampft sich zusammen, und mein Magen pumpt einen Liter Säure raus. Mein Puls dreht durch. Meine Finger umklammern die Tischkante.
»Hast du sie gesehen? Hat sie nach mir gefragt? Was hat sie gesagt?«
Sie mustert mich verständnislos, dann verzieht sie das Gesicht.
»Junge, Junge, so schlimm ist es noch? Und ich dachte, du wärst zumindest ein bisschen darüber weg. Verdammt, Vik!«
Meine Beine zucken gegen die Tischbeine. Kaffee schwappt auf den Tisch.
»Nun sag schon: Hast du sie gesehen oder was?«

»Nein«, faucht sie. »Von deiner bescheuerten Ex habe ich nichts gehört. Wieso auch? Ich habe nichts mit ihr zu tun!«

Sie schnappt sich einen Lappen von der Spüle. Ich hebe die Tassen an. Sie wischt die Pfützen mit abgespreizten Fingern weg. Als ich die Tassen wieder abstelle, zittern meine Hände. Wann hört das endlich auf? Wie viel Zukunft kostet die Vergangenheit?

Ich lehne mich zurück und atme durch. Ein ... aus ... Dann fällt mir ein weiterer Grund ein. Scheiße!

Ich lehne mich wieder vor.

»Bist du krank?«

Sie wirft den Lappen in die Spüle.

»Wieso sollte ich krank sein? Süßer, entspann dich mal, ich will doch nur übers Geschäft reden.«

»Dann sag das doch, scheiße!!«

Ich lehne mich wieder zurück. Ein ... aus ... Buddy schaut mich kopfschüttelnd an, dann checkt sie den Nagellack.

»Ich habe Diana wegen des Rewrites angerufen.«

Ich schaue sie verständnislos an.

»Welches Rewrite?«

Sie zieht die Schultern hoch und mustert ihre Fingernägel, als seien sie eine außerirdische Spezies.

»Na ja, du hast das Angebot abgesagt, ohne mich zu fragen.«

Ah. Verstehe. Sie hat es tatsächlich getan. Hinter meinem Rücken. Mit meiner Agentin. Mit der sie zwei Jahre nicht gesprochen hat.

»Haben wir nicht den Deal, dass wir keine Aufträge annehmen, wenn wir nicht beide Lust auf den Job haben?«

Sie nickt.

»Ja, richtig, aber ich wollte hören, ob es sich lohnt.«

»Und, lohnt es sich, mich zu hintergehen?«

Ich höre, wie bitter meine Stimme klingt.

»Nenn das nicht so«, sagt sie.

»Wie, zum Henker, soll ich es sonst nennen? Sind es die Sterne? Steht die Venus im Arschloch? Habt ihr da draußen irgendwo einen Klub, wo ihr euch sonntags trefft, um zu besprechen, wie ihr mich am besten fertig machen könnt? Mann, Buddy, wie kannst du so etwas tun?!? *Ohne* mich zu fragen, verdammt noch mal! Scheiße, haben wir uns nicht erst gestern noch darüber unterhalten? Ich habe Nein gesagt! Ich fahre in Urlaub! Und zwar jetzt!«
Ich stehe auf.
»Setz dich gefälligst!«, faucht sie. »Glaubst du, ich mache so etwas ohne Grund? Wofür hältst du mich, verdammt noch mal?!«
Sie starrt mich böse an. Ich setze mich.
»Wir sind pleite«, sagt sie.
»Hey, wenn das jetzt ein blöder Witz ist …«
»Kein Witz«, beteuert sie.
Sie sieht aus, als würde sie es ernst meinen, aber das kann ja nicht sein.
»Wie geht das denn? Wir haben die letzten Jahre nicht schlecht verdient, und ihr seid Doppelverdiener.«
»Wir hatten eine Prüfung. Das Finanzamt will eine Nachzahlung.«
»Na, kann ja wohl nicht so schlimm sein.«
»Zweiunddreißigtausend.«
Ich starre sie an. Sie nickt wieder. Ich verstehe gar nichts mehr.
»Wie kann denn bitte eine solche Summe zu Stande kommen? Das geht doch nicht mal, wenn man Zlatko als Steuerberater hat.«
Sie beugt sich vor.
»Steff hat an der Börse gespielt.«
»Ach, du liebe Güte!«
Sie nickt.
»Und zwar sehr erfolgreich«, sagt sie.

Sie lächelt, als sie meine Überraschung sieht. Ein guter Geschichtenerzähler hat eben eine Wendung in petto.
Sie lächelt weich.
»Er kann sich manchmal nicht merken, ob wir uns heute schon geliebt haben. Aber an der Börse abräumen …«
»Wie viel?«
»Vor einem Jahr zwanzig eingebracht. Vor vier Wochen zweiundsiebzig zur Bank gebracht.«
Ich schaue sie an. Ein Typ, der alle zwei Minuten den Faden verliert, macht eine solche Rendite?
»Nicht wahr?«, grinst Buddy. »Ein Stuntman mit ein paar zu heftigen Überschlägen ist erfolgreicher als die meisten Börsianer. Was sagt das über die Experten aus?«
»Experten eben. Aber dann verstehe ich nicht, wo das Problem ist, dann habt ihr doch Geld.«
Sie verzieht den Mund.
»Steffen hat irgendeine Frist nicht eingehalten, und jetzt will das Finanzamt einen Batzen davon abhaben. Dazu kommt die Steuer vom letzten Jahr, und wir wurden für die diesjährige Vorsteuer hochgestuft, da sind in zwei Wochen die ersten Vorauszahlungen fällig.«
»Such dir bloß einen neuen Steuerberater«, sage ich.
»Steffen bringt ihn eh um, wenn er es erfährt.«
Ich senke die Stimme.
»Er weiß nichts davon?«
Sie wirft der Küchentür einen Blick zu und schüttelt den Kopf.
»Und wann hast du vor, es ihm zu sagen?«
»Wenn das Problem behoben ist«, sagt sie.
»Aha«, sage ich. »Und da kommt das Rewrite ins Spiel?«
»Genau«, sagt sie und pustet auf ihre Fingernägel.
»Vergiss es«, sage ich. »Außerdem habt ihr genug auf der hohen Kante.«
Sie schüttelt den Kopf.

»Steffen hat unsere Ersparnisse und den Börsengewinn dazu benutzt, den Kredit aufs Haus zu tilgen. Das heißt, wir haben jetzt zwar ein schuldenfreies Haus, aber keinen Cent Bares. Wir können die Steuer nicht bezahlen, wir können die Vorauszahlungen nicht bezahlen, verdammt, ich sitze in meinem eigenen Haus und kann nicht mal fürs Wochenende einkaufen!«
In ihrer Stimme klingt die Anstrengung durch, jemanden um Geld zu bitten, sogar wenn ich es bin.
»Wie viel?«
Sie dreht die Kaffeetasse eine Viertel Umdrehung nach rechts.
»Ich muss innerhalb der nächsten Woche zwanzig überweisen. Und ich brauche ein bisschen Bares zum Einkaufen. Geht das?«
Ich leere meine Taschen auf den Tisch und wühle zwischen Visitenkarten, Taxiquittungen und alten Kaugummis insgesamt hundertvier Euro hervor. In der Survivaltasche finde ich noch einen zerknitterten Zwanziger. Den behalte ich für den Heimweg und schiebe ihr den Rest rüber.
»Das ist fürs Einkaufen. Nachher überweise ich dir, was ich flüssig habe. Den Rest muss ich erst besorgen.«
Sie nimmt die Scheine entgegen.
»Danke. Ich gebe dir alles zurück, sobald wir den Job haben.«
Ich hebe die Hände.
»Halt! *Wir* haben ganz sicher keinen Job!«
Sie greift nach meiner Hand.
»Süßer, die wollen bald drehen, und jetzt ist ihnen das Buch weggebrochen. Eine schnelle Überarbeitung – und alle Probleme sind gelöst.«
Ich entziehe ihr meine Hand.
»Vergiss es. Wenn du so scharf auf den Stress bist, dann sack dir die Kohle ein, aber ich mach da nicht mit.«

»Ich kann das nicht allein machen, die wollen das Team.«
»Nein«, sage ich.
Sie schüttelt den Kopf.
»Vik, die wollen das Team, ich will das Team. Ohne dich klappt das doch nicht.«
»Spar dir den Schmu. Außerdem, was bringt dir ein Rewrite? Zehntausend? Höchstens fünfzehn, und das ändert nichts an deiner Situation. Außerdem bekommst du ja sowieso noch zwei Raten von dem TV-Movie. Damit sind deine Probleme gelöst.«
Sie schüttelt den Kopf.
»Das reicht nicht.«
»Dann leihe ich dir eben mehr.«
Sie schaut genervt zur Decke.
»Himmel, ich will's mir lieber verdienen, was ist daran so schlimm? Machst du halt noch einen Job, oder verpasst du in der Zeit etwa irgendetwas Wichtiges? Was hast du denn schon vor?«
»Ich fahre weg.«
»Ja, wow, du fährst weg. Scheiß große Sache das.«
Sie lehnt sich ein Stück vor und schaut mich beschwörend an.
»Süßer, wir reden hier über ein volles Drehbuchhonorar in vier Wochen.«
Ich starre sie an.
»Wieso sollten die uns ein volles Buchhonorar für ein Rewrite geben?«
Sie lehnt sich zurück und lächelt.
»Weil die das vorliegende Drehbuch scheiße finden? Das heißt, entweder wir überarbeiten es oder wir bieten ihnen ein besseres an.«
»Ein besseres? Du meinst, ein anderes?«
Sie nickt.
»Wenn wir ihnen jetzt eine gradlinige Action-Story pitchen,

die auf die Location passt und auch noch preiswert zu produzieren ist, sind wir mit einem vollen Neunzigminüter im Geschäft. Und in sechs Wochen drehen sie. Komm schon, Süßer, verschieb deine Reise um ein paar Wochen, hol dir das Geld wieder, das dir mit der Amioption durch die Lappen gegangen ist, und rette deiner Lieblingstippse das Leben. Hey, auf ein paar Wochen mehr oder weniger kommt es doch auch nicht mehr an.«

Noch ein Drehbuch heißt noch eine Entwicklung heißt noch mehr Meetings heißt noch mehr Nächte. Sie hat Recht, auf Wochen kommt es wirklich nicht mehr an. Es dreht sich um Stunden.

Ich schüttele den Kopf.

»Ich bin tot …«

Sie lehnt sich vor und nimmt meine Hände zwischen ihre. Ich starre ihr in den Ausschnitt.

»Ändert nichts an meiner Meinung.«

Sie lächelt nicht mal.

»Du hast doch mal diese *Stirb-langsam*-Geschichte geschrieben, die in dem Kino spielt«, sagt sie.

Stirb langsam? Kino? Ach, das. Ein Exposé, das ich in einem Strandurlaub und einem Anfall von Bruce-Willis-Verehrung auf die Festplatte gehämmert habe. In einem Strandurlaub mit Grace. Immer wenn sie vom Surfen zurückkam, las sie, was ich geschrieben hatte und … scheiße.

»Museum«, sage ich.

Sie grinst, und im selben Moment weiß ich, dass ich auf einen ihrer kleinen Rhetoriktricks reingefallen bin.

»Genau die Geschichte meine ich.« Sie nickt zufrieden. »Sie passt auf die Location.«

»Aber die wollen ein Drehbuch, und die Museumsgeschichte ist bloß ein löchriges Exposé.«

»Aber wie ich dich kenne, ein ausführliches löchriges Exposé, das man in zwei Wochen zu einer ersten Drehbuchfassung machen kann, und nach dieser ersten Fassung kannst du in Urlaub fahren. Ich mache dann den Rest. Das ist mein Angebot. Du lieferst eine erste Fassung, ich mache den Rest, wir teilen das Honorar.«

Ich schüttele den Kopf.

»Das klappt nie.«

»Schau es dir doch wenigstens mal an. Bitte, ich brauche deine Hilfe. Lies es nur mal durch. Mir zuliebe ...«

Ich schließe die Augen. Meine beste Freundin bittet mich um Hilfe. Sie drückt bei mir die Helfersyndromknöpfe. Ihre Schulden gegen meine Reisepläne. Ihre Probleme gegen meine. Wenn ich bleibe, mache ich sie glücklich. Und ich kann zu der Aufführung vom Keks. Es hat Vorteile.

»Ich haue ab.«

Ich stehe auf, und wir mustern uns überrascht. Es ist für sie genauso neu, dass meine Entscheidungen nicht von meinem Helfersyndrom getroffen werden. Ich greife nach der Survivaltasche.

»Ich bin schwanger«, sagt sie.

Ich richte einen Finger auf sie.

»Jetzt pass schön auf, was du hier abziehst!«

»Vik, ich kriege ein Baby.«

»Wenn das einer deiner Witze ist ...«, beginne ich, aber dann fällt mir ein, dass sie bei dem Thema nie witzeln würde.

Ich mustere sie. Und sehe es.

»Dritter Monat«, sagt sie leise.

Das war es also, was sie mir die ganze Zeit verschwiegen hat.

Sie zieht die Schultern hoch.

»Ich wollte es dir nicht so sagen, aber ...«

Endlich löst sich die Starre. Ich gehe um den Tisch herum und ziehe sie auf die Beine. Sie gleitet mir in die Arme. Ich spüre ihr Lächeln an meinem Ohr.

»Zwei Jahre nach dem Sex auf dem Rücken liegen bleiben

und das Becken schön nach oben drücken, damit alles seinen Weg findet«, gickelt sie.
Sie macht noch ein paar Witze über Steffens Spermien, die ratlos durch ihren Körper irren und unterwegs immer wieder vergessen, was sie eigentlich vorhatten. Ich halte sie und denke an ihre letzten Schwangerschaften. Zwei Fehlgeburten. Schließlich wird sie still und kriecht noch näher an mich heran.
»Ich habe Angst«, flüstert sie.
Ich nicke. Ich auch. Ich möchte sie nie wieder so erleben wie damals. Ich konnte sie nicht erreichen. Nichts konnte sie erreichen. Monate. Ich hatte Angst, sie würde nicht wiederkommen.
»Ist vielleicht meine letzte Chance, ein Baby zu bekommen«, flüstert sie. »Diesmal arbeite ich nicht weiter. Ich rühre keinen Finger. Keinen Stress für das Baby.«
Sie drückt sich von mir ab und schaut zu mir hoch.
»Ich will mein Baby zur Welt bringen, Vik.«
»Wirst du.«
»Und du wirst Patenonkel.«
Ich nicke. Wenn die anderen Anläufe geklappt hätten, wären die Kids jetzt zwei und vier. In der Küche wäre es so laut, dass man sich nicht unterhalten könnte, Steffen wäre ein lebender Abenteuerspielplatz, Buddy glücklich, und ich hätte zwei Schokokekse, die mich regelmäßig zum Lachen bringen würden, Yasna hätte Geschwister …
Steffen öffnet die Tür und steckt den Kopf zögerlich rein. Als er uns dastehen sieht, grinst er breit und stößt die Tür auf.
»Jetzt weißt du es? Ich durfte ja nichts sagen. Mensch, ich kann mir nicht merken, was ich sage, wie soll ich mir dann merken, was ich nicht sage? Vik, wir kriegen ein Mädchen!«
Er grinst und schlägt mir auf die Schulter. Fast gehe ich durch den Boden.

»Einen Jungen«, korrigiert Buddy ihn.
»Ah, ja, stimmt, hatte ich vergessen«, lacht er.
Ein Schwertransporter rumpelt glücklich durch die Küche.
»Großartig, einfach großartig«, sage ich.
Ich wische mir über die Augen, und dann beginnt Buddy zu weinen und ein Stuntman schaut verwirrt zwischen uns hin und her.
»Was denn?«
Wir schütteln beide den Kopf, und ich pumpe seine Hand. Meine Freundin kriegt ein Baby.
»Großartig!«
Buddy küsst ihn und flüstert ihm etwas ins Ohr. Sie küssen sich noch mal, ich lasse endlich seine Hand los, Buddy strahlt mich an.
»Wir kriegen eine Familie, Vik.«
»Ja.«
Sie reibt ihren Daumen am Zeigefinger.
»Weißt du, was so etwas kostet?«
Und schon weiß ich, wieso Buddy sich auf einmal mit Diana gut genug versteht, um mit ihr gemeinsame Sache zu machen.
Sie tippt mir mit einem Finger auf die Brust. In ihren Augen nichts als Entschlossenheit.
»Süßer, unser Team wird ein Babyjahr machen. Doch vorher machen wir noch diesen einen Job. Verschieb deine Reise bis zur ersten Fassung. Es kann auch eine Hektikfassung sein. Vik, eine einzige Fassung, um mehr bitte ich dich nicht. Für das Baby.«
Ich weiß, wann ich geschlagen bin.
»Scheiße.«
Sie beugt sich rüber und küsst mich auf die Wange.
Es tut gut, jemandem gut zu tun. Helfen macht Spaß. Wer hilft mir?

Kapitel 17

Um die Uhrzeit ist Patrizia meistens in ihrem kleinen Tonstudio und bastelt an neuen Tracks, aber man weiß ja nie, daher klopfe ich nur leise an Yasnas Fenster. Als ihr Kopf hinter der Scheibe erscheint, zeige ich auf den Kinderspielplatz und ziehe eine Rückhand mit einem Eis durch. Sie strahlt mich an, als hätte sie eine Million im Lotto gewonnen. Mindestens. Danke, Gott.

Auf dem Spielplatz krabbeln Kids im Sand herum. Mütter lesen. Ein Vater ist auch da und bringt seinen Jungen bei, wie man korrekt spielt. Als Yasna mit den Schlägern angelaufen kommt, isst sie erst das Siegereis vom letzten Spiel, und dann spielen wir Tischtennis, bis sie wieder eines für morgen gewonnen hat. Ich muss mich immer weniger anstrengen, um zu verlieren.
Anschließend drehen wir ein paar Runden auf dem Karussell und philosophieren über die großen Fragen in ihrem Leben. Ist Brad Pitt schwul? Wozu Mathe? Ist Brad Pitt schwul? Wieso müssen Jungs einem immer an den Haaren ziehen? Ist Brad Pitt schwul?
Sie hängt sich in die Fragen rein, als ginge es um den Sinn des Lebens, und vielleicht ist das ja der Sinn des Lebens, doch die ganze Zeit denke ich daran, dass sie Theater spielt und es mir verschweigt. Das Mädchen, das ich liebe, hat Angst vor … ja, was eigentlich? Zurückweisung? Liebesentzug? Soll ich das Thema ansprechen, bevor es eine Psychose

wird? Oder soll ich einfach bei ihrer Aufführung auftauchen und sie loben? Das kann ich ja jetzt. Ich werde bei der Aufführung vom Keks anwesend sein. Auch wenn es mir vor den weiteren Nächten graut, weiß ich jetzt, wie beschissen ich mich gefühlt hätte, wenn ich am Strand gelegen hätte, während der Keks seine erste Aufführung hat.
Mir fällt auf, dass es ein paar Runden her ist, seit sie etwas gesagt hat. Ich streichele ihren Rücken.
»Alles klar?«
Sie schaut mich kummervoll an.
»Habt ihr Streit?«
Ich schüttele den Kopf.
»Wir streiten uns nicht, wir haben Meinungsverschiedenheiten. Verschiedene Menschen, verschiedene Meinungen, okay?«
Ihre grauen Minimagneten analysieren diese Aussage. Ich lege schnell nach, bevor sie irgendwas Schlaues fragen kann.
»Weißt du, verschiedene Standpunkte zu haben, sie auszudiskutieren und daraus einen Konsens zu finden, das ist nicht nur wichtig für Freundschaft, es ist sogar die Basis einer Demokratie.«
»Wieso schreit ihr, wenn ihr verschiedene Meinungen habt?«
Treffer, schwere Schlagseite.
»Tja, gute Frage. Wir sind emotionaler, als wir sollten, aber wir versöhnen uns ja sofort wieder. Wieso fragst du?«
»Weiß nicht.«
»Ah, toll, *weiß nicht*, klasse.«
Wie immer reagiert sie auf Sarkasmus nur mit einem Blick. Niemand kann so blicken wie eine Achtjährige, die dich für bescheuert hält. Doch dann ziehen dunkle Wolken auf. Ich streichele sie. Sie lehnt sich an mich, sieht dabei aber nicht glücklich aus.

»Ihr habt immer Streit. Wie Mama und Papa. Irgendwann wirst du mich nicht mehr besuchen, und dann sind wir keine Freunde mehr.«
Scheiße. Sie hat Angst, dass ich mich in Luft auflöse wie ihr Vater, dieser Hirni.
»Keks. Ich werde dich immer besuchen. Und Freunde bleiben wir sowieso auch für immer.«
»Das hat Pap... hat Thomas auch gesagt.«
Treffer, versenkt und abgeschlachtet. Was dieser Idiot in der Seele der Kleinen angerichtet hat ... Höchste Zeit für eine Ablenkung.
»Lust auf eine Geschichte?«
Sofort gehen ihre Augen und ihr Mund auf. Innerhalb einer Sekunde wird aus einer Prä-Pubertären wieder eine neugierige Achtjährige.
»Geschichteeeee!!! Bitteeeeee!!«
Sie strahlt und hat im selben Augenblick schon alles vergessen, was ihr eben noch Kummer gemacht hat. Kids, Mann, Kids ...
»Aber vielleicht ist es nicht der richtige Zeitpunkt ...«, ziere ich mich.
»Doooch!!!«, ruft sie.
»Och, ich weiß nicht, vielleicht sollten wir jetzt besser gehen ...«
Sie rüttelt an mir herum.
»Neeeeinnn!Neeeeinnn!«
Alle auf dem Spielplatz schauen zu uns rüber.
»Okay.« Ich grinse. »Also, eine Geschichte. Aber zuerst muss ich hier runter.«
Ich springe von dem Karussell. Als sie wieder an mir vorbeikommt, schnappe ich sie mir und kitzele sie durch, bevor ich sie absetze. Sie kichert und strampelt, und wenn einer im Viertel nach der Nachtschicht noch geschlafen haben sollte, hat sich das hiermit erledigt.

Schließlich setze ich mich auf eine Bank und klopfe auf den Platz neben mir. Sie setzt sich und lehnt sich an mich, schmusig wie ein junger Hund. Ein schöner Augenblick. Ich weiß es.

»Es war einmal ein Mädchen …«, beginne ich mit meiner Standarderöffnung.

»Wie hieß das Mädchen?«, bringt sie ihre Standardfrage.

»Was für ein Zufall, sie hieß Yasna, genau wie du.«

Sie lächelt zufrieden.

»Hatte sie ein Pferd?«

Ich schaue sie überrascht an. Das ist neu.

»Wieso, du hast doch auch keins.«

»Mama will mir keins kaufen«, nölt sie.

»Eine Schande. Also, das kleine Mädchen …«

»Yasna!«

»Genau. Sie musste immer mit ihren Eltern in den Urlaub fahren. Die Eltern waren Marihuanadealer, weißt du, was das ist?«

Sie schüttelt den Kopf.

»Das ist ganz wichtig, dass du so etwas weißt, also frag deine Mutter. Am besten mehrmals am Tag. Frag sie so oft, bis sie es dir richtig erklärt, okay?«

Sie nickt. Arme Kids. Immer tragen Erwachsene ihre Konflikte auf diesen kleinen zerbrechlichen Schultern aus.

»Gut. Also, die Eltern gingen immer in Museen, aber Yasna langweilte sich und wartete oft draußen. Eines Tages sah sie vor dem Museum ein kleines farbiges Mädchen, welches sich ebenfalls zu langweilen schien.«

Yasna schaut mich gebannt an.

»Wie hieß das Mädchen denn?«

»Nun, sie hieß, äh, Lawa.«

Sie runzelt die Stirn.

»Lama?«

»La-wa.«

»*Lügengeschichte*!«, kreischt sie. »Lava kommt aus dem Vulkan!«
Der kleine Klugscheißer grinst mich triumphierend an.
»Lawa war auch aus einem Vulkan gekommen. Sie wurde in einer geheimnisvollen Höhle geboren und …«
»Gab es da Pferde?«
»Jesus, da gab es keine Tiere, da waren nur die Eltern, und die haben da was Heißes gemacht, und dann kam Lawa aus dem Berg, willst du jetzt die verflixte Geschichte hören oder was?«
»Ja!«
»Na. Also, Yasna ging zu …«
»Lawa!«
»… rüber und versuchte mit ihr zu reden, aber sie sprachen nicht dieselbe Sprache.«
»Wieso nicht?«
»Lawa war nicht aus Deutschland.«
»Woher war sie denn?«
»Aus der … Karibik.«
»Gibt's da Fledermäuse?«
»Herrje«, stöhne ich. »Was ist denn mit dir los heute? Ich habe keine Ahnung, vielleicht gibt es da Fledermäuse und sie sagen es uns nicht, vielleicht ist es ein Geheimnis. Alle Menschen haben Geheimnisse, auch deine Mutter. Frag sie nach ihren Geheimnissen, am besten jeden Tag, bis sie dir alles sagt, ja?«
Sie nickt mit großen Augen.
»Gut. Also, Lawa und Yasna konnten nicht miteinander reden, aber plötzlich fing Lawa an zu singen. Yasna verstand den Text nicht, aber sie fing an mitzusummen.«
»Was sangen sie denn?«
»Das ging ungefähr so … Hmm hmmhm hmhm hmmm hm hmmm. Als sie ein paar Lieder gesungen hatten, kamen Lawas Eltern zu ihnen hin und sprachen Yasna an, aber

Yasna verstand sie nicht. Die Eltern merkten, dass Yasna sich inmitten so vieler fremder Menschen etwas unwohl fühlte, und so fingen sie auch an zu singen. Um Yasna zu beruhigen, verstehst du?«

Sie nickt eindringlich.

»Gut. Schließlich kamen Yasnas Eltern aus dem Museum und sahen ihre Tochter bei Fremden stehen. Sie gingen hin, aber auch die Eltern konnten sich nicht verständigen, also fingen auch sie an mitzusingen und luden alle auf ein Eis ein. Dabei fiel ihnen auf, dass der Eisverkäufer die Bestellungen in beiden Sprachen aufnehmen konnte, und so baten sie ihn zu übersetzen. Damit konnten Yasnas Eltern sich mit Lawas Eltern unterhalten, verstehst du?«

Sie nickt.

»Der Eisverkäufer übersetzte aber nur die Gespräche der Eltern, für Yasna und Lawa hatte er keine Zeit.«

»Wieso nicht?«

»Weil Kinder so viele Fragen stellen, das war ihm zu blöd. Dabei ist Fragenstellen wichtig. Außer wenn dir jemand gerade eine Geschichte erzählt. Aber deiner Mutter musst du so oft es geht Fragen stellen, dann wirst du noch klüger, o.k.?«

»Und noch hübscher!«

»Noch hübscher als jetzt geht doch gar nicht.«

Auch schon in dieser Altersklasse erntet man damit das Strahlen einer Millionen-Watt-Birne.

»Aber nicht vergessen …«, mahne ich.

Sie führt den Satz zu Ende.

»… wichtiger als das Aussehen sind Charakter, Humor und soziale Verhaltensmuster.«

»*Das* ist mein Mädchen! Du bist sooo schlau!«

Ich knutsche sie und kitzele sie durch. Sie quietscht und strampelt.

»Krieg ich ein Pferd? Krieg ich ein Pferd?«

Ich lasse sie los.
»Eben noch ein Eis, jetzt will das Baby schon ein Pferd ...«
»Ich bin kein Baby!«
»Hey, ich kannte mal ein Mädchen, das fragte ihre Mama immer wieder, ob sie ihm nicht ein Pferd kaufen würde. Jeden Morgen, jeden Mittag und jeden Abend, und eines Tages bekam es schließlich ein Pony.«
Die Minimagneten saugen mich an.
»Echt?«
»Yep«, versichere ich. »Und das Mädchen bekam das Pony nur, weil es seine Mama jeden Tag fragte, jede Stunde, jede Minute. So ein Pferd muss man sich verdienen, verstehst du?«
Sie nickt ernst. Patrizia tut mir fast Leid.
»Weiter mit der Geschichte?«
Sie nickt.
»Also, der Eisverkäufer übersetzte die Fragen der Eltern. Doch jetzt, da die Eltern sich unterhalten konnten, fanden sie heraus, dass sie sich gar nicht mehr so gut verstanden, und schließlich fuhren Yasnas Eltern mit Yasna zurück ins Hotel. Yasna war sehr traurig, denn sie hatte sich mit Lawa angefreundet, obwohl sie nicht miteinander sprechen konnten. Oder vielleicht sogar deswegen, verstehst du?«
»Sie waren Freundinnen geworden«, sagt sie ernst.
»Genau.« Ich nicke. »Und so ähnlich ist die Geschichte von deiner Mutter und mir auch. Wir sind Freunde. Doch manchmal reden wir zu viel, und dann merken wir, dass wir in manchen Punkten nicht dieselbe Sprache sprechen. Verstehst du?«
»Wie die Eltern von Yasna und Lawa!«
»Genau. Und das ist auch die Moral von der Geschichte«, sage ich.
Sie runzelt die Stirn.
»Was ist Moral?«

»Sehr gut«, lobe ich sie. »Das ist die Hausaufgabe, und jetzt lass mich was arbeiten.«
Sie küsst mich zweimal auf die Nase, was von jeher die Belohnung für eine Geschichte ist, wofür ich genauso wenig den Grund weiß wie für das Geoinke. Dann läuft sie zu den anderen Kindern rüber. Ich hole den Laptop aus der Survivaltasche.

Eine kleine halbe Stunde später klappe ich den Laptop zu. Wieder mal überrascht, was aus den Tiefen meiner Festplatte zum Vorschein kommt. Diesmal positiv. Eine klassische 1-Held-2-Ziele-3-Akte-Story. Sie wäre Bruce Willis am Anfang seiner Karriere auf den Leib geschneidert gewesen. Die Struktur wackelt zwar noch, die Figuren sind etwas dünn, und der gesamte Showdown fehlt, aber jeder erfahrene Autor macht in weniger als zwei Wochen eine gute erste Drehbuchfassung daraus. Wenn da nicht die Meetings wären …
Yasna hebt den Kopf und schaut zu mir rüber, ob ich noch da bin. Ich winke zu ihr rüber. Bin da. Bin schließlich nicht ihr Vater. Sie winkt zurück und spielt weiter. Ein paar Vögel trällern in den Bäumen. Eine Mutter sucht im Sand nach Spielzeug und erklärt ihrem Kind, dass man seine Sachen immer im Auge behalten soll. Das Kind schaut sie mit großen Augen an. Alles im Auge behalten und gleichzeitig richtig spielen? Wie soll das denn gehen?
Von meiner Bank aus kann ich den Balkon sehen, auf dem wir an einem Sommertag dreimal miteinander geschlafen haben, ohne uns zwischendurch loszulassen. Das da oben ist meine Wohnung. Mein Zuhause. Wenn ich den Job jetzt mache, schaffe ich das nicht im Hotel, also muss ich irgendwann da hochgehen und ein großes Erinnerungs-Arschtreten starten. Ich werde Patenonkel, das sollte doch mehr Gewicht haben als ein paar verstaubte Bilder! Klar doch.

Ich schaue wieder zu Yasna rüber. Sie spielt große Schwester für ein kleineres Mädchen und geht voll in ihrer sozialen Rolle auf. Der Anblick, wie sie der Kleinen erklärt, wie man dies macht und das vermeidet, ist einer der Gründe, wieso das andere Geschlecht einen solchen Bonus bei mir hat. Einem Jungen in dem Alter würde das einfach nicht einfallen. Ausnahmen bestätigen bitte die Regel. Bitte.
»Yasna!«
Ihr Kopf zuckt hoch.
»Ich liebe dich! Du bist die Größte! Einfach fantastisch! Keks, ich liebe dich sooooo sehr!«
Ich breite die Arme aus und zeige ihr, wie sehr ich sie liebe. Sie senkt den Kopf, taucht tief in den Sand und tut, als würde sie mich nicht kennen. Alle Mütter auf dem Spielplatz grinsen breit. Willst du eine Achtjährige in aller Öffentlichkeit so richtig fertig machen – gesteh ihr deine Liebe.
Ich mache das Handy an und drücke Buddys Nummer.
»Hab's gelesen. Es ist okay, aber noch lange nicht fertig. Ich schicke dir das Exposé rüber.«
»Oh, Süßer, du bist so …«
Ich unterbreche die Jubelarie und drücke Dianas Nummer, bevor ich es mir anders überlege.
»Ich schicke dir nachher das Exposé rüber. Ich will, dass du eine Rekordgage rausholst. Danke für heute Nacht, hat gut getan. Und wegen *Zwischenzeit* … Ich bin enttäuscht von dir und weiß noch nicht, welche Konsequenzen das hat. Aber jetzt ist der Mist schon passiert, also gebe ich dir freie Hand. Freie Hand, hast du gehört? Mach das Beste draus.«
Ich unterbreche und stelle das Handy schnell aus, bevor die Mailbox mich erreichen kann. Das war es. Heute Nacht werde ich es wahrscheinlich schon bereuen, aber jetzt, in diesem Moment, fühle ich mich gut. Ich werde Patenonkel. Ich helfe meiner Freundin. Ich finanziere meiner Agentin

ihren Sextourismus. Ich gehe zu der Aufführung vom Keks. Das fühlt sich alles gut an. Wenn da nicht diese verdammten Nächte wären. Vielleicht kann ich mir eine Prostituierte mieten, um bei ihr zu wohnen, solange wir am Buch arbeiten? Wieso vermieten Familien eigentlich nicht Zimmer an Singles? Die einen haben Familienanschluss, die anderen haben Input und einen billigen Babysitter. Leider kenne ich nur eine Frau mit Kind.
Als hätte sie gehört, was ich denke, taucht Yasna kurz aus dem Sand auf und schickt einen Sicherheitsblick rüber. Ich winke. Immer noch da. Irgendwann wird es seinen Verrat relativieren.
Sie steht auf und kommt zu mir rüber.
»Ich langweile mich«, nölt sie.
»Du wirst eben langsam zu alt, um auf Kinderspielplätzen herumzuhängen«, sage ich.
»Du auch«, sagt sie.
Womit sie mich mal wieder umhaut.

Auf dem Weg zu ihrer Haustür ziehen wieder Wolken auf, doch sie sagt nichts.
Ich wuschele ihr Haar.
»Keks, wenn du Sorgen hast, kannst du sie mir immer erzählen, das weißt du.«
Sie schaut dunkel zu mir hoch.
»Ich will Thomas nicht mehr Papa nennen.«
»Okay.«
Ihr Gesicht zeigt Verblüffung.
»Echt?«
Ich nicke.
»Klar. Kannst ihn ja Thomas nennen. Wenn du irgendwann Lust hast, kannst du ihn dann wieder Papa nennen. Das entscheidest du genau so, wie du möchtest.«
Sie nickt erleichtert, ist aber immer noch bewölkt.

»Gehst du auch weg?«

Ich wuschele ihr wieder die Haare und kneife ihr ins Ohrläppchen. Keine Reaktion.

»Ach, Keks, was soll der Quatsch? Ich kann doch ohne dich gar nicht leben.«

»Als Pa… Thomas sich mit Mama gestritten hat, ist er auch weggegangen.«

Ich knie mich vor sie.

»Keks, jetzt hör mal. Ich bin nicht wie dein Vater, ich bin dein *Freund*. Ich habe zwar manchmal kleine Meinungsverschiedenheiten mit deiner Mutter, doch das ist nicht schlimm, denn wir sind auch Freunde, sie gibt es nur nicht zu. Und du und ich, wir bleiben sowieso immer Freunde. Für immer! Glaubst du mir?«

Die Minimagneten scannen mich. Dann nickt sie. Ich atme erleichtert auf.

»Gut. Und weißt du, was wir jetzt Verrücktes machen?«

Sie schüttelt den Kopf, in den Augen schon wieder mehr Neugier als Wolken. Ich liebe sie.

»Wir spielen jetzt Ehepaar, ja? Das bedeutet, egal was passiert, wir sprechen heute nicht mehr miteinander, okay? Wenn du mich also jetzt noch mal ansprichst, hast du verloren. Wenn du mich aber nicht ansprichst, hast du gewonnen, und ich kaufe dir ein Rieseneis. Deal?«

»Deal«, sagt sie.

»Verloren«, sage ich.

Sie starrt mich an und versucht zu verstehen, was ich meine. Ich hebe einen Finger.

»Du solltest schweigen, doch du hast ›Deal‹ gesagt. Also hast du verloren.«

»*Lügengeschichte!*«, kreischt sie und wirft sich gegen mich. Ich lasse mich verprügeln, sacke zusammen, täusche große Schmerzen vor, locke sie näher, erwische sie fast, und schon jage ich sie quietschend bis zu ihrem Haus, während ich hoffe, dass die Action ausreicht, um die Wolken für heute zu vertreiben. Auf lange Sicht muss ein besserer Plan her.

Nachdem ich Yasna nach Hause gebracht habe, spaziere ich ins erstbeste Café, erwische einen Tisch neben einer Steckdose, bestelle einen Kaffee, hole den Laptop raus und boote. Der Kellner schaut mich böse an. Ich ignoriere ihn. Sekunden später wird die Musik aufgedreht. Habe ich Musik gesagt? Wale auf Elektroschock.

Während der Laptop bootet, schalte ich das Handy wieder an, um zu hören, was Buddy gesagt hat, aber auf der Mailbox sind null Anrufe. Verrückt. Im selben Moment tanzt das Handy in meiner Hand. Schon wieder.

»Ham-wir-es-geschafft?«, meldet sich mein gestresster Freund.

Im Hintergrund sind die Durchsagen auf einem Flughafen zu hören.

»Was geschafft?«

»Na-was-wohl! Die-Blockade-gesprengt,-die-Hütte-gerockt,-die-Kugel-versenkt,-das-Bärenauge-massiert,-Willi-zum-See-geführt,-hast-du-es-endlich-geschafft?«

»Sprich langsamer.«

»Also nicht!«, lacht er. »Ich *wusste* es! Du schuldest mir einen Hunderter und besorg dir bloß ein Haustier!«

Er lacht fett.

»Ich weiß deine Anteilnahme zu schätzen. Apropos: Wann sehen wir uns?«

»Ich mache jetzt den Schnitt, danach besuche ich dich. Ahhh, mal eine Woche ausschlafen ... Ich sag dir, der Dreh war Stress pur, rate mal, was die Hauptdarstellerin gebracht hat?«

»Ich fürchte, du wirst es mir gleich lang und breit erklären.«

»Am vorletzten Drehtag fiel ihr plötzlich ein, dass sie unmöglich drehen kann, wenn man ihr nicht auf Produktionskosten einen bewachten Zwinger für ihre Hunde besorgt. Ich renne also in ihren Wohnwagen und frage sie, was, zum Teufel, ich mit ihren miesen Kötern zu tun habe – ich bin Regisseur in einem Film und außerdem: Mann, stell dir vor, jeder Müllfahrer würde erst arbeiten, wenn man seinen Köter in Pflege gibt, scheiße! Ich stauche sie also zusammen und wollte die Irre rausschmeißen, aber weißt du, was der Produzent gemacht hat?«

»Am vorletzten Drehtag? Hm, mal überlegen ... ihr vielleicht alles gegeben, was sie wollte?«

»Ich sag dir, diese verfluchten Tölen hatten es bequemer als ich! Mann, noch einen Drehtag mit ihr, und ich hätte *Bowling für Schauspieler* gedreht!«

»Selbst schuld«, sage ich.

»He, schieb es nicht auf mich, wer von uns hatte denn damals diese bescheuerte Idee, unsere eigenen Drehbücher zu verfilmen? Scheiße, werd bloß nie Regisseur!«

»Grundgütiger, um mir das zu sagen, rufst du an?«

»Nein. Ich rufe an, um ... Mann, was ist das denn für beschissene Musik?!!«

»Protesthaltung des Kellners, mit der er vermutlich zum Ausdruck bringen will, dass es schamlos von mir ist, in seinem Café mit dem Laptop zu arbeiten. Der mag so was nicht.«

»Ich auch nicht. Es ist beschissen unkommunikativ.«

»Ich will gar nicht kommunizieren, sondern arbeiten.«

»Aber es hält die anderen davon ab zu kommunizieren.«

Ich schaue mich um.

»Der Laden ist voller Leute, die keinen Laptop haben und trotzdem nicht kommunizieren.«

»Aber sie könnten, wenn sie wollten.«

»Ich könnte auch, wenn ich wollte.«

»Aber du versteckst dich hinter einem Bildschirm. Das nimmt den anderen die Hoffnung.«

»Die verstecken sich hinter ihrer Mimik, und bei der Musik ist eh alles hoffnungslos.«

»Hm«, macht er.

»Hm, hm«, mache ich.

»Worüber stritten wir uns eigentlich, bevor wir anfingen zu streiten?«, fragt er.

»Keine Ahnung, aber du hast angefangen.«

»Das klären wir nachher, jetzt muss ich einchecken.«

Ich lächele.

»Nachher? Wir sehen uns?«

»Sekunde … *Ja-ich-will-mitfliegen,-kann-ich-vielleicht-mal-eben-noch-meiner-kranken-Mutter-tschüss-sagen-oder-was?* Ja, und du ahnst nicht, wo!«

»Schwingerklub zur fetten Marie?«

»Auf einer Ausstellung, auf die wir nur reinkommen, weil ich so total angesagt bin. Du stehst auf der Gästeliste.«

»Hey, ich weiß nicht, ob eine Ausstellung das Richtige–«

»Doch, doch«, unterbricht er mich. »Eine kleine exklusive Runde. Wir schauen öde Bilder und ziehen uns ein paar Gläser. Ganz friedlich. Zieh dich trotzdem scheiße an und benimm dich daneben. Hab mittlerweile einen Ruf zu verlieren.«

Er rasselt eine Adresse runter, ruft *Schnitt!*, und die Leitung ist tot. Ich lächele. Ich sehe meinen Freund wieder. Die Nacht ist gerettet.

Ich bügele das Exposé und kaschiere die offenen Fragen notdürftig. Mehr macht jetzt keinen Sinn, denn entweder sie mögen den Stoff tendenziell, dann haben wir eine Basis für Änderungswünsche. Wenn sie den Stoff nicht mögen, brauche ich mich jetzt auch nicht reinzuhängen.

Falls ich die Survivaltasche reloaden will, bevor ich mich mit Niels treffe, muss ich langsam Gas geben, also schalte ich den Laptop aus und winke dem Kellner: zahlen. Dann warte ich hübsche zehn Minuten. Der Kellner mit dem kranken

Musikgeschmack ignoriert mich, also stehe ich schließlich auf und gehe, wie es so viele machen. Einfach abhauen, ohne die Rechnung zu bezahlen. Gehen, ohne Verantwortung für seine Taten zu übernehmen. Anscheinend passe ich mich langsam an. Er schaut mir mit offenem Mund hinterher, sagt aber nichts und tut nichts. So einfach ist das also. Hm.

Als ich den Waschsalon betrete, begrüßen mich Frau und Herr Meier, die hier zweimal die Woche waschen. Um die Zeit zu überbrücken, haben sie immer Sitzkissen, eine kleine Tischdecke und Thermoskannen mit Tee dabei. Sie sehen aus, als würden sie picknicken. Wir klären das Wetter ab, dann hole ich meine Wäsche aus der Survivaltasche und stopfe eine Maschine. In meinem Keller steht eine Waschmaschine, die wahrscheinlich auch eine Nebenrolle in Terminator hätte übernehmen können, wenn man sie richtig programmiert, aber ihr geht es wie Mathilda in Leon: zur falschen Zeit am falschen Ort.

Als die Leihwaschmaschine sich über die Sachen von letzter Woche hermacht, verlasse ich den Salon und gehe eine Tür weiter in die Apotheke. Die Apothekerin legt unaufgefordert eine Familienpackung Magentabletten auf die Theke.

»Wieder im Stress?«

Ich nicke und lege das Geld hin.

»Wäre langfristig billiger, zum Arzt zu gehen«, sagt sie.

»Super Tipp. Danke.«

Als ich rausgehe, schaut sie mir nach. Wieder ein guter Rat umsonst. Aber ich brauche wirklich keinen Arzt. Ich brauche das Meer. Zwei Wochen am Strand – da kann kein Medikament der Welt mithalten.

Drei Häuser weiter biege ich ab ins Internetcafé. Als ich reinkomme, hebt Leo den Kopf von seinem Bildschirm, hoffnungsvoll, weil es Salma Hayek sein könnte. Dann genervt, weil es nicht Salma Hayek ist. Er zeigt auf einen freien Platz

und versenkt sich wieder in den Film. Leo sagt immer, was er denkt. Darum redet er nicht viel.
Ich klinke meinen Laptop in sein Netz und maile das Exposé an Buddy und Diana, dann logge ich mich wieder aus und gehe zur Theke rüber. Auf Leos Computer läuft heute *Frida*. Einer meiner Lieblingskinofilme, denn bei dem kommen garantiert jedem die Tränen. Da falle ich dann nicht so auf.
Während die Maschine nebenan schmutzige Wäsche wäscht, haben wir das reine Vergnügen, ein Meisterwerk zu schauen. Muss ein unbeschreibliches Gefühl sein, Teil einer solchen Leistung zu sein. Ich träume immer noch davon, mal eines meiner Drehbücher so verfilmt zu sehen, wie ich es beim Schreiben gemeint habe. Eine Möglichkeit, das zu erreichen, ist selbst Regie zu machen und ein eigenes Drehbuch ins Kino zu bringen, doch bislang habe ich bei solchen Angeboten gekniffen. Regie ist harte Arbeit, und ich will mich nicht ein Jahr meines Lebens mit dem Budget, der Produktion, den Schauspielern, der Technik und eintausend Notfällen herumschlagen. Umso mehr gilt mein Respekt jenen Autoren, die diesen Schritt gemacht haben. *Kurz und schmerzlos, Nach 5 im Urwald, Lammbock, Motown, Bang Boom Bang, Fickende Fische, Kampfansage, Absolute Giganten* und natürlich Niels mit *Was mich fertig macht* … Ich habe Respekt vor solchen Leistungen, darum mache ich Niels auch nicht so heftige Ansagen, wie ich es als sein bester Freund tun sollte, aber jetzt nach dem Dreh ist die Schonzeit vorbei. Er ist fällig, und zum ersten Mal, seit wir uns kennen, weiß ich nicht, wie er auf meine Freundschaftskritik reagieren wird. Als Regisseur lernt man schnell, Kritik nur bedingt zuzulassen.
Nach dem Film schauen wir den Abspann in voller Länge. Der Tag, als er im Fernsehen für Werbung freigegeben wurde, war ein schlimmer Tag für uns alle. Abspann ist heilig, ein Augenblick der Besinnung, ein Augenblick der Dankbarkeit, Zeit für ein Gebet für alle Filmemacher dieser Welt.

Kapitel 18

Zwei Stunden später stehe ich wieder auf einer VIP-Party. Was stimmt bloß nicht mit mir? Gute Frage, doch in diesem Fall ist die Antwort einfach: Niels ist ein mieser Lügner! Die *kleine exklusive Runde* steht in einem überfüllten Riesengarten und besteht aus unzähligen Produzenten, Producern, Talkmastern, Popstars, Comedians, Schauspielern, Darstellern, Ex-Superstars, Anwälten, A&R-Managern, ein paar Lokalpolitikern und den unvermeidlichen Viva-Moderatoren. Man sieht gepflegt aus und lacht in temperierter Stimmlage. Schuhe auf Hochglanz, Fingernägel manikürt, teurer Stoff. Auch am Leib. Genau der richtige Ort, um seinen besten Freund wiederzusehen und ein ernstes Gespräch über das Leben zu führen.

Aus einer Broschüre, die mir eine als Mona Lisa zurechtgemachte Schauspielerin in die Hand drückt, erfahre ich, dass das Ganze tatsächlich eine Vernissage sein soll. Eine Künstlermäzenin hat ihrem vierzig Jahre jüngeren Malerfreund eine Ausstellung organisiert, damit sein Pinsel nicht austrocknet. Den Gästen im Garten ist das egal; sie sind ausschließlich in Sachen Connections unterwegs.

In einem laut lachenden Grüppchen erkenne ich einen Berliner Produzenten. Als ich neu im Geschäft war, quälte er mich durch acht Fassungen für ein TV-Movie. Als Redaktion und Regie endlich happy waren, warf er mich kurz vor Drehbeginn ohne Begründung raus, setzte seine damalige Flamme als Autorin ein, änderte zwei Szenen und sackte sich Endabnahme sowie Buy-out ein. Der Film hatte die viertbeste TV-Moviequote des Jahres. Wäre damals nicht schlecht für meine Karriere gewesen, wenn jemand erfahren hätte, dass das Drehbuch von mir war. Leider hatte man aber irgendwie vergessen, meinen Namen im Vorspann zu erwähnen. Zwei Jahre später sprach mir ein Gericht eine lächerliche Entschädigung zu, die Flamme des Produzenten wurde eine der bestbezahlten Drehbuchautorinnen Deutschlands. Sie hat zwar nie wieder ein gutes Skript vorgelegt, doch sie wird immer wieder gebucht. Sie kann das Schreiben ja nicht über Nacht verlernt haben, nicht wahr?

Niemand beobachtet mich, also tauche ich schnell unter der Bar hindurch und verstecke die Survivaltasche hinter einem Stapel leerer Champagnerkisten. Wer weiß, vielleicht ist die ständige Angst um meine Tasche mit Laptop, Pass, Kleidern die wahre Ursache für die Magentabletten? Ein weiterer Grund, mein Zuhause endlich zurückzuerobern.

Ich gleite wieder hervor, richte mich auf und werfe einen Blick in die Runde, aber mich beobachtet immer noch niemand. Es hat auch Vorteile, Drehbuchautor zu sein.

»Vik, was machst du hier?«

Ich drehe den Kopf. Patrizia hat die Dreads zu einem Monsterdutt zusammengeschnürt, trägt eine orangefarbene Sonnenbrille, ein weißes Top, das den Blick auf ihre tätowierten Arme und den muskulösen Bauch freigibt, eine weite grüne Hose und rote Schuhe. In diesem Umfeld ist sie so unauffällig wie Burt Lancaster auf dem Jahrestreffen der Asexuellen.

»Ich treffe mich mit Niels. Und was machst du hier? Sag nicht, Trotzki schleppt dich auf solche Partys.«

»Ich arbeite hier«, sagt sie.

»Ah. Verstehe. Verkaufst ihnen Drogen, ja? Pass auf, sie werden dich bei der ersten Gelegenheit verpfeifen.«

Sie funkelt mich an.

»Ich lege hier auf.«

In ihrer Stimme schwingt eine Spur Stolz mit, und das ist richtig so, denn wenn sie bei solchen Events auflegt, muss sie hipper sein, als ich dachte.
»Und was macht der Keks?«
»Yasna geht es gut, wie du sicher weißt, da du sie vorhin ja noch getroffen hast.«
Sie rückt näher, und ihre Augen schaffen es sogar, durch die orangen Gläser zu funkeln.
»Was soll der Scheiß mit dem Marihuana?«
Oh, oh.
»Ich bringe ihr nur etwas Ironie bei«, verteidige ich mich.
Sie schüttelt den Kopf, und ihre Magneten fixieren mich.
»Sie lügt mich an, um dich zu schützen, das ist nicht ironisch, das ist scheiße! Ich bin ihre Mutter, verdammt noch mal, und wenn du ihr noch mal einen solchen Quatsch eintrichterst, siehst du sie eine Zeit lang gar nicht mehr, ist das klar?!«
»Meine Frage zielte eigentlich darauf ab, herauszufinden, was der Keks macht, während du hier Drogen vertick... äh ... Sound machst.«
Sie nimmt die Brille ab und funkelt mich jetzt ungeschützt an.
»Sie spielt mit einem Babysitter, der ihr nicht gewachsen ist, und das Ganze kostet mich auch noch Geld, das ich zurzeit nicht habe, aber das alles ist dir doch eh egal, sonst würdest du dich vielleicht mal einklinken.«
»Wenn du mich nicht fragst, ob ich den Keks nehme, kann ich auch nicht Ja sagen, und *wieso* fragst du mich nicht? Weil du immer noch sauer bist, dass ich dich abgewiesen habe, als du damals nachts in mein Zimmer gekommen bist.«
Sie atmet scharf ein, und nur dank der WG-Schulung fange ich mir jetzt keine ein. Ihre Magnetaugen funkeln, und ich kann mir nur schwer ein Lächeln verkneifen. Sie ist so verdammt süß, wenn sie sauer ist.

»Ich war betrunken!«, faucht sie. »Und das weißt du! Und ich finde es ... total ungerecht von dir, dass du immer wieder damit anfängst!«
Sie setzt die Brille auf, dreht sich um und drängelt sich wütend durch die Anzüge.
Ich schaue ihr nach und versuche mich zu erinnern, wann wir das letzte Mal freundlich zueinander waren. Seitdem ich ausgezogen bin, kaum noch, eben weil ich ausgezogen bin. Mit dem Auszug habe ich ihr den schönen ausbalancierten Alltag genommen, ihren Untermieter, ihren Babysitter und ihre Sicherheit. Doch es ging ja nicht gegen sie, sondern um mich. Hm. Wieso reiße ich mich nicht einfach mal zusammen? An einem Tag wie heute, an dem ich bereits Buddy und Diana happy gemacht habe, könnte ich versuchen, es auch mit Patrizia in Ordnung zu bringen.

Zehn Minuten später habe ich einen Plan. Patrizia legt über einer improvisierten Tanzfläche im Haus auf. Ja, sie ist hip, aber eben noch nicht hip genug, sonst würde sie im Garten stehen und darüber reden, dass sie auflegt, statt es im Haus vor einer fast leeren Tanzfläche zu tun. Dennoch, dieser Gig könnte eine fette Chance für sie sein, weil die halbe Musikindustrie hier herumhängt. Genauer gesagt, im Garten. Genauer gesagt, noch, denn ich balanciere vier Kisten Champagner auf das Haus zu.
»Vorsicht, bitte!«
Niemand macht Platz. Kleider machen Leute? Wer das glaubt, für den habe ich ein paar echt sichere IT-Aktien, die ich ihm günstig verkaufen kann.
»Achtung!«
Nichts bewegt sich. Das Meer? *Ha! Moses! Ha!*
Schließlich tue ich das, was ich an Klinsmann liebte – ich ziehe den Kopf ein und gehe den kürzesten Weg.
Ich hinterlasse ein Kielwasser aus fluchenden Anzugträ-

gern, die versuchen, mein Gesicht zu erkennen. Wer auf dieser Party kellnert, muss ja Schauspieler sein, also haben sie irgendwann die Chance, es mir heimzuzahlen, nicht wahr? Doch schon greifen die Notsysteme. *Achtung! Smalltalkgenerator ausgefallen! Stimmlagenregler beschädigt! Grinszylinder leckgeschlagen!* In Sekundenschnelle springt das Notaggregat an und zaubert ihnen das Lächeln zurück ins Gesicht und die Stimme in die Tiefe. Sekunden später ist es, als hätte es mich nie gegeben.

Ich trage die Kisten in die Eingangshalle, in der sich die improvisierte Tanzfläche befindet. In den Raum passen locker dreihundert Menschen, es fehlen noch circa zweihundertachtzig, aber wir arbeiten dran, Patrizia mit Sound, ich mit Champagner.

Ich stelle die vier Kisten zu den anderen sechzehn, die ich schon organisiert habe, improvisiere schnell aus zwei Tischen eine Theke, stelle zwei Flaschen auf den Tisch – und ab in die Küche, wo ich den Chef vom Partyservice erwische.

»Entschuldigen Sie, wieso ist der Ausschank an der Tanzfläche nicht besetzt?«

Er schaut mich distinguiert an.

»An der Tanzfläche gibt es keinen Ausschank.«

Ich begleite den guten Mann in die Eingangshalle und zeige ihm die Tische, vor denen bereits ein paar Leute stehen, die gierig auf die Champagnerflaschen starren.

»Wenn Sie nicht möchten, dass die aus der Flasche trinken, sollten Sie vielleicht ein paar Gläser organisieren.«

Er eilt los. Ich setze mich auf einen Stuhl, atme durch und lausche dem Sound. Patrizia hat Händchen. Ich winke anerkennend zum Mischpult hoch und deute auf den Champagner. Sie schaut weg. Anscheinend hat sie noch nicht verstanden, was ich hier treibe. Oder sie hat es verstanden, und ich habe trotzdem verschissen.

Zwei gut aussehende Schauspieler kommen mit Gläserkisten angelaufen und beginnen den Champagner auszuschenken. Es ist nur noch eine Frage der Zeit, bis dem Garten der Champagner ausgeht, und dann wird es sich schon herumsprechen, wo es noch welchen gibt, und dann werden die VIPs in diesen Raum kommen und Patrizias Händchen verfallen, und dann wird man ihr Angebote machen, die ihr weiterhelfen, und welche, die den Tatbestand sexueller Nötigung erfüllen, und dann, wenn der Rauch sich verzogen hat, wird sie gute Kontakte gemacht haben, was sie in Feierstimmung versetzen wird, und dann wird sie mir verzeihen, dass ich manchmal ein Arschloch bin. So weit zum Plan.

Wenig später ist der Raum schon eine Spur voller geworden, was auch an der afrikanischen Schönheit liegen kann, die sich auf der Tanzfläche zu einem gepitchten Dephazz wiegt. Unter langen schwarzen Locken blitzen große dunkle Augen über einem lächelnden Mund, und unter dem Born-in-Africa-T-Shirt hügeln zwei entzückende kleine Brüste. Sie hat die Ruhe weg und groovt vor sich hin.

Mit der Gewissheit, dass ich die Nacht auf jeden Fall mit Niels verbringen kann, ist eine mögliche Abfuhr so, als würde ein Millionär im Kasino ein paar Tausender verlieren, also gleite ich neben Miss Africa auf die Tanzfläche und beginne mich einzugrooven. Aus den Augenwinkeln sehe ich, wie sie mich mustert, also lächele ich sie offen an. Sie schaut weg. Aha. Die gute alte Schulhofvariante. Ich kontere mit der Felsen-Variante: ruhig, cool, zuverlässig. Jahrhunderte im Gefecht der Gezeiten und immer noch da. Ich lasse sie die Gelassenheit spüren, den guten alten Felsen, einen Anker in den Wirren des Alltags, unverwüstlich, stark und, na ja, felsig eben. Manche Frauen mögen so was, und auch wenn das hier eine Promiveranstaltung ist, sprich, alles kann jederzeit aus nichtigem Grund kompliziert werden, Paparazzi, Fans, Besoffene, Verstrahlte, Selbstmordgefähr-

dete, Nervenzusammenbrüche, so hoffe ich doch, dass wir Zeit haben, damit die Dinge ihren Lauf nehmen, ich bleibe felsig und hoffe, dass ihre Neugierde siegt.
Neben der Tanzfläche lauert die Konkurrenz. Die Typen wollen natürlich auch an diese Gazelle heran, wissen aber nicht, wohin mit ihren Blicken. Entweder sie ignorieren sie, was einfach lächerlich wäre, oder sie starren sie an und wirken damit wie lüsterne Bastarde auf Aufriss. Ergo mutieren die meisten zu lächerlichen Bastarden auf Aufriss.
Nach unserer ersten gemeinsamen Nummer nicke ich ihr anerkennend zu und verlasse die Tanzfläche. Ich schnappe mir zwei Bier und klettere auf das DJ-Podest. Patrizia funkelt mich an, aber nach all den Jahren kenne ich den Unterschied zwischen einem Testament-Funkeln und einem solchen Schlaffiblick. Sie hat meinen Plan erkannt und findet ihn gut. Jetzt steht nur noch unser ewiger Tanz an, denn ich habe vielleicht ein Helfersyndrom, aber Patrizia kann sich nie helfen lassen, ergo werde ich ihr gleich ein ziemlich plattes Friedensangebot machen, woraufhin sie mich entnervt anfunkeln wird, ob ich sie für so bescheuert halte, dass ich glaube, dass sie nicht erkennt, dass ich vorhabe, ihr zu helfen. Wenn sie sich ausreichend geziert hat, wird sie schließlich mit einer ebenso platten Ablenkung auf mein Friedensangebot eingehen. Mechanismen, Mann, Mechanismen …
Ich halte ihr ein *Sol* hin.
»Auf deinen Sound. Und deine Tochter.«
Sie funkelt mich an, aber gegen diesen Trinkspruch ist schwer anzugehen. Sie nimmt die Flasche. Ich verkneife mir ein Lächeln. Sie nickt mir zu und deutet zur Decke.
»Schon gesehen?«
Mein Blick folgt ihrem Finger und findet einige bräunliche Farbexplosionen, die eingerahmt unter der Decke hängen.
»Jesses Maria!«
»Irgendwie beunruhigend, nicht?«, sagt sie.

Bisher war ich zu gestresst, um mich zu fragen, wo eigentlich die Bilder dieser Vernissage sind. Schöne ahnungslose Zeit. Sieht aus, als hätte man Leinwand mit Dünnpfiff beschossen. Ich blinzele benommen zu den Kunstwerken hoch. Sie blinzeln nicht zurück. Danke, Gott.
»Wenn er sie dazu bringt, das da auszustellen, muss er unglaublich gut im Bett sein.«
»Ich glaube, es ist ein Schrei um Hilfe.«
»Die hat er bei dem Geschmiere auch verdammt nötig.«
Wir nicken uns zu, alles klar; Konflikte lösen durch Müllreden und Biertrinken. Regierungen, Stämme, Nachbarn: Nehmt euch ein Beispiel. Bitte.
Patrizia macht sich wieder an die Arbeit, und ich checke den Raum. Auf der Tanzfläche tut sich immer mehr, der Sound lockt die an, die noch niemanden zum Reden gefunden haben oder es, dank entsprechender Hilfsmittel, für heute schon wieder verlernt haben. Sie starren Miss Africa an und fügen den Umgangsformen ein paar Details zu, die Herr Knigge sich absichtlich nicht notiert hat.
Der Raum füllt sich, aber aus irgendeinem Grund sind die Zielpersonen noch immer draußen im Garten, und in knapp einer Stunde kommt bereits der nächste DJ.
»Gleich wieder da.«
Patrizia winkt nur, ganz in der komplizierten Frage nach der richtigen Rille versunken. Ich hole zwei Gläser Champagner am Ausschank und steuere den Garten an.

Draußen ist die Euphorie einer gedämpften Stimmung gewichen. Zum einen wird es dunkel, und in der schwachen Beleuchtung kommen Schmuck und Teint nicht richtig zur Geltung. Zum anderen steht vor der Gartentheke eine missmutige Schlange. Zwei Typen vom Catering wuseln herum und suchen irgendwelche Kisten, die sich ja nicht in Luft aufgelöst haben können.

Unter einem Schirm entdecke ich Müller. Ein Musiker aus alten Rock-'n'-Roll-Tagen, der mittlerweile A&R geworden ist. Er hat den Arm lässig um die Hüfte eines Mädchens gelegt, das halb so alt ist, wie es sollte. Es wirkt völlig eingeschüchtert und klammert sich an seinen Arm wie ein frisch geborenes Äffchen. Beim zweiten Hinschauen identifiziere ich sie als die Siegerin eines Starsuchwettbewerbs. Als Gewinnerin auf dieser Party? Wo mag dann die Verliererin gelandet sein?
Ich stelle mich neben die beiden und schaue in die andere Richtung, als würde ich jemanden suchen. Schon schlägt mir jemand auf die Schulter.
»Hey, Stern, alles klar?«
Ich drehe mich um und heuchele Überraschung.
»Müller, Scheiße!« Ich schaue mich gehetzt um. »Verzieh dich, bevor man uns zusammen sieht!«
Er lacht. Ich grinse die Siegerin an.
»Wer mit ihm gesehen wird, den verfolgt die Steuerfahndung bis in die dritte Generation.«
Sie runzelt die Stirn. Müllers Lachen verblasst etwas. Er winkt schnell ab.
»Mann, Mann, Mann, immer noch die Sprüche, ja?«, sagt er kopfschüttelnd. »Wir waren früher mal zusammen auf Tour«, erklärt er ihr.
Ich weiß nicht, wieso sie das beruhigen sollte, und richtig, sie schaut zwischen uns hin und her wie ein Kaninchen in der Jagdsaison. Ich stoße die Gläser gegeneinander, doch Müller merkt nichts.
»Und, wie geht's sonst so? Was machen die Geschäfte?«
»Gut, und selbst?«
»Fantastisch! Die Zahlen sind super! Und die Aussichten, na ja, fantastisch!«
Wir grinsen uns an, weil das natürlich eine glatte Lüge ist. Der Musikindustrie geht es zur Zeit nicht mal ansatzwei-

se toll. Er weiß es. Ich weiß es. Er weiß, dass ich es weiß, dennoch muss er die Rituale einhalten. Im Showbiz ist kein Platz für Realismus.

»Lass uns mal essen gehen«, schlägt er vor.

»Klar doch, ich rufe dich an«, sage ich und stoße die Gläser wieder gegeneinander.

Diesmal wird er aufmerksam und starrt sie überrascht an.

»Eben hieß es noch, der Schampus sei alle.«

Ich schaue überrascht auf die Gläser in meiner Hand.

»Echt? Die hab ich drinnen geholt. Da gibt es den kistenweise. Übrigens, hast du 'ne Ahnung, wie die DJane heißt? Die ist ja sagenhaft. Hab gehört, die EMI ist schon an ihr dran.«

Die Falten werden tiefer.

»Wusste gar nicht, dass es hier Sound gibt. Bis später.«

»Klar«, sage ich.

Er legt der Gewinnerin den Arm um die Taille und schlendert lässig rein. Morgen wird ein Mitarbeiter büßen müssen, dass er nicht informiert war.

Ich schaue mich nach dem Nächsten um und entdecke dabei jemanden, den ich hier nicht erwartet hätte. Den Ex-Lover meiner nymphomanischen Mitbewohnerin aus meiner ersten Kölner WG. Wir haben uns ewig nicht mehr gesehen. Damals kam er frisch und schüchtern vom Land. Heute ist er Programmdirektor bei einem Musiksender, und seine Augen zeigen, dass er in der Zwischenzeit die Welt nicht nur gesehen, sondern auch kennen gelernt hat.

»Tach.«

Er dreht den Kopf, und schon liegen wir uns in den Armen. Er versucht, mir die Luft aus den Lungen zu klopfen. Ich versuche, den Inhalt der Gläser nicht über seinen Rücken zu kippen.

»Vik, wir haben uns ja echt ewig nicht mehr gesehen«, lacht er.

»Ja, Jung, ich hann dich lang nimmieh jesinn.«

Sofort muss ich wieder einstecken. Er hasst den Kölner Dialekt. Ich winde mich frei und zeige ihm die Gläser, schon werden die Prügel eingestellt.
»Ich dachte ...«, beginnt er, dann grinst er. »War ja klar. Du hast ein Notlager abgebunkert.«
»Ehrensache«, sage ich und drücke ihm ein Glas in die Hand.
Er winkt seine Begleiterin heran, die uns die ganze Zeit grinsend beobachtet. Sie kommt näher und trägt Paisley-BH, Jeans, Mokassins. Sonst nichts. Eigentlich nur ein weiterer durchtrainierter Luxuskörper, wenn da nicht ihr Gesicht wäre. Charakter auf Luxus.
Marco legt mir einen Arm um die Schulter.
»Süße, das ist Viktor, ein alter Freund, er schreibt. Vik, das ist Leila. Sie strippt.«
»Hi, Leila«, sage ich und schüttele ihr die Hand.
»Nackte Tatsachen verbinden uns«, sagt sie heiser.
Ich starre sie an. Marco grinst mich von der Seite an. Ich bin anscheinend nicht der Erste, den sie vor seinen Augen fertig macht.
»Äh, ja, ich gehe dann mal für, äh, Nachschub«, stottere ich und drücke ihr das zweite Glas in die Hand.
»Ist da drin eine Tanzfläche?«, fragt sie heiser.
Ich nicke. Sie mustert mich.
»Marco tanzt nicht gern. Vielleicht hast du ja Lust mit mir zu tanzen?«
Ich nicke schon bei *Lust*, aber sie legt trotzdem eine Hand auf meinen Arm. Marco nimmt ihre andere Hand und grinst noch breiter. So gehen wir rein.

Die Tanzfläche kocht, und der Sound pumpt uns durchgeschwitzt über die Fläche. Vor dreißig Minuten hat Patrizia das Tempo angezogen, die Stimmung ist wie auf einem Livegig, und Leila räumt voll ab. Als sie die Tanzfläche betrat, wurden die umstehenden Typen sofort unruhig. Mittlerweile sind sie kurz davor, durchzudrehen. Getränke, Pillen und Pulver stellen die Notaggregate so langsam vor unlösbare Probleme.

Leila nimmt ihre Auswirkungen auf die Umgebung routiniert zur Kenntnis. Ihr Po checkt auch immer wieder mal eben meinen Zustand, ganz nebenbei, wie ein Rallyefahrer die Drehzahlen checkt. Ich liebe Profis.

Es gibt noch einen Grund für Laune, denn Miss Africa wirft immer häufiger Blicke. Natürlich nur, wenn ich nicht hinschaue, aber immerhin hat sie bisher alle Attacken der Aufreißer abgewehrt. Sie wartet. Ich auch.

Niels ist mittlerweile auch eingetroffen, beziehungsweise das, was zwölf Monate Stress von ihm übrig gelassen haben. Normalerweise ist er ein gut aussehender Energiebolzen, aber jetzt erinnert er an *Edward mit den Scherenhänden.* Er ist kalkbleich und wird nur noch vom kolumbianischen Marschierpulver aufrecht gehalten. Als wir uns umarmten, nuschelte er was von Monat-ohne-Schlaf, schon wurde er mir aus den Armen gerissen und ging auf Tour de Biz. Es macht Spaß, zuzuschauen, wie er sich über Lob von Leuten, die ihm sympathisch sind, freut und wie er die Arschkriecher auflaufen lässt, aber wenn er so weitermacht, wird er wohl nicht lange im Geschäft bleiben. Gut, dann hat er wieder Zeit für seine Freunde. Falls er dann noch welche hat, und das sollte eigentlich das Thema des Abends werden.

Patrizia sagt ihre letzte Nummer an und legt noch eine Schippe drauf. Leila verwickelt mich in eine Art Tanzsparring. Unser Tanzstil erinnert an Jackie-Chan-Kämpfe in Halfhalftime. Mitten in dem Schlagabtausch winkt Niels von der Theke rüber und deutet auf Leila: Wer-ist-die? Ich ziehe ahnungslos die Schultern hoch, damit er nicht gleich rübergehechelt kommt und seine Castingplatte abspielt. Im selben Moment windet Leila sich unter meine Deckung durch, klemmt meinen Schenkel zwischen ihren und liefert die volle Rodeonummer ab. Niels gibt mir einen misstrauischen Für-ne-Fremde-aber-ganz-schön-aufdringlich-Blick. Ich zucke die Schultern: Wenn-sie-mich-tanzen-sehen-drehen-sie-eben-durch. Er verdreht die Augen und verschwindet in Richtung Toiletten. Vielleicht um zu pinkeln. Ich entdecke Marco, der am Tanzflächenrand steht und sich mit Müller unterhält. Von der Siegerin ist nichts zu sehen. Ich winke rüber. Beide winken zurück.

»Marco ist wohl nicht der eifersüchtige Typ, was?«, sage ich.

»Nicht wirklich«, grinst sie und massiert mir den Oberschenkel durch.

»Morgen habe ich einen blauen Fleck.«

»Und, gibt das Stress mit der DJane?«

»Wieso sollte es?«

Sie nickt zum Pult hoch.

»Sie beobachtet uns.«

Ich werfe einen Blick zum Pult hoch. Patrizia schaut zu uns runter. Ich winke. Sie nickt leicht und dreht sich dann um, um etwas Vinyl wegzuräumen.

»Deine Frau?«, fragt Leila.

»Ex-Mitbewohnerin.«

Sie nickt, als würde das für sie einen Sinn ergeben, und mustert Patrizia.

»Sieht klasse aus. Wie ’ne weiße Angela Basset in diesem Science-fiction-Streifen mit Sizemore.«

»*Strange Days*.«

»Und dann macht sie auch noch guten Sound.«

»Ja.«

»Und ihr seid wirklich nur Ex-Mitbewohner?«

»Ja.«

»Aber schwul bist du nicht.«

»Du musst es ja wissen.«

»Stimmt«, grinst sie und klemmt mich noch mal ab.

Sie reitet noch eine Runde, dann löst sie sich und beginnt mich zu spiegeln. Sie macht mir alles nach, und egal, wie sehr ich versuche, sie abzuschütteln, sie klebt an mir wie ein Schatten. Keine Ahnung, wie sie das macht; wir kennen uns kaum und bewegen uns recht wild, dennoch folgt sie mühelos, einen leichten Schweißfilm auf der Haut. Mehr Sex hatte ich seit Monaten nicht.

Als Patrizia die Plattenteller an den nächsten DJ übergibt, drehen wir uns um und applaudieren zum Pult hoch. Spontan fallen ein paar Nebentänzer mit ein. Gut, hätte Leila den Arm zum alten Gruß hochgerissen, hätten wahrscheinlich genauso viele mitgemacht, aber plötzlich dankt die ganze Halle Patrizia für das Set. Standing ovations auf einer VIP-Party? Vor den Augen der halben Musikindustrie? Ich habe Patrizia nicht mehr so strahlen sehen, seit Yasna beschloss, ihren Vater nicht mehr zu ihrem Geburtstag einzuladen. Ich habe ihren Sound immer als ein Hobby von ihr gesehen, eine Möglichkeit mit Spaß ein bisschen Geld zu verdienen, doch in diesem Augenblick verstehe ich, dass es ihr Baby ist. Und ich habe dazu beigetragen, dass es vielleicht ein Stück vorangeht. Buddy, Diana und Patrizia an einem Tag – mein Helfersyndrom ist ganz aus dem Häuschen.

Kaum vom Podest runter, wird sie durchgereicht. Müller ist ganz vorn dabei und redet eindringlich auf sie ein. Sie sammelt Komplimente und Visitenkarten und lächelt sogar ein Mal in meine Richtung.

Mit Miss Africa geht es auch voran. Solange Leila auf der Tanzfläche war, hat sie Sicherheitsabstand gehalten, aber jetzt, da sie Leila mit Marco neben der Tanzfläche knutschen sieht, rückt sie näher. Wir tanzen direkt nebeneinander, es könnte der Beginn einer wunderbaren Sparringsrunde sein, doch leider ist der neue DJ ein Minimaltechnokrat, und sein Händchen ist ebenso minimal. Die Euphorie auf der Tanz-

fläche lässt spürbar nach, doch das interessiert ihn nicht, er ist ja der Star, nicht wahr?
Marco und Leila brechen auf, aber nicht ohne dass ich ihnen Patrizia vorgestellt habe. Sie handelt sich ein fettes Kompliment für den Sound ein. Ich grinse sie an, sie strahlt zurück. Marco legt mir den Arm um die Schulter.
»Wieso kommt ihr nicht nächste Woche zu den Awards nach Berlin? Man könnte da ein paar Leute treffen und jede Menge Spaß haben.«
Ich schüttele den Kopf.
»Das Letzte, was ich zur Zeit brauche, ist eine weitere VIP-Party.«
Patrizia schaut mich von der Seite an. Als ich sie anschaue, funkelt sie mich regungslos an. Der Frieden bröckelt.
»Außerdem muss ich arbeiten«, schiebe ich lahm nach.
Patrizia verabschiedet sich von Marco und Leila und zieht wieder auf Kartenjagd. Wir schauen ihr nach. Dann drehen beide den Kopf und mustern mich. Leila sieht aus, als wüsste sie Bescheid, aber so sieht sie ja die ganze Zeit aus.
»Die hast du an der Leine, was?«, grinst Marco.
»Nein. Und sie mich nicht an der Stange. Außerdem hat sie eine Tochter, und das Ganze ist komplizierter, als man denkt.«
Er hebt die Hände.
»Schon gut.«
»Also, bis hoffentlich bald«, sagt Marco und umarmt mich. »Das nächste Mal ledere ich dich am Kicker ab.«
»Ich laach misch kapott!«
Schon muss ich wieder schwer einstecken.
Als Leila mich zum Abschied umarmt, massiert ihr Bein mir den sehr inneren Schenkel.
»Ich mag, wie du tanzt«, sagt sie heiser.
Um sicherzugehen, dass ihre Worte bis in mein Hirn weitergeleitet werden, feuchtet ihre Zungenspitze meine Ohrmuschel an. Schlau von ihr, Wasser leitet ja prima.

»Also bis bald.« Ich räuspere mich und drehe die Hüfte, um die Auswirkungen zu verstecken, doch Marco grinst nur.
Als sie knutschend rausgehen, schauen ihnen alle nach, und wenn Blicke abnutzen würden, hätten beide an der Tür keinen Hintern mehr. Kaum sind sie aus der Halle, schon schwingen alle Augen hastig zurück zur Tanzfläche, wo Miss Africa wieder Mittelpunkt wird. Die Arme. Ist sie bestimmt nicht gewohnt, eine Stunde lang übersehen zu werden. Sie wirft einen Blick rüber. Ich werfe einen zurück. Sie schaut weg. Immer noch Schulhof. Zeit für die große Pause.
Ich will mich gerade in Bewegung setzen, als ich Etappe auf Niels' Tour werde. Seinen Augen nach zu urteilen, sind die Truppen mittlerweile in schwerem Gelände unterwegs. Er drückt mir ein Bier und einen Jägermeister in die Hand.
»Auf-Kevin-Smith!«, prostet er.
»Billy Wilder«, erhöhe ich.
»Ridley-Scott!«
»James Cameron.«
»Charlie-Chaplin!«
»Sam Peckinpah.«
»Clint-Eastwood-und-Jodie-Foster!«
»Paul-Newman-Woody-Allen-Cassavetes-Ford-Black-Link-Vinterberg-Scorsese-Tarantino-Coppola-Attenborough-Cukor-Soderbergh-Spielberg-Zemeckis-Lubitsch – und sprich verdammt noch mal langsamer!«
Er starrt mich finster an. Ich habe fast alle seine Favoriten abgegriffen. Er kippt seinen Jägermeister. Ich mache es ihm nach und spüle mit Bier nach.
»Mann-die-kriechen-mir-hinten-rein-da-brauch-ich-bald-Windeln.«
»Es stört dich, ja? Und darum treffen wir uns auch ausgerechnet hier, ja? Weil es dich so tierisch nervt, ja?«
Er fokussiert mich und lacht.

»He-hab-ich-dir-erzählt-wie-meiner-Hauptdarstellerin-die-Brust-geplatzt-ist?«
Ich seufze. Er nickt euphorisch.
»Wir-drehen-die-letzte-Szene-im-Auto-und-als-der-Gurt-greift-macht-es-ein-komisches-Geräusch-und-schon-hängt-sie-links-wo-sie-rechts-noch-schwebt. Durch-den-Aufprall-hat-der-Gurt-ihr-Implantat-verrutscht-sollten-echt-mehr-testen-bevor-sie-so-was-einbauen.«
Er lacht.
»Wahnsinn«, sage ich.
Für solche Feinheiten ist er jetzt nicht zu haben.
»Mann-war-das-ihr-peinlich! Ich-musste-den-Dreh-in-Ruhe-über-die-Bühne-bringen-also-rief-ich-das-Team ... die-Crew ... scheiße,-na-eben-alle-zusammen-und-verhängte-eine-Nachrichtensperre. Mir-war-klar-dass-irgendwann-jemand-mit-der-Presse-quatscht-he-irgendeiner-quatscht-immer-aber-ich-wollte-ihr-zumindest-Zeit-verschaffen-sich-die-Titten-richten-zu-lassen.«
Er lacht fett, stößt seine Flasche gegen meine und hält das hier wahrscheinlich für eine gute Unterhaltung. Und schon muss ich an eine Nacht denken, als Grace zugekokst von einer Party kam. In dieser Nacht waren wir das, was wir sonst nie waren: ein seelenloser Fick. Am nächsten Morgen haben wir es wieder gutgemacht und beschlossen, nur noch auf Drogen zu sexen, wenn wir beide dieselbe genommen hätten. Diese Regel sollte ich für Treffen mit Freunden vielleicht auch langsam in Betracht ziehen.
Er setzt die Flasche ab und rülpst.
»Natürlich-bekam-die-Presse-Wind-dass-irgendwas-los-war. Die-Journalie-fiel-rudelweise-über-mein-Set-her-ich-musste-einen-verdammten-Sicherheitsdienst-anfordern-um-weiterarbeiten-zu-können. Es-war-trotzdem-nur-eine-Frage-der-Zeit-bis-einer-reden-würde-also-schlage-ich-jeden-Morgen-die-Zeitung-auf-und-sehe ... nichts!

Wahnsinn-niemand-rückte-mit-der-Geschichte-raus-und-merke-ich-habe-nicht-*Story*-gesagt! Mann-stell-dir-das-mal-vor:-Alle-haben-sich-an-den-Kodex-gehalten-obwohl-ihnen-damit-jede-Menge-Schmiergeld-durch-die-Lappen-ging-fett-hm?«

»Wieso gehen wir nicht woanders hin?«

Er wedelt mit der Hand.

»Warte-es-geht-weiter! Am-dritten-Tag-schlage-ich-die-Zeitung-auf-und-sehe-die-ganze-Geschichte-mit-*Vorher-Nachher-Fotos*! Ich-mache-einen-Rundgang-doch-jeder-schwört-dass-er-nichts-damit-zu-tun-hat-und-schließlich-kommt-es-heraus: Sie-hat-die-Geschichte-selbst-verkauft-um-ein-bisschen–Presse-zu-bekommen! Ist-das-ne-Charakteraussage-ja? Leck-mich-am-Arsch! Ich-denke-sie-braucht-mal-dringend …«

Ich hasse Koksgespräche. All diese kreativen Forscher, und keiner hat es geschafft, eine gute Droge zu erfinden. Eine, die nicht das Sprach- oder Denkzentrum ausschaltet, nicht schlapp oder aggressiv macht, die nicht den Gleichgewichtssinn beeinträchtigt. Eine, die schlaue Ideen produziert, und zwar solche, die man am nächsten Tag lesen kann, ohne schreiend aus dem Fenster zu springen. Eine Droge, die resozialisiert statt asozialisiert. Eine, die charmant macht. Eine, auf der Sterbende schmerzfrei und klar Abschied nehmen können. Stattdessen werden wir süchtig, unkommunikativ, unzurechnungsfähig und aggressiv. Himmel, wir haben sogar Drogen, die braten uns ausgerechnet den Teil des Hirns weg, der für *Glücksgefühle* zuständig ist! Welcher Idiot denkt sich so etwas aus?? Und dann unsere Volksdroge Alkohol. Kaum ein Familienmord, eine Vergewaltigung oder eine schwere Körperverletzung ohne Promillepass. Wenn ich Grace aufsuche und sie samt ihrem neuen Lover umbringe, werde ich mit Strafnachlass belohnt, vorausgesetzt, ich habe vorher daran gedacht, mich zuzuschütten. Alkohol fördert Verbrechen und mindert gleichzeitig die Strafe, und wer sich dieses Gesetz ausgedacht hat, kann auch mal wieder beim Arzt vorbeischauen. Wenn mir an schlechten Tagen nach einer Droge ist, die mich glücklich macht, ohne dass ich dafür mein Sozialverhalten verliere, mir das Hirn wegschmilzt oder ich auf den Strich gehen muss, um die Sache zu finanzieren, ziehe ich mir einen guten Film rein. Gute Filme sind auch bewusstseinserweiternd.

Mein Bier ist alle. Niels' leider nicht.

»… in-ner-Drehpause-mach-ich-einen-Witz-ob-der-Arzt-denn-auch-alles-wieder-hingekriegt-hat-und-da-zieht-sie-einfach-das-Shirt-hoch-und-was-soll-ich-sagen-es-ist-passiert.«

Damit kriegt er mich dann doch.

»Passiert?«,

Er nickt. Ich schaue mich um und senke die Stimme.

»Du bist mit … mit V.F. ins Bett gegangen?«

Klingt offenbar wie ein Vorwurf, denn er breitet die Arme aus.

»Hey-sie-sieht-gut-aus-und-steht-auf-mich-hätte-ich-darüber-erst-lange-nachdenken-sollen?«

Promi. Mittelpunktsüchtig. Verheiratet. Mediengeschädigt. Homestories. Paparazzigeil. Hochzeit an Blutblatt verkauft. Ja, vielleicht hätte er vorher mal nachdenken sollen. Anderseits … Ich denke ständig nach, und was hat es mir gebracht?

»Scheiß drauf«, sage ich.

»Genau«, meint er, »denn-am-nächsten-Tag-versucht-sie-mich-zu-erpressen-so-von-wegen-wir-waren-zusammen-im-Bett-also-kann-sie-sich-jetzt-wie-eine-Irre-aufführen. Plötzlich-fordert-sie-Urlaub-für-sich-und-ihre-Köter-um-sich-von-dem-harten-Dreh-zu-erholen-auf-*Produktionskosten*! Hey-für-die-Tölen-okay-aber-für-sie? Vergisses!!«

Er lacht. Ich klinke mir eine Tablette ein. Er wirft einen Blick auf die Schachtel.
»Was-ist-das?«
»Ich kriege 'ne Magenübersäuerung von deinem Gequatsche. Lass uns abhauen und irgendwo noch was essen.«
Er nickt.
»Da-haben-wir-wieder-was-gemeinsam-mein-Magen-gibt-Geräusche-von-sich-haste-nicht-gesehen. Und-zum-HNO-müsste-ich-eigentlich-auch-mal-hab-ständig-Nasenbluten.«
Ich schaue ihn an.
»Niels.«
Er nimmt einen Schluck Bier und schüttelt den Kopf.
»Verdammt-erst-geht-sie-mit-mir-ins-Bett-und-dann-will-sie-mich-damit-erpressen-aber-die-wird-sich-noch-wundern-wie-schnell-im-Schnitt-aus-einer-Hauptrolle-eine-Nebenrolle-wird!«
Ich drehe ihm den Rücken zu. Er braucht erstaunlich lange, bis er um mich herumkommt und mich fragend anschaut.
»Und-was-wird-das-jetzt?«
Er weiß es echt nicht. Für ihn bin ich ein Irrer, der sich mitten in einem interessanten Gespräch einfach umdreht.
»Ich weiß, dass du nach einem langen Dreh nicht so schnell in der Lage bist, umzuschalten, aber seit du hier bist, redest du ohne Punkt und Komma, und wenn ich dir noch weiter zuhöre, kommt mir das Kotzen, und da ich dich nicht beschmutzen wollte, dachte ich, ich drehe mich besser um. Tut mir Leid, wenn dir das den Redeflash versaut hat.«
Er schaut mich an. Dann schüttelt er beleidigt den Kopf.
»Scheiße-ich-kenne-dich-dir-tut-das-nicht-Leid!«
Er wankt kopfschüttelnd Richtung Garten.
»Bei dir ist Regieführen doch schon Beschaffungskriminalität!«, rufe ich ihm nach.

Er winkt nur ab und verschwindet in den Garten. Verdammter Sturkopf.
Jemand klopft mir auf die Schulter. Ich drehe mich um. Vor mir steht eine massige Securityfrau und mustert mich skeptisch. Neben ihr steht Yasna. Ich blinzele ein paar Mal. Tatsächlich. Yasna.
»Ist das Ihre Tochter?«, fragt die Security.
»Äh … na ja … äh, ja.«
Nicht zwingend eine Antwort, die ihre mütterlichen Schutzinstinkte beruhigt, doch Yasna nimmt meine Hand. Das besänftigt die Security etwas.
»Gut.« Sie nickt. »Ich wollte nur sichergehen, dass sie sich nicht in der Adresse geirrt hat. Ist ja eigentlich keine Kinderveranstaltung hier.«
Noch ein skeptischer Blick zum Rabenvater, ein liebevoller runter zu Yasna.
»Kleines, wenn du etwas brauchst, ich bin draußen an der Tür.«
»Ich bin nicht klein, ich bin untergroß«, sagt der laufende Meter.
Nach einem letzten viel sagenden Blick in meine Richtung zischt die Securityfrau wieder ab. Yasna schaut erwartungsvoll zu mir hoch. Ich hasse es, wenn sie mich angetrunken sieht. Wie machen das Eltern? Nehmen die keine Drogen zu sich, bis die Kinder aus dem Haus sind? Achtzehn Jahre nüchtern? Kein Wunder, dass wir Geburtenrückgang haben.
Ich hocke mich vor sie.
»Wie geht es dir?«
»Gut«, kichert sie.
»Reden wir darüber, was du hier zu suchen hast?«
Sie zieht das Kinn hoch und macht auf Grande Madame.
»Ich gehe auf Partys und habe Spaß.«
Klar. Und da es nicht das erste Mal ist, dass sie ausbüxt und

einen Babysitter an den Rand des Selbstmords treibt, hake ich die Fragenliste ab.
»Wo ist der Babysitter?«
Sie kichert wieder. Ich versuche, streng dreinzublicken.
»Yasna, ich hätte gern eine Antwort, und zwar jetzt. Also, wo ist der Babysitter?«
»Der sucht mich.«
»Und wo sucht er dich?«
»Zu Hause«, kichert sie.
»Hast du ihm eine Nachricht hinterlassen?«
Sie nickt, aber dafür kennen wir uns zu lange.
»Wo.«
»Im Keller«, sagt sie unschuldig.
»Und wieso sollte er im Keller suchen?«
»Wenn eine Millionenerbin gekidnappt wird, durchsucht man das ganze Haus und findet den Hinweis im Keller.«
»Verstehe.«
Ich muss echt mal mit Patrizia reden. Sie lässt ihre Tochter zu viele schlechte Filme schauen.
Ich schaue mich nach ihr um und sehe, dass Miss Africa versucht, die neue Lage einzuschätzen. Manche Frauen stehen ja auf Männer mit Kids, kommt irgendwie beziehungsfähig rüber, Verantwortung, Pädagogik und all das, ja, echt, super – aber nicht mitten in der Nacht auf einer Party! Rabenvater!
Yasna wird wieder acht Jahre alt und ruckelt an meinem Ärmel.
»Erzählst du mir eine Geschichte?«
»Nicht jetzt. Wo ist deine Mutter?«
»Bittteeee!!!«
»Was habe ich dir über das Wort ›Nein‹ erklärt?«
Sie denkt kurz drüber nach.
»Wenn du Nein sagst, meinst du Nein. Wenn ich das nicht akzeptiere, dann …«, sie kneift die Augen angestrengt

zusammen, »dann respektiere ich dich nicht, und dann wirst du mich auch nicht respektieren.«
»Richtig«, sage ich.
Sie strahlt mich an. Ich entdecke Patrizia, die sich am Ausschank mit einem braun gebrannten Cordanzugträger unterhält.
»Da ist deine Mutter. Geh zu ihr, sie soll den Babysitter anrufen, bevor die Polizei beginnt, Waldstücke zu durchkämmen.«
»Ich will aber ...«
»Was du willst, steht nicht zur Debatte«, unterbreche ich sie. »Es ist spät, du müsstest längst im Bett sein, und irgendwo bringt sich ein Babysitter deinetwegen um. Ab.«
Ich schiebe sie in die richtige Richtung und warte, bis Yasna am Ausschank eintrifft, wo Patrizia mit dem Cordanzug irgendwas bespricht, wofür man sich unbedingt anlächeln und berühren muss. Ich hoffe, es handelt sich um Lust, nicht um Kilos.
Als ich mich umdrehe, sehe ich, dass Miss Africa immer noch versucht, die Lage abzuschätzen. Ich lächele und zucke die Achseln. Sie schaut nicht weg. Hm. Vielleicht ist ja doch noch nicht alles verloren.
Ich will gerade losgehen, als Patrizia mit Yasna an der Hand vor mir steht und wütend funkelt.
»Warte hier, Süße«, sagt sie zu Yasna.
Sie fasst meine Hand und zieht mich mit sich. Ein paar Schritte weiter bleibt sie stehen. Durch ihren Schwung könnte ich mich locker bis in den Garten treiben lassen, aber aus Solidarität bleibe ich neben ihr stehen.
»Was stimmt mit dir nicht?«, faucht sie.
Gute Frage, aber das darf man ihr nie sagen.
»Na, wie läuft das Geschäft? Schon was verkauft?«
Sie wirft einen schnellen Blick zum Keks rüber, der immer noch außer Hörweite steht, und versucht mich dann in Grund und Boden zu funkeln.

»Sonst lässt du immer fett den Möchtegerndaddy raushängen, aber wenn ich mal zehn mickrige Minuten Geschäftliches besprechen will, kannst du dich nicht so lange mit der Kleinen unterhalten, ja? Du weißt, was dieser Abend für mich bedeutet!«

»Sieh an, sieh an; besuchen darf ich sie nicht, aber kaum bückst du dich mal nach der Seife, schon ist alles egal, ja? Ist das deine Auffassung von Erziehung? Mein Gott, deine Tochter rennt um Mitternacht auf einer *Medienparty* herum! Außerdem schaut sie zu viel Fernsehen. Gibst du ihr keine DVDs, oder was?«

Sie hebt wieder mal einen Finger und bedroht mein Auge.

»Zehn! Minuten! Und misch dich verdammt noch mal nicht in meine Erziehung ein!«

Nach diesen freundlichen Worten dreht sie sich um und winkt ihre Tochter zu uns rüber. Der Keks kommt näher und schaut bekümmert zwischen uns hin und her.

»Mama muss noch kurz etwas besprechen, dann fahren wir nach Hause, und da kannst du mir dann erklären, wieso du dich nicht an unsere Vereinbarung gehalten hast. Bis dahin wartest du hier bei Viktor. Verstanden?«

»Ja, Mama«, sagt Yasna kleinlaut.

Patrizia schaut mich warnend an und geht wieder zu dem Cordanzug rüber.

Yasna schaut dunkel zu mir hoch. Ganze Orkane sind im Ansturm.

»Ihr streitet euch.«

»Eine Meinungsverschiedenheit.«

»Du lügst.«

»Nein, nein, eine kleine Meinungsverschiedenheit, nicht der Rede wert.«

Ihr Blick wird fast schwarz, und ich merke es endlich: nicht ›Lügengeschichte‹, sondern ›du lügst‹. Sie macht eine Ansage, und ich merke es nicht. Scheißalkohol.

Ich hocke mich vor sie und nappe sie leicht ins Ohrläppchen. Sie dreht den Kopf weg.
»Tut mir Leid, du hast Recht, wir streiten uns, ist aber nicht so schlimm. Siehst du, für deine Mutter bist du das Wichtigste in ihrem Leben, und sie lässt dich hier bei mir. Das zeigt, dass sie mir vertraut, nicht wahr?«
Darüber denkt sie nach, und ich werfe einen Blick zu Patrizia rüber, die gerade mit dem Cordanzug im Garten verschwindet. Lover oder Abnehmer? Sex oder Deal? Egal, denn beides erlebt sie zum verflucht letzten Mal, weil sie zulässt, dass der Keks mich in diesem Zustand sieht.
Der Keks denkt immer noch nach. Zeit für ein bisschen angewandte Pädagogik. Ich packe Yasna und kitzele sie durch. Sie kämpft dagegen an, versucht, weiter zu schmollen, aber schon bald ist sie ein zuckender Spaßklumpen. Sie windet sich wie ein nasser Aal, schreit und quietscht, und als sie mich mit einem Schwinger trifft, stöhne ich auf und sacke in mich zusammen.
Sie legt ihre Hände auf meine Wangen und schaut mich mit den Minimagneten an.
»Tut mir Leid! Tut mir Leid!«
»Schon gut«, sage ich und reibe mir den Magen. »Mann, hast du einen Hammerschlag. Morgen verkaufe ich dich an einen Boxstall, dann kannst du die Klitschkos verprügeln.«
»Ich bin doch noch viel zu klein«, kichert sie.
»Untergroß«, sage ich.
Sie kichert wieder, doch dann holt der Sturm sie ein und der Himmel bewölkt sich wieder.
»Hey, hast du Hunger?«, lenke ich ab.
Sie schüttelt den Kopf.
»Durst?«
Sie schüttelt den Kopf.
»Musst du auf die Toilette?«
Sie schüttelt den Kopf.

»Hast du ein böses Kopfschütteln?«

Sie schaut mich verständnislos an.

»Alles klar, dann spielen wir ein Spiel, ja?«

»Aber nicht Ehepaar«, nölt sie, »das ist öde.«

Ich verkneife mir ein Grinsen.

»Das zeigt nur wieder, wie klug du bist. Andere müssen erst alt werden, um das zu verstehen, aber du weißt das jetzt schon, *das* ist mein Mädchen! Du bist so verdammt klug! Und so schön! Ein Wunder!«

Ein Strahlen breitet sich in ihrem Gesicht aus. Jedes Mal ein Weltwunder.

Schon habe ich sie am Hals und ihren Mund am Ohrläppchen.

»Oink! Oink! Oink!«

»Ja, pass auf, das Spiel geht so ... Falls du deine Mutter dazu bringst, dich sofort nach Hause zu fahren, kriegst du morgen ein riesengroßes Eis von mir. Falls du es aber nicht schaffst, kommst du wieder her. Dann rufe ich dir ein Taxi, und das bringt dich dann nach Hause, und zwar ohne Eis. Deal?«

»Deal!«, ruft sie und saust los.

Sie rennt in den Garten, und ich habe meine Pflicht als Exwohnverhältnisvaterersatzfigur einigermaßen erfüllt, also schaue ich zu Miss Africa rüber. Sie unterhält sich mit einem Popsänger, und ihrer Körpersprache ist anzumerken, dass sie das auch ganz gut findet. Ich winke rüber. Sie dreht sich leicht weg und unterhält sich interessiert weiter, während ich mir ihren Hinterkopf anschauen darf. Prima. Wenn Yasna achtzehn ist, werde ich sie groß ausführen und ihr den ganzen Abend alle verpassten Gelegenheiten aufs Brot schmieren, die Miss Africas, die Miss Europas, die süßen Alleinerziehenden vom Spielplatz, die möglichen Dates mit attraktiven Radfahrerinnen und Skaterinnen, die wir auf der Straße trafen, die Yasna aber alle blöd fand, und vor allem das Date mit der Yogalehrerin, zu dem ich viel zu spät kam,

weil Yasna sich vorher erst auf meinen Anzug übergeben musste. Nicht zu vergessen die ganzen armen Frauen, die ich mit in die WG gebracht habe und die von Yasna als Gefahr gesehen und massakriert wurden. Die Liste ist lang, und heute kommt ein weiterer Anklagepunkt dazu.
Schon kommt die Täterin wieder reingelaufen, stürmt auf mich zu und zerrt an meiner Hose.
»PAPA! PAPA! VERLASS UNS NICHT!«, kreischt sie und flitzt Richtung Ausgang.
Von allen Seiten hagelt es Blicke. Miss Africa schaut kurz ausdruckslos rüber. Wenn eine Afrikanerin erst mal denkt, man hat eine Familie im Stich gelassen … Gleich wird noch die Securityfrau reinkommen und mit mir den Boden aufwischen.
Stattdessen kommt Patrizia herein, dicht gefolgt vom Cordanzug.
»Da hat sie wohl eine Pizza gewonnen«, sagt sie spöttisch.
Pizza schlägt also Rieseneis. Merke ich mir.
Sie funkelt mich an.
»Da siehst du es: Du machst sie käuflich. Ich möchte nicht, dass meine Tochter sich für Geschenke verstellt, also hör endlich auf, sie aufzuwiegeln! Und lass dich erst mal nicht mehr blicken. Hast du verstanden? Vik, ich hatte dich gewarnt.«
Sie geht. Der Cordanzug folgt ihr. Eines Tages werde ich es vielleicht mal erleben, dass jemand neben ihr geht.
Die Blicke lassen nicht nach, also verziehe ich mich in den Garten. Auch hier geht der Party langsam die Luft aus. Ein paar Leute hängen ausgeknockt in Gartenstühlen, und an der Theke stehen die üblichen Verdächtigen, die einfach nicht nach Hause wollen, bevor sie nicht jemanden gefunden haben, dem sie von sich erzählen können. Im Showbiz kann One-Night-Stand auch bedeuten, dass man jemand Fremdes eine Nacht lang zutextet.

Ich gleite unter die Theke, schnappe mir die Survivaltasche und tauche wieder auf. Der Barmann mustert die Tasche überrascht. Bevor er was Falsches beginnen kann, ordere ich einen Absacker.
Auf der anderen Thekenseite sitzt die Gewinnerin. Sie ist umzingelt von Männern, deren Absichten irgendwie absehbar sind, von Müller weit und breit keine Spur. Ein Verleiher legt ihr beim Reden die Hand auf den Arm. Sie schaut auf die Hand und wirkt so glücklich wie ein Lachs in einem Bärenkäfig. Die Arme. Stand nie in der *Bravo*, dass man sich mit einem Sieg dafür qualifiziert, mit Verlierern abzuhängen?
Ein paar Meter weiter liegt mein bester Freund auf einer Hollywoodschaukel. An dem Tag, an dem es eine Bavariaschaukel oder eine Babelsbergküche zu kaufen gibt, weiß ich, dass die deutsche Filmindustrie den Abstand verringert hat.
Ich leere das Glas, ordere ein neues und gehe damit zu der Hollywoodschaukel rüber. Niels schläft wirklich. Wie fertig muss man sein, um mit so vielen Aufputschmitteln im Blut schlafen zu können?
Ich sinke neben ihm auf die Polster und mustere ihn. Im Schlaf sieht man ihm die Strapazen der letzten Monate erst recht an. Er braucht den Urlaub genauso sehr wie ich.
Ich kippe den letzten Drink des Abends, lege mich hin und schmiege mich an meinen besten Freund. Ich entspanne mich und versuche es einzuatmen. Wir leben. Wir haben Freunde. Wir werden geliebt. Zwei Glückspilze auf einer Hollywoodschaukel in einer lauen Sommernacht. Eigentlich ein wunderbarer Augenblick. Ich weiß es.

Kapitel 19

Helles Licht. Vögel singen. Es riecht nicht gut. In meinem Schädel hämmert es. Ich strecke die Hand aus und ertaste die Survivaltasche. Jemand lacht.

»Noch nicht wach, aber schon die Tastatur suchen, so liebe ich meine Texthuren.«

Ich hebele ein Augenlid auf und sehe ein grinsendes Gesicht. Niels. Gut gelaunt. Er beobachtet strahlend, wie ich mich vorsichtig in der Hollywoodschaukel aufrichte. Mein Rücken fühlt sich an, als wäre ich ohne Fallschirm aus einem Flugzeug gesprungen. Schon wieder hat Hollywood einem Autor das Rückgrat gebrochen.

»Was ... stinkt denn ... hier so?«

»Einer von uns scheint gekotzt zu haben«, grinst er.

»Scheiße.«

»Nein, zum Glück nicht«, sagt er und klatscht in die Hände. »Los, steh auf. Wir müssen essen und reden. Auf das Gequatsche könnt ich ja verzichten, aber essen muss ich. Na, los.«

Freunde, Mann, Freunde ...

Wir fahren zu einem Café, vor dem man unter einem Baum sitzen und essen kann, während man über den Rhein schaut. Als Großstädter wird man da fast naturstoned. Die Sonne knallt. Tut gut. Leider verstärkt sie unseren Geruch. Nicht gut. Ein Pärchen am Nachbartisch schaut mehrmals rüber und rümpft die Nase. Niels ignoriert die Kritik. Aus ihm wird noch ein richtig guter Regisseur.

Während wir auf Eier warten, liefert Niels seinen Bericht ab. Zweimal Regie in Folge wird sogar für ihn langsam zu stressig, und jetzt hat man ihm auch noch ein unmoralisches Angebot für den dritten Film gemacht. Dreikommafünf Etat, er kann das Buch selbst schreiben und sich die Besetzung aussuchen. Der güldene Regiehimmel.
Er schaut mich an.
»Soll ich es machen?«
Um Gottes willen, nein! Aber das darf man ihm so nicht sagen, also versuche ich Buddys Taktik.
»Das ist ja ein tolles Angebot. Was spricht denn dagegen?«
Er zuckt die Schultern.
»Na ja, mit Vorbereitung und allem Drum und Dran wäre es wieder ein ganzes Jahr, und mir fehlt irgendwie mein Leben.«
Er nickt nachdenklich und nippt am Kaffee.
»Hm«, brumme ich und hoffe, dass er von allein weitermacht.
»Ich habe seit Ewigkeiten nichts mehr geschrieben, Mann, und das letzte Mal im Kino war ich … scheiße, ich weiß es schon gar nicht mehr. Das Drehen haut echt rein, auch gesundheitlich, bin ständig erkältet.«
»Ähem«, mache ich diesmal.
Er wirft mir einen Blick zu.
»Ja, ja, vielleicht nehme ich zu viele Hilfsmittel.«
»Ach, was, du finanzierst nur das neue Stadion in Medellin.«
Er starrt mich böse an. Ups. Schnell zur Taktik zurück.
»Was würdest du denn machen, wenn du den Job nicht annimmst? Reisen? Faulenzen? Was Neues schreiben?«
Er nickt sofort.
»Rumhängen und was Neues schreiben wäre echt fett. Die Dinge wieder aus Lust anleiern. Warten, bis es kommt, anstatt zu machen, weil's einen Termin gibt. Echt fett wär das, echt fett …«

Er starrt vor sich hin.
»Zeit zu haben ist schon was Feines, was?«, lege ich nach.
Er nickt und atmet durch. Ein Seufzen ohne Ton. Zeit für das dicke Sägeblatt.
»Weißt du noch, wie wir immer rumgehangen haben? Kino, Tanzen, Saufen, Schreiben – wir haben gemacht, wozu wir Lust hatten.«
Stimmt natürlich nicht. Auch damals gab es schon Meetings, und in den Anfangsjahren hatten wir nervende Hiwijobs wie Moderationenschreiber, Statist oder Produktionsfahrer, aber er nickt und hängt den guten alten Zeiten nach. Vor seinem Auge laufen gerade die Highlights von früher ab, und die waren wirklich high.
»War 'ne tolle Zeit, hm?«, locke ich ihn.
Er nickt und kratzt sich nachdenklich am Kinn.
»Ich muss doch bescheuert sein, oder?«
»Total bescheuert«, bestätige ich.
Er nickt.
»Ich meine, so ein Angebot kann man einfach nicht ausschlagen. Mann, dreifünf und alles in eigener Hand, wann kriegt man schon so eine Chance? Ich muss wirklich total bescheuert sein, wenn ich das nicht mache. Danke, gut dass wir drüber geredet haben.«
Treffer. Versenkt. Er grinst spöttisch.
»Super Rhetorik, echt. Tu uns allen einen Gefallen, und werd bloß nie Coach.«
Er lacht mich offen aus. Das Schwein. Er hat mich eiskalt an einem Ast sägen lassen, auf dem er gar nicht sitzt. Wie macht Buddy das bloß immer? Bei ihr sieht es immer so einfach aus.
»Wenn du nicht bald Pause machst, verlierst du das, was dich auszeichnet«.
»Kann sein«, sagt er leichthin.
»Durchdrehen kommt vom Durch-drehen.«

»Ich weiß«, winkt er ab.

»Du beginnst das alles zu sehr zu genießen; Schauspielerinnen poppen mit dir, jeder hat 'ne Nase für dich, alle hören dir zu, egal was für einen Mist du erzählst.«

»Ja, ja, red du nur«, sagt er.

»Und so wie deine Freundinnen sich Plastik einbauen lassen, wirst du bald 'ne Nasenscheidewand aus Metall haben. Eure Gräber werden später als Fundus freigegeben.«

»Alter, es reicht!«

Das klang schon genervter. Zeit für die Geheimwaffe, den absoluten Overkill, die Atombombe jeder Künstlerargumentation …

»Wird vielleicht auch langsam eine Frage der Glaubwürdigkeit …«

Er knallt seine Tasse auf den Tisch. Der halbe Platz zuckt zusammen und schaut rüber. Niels lässt sich nicht stören und zeigt mit einem Finger auf mich.

»Hey, Regie ist nicht mein Ding, ist das klar?! Ein Zufallstreffer hat mir die Türen geöffnet, durch die ich jetzt möglichst fett durchlatsche, bevor sie merken, dass ich nicht im Geringsten daran interessiert bin, aus *Was mich fertig macht …* eine Fortsetzung zu machen, und merke, ich habe nicht *Sequel* gesagt!«

»Was mich noch fertiger macht«, biete ich an.

»Jetzt halten sie mein Verhalten für schick, vielleicht halten sie es eines Tages für indiskutabel, aber ich versuche zumindest meinen Weg zu gehen, und wenn's nicht mehr geht, hau ich alles in den Sack und kann endlich wieder in Ruhe schreiben. Du dagegen liebst das Schreiben, es ist dein Ding, und trotzdem arbeitest du als formatierte Texthure! Deine Schreibe wird dich nie in die Vielverkaufslisten bringen, aber du könntest Tausenden Menschen etwas geben, ein paar Lachfalten, einen guten Leseabend, etwas mit Bedeutung! Aber nein, du lässt dir deine Schreibe von

Leuten auseinander nehmen, die kaum allein aufs Klo finden, und dabei geht dir so langsam Geist und Stilistik flöten, und dann willst ausgerechnet *du* mir was von Glaubwürdigkeit erzählen!«

Er lässt sich in den Stuhl zurückfallen und lacht höhnisch. Das Pärchen am Nebentisch schaut zu uns rüber, ohne zu uns rüberzuschauen.

Ich zucke die Schultern.

»Ich liebe es eben, Drehbücher zu schreiben, und wenn die verfilmt werden sollen, muss man ...«

»Scheiße muss man!«, schnarrt er und klopft sich mit einem steifen Finger auf die Brust. »Ich verliere vielleicht mal einen Job, weil ich nicht gehorsam bin, aber das Risiko ist gering im Vergleich zu der ständigen Angst, in der du Elite-Kulturmacher jeden Tag lebst! Scheiße, jeder Anruf bei dir kann doch bedeuten, dass ein Typ, frisch von der Uni, soeben beschlossen hat, dein Drehbuch zu kippen oder von einem anderen komplett umschreiben zu lassen – und *warum* beschließt er das? Weil er es *kann!* Diese Opfer denken in Intensitätskurven und Quoten, das ist der Scheiß, den sie in Seminaren von Menschen beigebracht bekommen, deren eigene Arbeit niemals produziert oder ruiniert wurde, denen die Leidenschaft fehlt und die nicht wissen, was Sieg oder Niederlage bedeuten! Solche Leute bestimmen *deine* Schreibe, und jetzt willst ausgerechnet *du* mir erklären, wann man seine Glaubwürdigkeit verliert?! Ha!«

Er verstummt und lehnt sich zurück. Um den Mund hat er diesen selbstzufriedenen Zug, den er kriegt, wenn er sich toll fühlt. Ich sage nichts. Alles läuft nach Plan.

Er mustert mich kopfschüttelnd.

»Ich hoffe nur, du bist nicht schon so drüber, dass du dir einredest, dass die Menschen da draußen diesen weichgespülten Dreck brauchen. Oder beruhigst du dein Gewissen mit der Kohle? Stimmt, du verdienst nicht schlecht, aber wofür stehst du? He, wenn die Sonne untergeht, kann ich mit Elvis, Sinatra und Nixon *Mein Weg* singen. Was ist deine Hymne? *Kohle macht die Welt geh herum?*«

»Ich finde es bedenklich, dass deine Hymne eine amerikanische ist«, werfe ich ein.

Er runzelt die Stirn, doch bevor er etwas erwidern kann, bringt die Bedienung uns ein paar Tonnen Rührei mit Schinken und Bacon und Käse und was sie sonst noch so alles in der Küche gefunden hat. Sie kann gerade noch die Teller abstellen, schon stürzt Niels sich darauf wie ein Schauspieler auf einen Close-Up.

Ich bestelle mir noch einen Kaffee, schaue dem Gemetzel zu und frage mich, was mein Lied ist. Niels hat Recht, Drehbuchschreiben wird viel mehr von wirtschaftlichen Aspekten als von künstlerischen Impulsen geleitet. Ich schreibe nicht frei, aber wieso sollte ich auch besser schreiben als ich lebe? Ich habe keine Frau, ich habe keinen Sex, ich habe keine Freunde mit Tischmanieren, mein Job wird mir eines Tages ein Magengeschwür bescheren, und ich habe keine Pläne, außer abzuhauen. Ich bin von der begehrtesten Frau Deutschlands verlassen worden, und jeder, den ich treffe, weiß es. *I'm a loser, Baby*? Nein. Denn der Keks liebt mich. Und Buddy. Und Patrizia, irgendwie. Und wenn mich nicht alles täuscht, sitzt gerade mein bester Freund vor mir und versucht mich vor irgendwas zu bewahren. Das müsste eigentlich für *Be Happy* reichen. Eigentlich.

Acht Eier später wischt Niels sich den Mund ab, lehnt sich zufrieden zurück und kramt in seiner Tasche.

»Mann, war das gut«, lobt er und holt eine Zigarre hervor. »Solltest du auch mal wieder probieren.«

Er nickt viel sagend zu meinem vollen Teller, aber ich starre nur das Ding in seiner Hand an. Er beißt das Ende ab, spuckt es auf den Boden und steckt sich das Teil in den Mund.

»Da brat mir einer einen Storch! Und *du* willst mir was über

Haltung erklären?? Was kommt als Nächstes, ein weißer Seidenschal?«
»Leck mich«, sagt er und zündet das Teil an.
Sofort breitet sich ein übler Geruch aus. Das Pärchen schaut pikiert rüber. Niels grinst. Mit dem Ding zwischen den Zähnen sieht er aus wie James Caan in *Die Brücke von Arnheim*. Ich muss gegen den Drang ankämpfen, mich zu Boden zu werfen und »Achtung, Sir! Feinde auf zwölf Uhr!« zu rufen. Er nebelt die feindlichen Stellungen am Nebentisch mit dicken Wolken ein. Das Pärchen winkt zahlen. Der General schmatzt auf seiner Waffe herum und beobachtet zufrieden den Rückzug des Gegners. Er ist anscheinend noch fertiger, als ich dachte.
Wir bestellen Espresso, und er beginnt mir von seinen letzten Abenteuern zu berichten. Er hängt nur noch in seiner Regiewelt herum, und die Frauen, die er dort trifft, sind erstens zu jung für ihn und zweitens Personal. Sie spielen bloß eine Rolle für eine Rolle. Niels weiß es und spielt mit, doch wie es klingt, glaubt er mittlerweile, dass alle Frauen so sind, dementsprechend finster sind seine Kommentare. Ich bin jetzt nicht in der Verfassung, mich zu streiten, also lenke ich ihn auf unser Lieblingsthema: den deutschen Film. Im Gegensatz zu dem von Strohköpfen verbreiteten anders lautenden Vorurteil herrscht in Deutschland kein Mangel an guten Drehbüchern. Gute Schauspieler haben wir auch und sogar ein paar wirklich gute Regisseure. Es kann auch kein Problem sein, ein gutes Produktionsteam auf die Beine zu stellen, und Geld gibt es hier reichlich – dennoch machen fast alle anderen europäischen Nationen bessere Filme als wir. Wieso?
Auch drei Espressos später haben wir keine Antwort gefunden, also tun wir das, was der deutschen Filmindustrie gut tun würde: Wir brechen auf.
Am Taxistand verabschieden wir uns, und als Niels Richtung

Schneideraum davonfährt, wird mir klar, dass es mein Job ist, ihn wieder von seinem Trip runterzuholen. Doch dafür brauche ich mehr Energie, als ich momentan habe.

Ich gebe dem Fahrer die Adresse und checke die Mailbox.

Anruf 1: Die Redakteuse einer Klatschsendung fragt an, ob ich Interesse hätte, in einer Sendung über Ex-Lebenspartner von Prominenten auszusagen. Sie nennt das wirklich »aussagen«, was auch eine Aussage ist. Wo kriegen die bloß immer meine Nummer her?

Anruf 2: Buddy sagt, der Sender habe das Exposé gelesen und sei sehr interessiert. Wegen der Kürze der Zeit möchten sie sich treffen, und zwar heute um zwölf.

Ich werfe einen Blick auf die Uhr. Noch eine Stunde. Morgens lesen sie das Exposé und setzen ein Meeting für mittags an? Sie haben es wirklich eilig. Soll mir recht sein, umso schneller ist das Ganze erledigt.

Das war's. Niemand hat angerufen und wortlos aufgelegt. Keine Nummernsperre. Kann man auch nach Enttäuschungen süchtig werden?

Kapitel 20

Die Tür wird aus den Angeln gerissen.
»Mensch, Vik! Schön dich zu sehen! Das ist doch super, oder?«
Er grinst über das ganze Gesicht und hat anscheinend vergessen, dass ich nicht schwerhörig bin.
»Großartig.«
Er umarmt mich und schnüffelt.
»Mensch, du riechst aber nicht gut.«
»Vielleicht kann ich ja bei euch duschen?«
»Sicher. Komm rein. VIK IST DA!!!«
Er verschwindet im Haus. Ich bleibe noch einen Augenblick stehen und mache ein paar Mundbewegungen für den Druckausgleich, dann folge ich.
Buddy sitzt am Küchentisch und blättert in einer Kinozeitschrift. Als ich reinkomme, schaut sie mich überrascht an und klappt die Zeitschrift zu.
»Du kommst früh.«
»Höre ich nicht zum ersten Mal.«
Sie grinst.
»Aber wir können es jetzt nicht treiben, Steffen ist doch noch da.«
Ich erstarre. Die Küche wird zum Güterbahnhof. Steffen packt sie, wirbelt sie herum. Sie quietscht lachend und küsst ihn. Lachfalten beim Knutschen. Und schon muss ich an Grace denken. Das erste Mal heute. Wow. Ich entwickle mich.
Ich lasse mich erschöpft auf einen Stuhl sinken und schiebe die Survivaltasche unter den Tisch. Auch Steffen setzt seine

Frau vorsichtig ab. Sie lässt sich auf ihren Stuhl plumpsen und strahlt mich an.

»Ich bin schwanger!«

»Wunderbar«, sage ich und werfe einen Blick auf die Kinozeitschrift.

Steffen starrt vor mir auf den Tisch.

»Hab ich dir nicht eben einen Kaffee hingestellt?«

»Das war gestern«, sagt Buddy.

Er runzelt die Stirn und schaut mich an.

»Soll ich dir einen neuen machen?«

»Ich mach das schon, geh du laufen«, sagt Buddy.

Er grinst sie an.

»›Geh laufen‹? Hui! Und du willst eine Familie mit Schreiben ernähren?«

»He!«, sagt sie.

Ein Jumbo landet in der Nähe und fängt sich ein paar Schläge ein.

Als er raus ist, grinst Buddy mich an.

»Ich wusste es! Ich möchte bloß wissen, was auf deiner Festplatte noch so alles rumliegt. Wenn du tot bist, werde ich mir das Ding greifen, den ganzen Mist auf einen Schlag verkloppen und mir eine Insel kaufen. Danke.«

Sie lehnt sich rüber, zieht mich an der Nase zu sich und küsst mich.

»Für mein Patenkind tu ich alles«, sage ich.

Sie winkt ab.

»Ich meine es ernst. Ich weiß, wie gern du weggefahren wärst, aber wenn das hier überstanden ist, machen wir uns ein Babyjahr und dann kannst du dich erholen. Danach habe ich bei den Meetings dann ein Babyfon. Ein *Babyfon*! Vik, ich kriege ein Baby!«

Sie kriegt feuchte Augen, doch dann schnüffelt sie angewidert und schaut sich suchend um.

»Was, zum Teufel …«

Temperatur ist eine unentdeckte Religion. Champagner, Cola, Lippen, Wellen, Rasenplätze, Betten zum Schlafen, Betten zum Sexen, Betten zum Lesen, Badewasser. Für jedes Lebewesen und jedes Ding auf der Erde gibt es eine perfekte Temperatur. Wieso bietet niemand eine perfekt temperierte Wanne als Tempel an? Näher an Gott kommt man selten, und es ist allemal angenehmer, als katholisch zu sein. Ich jedenfalls bin jederzeit bereit, Sünde, Hölle und Vatikan gegen ein heißes Schaumbad einzutauschen.
Die Tür geht auf. Buddy kommt rein und setzt sich auf den Wannenrand.
»Temperatur ist eine unentdeckte Religion«, sage ich.
Sie reagiert nicht. Steffen hat sie abgehärtet.
»Apropos Steffen«, sage ich, und auf diesen Gedankensprung reagiert sie dann doch mit einem besorgten Stirnrunzeln.
»Ich wäre dir dankbar, wenn du diese Sexwitze lassen könntest. Irgendwann vergisst er vielleicht, was Humor ist, und legt mich um.«
»Wieso Witze?«, fragt sie. »Wenn ich Steffen nicht getroffen hätte, wärst du jetzt meine Nummer zwei.«
Ich ziehe die Augenbrauen hoch.
»Die Nummer zwei?«
Sie zuckt die Achseln.
»Hinter Denzel Washington.«
»Aber noch vor Johnny Depp?«
Sie wiegt den Kopf hin und her.
»Na ja, du siehst nicht so gut aus wie er.«
»Hm.«
»Du bist auch nicht so berühmt.«
»Hm.«
»Aber dafür hast du andere Vorzüge: Du besorgst mir gut bezahlte Jobs. Und dann gibt es noch was, wenn du mal eben den Schaum da wegmachen würdest …«

Ich werfe einen schnellen Blick zur offenen Badezimmertür. Sie grinst breit. Dann wird sie ernster.
»Apropos, triffst du dich zur Zeit mit jemandem?«
Ich hebe den voll gesogenen Schwamm. Sie hebt die Hände.
»Okay, okay ...«
Ich lasse den Schwamm wieder sinken.
»Ich frage ja nur, weil ich es einfach nicht verstehe, wieso du dich so fertig machst. Du hast doch nichts falsch gemacht. *Sie* hat Mist gebaut, nicht du. Du musst endlich aufhören, dich für ihre Fehler zu bestrafen.«
Ich seufze. »Ich bestrafe mich nicht, ich denke nur an sie.«
»Dann hör auf, an sie zu denken.«
»Das ist schwierig.«
»Musst du dich eben mehr anstrengen«, sagt sie.
Ich starre sie an. Oh, Mann. Ich versuche es wegzuatmen, aber es will raus.
»Heute. Zwei Plakatwände, die Schlagzeile einer Boulevardzeitung, vor deinem Haus ein Teenie mit einem T-Shirt von *Was mich fertig macht* ... Ständig fragt mich jemand nach ihr oder versucht mich zu benutzen, um an sie heranzukommen. Produzenten rufen an und bieten mir überbezahlte Drehbuchaufträge an, wenn ich sie überrede, die Hauptrolle zu übernehmen, und auf deinem Küchentisch liegt eine Kinozeitschrift, auf deren Titelbild sie für Millionen Menschen das Lächeln lächelt, das nur mir gehörte, aber klar, denk nicht an sie, toll.«
Ich hasse das. Es klingt immer nach Jammern.
Buddy legt den Kopf schief und schaut mich nachsichtig an. Zehn zu eins, gleich legt sie ihre Viele-Mütter-haben-schöne-Töchter-Platte auf.
»Vik, sie ist nur *eine* Frau. Es gibt Millionen andere. Versuch dich abzulenken. Geh mal wieder mit jemandem aus. Lass es dir gut gehen.«
»Klar, ich hab auch schon einen Plan.«

Sie schaut neugierig.
»Ach, ja?«
Ich nicke.
»Wenn Steffen dich mit siebzig verlässt, lasse ich mich von meinen Pflegern auf deine Station rollen und besorg's dir so richtig auf Viagra.«
Sie lacht, und dabei rutscht ihr Blick tiefer. Ich folge ihrem Blick und sehe: Bei dem Thema hat sich sogar der Schaum verzogen. Ich schäume nach.
»Okay, lassen wir das für den Moment«, lenkt sie ein. »Ich habe eine schlechte Nachricht.«
Mein Puls geht ab. Ich richte mich auf. Wasser schwappt auf die Fliesen.
»Beruflich«, schiebt sie schnell nach.
Ich starre sie an. Dann atme ich ein … aus …, lehne mich zurück … scheiß Schwäche …
Buddy räuspert sich.
»'tschuldigung. Jetzt rat mal, wer Regie führt.«
Wenn sie schon so anfängt, wird es übel.
»Saftsack?«
Sie schüttelt den Kopf. Ich atme erleichtert auf. Saftsacks Regieführung ist einzigartig. Hoffen zumindest alle. Sein Look hat in der Regie- und Kameraszene den Spitznamen *Visueller Genozid.*
Um das Schlimmste hinter uns zu bringen, erwähne ich gleich die zweitgrößte Katastrophe.
»Pechvögel?«
Buddy nickt. Ich sinke fast unter die Wasserkante. *Pechvögel …!* Eine talentfreie Fünfunddreißigjährige mit dem Know-how einer Amöbe. Nach ihrem letzten Film habe ich ihr vorgeschlagen, dass sie im Abspann die Szenen zeigt, die *geklappt* haben. Fand sie nicht witzig. Ist es ja auch nicht, denn Jahr für Jahr müssen sich Millionen Menschen den Dreck anschauen, den sie drehen darf, weil sie Talente hat,

die mit Regie nichts zu tun haben. Sie hat in ihrer Karriere mehr Zeit auf dem Rücken als am Set verbracht und dabei sensationelles Pech bei der Auswahl ihrer Stoffe bewiesen. Daher ihr Name.

»Hast du schon vergessen, dass sie uns letztes Mal durch sieben Drehbuchfassungen gejagt hat, und als ihr das Buch dann endlich gefiel, stieg sie, verdammt noch mal, einfach aus dem Projekt aus, und wir konnten mit dem neuen Regisseur von vorn anfangen.«

»Aber diesmal haben wir die Produktion im Rücken«, sagt sie.

»Ach ja? Wen denn?«

»Selma.«

»Endlich mal ’ne gute Nachricht. Und wer macht Redaktion?«

Sie schaut weg.

»Was?!«, frage ich alarmiert.

Ihre Augen flackern kurz.

»Na ja, wegen der Zeitnot will der Programmdirektor ein eingespieltes Team. Und wir haben ja mit Schulz-Äh gerade so harmonisch den Liebesfilm entwickelt ...«

Ich starre sie ungläubig an.

»Das gibt’s doch nicht! Pechvögel *und* Schulz-Äh gleichzeitig in *einem* Projekt? Das *gibt’s* doch nicht!«

Sie winkt lässig ab.

»Wir ziehen das *bad author, good author* durch. Du machst ihnen Angst, ich tröste sie, das klappt schon.«

»Na klar. Wirfst du mir mal bitte eben den Föhn rüber?«

Ich tauche unter und warte. Kein Aufschlag auf die Wasseroberfläche, kein Stromschlag. Wo sind Freunde, wenn man sie braucht?

Ich tauche wieder auf und finde Buddys Kinn auf dem Wannenrand, direkt vor mir. Sie rollt mit den Augen.

»Vertttttrauuuuu miiiiirrrr, Viiiikkk!«

Gegen Buddy ist Kaa nur eine verwirrte Brillenschlange, aber dennoch …

»Haben wir uns nicht erst gestern noch geschworen, nie wieder mit dieser Wahnsinnigen zu arbeiten?«

Sie zieht die Schultern hoch.

»Aber heute will es der Sender so.«

»Scheiße, es müssen doch auch andere Redakteure Zeit haben. Was ist mit Sandra?«

»Betreut schon zwei Serien.«

»Dann Mirko.«

»Magengeschwür.«

»George.«

»Macht nur noch Shows.«

»Melanie.«

»Schwangerschaftsurlaub.«

Ich schlage mit den Händen aus.

»Verdammt, irgendjemand muss doch Zeit haben!«

Sie nickt.

»Schulz-Äh.«

»Lieber schaue ich mir dreimal am Tag einen Christopher-Lambert-Film an, als noch mal mit der zu arbeiten!«

»Vikkivikkivik …«

»Lieber ziehe ich mir eine Woche lang die Steven-Seagal-Collection rein!«

Buddy schaltet die Hypnonummer wieder ab.

»Ja, ja, und jetzt komm wieder runter …«

»Lieber ziehe ich mir lebenslänglich Soaps rein!«

Buddy steht auf.

»Es reicht, in zehn Minuten müssen wir los.«

»Lieber schaue ich mir …«

»Wir haben jetzt keine Zeit für diesen Quatsch!«, unterbricht sie mich.

»Wenn du wirklich glaubst, es besteht auch nur im Entferntesten die Möglichkeit, ein Projekt mit Pechvögel und

Schulz-Äh schnell über die Bühne zu bringen, dann kann ich dir einen netten Gehirnchirurgen empfehlen, der lebende Versuchsobjekte sucht.«
Sie starrt zu mir runter.
»Dann findest du es eben scheiße, aber du tust es. Sieh es einfach als einen Gefallen, und jetzt komm in die Gänge.«
Sie will rausgehen. Ich hebe die Hand.
»Warte mal, du forderst einen Gefallen ein? Was ist das hier, ein verdammter Basar? Willst du Bonuspunkte für Freundschaft, oder was?«
Sie starrt mich genervt an.
»Ich bin in einer Notlage und erwarte von meinem besten Freund, dass er mir beisteht. Wenn nicht jetzt, wann dann? Alles klar? Können wir jetzt?«
Sie starrt mich genervt an und ist auf dem besten Weg, richtig sauer zu werden.
»Äh, wie war das noch mal im Mittelteil?«
Ein echter Kline aus *Ein Fisch namens Wanda*. Normalerweise weiß sie so etwas zu würdigen, aber hier ist gerade nichts normal.
»Fünf Minuten!«, faucht sie.
Sie saust raus und knallt die Tür. Schwangere und Humor. Hoffentlich geht das jetzt nicht die restlichen Monate so weiter.
»Sagt dir das Wort Erpressung was?«, rufe ich.
Sie antwortet nicht, und ich nehme mir vor, sie nachher noch ein bisschen zu nerven. Natürlich lasse ich sie nicht hängen, aber die seltenen Augenblicke, in denen Buddy den Humor verliert, muss man nutzen. Außerdem muss ich eh einen Spaßvorrat anlegen, denn in den nächsten Wochen werde ich nichts zu lachen haben.

Kapitel 21

Zum Kreativsein sind Meetingräume so geeignet wie Legebatterien für Hühnerglück, und die Luft aus der Klimaanlage tut ein Übriges, um sich unwohl zu fühlen, daher warten wir vor jedem Meeting bis zum letzten Moment an der frischen Luft. Buddy nutzt die Zeit, um mir klar zu machen, dass es hier um den letzten Job vor einem langen, kostenintensiven Babyjahr geht, und sie erwartet, dass ich mich da drinnen zusammenreiße. Ich nicke, kein Problem, schließlich mache ich seit Monaten nichts anderes.

Fünf vor zwölf fährt der Fahrdienst vor. Unsere Lieblingsproducerin Selma steigt aus der Limousine und schüttelt den Kopf, als sie uns sieht.

»Es stimmt also. Ihr seid tatsächlich dabei.«

»Wieso auch nicht?«, fragt Buddy.

Selma lacht ungläubig.

»Was ist denn mit euch los? Wisst ihr nicht, wer Regie macht?«

Ich werfe Buddy einen viel sagenden Blick zu, den sie geflissentlich ignoriert. »Doch, das wissen wir«, sagt Buddy.

»Aber das ist ja nur eines der Probleme«, legt Selma nach.

Ich runzele die Stirn.

»Wieso?«

Selma schaut von mir zu Buddy zu mir, und ihr Grinsen wird breiter.

»Ihr wisst es nicht?«

»Was wissen wir nicht?«, frage ich misstrauisch.

»Gottogott …«, sagt sie und lacht. »Das wird ja ein Riesenspaß ….«
Sie macht sich lachend auf den Weg in den Sender.
Ich schaue Buddy an.
»Was wissen wir nicht?«
Sie zuckt die Achseln.
»Wir müssen rein.«

Im Eingangsbereich werden wir von einem Security hinter Sicherheitsglas empfangen. Während er unseren Termin telefonisch überprüft, beobachten uns ein paar Kameras. Für den Fall, dass alle Kameras gleichzeitig kaputt gehen sollten, beobachtet uns ein zweiter Security. Für den Fall, dass der plötzlich bewusstlos werden sollte, gibt es eine ferngesteuerte Tür, vermutlich aus Panzerglas, durch die man hindurch muss.
»Ich habe ein schlechtes Gefühl«, sage ich.
»Hast du vor jedem Meeting.«
»Wird kein guter Tag.«
»Sei nicht so negativ.«
»Wird ein beschissener Tag.«
»Überlass mir das Reden«, seufzt Buddy.
»Sowieso.«
Wir bekommen unsere Ausweise, gehen durch die Tür und werden auf der anderen Seite von einer freundlichen Begleiterin erwartet, die uns zum Meetingraum geleitet. Seit Jahren gehen wir diesen Weg, aber nie allein, wir könnten unterwegs ja in ein falsches Zimmer reinplatzen und dort Redakteure finden, die ihren Job lieben, aber nein, ein Riesengebäude mit was weiß ich wie vielen Redakteuren – und wir erwischen zwei Mal hintereinander Schulz-Äh. Ich sollte vielleicht anfangen, Lotto zu spielen.
Im Meetingraum erwarten uns Selma, Schulz-Äh und ein … Frosch? Am Tischende sitzt ein Typ im Trenchcoat,

mit Schlapphut und Vollbart, der sich bemüht, einen breiten Mund mit fleischigen Lippen zu verbergen. Eine dicke Buddhistenkette um den Hals und ein Brilli im Ohr runden das Bild ab.

Ich schaue Selma an.

»Ruf den Sicherheitsdienst.«

Sie senkt den Kopf und muss plötzlich dringend etwas ganz Wichtiges in ihren Unterlagen suchen. Schulz-Äh übernimmt die Präsentation.

»Viktor, Buddy, das ist Rainer Mailand?«

Rainer Mailand? Kalle Neapel?? Tommy Turin???

»Schicker Hut«, sage ich.

»Danke«, rülpst Tusnelda.

Vor ihm auf dem Tisch liegt unser Exposé aufgeklappt. Am Rand erkenne ich Notizen, und im selben Moment weiß ich Bescheid. Verdammt, ein Skriptdoktor! Was eben noch wie Waterloo aussah, verwandelt sich plötzlich in Stalingrad.

Ich werfe Buddy einen Blick zu. Sie macht eine beruhigende Geste, aber die verpufft wirkungslos, denn Skriptdoktoren werden eingestellt, um kaputte Drehbücher zu reparieren, und es gibt zwei Sorten von ihnen: Die einen sind exzellente Zuhörer. Sie sitzen da, nicken freundlich, hören zu, und am Ende des Meetings sagen sie zehn Sätze, die es in sich haben und den Stoff aufs nächste Level heben. Die anderen sind meistens Autoren, die nichts auf die Reihe bekommen haben, und die Tipps dieser »Doktoren« haben den medizinischen Nutzen eines Aderlasses. Zu welcher Sorte Tusnelda gehört, kann ich mir denken, wenn ich sein unauffälliges Outfit betrachte. Dieser Mensch möchte Aufmerksamkeit, und er wird tun, was er tun muss, um sie zu bekommen. Zehn zu eins, dass er uns mit Fremdwörtern und Binsenweisheiten aus dem *Drehbuchschreiben-für-Dummies* zumüllt.

»Und, Rainer, was machen Sie?«, fragt Buddy, obwohl sie es natürlich längst weiß.

»Äh, Rainer ist der Skriptdoktor?«, wirft Schulz-Äh ein.
Rainer nickt bedeutungsvoll.
»Ich wusste nicht, dass der Stoff krank ist«, sage ich und starre Schulz-Äh finster an, weil der Sender ihn schließlich bezahlt.
Sie schlägt nervös mit einer Hand aus.
»Äh, wir, haben uns, äh, gedacht, wegen der Probleme und der Kürze der, äh, Zeit, holen wir noch den Rainer, äh, dazu?«, stottert sie und scheint sich dann in einem Gedankensturm zu verirren.
Im selben Moment weiß ich, dass sie nichts damit zu tun hat. Das hat uns jemand anders eingebrockt. Kaum denkt man an den Teufel, schon folgt der gestresste Auftritt von Pechvögel. Sorry, sorry, sorry, sie ist spät dran, sie weiß, aber alle wollen ständig irgendwas von ihr, nicht wahr?
Sie sieht gut aus und versteckt es nicht. Manche machen eine Ausbildung – sie kauft sich kurze Röcke. Dank ihrer freien Beine weiß man, dass sie regelmäßig trainiert, dank der dünnen Bluse und dem fehlenden BH weiß man, dass sie eine Frau ist, nur die Intellektuellenbrille auf ihrer Nase legt eine falsche Fährte.
Sie geht um den Tisch herum, um jedem Luftbussis zu verpassen. Als ich an der Reihe bin, starre ich sie an. Sie ist nicht so verrückt, wie ich dachte, denn einen Meter vor mir bleibt sie stehen und küsst aus sicherer Entfernung an mir vorbei. Selten etwas Lächerlicheres gesehen.
Dann soll es eigentlich losgehen, doch zuerst braucht sie noch spezielles Teewasser, für den Sud, den sie sich anrührt. Soll die grauen Zellen anregen, hahaha. *Sauf ein paar Hektoliter, hohoho,* und dann erfahren wir noch, dass sie Clint bei einer Filmpremiere die Hand geschüttelt hat. Jack schätzt ihre Arbeit sehr, und Kate möchte unbedingt in ihrem neuen Film mitspielen. Sie erzählt uns im Grunde nichts anderes, als dass die Räder der Filmindustrie knirschend

zum Stillstand kommen, falls ihr etwas zustoßen sollte. Was durchaus gleich der Fall sein kann, wenn sie nicht bald die Klappe hält.

Ich werfe Buddy einen Blick zu; sie macht eine beruhigende Geste. Ich werfe Selma einen Blick zu; sie hat ein freundliches Pokerface aufgesetzt. Ich werfe Schulz-Äh einen Blick zu; sie sieht aus, als würde sie Pechvögel gleich um ein Autogramm bitten.

Dann soll es losgehen, doch es stellt sich heraus, dass Frau Regisseurin das Exposé noch gar nicht gelesen hat. Geil, sie hat keine Ahnung, worum es hier geht, hat aber schon mal zwanzig Minuten geredet. Um von ihrer Ahnungslosigkeit abzulenken, fragt sie Tusnelda nach seiner Meinung. Ich richte mich auf das Schlimmste ein, denn ein Skriptdoktor hat ja keine Berechtigung, falls er nicht etwas zu mosern findet; etwas gut finden kann ja schließlich jeder Blödmann. Nein, anscheinend nicht.

Tusnelda räuspert sich und leiert los.

»Zunächst möchte ich mich bei den Autoren für ihre Arbeit bedanken. Leider merkt man dem Exposé an, dass es ohne die notwendige Zeitintensität erstellt wurde, und ich habe mit dem vorliegenden Stoff noch daidierte Probleme. Wollen wir den Helden am Ende wirklich morden lassen, obwohl er der Gewalt abgeschworen hat? Das wäre ein Eskapismus, welcher der Geschichte nicht gut facieren würde.«

Pechvögel nickt andächtig. Vielleicht hat der Frosch ja auch etwas Schlaues gesagt.

Ich beuge mich zu Buddy rüber.

»Hab meinen Duden zu Hause liegen lassen. Borgst du mir deinen?«

Sie tritt mich gegen mein Schienbein. Tusnelda rülpst ungerührt weiter.

»Die Protagonisten haben ein Bouquet an Problemen, und diese müssen sich im Lauf der Geschichte so ergänzen wie

Legosteine aufeinander passen. Ihre Lösungserkenntnisse sollen eine Mischung aus Gewalt und Psychologie sein, nicht zu vergessen das Element der Gleichberechtigung: Die Frau hilft auch unserem Protagonisten, nicht nur er ihr.«
Ich kneife die Augen zusammen und nicke ihm anerkennend zu.
»Ah. Verstehe. Beide helfen sich gegenseitig …«
Tusnelda nickt freundlich und ignoriert meinen Spott. Er wird dafür bezahlt, Menschen ohne Standpunkt etwas Sicherheit zu vermitteln, und offensichtlich macht er das gut, denn Schulz-Äh und Pechvögel hören andächtig zu.
»Die Geschichte muss bigger than life sein, aber nicht unrealistisch«, verkündet er in Pechvögels Richtung.
Bigger than life, aber nicht unrealistisch … Oh Gott. Ich taste nach den Tabletten.
Als Tusnelda seine Arbeitsberechtigung abgeliefert hat, will er sich über die Hauptfiguren unterhalten, und um erst mal die Richtung zu klären, orientiert man sich zunächst gern an berühmten Vorbildern. Der Held soll so sein wie McClane aus *Stirb langsam*. Sein Gegenspieler ist wie Stansfield aus *Leon*. Die Frau des Helden wie Ali McGraw in *Getaway*, die Tochter so klug wie das Mädchen aus *Aliens*.
Es geht erstaunlich schnell voran. Wenn Pechvögel doch nur eine Ahnung hätte, wovon wir die ganze Zeit reden … Es stellt sich heraus, dass sie weder *Aliens* noch *Stirb langsam* oder *Getaway* gesehen hat, sie arbeitet eben so viel, dass sie nicht zum Fernsehnschauen kommt. Fernsehnschauen …

Kapitel 22

Wir erreichen die Kantine, ohne dass Buddy auch nur einmal gesprungen ist. Sie ist genervt, weil ich genervt bin, und ich, ich bin echt genervt.

»Schwör mir, dass du nichts davon gewusst hast!«

»Ich habe nichts davon gewusst«, sagt sie.

»Schwör es.«

»Ich schwöre es.«

»Wenn ich irgendwann herausfinde, dass du es gewusst hast, muss ich dich töten.«

»Ist nur fair«, sagt sie.

Eine Redakteurin winkt von ihrem Tisch zu uns rüber. Ich winke zurück und stupse Buddy an.

»Siehst du, da ist doch Sandra.«

Buddy schaut rüber und winkt.

»Hab ja auch nicht gesagt, dass sie nicht mehr existiert, nur dass sie zu viel zu tun hat, um unseren Stoff zu betreuen.«

Sandra zieht sich einen Finger über die Kehle und breitet dann die Hände fragend aus. Ich schüttele den Kopf. Sie klopft auf ihre Uhr und breitet wieder die Hände aus. Ich halte zwei Finger drei Zentimeter auseinander. Sie grinst. Die anderen Redakteure an dem Tisch sind aufmerksam geworden. Sie klärt sie anscheinend auf, denn wenig später grinsen alle rüber und nicken uns aufmunternd zu. Buddy und ich sind nicht die Einzigen, die Schulz-Äh für das Ende der Zivilisation halten.

»Siehst du das? Sogar ihre eigenen Kollegen hassen sie, und wir müssen mit ihr zusammenarbeiten.«
»Hör auf zu jammern, die Sache ist entschieden.«
»Hasst uns Gott? Ich meine, Pechvögel *und* Schulz-Äh *und* ein Skriptdoktor?!! Und Pechvögel hat *Getaway* nicht gesehen? He, *Aliens* muss man vielleicht nicht, wenn man keinen Horror verträgt. Aber *Getaway* …? Sie ist Regisseurin, verdammt noch mal!«
»Du weißt doch, wie sie ist«, sagt Buddy schulterzuckend und nimmt ihre Pampe entgegen.
»Ich weiß auch, wie Faschismus ist, und trotzdem kann ich mich nicht daran gewöhnen. Ich meine, wenn sie Actionfilme hasst, wieso, zum Teufel, macht sie dann diesen Stoff?«
Buddy seufzt.
»Weil der Sender ihn ihr gegeben hat?«
»Sie könnte doch selbst darauf kommen, dass Action nicht ihre Baustelle ist. Aber nein, sie muss guten Regisseuren den Platz wegnehmen, die Autoren um den Verstand bringen, die Schauspieler öffentlich bloßstellen und ein paar Millionen Zuschauer fertig machen, Hauptsache sie kann am Set ihre Nummer abziehen und die Kohle einsacken! Mann, Mann, Mann, wegen Typen wie ihr ist der deutsche Film, wie er ist.«
»Vik … bitte …«, stöhnt Buddy.
Ich erhalte meine Pampe, und wir steuern einen freien Tisch an.
»Was wohl die anderen Regisseure über sie denken? Ich meine, was sagen die dazu, dass so eine ihren Beruf ausüben darf? Wieso bringen die sie nicht um? Wieso bringt die Gewerkschaft sie nicht um? He, verdammt, warum bringen *wir* sie nicht um?!«
Buddy stöhnt.
»Irgendwann musst du aufhören, das Ganze persönlich zu nehmen. Mir geht es auch auf die Nerven, aber das sind doch

alles nur überforderte Menschen, die sich hinter Schutzmechanismen verstecken.«

Ich mustere sie.

»Du hast wohl für jeden Scheiß Verständnis.«

»Darum sind wir Freunde«, sagt sie und setzt sich.

Freundinnen, Mann, Freundinnen …

Kapitel 23

Kaum sind wir wieder im Meetingraum, schon sondert Spielbergs Nachfolgerin weiterhin abstruse Ideen ab. Ich klappe das Laptop auf und gebe vor, mir Notizen zu machen, während ich am Exposé weiterarbeite, doch so sehr ich mich bemühe, ich schaffe es einfach nicht, sämtliche Aussagen, mit denen sie sich disqualifiziert, zu überhören.

»Ich weiß nicht, ob es realisierbar ist, aber die Autoren können es ja schon mal einbauen.«

Ich werfe Buddy einen Blick zu. Sie macht eine beruhigende Handbewegung. Ich klinke mir eine Tablette ein und schreibe weiter. Pechvögel kritisiert, teilt aus und verteidigt ihre Ideen wie eine Löwin ihr Neugeborenes. Doch dann fällt ihr plötzlich ein, dass ihr Flug bald geht, also findet sie schlagartig alles toll, packt ihren Kram zusammen und äußert den Wunsch, dass es trotz der kurzen Zeit ein gutes Drehbuch werden möge, denn aus einem guten Drehbuch kann man ja keinen schlechten Film machen.

»Und aus einer glücklichen Kuh kein schlechtes Steak«, rutscht mir heraus.

Sie schaut mich überrascht an.

»Was?«

Buddy schaut mich warnend an. Ich lächele Pechvögel an.

»Sie sagten, aus einem guten Drehbuch kann man keinen schlechten Film machen. Daraufhin sagte ich, und aus einer glücklichen Kuh kein schlechtes Steak.«

Sie blinzelt einmal.

»Steak?«
Ich nicke freundlich.
»Und an einem schönen Tag kann man keine schlechte Laune haben. Und eine schöne Frau kann kein Arschloch sein. Und der Papst tut nicht lügen.«
Pechvögel schaut viel sagend in die Runde. Mein Schienbein muss schwer büßen. Schulz-Äh sucht den Faden, Tusnelda nickt vor sich hin. Selma schaltet sich ein und versucht zu schlichten.
»Ihr kennt ja die besondere Situation, in der wir stecken, wir haben wenig Zeit. Also, wie lange glaubt ihr, braucht ihr für das Exposé?«
Pechvögel starrt mich herausfordernd an.
»Bei einer so einfach strukturierten Geschichte müsste das in drei Tagen durchaus zu schaffen sein«, sagt sie.
Ich schaue sie entgeistert an.
»Sie meinen ... ein Exposé ... für einen Neunzigminüter ... in drei Tagen??«
Selma springt sofort wieder ein.
»Drei Tage sind knapp«, relativiert sie, »aber in Anbetracht der Umstände wäre es toll, wenn ihr es in einer Woche schaffen könntet. Also, was meint ihr, wann seid ihr so weit?«
»Wie wäre es mit morgen?«
Alle starren mich an. Ich strahle Pechvögel an.
»Bei einer so einfach strukturierten Geschichte ist das durchaus zu schaffen.«
Kindisch. Aber, uii, tut das gut.

Kapitel 24

Wir entfernen uns mit Lichtgeschwindigkeit vom Meetingraum. Buddy verwandelt Köln-Innenstadt in Köln-Dakar, während sie sich schlapp lacht.

»Aus einer glücklichen Kuh kein schlechtes Steak …«

Sie rollt sich ab, was lustiger wäre, wenn sie dabei nicht am Lenkrad eines Zwei-Tonners sitzen würde.

»Da drin hast du nicht gelacht«, erinnere ich sie und klammere mich an die Haltegriffe.

Sie schaut kichernd zu mir rüber.

»Da drin habe ich …«

»Schau auf die Straße!«

Sie schaut nach vorn und kann gerade rechtzeitig beschleunigen, um eine Ampel bei Rot zu erwischen.

»Da drin habe ich einen Job gemacht, und im Gegensatz zu dir versuche ich, professionell zu sein.«

»Ach, und Professionalität bedeutet wohl, Schwachmaten jeden Scheiß durchgehen zu lassen, ja?«

Sie nickt.

»Meetings: Man verhindert das Schlimmste, und macht später das Beste draus.«

Ich schlage mir die Hand vor die Stirn.

»Ach so! Na, dann ist ja alles prima! Toll! Echt! Bis auf die Winzigkeit, dass zwei Schwachmaten uns gerade vorschreiben, wie man ein Drehbuch schreibt!«

»Gott …«, stöhnt sie.

»Ja, genau! Wo ist er?«

Sie gibt mir wieder einen Blick.
»Also echt, was ist denn mit dir los heute?«
»Was los ist? Schau auf die Straße. Ich sollte jetzt am Meer liegen. Stattdessen verbringe ich die Zeit mit Schwachsinnigen.«
Buddy hupt einen Kleinwagen an, der sich an die Geschwindigkeitsbegrenzung hält, und gickelt wieder.
»Als du *wie wär's denn mit morgen* sagtest … Himmel, ihr Gesicht …!!«
Darüber rollt sie sich wieder ab, verreißt dabei das Lenkrad etwas und erwischt fast einen Radfahrer, der sich wie Zabel in die Pedale legt. Scheiß auf das grüne Trikot – das Ziel ist zu überleben!
Er schafft es auf den Grünstreifen und schüttelt die Faust. Buddy winkt fröhlich und nimmt eine haarsträubende Rechtskurve. Damit überrascht sie nicht nur einen wild hupenden LKW, sondern auch mich, da wir eigentlich nach links hätten abbiegen müssen. Der Gurt rettet mich, aber es reicht noch für ein fieses Knacken im Nacken.
»Festhalten!«, schreit sie.
»Vorher!! Vorher sagt man das!! Wo, zum Henker, fahren wir hin?«
»Ich bringe dich.«
»Wohin?«
»Ins Hotel.«
»In welches verdammte Hotel?«
»In das, wo Pechvögel uns erwartet.«
Ich starre sie an.
»Ah. Verstehe. Wir ziehen die Barscheltour durch, ja?«
»Vik. Ich will diesen Job.«
»Du hast ihn. Also?«
Sie schüttelt den Kopf.
»Die Einzige, die das Ding noch platzen lassen kann, ist Pechvögel. Du weißt doch, wie sie ist.«

»Kommst du mal auf den Punkt?«
Sie zuckt die Schultern und wirft mir einen Blick zu.
»Na ja, ich denke, du brauchst einen Fick. Und sie braucht ganz bestimmt einen. Also, wieso legst du sie nicht im Hotel flach, dann geht das Arbeiten leichter von der Hand.«
Sie grinst mich an.

Als sie den Motor ausmacht, beschimpfe ich sie immer noch. Dann merke ich, dass wir vor meiner Haustür stehen.
»Du verdammte Ratte!«
Sie lacht zufrieden und deutet auf die Glastür.
»Jetzt gehst du da hoch. Du setzt dich auf deinen Popo und arbeitest. Es kann doch nicht sein, dass du dein Leben abschenkst, nur weil sie weg ist.«
Ich schaue zu der Haustür rüber. Sie starrt glasig zurück.
»Erst erpresst du mich zu diesem Job, und jetzt das ... Findest du das nicht ein wenig viel auf einmal?«
»›Ein wenig viel?‹«, lacht sie. »Süßer, du brauchst dringend ein Dialogpolishing.«
Ich schaue sie an. Sie wischt sich das Lachen ab und deutet zur Haustür.
»Geh jetzt da hoch. Irgendwann musst du es eh tun, also bring es hinter dich. Jetzt. Auf der Stelle. Für manche Dinge gibt es keinen richtigen Augenblick, außer man macht irgendeinen Augenblick zum richtigen. Geh jetzt.«
Ich packe die Survivaltasche und steige aus. Vor der Haustür bleibe ich stehen und fummele so lange am Briefkasten herum, bis sie wegfährt. Nur dass sie nicht wegfährt.
Irgendwann stecke ich den Schlüssel in die Haustür. Buddy nickt mir aufmunternd zu. Ich gehe in den Hausflur. Ohne dass was passiert. Ich nehme ein paar Stufen und ... immer noch nichts. Auf der fünften Stufe bin ich außer Sicht, also bleibe ich stehen, bin ja nicht bekloppt.
Nach einer Zeit höre ich das Monster draußen röhrend weg-

fahren. Ich warte noch eine Minute, dann gehe ich die Stufen wieder runter, öffne die Tür und werde fast überrollt, als das Monster rückwärts auf mich zukommt. Buddy schaut mich nur kopfschüttelnd an und droht mit dem Zeigefinger. Ich verschwinde wieder im Haus. Sich zu lange zu kennen hat eindeutig Nachteile.

Kapitel 25

Als ich den Schlüssel umdrehe, ist mein Puls im roten Bereich. Die Wohnungstür schwingt auf, ich wittere in alle Richtungen und rieche ... nichts. Ein vorsichtiger Fuß über die Schwelle. Nichts. Fünf Schritte am Sonnenzimmer vorbei, zehn in den Glasraum, dann lasse ich mich in meinen Lieblingssessel fallen. Ein ... aus ...

Auf dem Küchentisch stehen zwei benutzte Kaffeetassen vom letzten Morgen. Da stehen sie. Zwei beschissene Symbole. Der AB blinkt hysterisch. Ich weiß, wie er sich fühlt. Zu hoher Puls, zu viele Informationen, zu lange nicht mehr berührt, ungebraucht, überflüssig, ignoriert, fertig mit den Nerven. Auf dem Tisch der Brandfleck einer Zigarette. Sie hat sie weggelegt, um die Hände frei zu haben. Auf dem Teppich hat sie mir gesagt, dass sie ein Kind von mir will. Auf dem Stuhl, dass sie weggeht. Und das Sofa. Auf dem haben wir uns gegenüber gesessen, uns Träume, Geschichten, Fantasien erzählt, uns beobachtet, während die Dämmerung das Licht veränderte. Wir erregten uns mit Blicken, Füßen, Fingerspitzen, Versprechen. Wollten den Augenblick oft nicht für Sex breaken. Erregten uns, bis das Morgengrauen kam und das Licht veränderte. Ein kurzes schmerzliches Ineinander, dann umschlungen einschlafen, voller Vorfreude auf das Aufwachen.

An der Wand hängt das Originaldrehbuch von Ernst Lubitschs *Sein oder Nichtsein*, signiert von Autor Edwin Justus Mayer und Regisseur Ernst Lubitsch himself. Ein Film

aus meiner ewigen Top 10, den ich mir mit Grace an die hundert Mal angeschaut habe. Wir entdeckten das Schmuckstück in einem kleinen Laden am Sunset Strip, eingerahmt an der Wand. Natürlich unverkäuflich. Doch der Ladenbesitzer war ein Filmfreak und konnte andere erkennen, wenn er sie sah. Als wir den Laden vierzig Minuten später verließen, war ich pleite, trug das Skript bei mir und hatte einem Achtzigjährigen versprechen müssen, innerhalb der nächsten zehn Jahre dieselbe Qualität zu erreichen, sonst müssten wir es ihm zurückbringen. Beim Rausgehen sagte ich »See ya soon«, doch draußen zog Grace mich an sich. Sie küsste mich und flüsterte, dass ich eines Tages ein Skript schreiben würde, das ebenso gut wie *Sein oder Nichtsein* wäre, sie würde an mich glauben und mich unterstützen. Ich habe ihr geglaubt.
»Hey, Vik!«
Mein Herz hält an. Ich drehe den Kopf in Zeitlupe. Meine Dachbarin schaut neugierig durch die offene Wohnungstür rein.
»Schläfst du?«
Ein ... aus ...
»... ich sitze hier nur.«
»Mit offener Tür?«
»Ich lüfte.«
Sie schnuppert.
»Ich rieche nichts.«
»Gut.«
Sie schaut zur Balkontür, die nur gekippt ist, dann ahnt sie, dass hier etwas ganz anderes abgeht, und winkt.
»Schön, dass du wieder da bist. Wenn du einen Kaffee willst, kannst du jederzeit hochkommen.«
»Danke.«
»Soll ich die Tür zumachen?«
Ich nicke. Sie schließt die Tür. Ich nutze den Augenblick, um mich aus dem Sessel zu stemmen und loszulegen.

Eine Stunde später liegen die Tassen im Müll und der Müll im Container. Sein oder Nichtsein fragt sich das jetzt im Schrank. Tisch und Stühle sind im Keller, der Teppich zusammengerollt im Flur, das Sofa liegt auf dem Bauch, die Beine nach oben, mit einem Tuch abgedeckt. Der große Raum ist gefegt. Alles, was noch steht, ist mein Sessel, der Kühlschrank, eine Stehlampe, der Fernseher, zwei Schränke mit DVDs, ein Tisch, darauf meine Homestation, davor mein Lieblingsstuhl. Außerdem habe ich endlich mal die Sachen aus der Survivaltasche weggepackt und mich im Kleiderschrank komplett neu eingekleidet. Himmel, endlich wieder meine Lieblingsjeans tragen. Hätte nie gedacht, dass man eine Hose vermissen kann. Nächstes Mal, wenn ich mich aus meiner Wohnung vertreiben lasse, muss ich dringend bessere Klamotten einpacken.

Ich schließe den Laptop an das Netzwerk an. Dann schalte ich meine Homestation zum ersten Mal seit drei Monaten an und lausche dem vertrauten Klang meines Macs, der bootet. Während er hochfährt, schaue ich aus dem Fenster auf den Fernsehturm, wo irgendwelche geldgeilen Lebensqualitäthasser in der Zwischenzeit Leuchtreklamen angebracht haben. Wieder zu Hause. Mann, tut das gut. Mal schauen, wie lange.

Kapitel 26

Die *Chili Peppers* rocken die Wohnung, ich schreibe, und es läuft gut. Endlich wieder an meinem Platz vor meinem Fenster, mit dem Sound der Wohnung, dem Geschrei der Kids vom Kinderspielplatz unter dem Balkon. Mein Zuhause. Hier geht alles schneller, besser, richtiger.

Das Telefon klingelt. Sofort sind Eis und Puls wieder da. Der letzte Anruf, den ich hier entgegengenommen habe, war von Grace. Sie wollte nur mal kurz rüberkommen und mir was erzählen. Dass sie eine Affäre hat und nach Berlin geht.

Buddys Nummer blinkt auf dem Display. Ich schnappe mir den Hörer.

»Ja.«

»Du bist da.«

»Ja.«

»Wie läuft's?«

»Gut.«

»Ich habe dir Backstories zu den Figuren gemailt.«

»Gut.«

»Bist du okay?«

»Ja.«

»Kannst immer anrufen, wenn was ist.«

»Danke.«

Ich lege auf und gehe ins Netz. Für einen Augenblick bin ich mal wieder versucht, sämtliche Mailadressen abzusaugen. Wieder traue ich mich nicht. Drei Monate macht eine

Menge Mails, und vielleicht sind welche von ihr dabei, in denen sie mir von ihrem tollen neuen Leben berichtet. Oder eintausend Mails und keine einzige von ihr.
Ich wähle den Bizconnect und sauge mir die Backstories runter. Dann mache ich mich wieder an die Arbeit.

Irgendwann ist es draußen dunkel. Das Haus wird leiser. Die Bürger gehen ins Bett. Unten sind die Kids längst vom Spielplatz verschwunden, die Straße ist ruhig, die Atmosphäre in der Wohnung dichter. War immer meine Lieblingszeit zum Schreiben, und vielleicht schaffe ich es ja, die Nacht durchzuschreiben. Wie in den guten alten Zeiten.
Ich gehe zur Kaffeemaschine und fühle mich leicht bescheuert. All die Nächte in irgendwelchen beschissenen Hotelzimmern und wofür? Ich hätte mich hier nie vertreiben lassen dürfen. Hier geht wirklich alles besser. Vor allem das Schreiben. Das Exposé wächst, und die Geschichte macht so viel Spaß, dass ich manchmal vergesse, wo ich bin. Und wo ich sein könnte.
Doch als ich die Tasse fülle, läuft mir ein merkwürdiges Gefühl den Rücken runter. Ich bleibe wie angewurzelt stehen. Irgendwas ist … ein ganz seltsames Gefühl … Ich drehe langsam den Kopf und sehe sie. Im Tageslicht konnte ich sie nicht erkennen. Doch im Dunkeln liegt sie auf dem Sofa und lächelt mich an. Sie steht nackt vor dem offenen Kühlschrank, bückt sich nach der Milch, streckt mir herausfordernd ihren Hintern entgegen. Sie lehnt lachend an der Tür. Liegt atemlos verschwitzt auf dem Teppich, bettelt spielerisch um mehr. Raucht auf dem Tisch und sagt, dass ich ihr vertrauen kann. *Bleib! Geh nicht! Lauf nicht weg!,* habe ich ihr einst gesagt. Jetzt sage ich es mir. Das Ergebnis bleibt gleich.

Kapitel 27

Der Schlüssel liegt über dem Sicherungskasten. Ich schiebe die Tür auf, die Wohnung ist dunkel. An der ersten Tür richte ich einen Horchposten ein und höre ... nichts. Ich schiebe Tür Nummer zwei leise auf, ziehe mich schnell aus und gleite unter die Decke. Ich schmiege mich an warme Haut, umarme ihren kleinen Seidenkörper und atme ihren Geruch ein. Körpertherapie.

Die Tür geht auf. Jemand kommt ins Zimmer und rutscht neben Yasna ins Bett. Ich halte den Atem an. So was gibt es doch nur in schlechten Filmen, und ich hasse diese Szenen, weil sie so verdammt unrealistisch sind.

»Das muss aufhören, Vik. Du respektierst mich nicht, und das macht mich wütend.«

Ich lasse wieder Luft in die Lungen und richte mich etwas auf.

In der Dunkelheit kann ich Patrizias Augen nicht erkennen, aber ich höre an ihrer Stimme, dass sie funkeln.

»Ich meine, erklär mir doch mal, was du hier machst? Du schleichst nachts wie ein Dieb in die Wohnung und legst dich zu meiner Tochter ins Bett, obwohl ich es dir verboten habe.«

»Ein Dieb hat keinen Schlüssel. Wenn du nicht willst, dass ich herkomme, wieso lässt du den Schlüssel dann herumliegen?«

»Ich dachte, es reicht, wenn ich es dir sage, aber anscheinend reicht das nicht. Du respektierst mich nicht.«

»Klar, tue ich das, aber … ich habe ’ne Deadline, und ich kann nicht arbeiten, wenn sie da ist.«
Sie atmet scharf ein und richtet sich ruckartig auf.
»Sie ist in deiner Wohnung?! Sag mal, bist du *total bescheuert*?!!«
Sie bemüht sich, nicht zu fauchen, macht das aber nicht wirklich gut.
»Nicht sie, nur … Erinnerungen.«
Daraufhin ist erst mal Ruhe. Ich lausche auf ihre Atmung. Sie atmet wieder normal. Ich warte, aber sie sagt nichts.
»Nur heute Nacht«, schiebe ich probeweise nach. »Ich bin wieder weg, bevor sie aufwacht. Sie merkt nichts, du weißt doch, wie tief sie schläft. Ich weiß, ich sollte nicht ohne deine Erlaubnis herkommen, aber …«
»Halt doch mal kurz die Klappe«, sagt sie.
Ich halte mal kurz die Klappe. Patrizia verlagert ihr Gewicht, das Bettzeug raschelt, die Bettfedern knarren, und dann knipst sie die Shrek-Lampe an.
»Willst du ein Bier?«, fragt sie.
Ich kneife die Augen gegen das Licht zusammen. Nein, ich will kein Bier. Kein Bier und keine Debatte. Alles, was ich will, ist schreiben, rausmailen, schlafen. Aber so funktioniert das nicht – sie will reden.
»Klar«, sage ich.
Sie rollt sich aus dem Bett und bietet mir eine intime Sicht auf ihren Körper. Wenn ich sie nicht kennen würde, müsste ich glauben, sie bezweckt damit etwas, aber so tickt Patrizia nicht. Patrizia bettelt nicht. Patrizia bietet sich nicht an. Nimm oder geh. Und ich bin gegangen.
Ich höre, wie sie den Kühlschrank öffnet und schließt, dann zischt es zweimal. Als sie wieder ins Zimmer kommt, sehe ich, dass sich dort, wo sich der rote Klettstreifen befand, nur noch nackte Haut befindet. Offenbar ist Trotzki einer Revolution zum Opfer gefallen.

»Du lässt dir da unten sofort wieder ein paar Haare wachsen.«
Sie setzt sich aufs Bett, reicht mir eine Dose Hansa, gleitet unter die Decke, lehnt sich an die Wand und mustert mich.
»Du weißt wirklich nie, wann es genug ist.«
Sie hält mir die Dose entgegen. Ich stoße meine dagegen.
»Wie lief es mit dem Cordanzug?«
Sie trinkt erst mal einen langen Schluck, dann zuckt sie die Schultern.
»Ganz gut.«
»Seht ihr euch wieder?«
»Nein.«
Ich nicke. Große Überraschung.
»Und was ist aus Trotzki geworden? Den hast du ja immerhin ein paar Mal getroffen, bevor er sich disqualifizierte.«
»Sag das nicht so abwertend.«
»'tschuldigung. Also, was ist mit ihm?«
»Er kommt auch nicht wieder. Er mag keine Kinder.«
Sie schaut mich an.
»Wie kann man denn keine Kinder mögen? Ich meine, dass man nicht mit ihnen leben will, kann ich ja manchmal nachvollziehen. Aber was muss an einem nicht stimmen, dass man sie nicht mag?«
»Vielleicht mag er sie, aber es ist ihm zu viel Verantwortung?«, schlage ich vor.
»Wie dir.«
Ich hebe die Augenbrauen.
»Ich übernehme keine Verantwortung?«
»Wenn es dir in den Kram passt.«
»Was mehr ist, als ihr Vater tut.«
»Zwei Besuche im Jahr sind schwer zu unterbieten.«
»Scheiße.«
Sie legt mir eine Hand auf den Arm.

»Versteh mich nicht falsch, für mich zählt erst mal, dass sie dir vertraut. Und dass ich dir in dieser Sache vertraue. Ich weiß, wenn ihr bei dir was passiert, wäre es bei mir wahrscheinlich auch passiert. Du passt auf sie auf. Du liebst sie. Das ist das Wichtigste.«
»Bei mir kommt sie pünktlich zur Schule.«
»Leck mich.«
»Was habe ich dir über das Wort ›Nein‹ erklärt?«
Sie atmet scharf ein und schlägt mir die Faust auf die Brust. Das Bett wackelt, die Dreads schlagen Wellen, doch das stört Yasna nicht im Geringsten. Sie liegt komatös zwischen uns und erholt sich für neue Abenteuer.
»Ich dachte, wir wollten reden«, sage ich und reibe mir die Brust.
»Tun wir doch.«
»Ah. Und worüber reden wir?«
»Darüber, dass du mich versaut hast«, antwortet sie.
Ich höre auf zu reiben und starre sie an.
»Durch das Zusammenwohnen«, sagt sie. »Das, was mit dir im Alltag ging, muss Standard sein. Damit ich einen Mann in mein Leben lassen kann, muss ich daran glauben können, dass er auch in Yasnas Tag funktioniert.«
»Du willst jemanden mit Perspektive, das ist gut. Perspektiven sind gut«, bestätige ich.
»Genau«, sagt sie. »Und für Yasna bist du ein Mann mit Perspektiven.«
Ich verziehe das Gesicht. Sie nickt und tastet automatisch neben dem Bett herum, findet aber nichts. Das Kinderzimmer ist von jeher rauchfrei.
Als sie meinen Blick sieht, zieht sie die Hand zurück und beginnt an der Dose herumzukratzen. Dann lässt sie das wieder und wendet sich mir zu.
»Vik, das hier ist wichtig für mich, also versau es nicht. Keine Witze, keine Sprüche, einfach nur zuhören, ja?«

Plötzlich bekomme ich doch Lust auf Bier. Ich wappne mich mit einem tiefen Schluck. Patrizia hebt zwei Finger.

»Ich will, dass du über zwei Dinge nachdenkst. Einfach nur mal nachdenkst.«

Sie schaut zu ihrer Tochter, die zwischen uns liegt. Dann zu mir. Ihre Pupillen machen wieder diese Sache.

»Ich möchte, dass du das Sorgerecht übernimmst.«

Dass die Zeit vergeht, merke ich daran, dass Patrizia manchmal blinzelt, während sie auf meine Reaktion wartet.

»Du rauchst echt zu viel von diesem Zeug«, sage ich schließlich.

Sie wird nicht einmal sauer, sondern richtet die Büchse auf mich.

»Ich meine es ernst. Wenn mir etwas zustößt, findet das Arschloch vielleicht einen Weg, an sie heranzukommen.«

Ihre Magneten glühen, sie nimmt einen Schluck aus der Dose. Ich versteh gar nichts mehr.

»Ich dachte, du hast bei der Scheidung das alleinige Sorgerecht zugesprochen bekommen.«

Sie stößt verächtlich die Luft raus.

»Weißt du, was das Jugendamt alles anstellen kann, wenn mir mal was passieren sollte?«

»Du meinst, wenn du wegen Drogenhandel im Knast sitzt?«

Sie schaut mich an. Ich hebe eine Hand.

»'tschuldigung.«

»Nach meinem Tod könnte er einen Weg finden, den Gerichtsbeschluss anzufechten.«

Tod? Ich werfe einen schnellen Blick zum Keks, aber Yasna schläft tief. Dennoch senke ich die Stimme und lege Patrizia eine Hand auf den Arm.

»Wenn irgendwas ist, will ich das auf der Stelle wissen!«

»Ich bin kerngesund.«

Ich mustere sie.

»Was soll das dann alles?«
Sie entzieht mir ihren Arm und funkelt mich an.
»Denk doch einfach drüber nach, ja? Geht das? Kannst du einmal in deinem Leben nachdenken, bevor du redest?«
Vielleicht keine schlechte Idee. Neben mir liegt eine nackte Schönheit, die mir gerade das Sorgerecht für ihre Tochter anbietet. Wo war ich, als man das in der Schule durchgenommen hat?
»Okay, ich denke nach. Dann sag mir jetzt auch das andere, damit ich es hinter mir habe.«
Sie richtet sich noch ein bisschen gerader auf und schiebt die Dreads nach hinten. Ich sehe das Y auf ihrer linken Schulter.
»Als ich Trotzki gesagt habe, dass er sich nicht mehr melden soll, wurde mir etwas klar.«
»Rot ist nicht deine Farbe?«
Sie schließt den Mund, presst die Lippen aufeinander und funkelt mich an. Mein Gott, ich lerne es wirklich nie, meine Klappe zu halten.
»'tschuldigung.«
Sie knüllt die leere Dose wie Papier zusammen. Ich werfe automatisch einen Blick auf Yasna. Die Geräusche würden jedes normale Kind wecken, schätze ich.
»Wir hatten hier eine gute Zeit, richtig?«
Sie funkelt mich an.
»Richtig«, seufze ich und ahne bereits, in welche Richtung es geht. Mit voller Kraft vorwärts in die Vergangenheit.
Sie deutet mit der zerknüllten Dose auf mich. Die Decke rutscht weiter herunter und entblößt ihre Brüste. Sie merkt es nicht einmal.
»Seitdem du ausgezogen bist, geht es uns beiden schlechter, und ausgezogen bist du, weil du diese Macke mit der Richtigen hast. Die perfekte Frau, die irgendwo auf dich wartet. Eine kluge, attraktive Frau, die ihr Ding macht, dabei aber

viel Zeit und Aufmerksamkeit für dich hat. Eine, bei der du immer die Nummer eins bist, die deine Fehler akzeptiert oder sogar liebt, die dich fordert und fördert, die gut im Bett ist, dich nie enttäuscht und …«

»Gott, lass dir mal was Neues einfallen«, stöhne ich.

»Wieso lässt du mich nicht mal ausreden, das wäre in der Tat was Neues!«

Sie funkelt mich an. Ich atme aus und zucke die Schultern.

»Also, du bist ausgezogen, um deine Traumfrau zu finden. Und, hast du sie gefunden? Nein. Vielleicht rauche ich manchmal was, aber du hast dir dafür eindeutig zu viele Hollywoodschinken reingezogen. Dieser ganze Miss-Right-Mist hat dich indoktriniert. Du rennst einem Traumbild nach, das dich nur unglücklich machen kann. Hier dagegen warst du glücklich, und es ging uns allen damals besser, dir, Yasna und mir. Uns allen. Und darum …« Sie lehnt sich etwas vor und klopft mir mit einem steifen Finger auf die Brust. »… darum will ich, dass du wieder einziehst.«

Ich hab mich verhört. Ich weiß, dass sie das nicht gesagt haben kann.

»Ich will, dass du wieder einziehst«, wiederholt sie nachdrücklich.

»Patrizia …«

Sie winkt meinen Einwand beiseite.

»Es hat nur Vorteile.«

»Patrizia, ich …«

Sie winkt wieder ab.

»Du hättest deinen Tag mit ihr wieder und würdest einen Haufen Geld sparen.«

»Verdammt, kann ich jetzt auch mal was sagen?!«

Yasna regt sich zwischen uns. Unsere Köpfe gehen ruckartig nach unten. Sie wird doch nicht etwa zum ersten Mal seit den Masern nachts wach werden? Nein. Sie dreht sich nur

auf die Seite, tritt mir gegen das Bein, kuschelt sich an ihre Mutter und komatiert weiter.
Wir heben beide gleichzeitig den Kopf. Patrizia funkelt mich an und macht eine Handbewegung. Entweder fordert sie mich auf, mir einen runterzuholen, oder sie erteilt mir das Wort, nur leider habe ich vergessen, was ich sagen wollte. Was kann man dazu auch schon sagen?
Ich nehme einen kleinen Schluck Bier. Dann noch einen. Noch einen. Aber auf Zeit zu spielen ist nicht einfach, wenn man nackt in einem Bett sitzt.
»Okay. Ich streite nicht ab, dass mir der Tag hier fehlt, aber es war dennoch richtig, auszuziehen. Es war einfach zu eng, die ganze Situation hier, was glaubst du, wie es für die Frauen war, die ich mitgebracht habe? Wenn die uns drei zusammen erlebt haben, war es ... so.« Ich schnippe mit den Fingern.
Sie winkt ab.
»Ich rede nicht über die Probleme irgendwelcher Frauen, ich rede über deine und meine. Du könntest dir wenigstens mal Mühe geben, mich zu verstehen. Denkst du, es fällt mir leicht, hier rumzubetteln?«
»Ach was, du bettelst doch nicht, es ist nur ...«
»Na klar bettele ich, und weißt du, warum? Weil ich, im Gegensatz zu dir, weiß, was gut für mich ist. Und ich weiß auch, was gut für Yasna ist! Ich weiß sogar, was gut für dich ist! Du triffst dich doch sowieso jeden Tag mit ihr, denkst du, ich weiß das nicht? Und wenn dir jemand wehgetan hat, kommst du her und verkriechst dich. Das hier ist dein Zuhause, und darum kannst du genauso gut wieder einziehen, damit löst du alle deine Probleme, bis auf die Kleinigkeit, wo du deine Frauen flachlegst.«
Sie sitzt mit erhobenem Kinn da und wirkt so stolz, dass ich Gänsehaut bekomme. Wenn das ihre Art zu betteln ist, wird sie wohl nie einen ausgeprägten Klammerinstinkt ent-

wickeln. Es berührt mich, sie so nackt zu sehen. Eine Frau, die klare Ansagen macht. Die keine Angst hat, in Vorleistung zu gehen. Was hätte ich dafür gegeben, wenn Grace
Stopp!
»Du hast Recht, wir hatten schöne Jahre …«, beginne ich.
Sie atmet heftig ein. Für einen Augenblick blitzt Hoffnung in ihren Augen auf. Dann sieht sie mein Kopfschütteln, und ihre Augen werden dunkel.
»Aber ich sehe das nun mal nicht so pragmatisch wie du. Was du sagst, klingt zwar logisch, aber ich kann doch nicht alle meine Träume in die Tonne hauen, nur weil du die WG-Zeiten vermisst.«
Ihre Augen werden noch dunkler.
»WG-Zeiten? *WG-Zeiten…?* Du *Arschloch*! Wir haben zusammen gewohnt! Wir haben ein Kind erzogen! Wir haben unseren Tag abgestimmt und die Probleme gemeinsam gemanagt – wir waren *Partner*, wir haben nur nie miteinander geschlafen!!«
»Mama?«
Unsere Köpfe rucken nach unten. Yasna regt sich zwischen uns. Nicht zu fassen, wir haben es geschafft.
»Mama ist hier, Süße«, sagt Patrizia und streichelt sie.
»Papa?«
Yasna greift weiter um sich. Patrizia mustert mich herausfordernd. Ich schaue auf das Mädchen runter, das meine Stimme hören will, um friedlich durch die Nacht zu kommen. Ich nehme Yasnas Hand.
»Bin da, Keks. Wir sind beide da. Alles ist gut. Schlaf weiter, Süße.«
Yasna seufzt erleichtert und fällt sofort wieder ins Koma. Hat die Botschaft Sicherheit und Liebe mit in den Schlaf genommen. Oh, verdammt…
Patrizias Augen nageln mich fest.
»Sie braucht einen Vater«, sagt sie. »Du bist es eh, also sei es

auch. Du hast hier Familie, Vik, und damit hast du Verantwortung, ob du willst oder nicht.«

Ich schüttele den Kopf.

»Ich bin nicht ihr Vater, ich bin ihr Freund, und diese Verantwortung trage ich auch, ohne hier zu wohnen.«

»Du bist so ein *Schlappschwanz*!«

Sie funkelt mich an. Ich starre zurück. Sie wendet den Blick ab.

Nach einiger Zeit hat sie ihren Atem unter Kontrolle und schaut mich wieder an.

»War nicht so gemeint, aber, verdammt, Vik, ich bin dreißig. Ich habe eine Tochter, und ich habe meinen Sound. Mein Leben ist erfüllt. Ich brauche keinen *Mister Right*, mir reicht es, dass jemand da ist, auf den ich mich verlassen kann, jemand, dem Yasna vertraut. Ich will einen schönen Alltag, und wenn ich dann etwas anderes brauche, gehe ich raus und hole es mir. Verstehst du denn nicht: Es gibt diese Richtige gar nicht, es gibt nur eine Zeitspanne, in der wir das glauben, das nennt man Verliebtsein, und das ist gut, denn das macht das Leben interessanter. Trotzdem ist es nur eine hormonabhängige Reaktion des Körpers, die vergänglich ist.«

Ich muss lächeln. Sie ist so gottverdammt pragmatisch.

»Ja, lach du nur, aber viele suchen ihr Leben lang vergebens nach dem, was wir schon haben, und du gibst all das auf, nur weil wir keinen Sex haben? Die meisten Pärchen haben nach einigen Jahren eh keinen Sex mehr, also wieso holst du ihn dir nicht woanders? Was ist denn daran so schlimm? Ist das für einen Mann nicht sogar das bessere Angebot? Vik, lass uns das enge Denken sprengen, wir müssen dem Glück nur ein wenig nachhelfen. Du wärst nicht mehr allein, und wenn du eine Frau triffst, gehst du dich eben austoben. Wenn du damit fertig bist, kommst du wieder nach Hause. Nach Hause!«

Sie verstummt abrupt. Ihre Körperspannung ist so intensiv, dass ich sie spüre, ohne dass sie sich bewegt. Ich spüre ihre Energie, fühle ihren Glauben, ihre Überzeugung und wünsche mir für einen Augenblick, ich wäre wie sie.
Ich schüttele den Kopf.
»Sie hat meinen Auszug mittlerweile akzeptiert, aber sie würde es nicht verstehen, wenn ich das ein zweites Mal tun müsste, und das weißt du. Du versuchst, mich gegen meinen Willen in eine Situation zu bringen, die ich nicht will und die ich bereits abgelehnt habe, und das alles tust du, weil du nicht mehr an die große Liebe glaubst. Aber nur weil du nicht mehr glauben kannst, muss ich ja nicht auch so ein hoffnungsloser Pragmatiker werden, der sein Liebesleben nur noch verwaltet. Es tut mir Leid, dass dein Ex ein Arschloch ist, aber es gibt da draußen auch gute Typen, doch weil du die Hosen voll hast, bleibst du lieber hier drin hocken und klammerst dich an alte WG-Zeiten. Was das angeht, bist du der Schlappschwanz.«
Sie atmet heftig und sieht aus, als würde ich mir gleich wieder eine fangen. Yasna seufzt leise im Schlaf. Sofort wird Patrizias Blick weicher. Sie legt dem Keks eine Hand auf den Rücken und streichelt sie. Das Ergebnis ihrer letzten großen Liebe. Sie wäre für ihn barfuß betteln gegangen, doch als Yasna zwei Jahre alt war, fand Patrizia einen Liebesbrief auf dem Küchentisch. An ihn. Von einer anderen Frau. Aus dem Brief ging hervor, dass er seit drei Jahren ein Doppelleben in einer anderen Stadt führte. Mit einer Frau, die ebenfalls eine zweijährige Tochter von ihm hatte. Während Patrizias Schwangerschaft hatte er also eine andere geschwängert, mit ihr dasselbe abgezogen, es jahrelang verheimlicht – und sie hatte nichts gemerkt ... Liebe macht blind. Seitdem glaubt sie nicht mehr an Gefühle, sondern an Deals.
Das Bett beginnt zu zittern. Ich schaue überrascht zum Fens-

ter, doch es ist kein Erdbeben: Patrizia weint. Sie ist dabei so angespannt, dass das Bett wackelt. Dicke Tränen kullern ihre Wangen herunter. Ich würde sie gern umarmen, aber dafür kenne ich sie zu gut.

»Geh«, sagt sie erstickt.

Ich schaue sie überrascht an.

»Was, jetzt?«

Sie nickt.

»Patrizia, es ist mitten in der Nacht.«

Sie wendet mir ihr nasses Gesicht zu.

»Es hat dich niemand gezwungen, um diese Uhrzeit herzukommen. Vik, ich hatte dich gewarnt. Du musst irgendwann anfangen, das, was andere Menschen sagen, ernst zu nehmen.«

»Aber doch nicht heute Nacht!«

Sie nickt.

»Jetzt sofort. In diesem Augenblick.«

Kein Funkeln in den Augen, nur heiliger Ernst.

Kapitel 28

Der Himmel sternenklar. Eigentlich eine schöne Nacht. Zum Kotzen. Was ist nur los? Vor drei Stunden schien es bergauf zu gehen, und jetzt ist schon wieder alles am Arsch. Und ich habe noch nicht mal die Survivaltasche dabei. Ich habe nichts!

Ich drehe ein paar Runden auf dem Karussell, ohne dass jemand vorbeikommt, um mich fertig zu machen. Wahnsinn. Wenn ich wenigstens sauer sein könnte, aber Patrizia hat Recht. Aus ihrer Sicht. Wenn ich es so pragmatisch sehen könnte wie sie, würde ich eine tolle Mitbewohnerin und den Alltag mit dem Keks zurückbekommen. Doch damit würde ich auch die Hoffnung auf die Richtige begraben, denn die WG erledigt jede. Wenn ich damals eine Frau kennen lernte, habe ich mir am meisten Gedanken darüber gemacht, ob Yasna sie mögen würde, und oft konnte ich erst gar nicht ausgehen, weil ich Yasnaabend hatte. Und dann diese laute Stille, nachdem eine Auserwählte einen Tag in der WG verbracht hatte. Nach einem Tag mit Patrizia, Yasna und mir ergriffen die meisten die Flucht, andere wiederum gingen überhastet in die Offensive, weil sie dachten, ihnen würde die Zeit weglaufen. Ein einziger WG-Besuch beendete jedes verspielte Kennenlernen, also ging ich dazu über, niemanden mehr mit in die WG mitzubringen, was natürlich dazu führte, dass sie sich irgendwann fragten, wie ernst es mir war, wenn ich sie nie mit nach Hause nahm. Also nahm ich sie mit in die WG und …

Ich schalte das Handy ein und wähle Niels. Der dritte Weltkrieg bricht los. Sirenen heulen, Autos hupen, Schüsse, Schreie, Chaos pur.
»Hi-Konsalik!«, schreit er durch den Lärm.
»Ich muss mit dir reden!«
»Warte-mal … *Was-denkt-die-was-das-hier-ist-ne-verdammte-Demokratie? Die-sollen-sich-aus-meinem-Schnitt-verpissen-und-zwar-dalli!* Hey-glaubst-du-es-auf-einmal-taucht-die-du-weißt-schon-wer-hier-auf-und-will-Rohschnitte-sehen-nicht-zu-fassen!«
»Langsamer!«
»Ja, ja, aber, Mann, wir schneiden gerade eine Aktionsszene, und alle paar Minuten kommt hier jemand reingeschneit, bin kurz davor hier 'ne verdammte Drehtür zu installieren! Und verhungern tut man hier auch! *Wo-scheiße-bleibt-mein-Essen! … Na-dann-sucht-ihn! Halt! Wartet! Vergesst-den-Deppen-und-schickt-einen-anderen-los!* … Also, was gibt's?«
»Hast du mal 'ne Minute?«
»Seit einem Jahr nicht mehr, aber bevor ich nichts zu essen bekomme, rühre ich eh keinen Finger mehr. *Habt-ihr-gehört?! … Ist-mir-scheißegal!*«
Eine Tür klappt zu, der Krach wird leiser.
»Also, was ist?«, fragt er.
Ich sage ihm, was ist. Buddys Zustand. Keine Insel. Der neue Auftrag. Die Wohnung. Und Patrizias Ansage.
»Ich meine, das Sorgerecht, das verstehe ich ja. Ich würde durchdrehen, wenn der Keks zu diesem Versager zurück müsste. Aber wie, zum Teufel, stellt sie sich das andere vor? Ich knicke meine Träume, damit sie sich ihre erfüllen kann? Ich hoffe nur, dass sie mich nicht mit Yasna erpressen wird.«
Ich verstumme. Niels lacht.
»Echt, du und Patrizia … scheiße, Sekunde … *Das-wurde-*

aber-auch-Zeit-du-Opfer! Hast-du-sie-selbst-geschlachtet?! Ja-ja-du-mich-auch!! … Echt, jeder, der euch zusammen erlebt, denkt, Gott, können die beiden nicht endlich zusammen in die Kiste steigen und es hinter sich bringen?«

»Kannst du etwa mit einer Freundin schlafen?«

»Aber hallo! Patrizia sieht doch geil aus!«

»Nicht mit *meinen* Freundinnen, du Pappnase, mit deinen, also, wenn du welche hättest. Glaub mir, ich lag eben wieder nackt mit ihr im Bett, und da ist nichts. Ich meine, wenn ich hundertmal nackt mit ihr herumhängen kann, ohne dass was passiert, dann …«

»*He-die-Käsedinger-sind-für-mich!* Mann, wieso musst du es immer so kompliziert machen?! Diese Frau steht auf dich, sie macht ihr eigenes Ding, sie sieht geil aus, die Kleine liebt dich auch, was willst du denn noch?«

»Habt ihr euch abgesprochen, oder was? Wird das hier *Zimmer mit Aussicht* Teil zwei? Soll ich, um euch allen einen Gefallen zu tun, eine Zweckbeziehung eingehen?«

»Na, wenn du meinst, es macht mehr Zweck, zwecklos zu sein, dann hat es eh keinen Zweck. *Finger-weg-von-den-Käsedingern-ich-sag's-nicht-noch-mal!* Scheiße, ich glaube, ich muss jetzt erst mal *einen verdammten Dieb tööööteeeeen*!!«

»Leg jetzt nicht …«

Die Verbindung ist tot. Ich schalte das Handy aus, stecke es weg und fühle mich einsamer als vor dem Anruf. Ich schaue zu meiner Wohnung hoch. Helles Licht in dunkler Nacht. Ich sollte da hochgehen und das Exposé schreiben. Sollte ich wirklich tun.

Kapitel 29

Für die Uhrzeit ist die Bar erstaunlich voll. Ich drängele mich an die Theke und ordere einen Daiquiri. Was für eine beschissene Nacht. Ohne mein scheiß Helfersyndrom würde ich jetzt an irgendeinem Strand in die Sterne schauen, stattdessen werde ich von Freundinnen zum Arbeiten und von Ex-Mitbewohnerinnen in die Zweckehe gezwungen. Entweder ich helfe ihnen nicht und fühle mich schuldig, oder ich helfe ihnen und fühle mich beschissen. Wie geht's jetzt weiter? Das Exposé muss morgen früh am Start sein, und schlafen müsste ich auch mal wieder. Wenn ich mich schnell bewege oder eine Bewegung stoppe, schwanke ich leicht nach. Besoffen, ohne zu trinken. Super.

Von der anderen Seite der Bar winkt jemand. Ist echt mein Tag. Ich betrachte interessiert das Display meines ausgeschalteten Handys, während ich den Laden nach weiteren Überraschungen abscanne.

Von einer Sitzecke dringt lautes Lachen zu uns. Auf den vier Plätzen sitzt ein Ex-Profifußballer mit zwei Mädchen Anfang zwanzig. Die Brünette ist vielleicht betrunken, die Blonde ganz sicher. Er erzählt Geschichten, die beiden können sich kaum noch halten und gackern hysterisch. Vier Sitze, drei Besoffene – ein Zeichen?

»Hi«, sagt eine Stimme neben mir.

Ich drehe den Kopf. Das Soaptalent strahlt mich an.

»Ich habe schon mehrere Szenen geschrieben.«

»Fein.«

»Vielleicht haben Sie ja einen Tipp, wem ich sie zum Lesen geben könnte?«
»Fragen Sie die Autoren bei der Soap.«
Sie verzieht das Gesicht.
»Ich will nicht, dass die mich auslachen.«
Dafür ist es ja wohl ein bisschen spät.
»Tja, dann fragen Sie an der Schreibschule nach.«
Sie knickt leicht in der Hüfte ein.
»Sie hätten nicht vielleicht Lust ...«
Oh Gott.
»Ich habe wenig Zeit zurzeit. Entschuldigen Sie mich, meine Leute warten.«
Ich deute zu den Besoffenen rüber, schnappe meinen Drink und steuere die Sitzecke an. Wenig Zeit zurzeit? – ich bin noch fertiger, als ich dachte.
»Hallo. Ist der Platz noch frei?«
Der Fußballer grinst mich wissend an. Aber niemand hat was dagegen, also setze ich mich, und schon geht es weiter im Programm: Er erzählt gerade, wie er damals die Tochter des Trainers gebumst hat und deswegen den Verein wechseln musste. Super Geschichte, die Mädchen rutschen fast von den Sitzen vor Lachen. Ich spiele Barquiz: Mit welcher ist er zusammen? Zehner auf Blond.
Er hebt sein Glas.
»Auf den Ball und die Trainer, auch wenn sie nie gemacht haben, was ich wollte.«
Ein gigantischer Abräumer! Die Mädchen kichern hysterisch. Ich nutze die Gelegenheit und hebe mein Glas.
»Dann trinke ich auf deine Freundin. Die macht bestimmt immer, was du willst.« Ich grinse und wackle mit den Augenbrauen.
Oh, Moses, das haut sie um. Es wird geprustet und auf die Schenkel geklopft, hohoho, ein Brüller, echt, super, nur dass ich immer noch nicht finde, wer mit wem. Keine wis-

senden Blicke, keine Berührungen, nichts. Er sitzt da und lacht, und die Mädchen halten sich beim Kichern gegenseitig fest. Hm. Vielleicht sind ja die Mädchen das Paar und der Typ ist Single? Nein, so ein Typ geht nicht mit Frauen aus, die jemand anderen als ihn anhimmeln.

»Last order«, droht der Barmann, und weil ich mindestens noch einen Drink brauche, um mit niemand im Niemandsland einschlafen zu können, ordere ich eine Runde und steuere dann die Toilette an.

Von der anderen Seite der Bar lässt das Soaptalent mich nicht aus den Augen. Sie würde gern, aber was? Als ich sie passiere, betrachte ich wieder interessiert mein Handy. Sie spricht mich nicht an, und auf der Toilette erwartet mich dann die nächste Überraschung. Sven & Martin sind nicht da. Keine Agentin kommt herein. Ein ganz normaler Klogang. Angetrunken, einsam und Horror vor den vier Stunden bis Sonnenaufgang. *From Dusk Till Dawn.*

Als ich die Toilette verlasse, rennt mir das Soaptalent in die Arme.

»Hey, schon wieder vor einer Toilette«, lächelt sie und spielt die »zufällige« Begegnung mit der Eleganz einer Dumbolandung.

Ich nicke nur, lächele sie an und halte ihr die Tür zur Frauentoilette auf. Ihr bleibt nichts anderes übrig, als reinzugehen. Höflichkeit als Waffe.

Als ich zur Sitzecke zurückkomme, reden die Mädchen über Mode, und der Fußballer bricht, Überraschung, ein Gespräch über Fußball vom Zaun. Wir handeln Anekdoten ab, wie Sepp Maier damals den Vogel durchs Stadion jagte, wie »Ente« Lippens die rote Karte bekam, weil er die Grammatik des Schiedsrichters verbesserte, und als die letzte Runde kommt, stoßen wir auf die guten alten Zeiten an.

Ich hebe mein Glas.

»Auf Klinsmann, Schuhmacher und Buchwald.«
»Beckenbauer, Matthäus und Rummenigge«, kontert er.
»Na, dann brauche ich ja nicht mehr zu fragen, welcher Klub dein Lieblingsverein ist«, sage ich und nehme einen Schluck für das Vergessen.
Schon befindet er sich in einem epischen Erklärungsversuch, wieso er als Bayernfan trotzdem Fußballfan ist und eben nicht nur hinter der erfolgreichsten Flagge hermarschiert. Er verteidigt sich, ohne dass man ihn angegriffen hat, was interessant sein könnte, wenn es nicht so egal wäre. Ich lasse ihm alles durchgehen, denn im Spiel gegen die Nacht liege ich knapp in Führung und versuche, es wie sein Lieblingsklub zu machen: das Ergebnis irgendwie über die Zeit schaukeln.
Schließlich geht er aufs Klo und macht die Bahn frei, doch kaum wende ich mich den Mädchen zu, steht das Soaptalent vor dem Tisch und lächelt.
»Meine Nummer hat sich geändert. Ich gebe Ihnen mal die neue, ja?« Sie drückt mir einen Zettel in die Hand. »Rufen Sie an, würde mich freuen. Schönen Abend noch.«
Sie nickt in die Runde und geht. Die Mädchen schauen ihr stumm nach. Dann drehen sie die Köpfe und mustern mich.
»Das war doch die aus Lindenstraße«, sagt die Blonde.
»GZSZ«, verbessert sie die Schwarzhaarige.
»Nein, verbotene Liebe«, sagt die Blonde.
»Echt?«, frage ich und schaue verwundert zur Eingangstür.
Die Blonde blinzelt betrunken.
»Du kennst die?«
Ich schüttele den Kopf.
»Eigentlich nicht. Wir haben uns mal auf 'ner Party getroffen oder so.«
Die Schwarzhaarige schüttelt den Kopf und fuchtelt mit einem Finger herum.

»Jetzt weiß ich auch, woher ich dich kenne.«
Ich mustere sie noch mal. Nie gesehen.
»Du warst doch mit der Schauspielerin zusammen. Die aus *Was mich kaputt macht ist das Leben* und all das.«
Sie hat keine leise Stimme. Ein paar der Herumstehenden mustern mich.
»Echt, du warst mit Grace Frank zusammen?«, fragt die Blonde mit offenem Mund.
»Du verwechselst mich leider«, sage ich lächelnd.
Für ein paar Sekunden geht das klar, doch dann schüttelt die Schwarzhaarige besoffen den Kopf.
»Hab euch in der *Gala* gesehen. Ihr wart zusammen bei der Bambiverleihung. Grace ist echt toll!«
»Mit Grace Frank …«, fasst die Blonde noch mal zusammen.
»Wir waren mal befreundet«, sage ich. »Aber das ist vorbei, also hänge ich es nicht an die große Glocke, ihr wisst ja, wie das mit der Presse ist.«
Sie nicken beide. Heutzutage weiß jeder, wie es mit der Presse ist.
Ich schaue mich nach dem Barmann um.
»Wie ist sie denn so privat?«, fragt die Blonde.
Egoistisch, schön, dämlich, laut, still, talentiert, schräg, geil, respektlos, weg.
»Nett.«
»Ich meine, ist sie so wie in dem Film?«
Ich schaue sie an.
»Du meinst, ob sie mit Frauen schläft, obwohl sie ihren besten Freund liebt, mit dem sie auch schläft, der allerdings auch mit anderen Frauen schläft, bevor dann seine Mutter stirbt, und sie doch noch miteinander schlafen?«
Bevor ihr dazu etwas einfällt, lehnt sich die Schwarzhaarige vor.
»Ist ihr Busen echt? Ich meine, sie hat so schöne Brüste, die

können doch nicht echt sein, oder? Sie war doch auch in Amerika, und da machen sie es ja alle.«
Ich starre auch sie an, aber sie merkt nichts mehr, also lehne ich mich ein Stück vor.
»Könnt ihr ein Geheimnis für euch behalten?«, flüstere ich.
Die Mädchen nicken eindringlich.
»Ich auch«, sage ich.
Ich lehne mich wieder zurück und winke dem Barmann. Die Mädchen brauchen einen Augenblick. Dann geht es wieder los. Sie kichern und prusten, was das Zeug hält. Das ist das Schöne mit solchen Mädchen: Man kann ihnen nicht auf den Geist gehen.
Der Fußballer kommt vom Klo zurück und runzelt die Stirn, weil seine Mädchen kichern, obwohl er weg war.
»Was ist?«
»Der war mit Grace Frank zusammen«, prustet die Blonde.
Er mustert mich.
»Echt?«
»Echt«, schwört die Schwarzhaarige.
Er starrt mich an. Bis eben war er der Typ, der hier mit zwei schönen Mädchen herumhing. Jetzt ist er der Typ, der hier nicht mit Grace Frank herumhängt.
»Echt, mit Grace Frank«, sagt die Blonde wieder kopfschüttelnd.
Der Barmann sieht mich endlich. Ich winke mit dem Schein. Er nickt, kassiert aber erst mal noch jemand anderes ab. Sieht er denn nicht, was hier los ist?
Der Fußballer starrt mich an. Ich klemme den Schein unter mein Glas und stehe auf.
»Danke. Bis zum nächsten Mal.«
»Warte mal.«
Der Fußballer legt mir eine Hand auf die Schulter und lässt dabei seine Leber ungeschützt. Sein Defensivverhalten war früher schon mies.

Ich schaue ihn an und warte auf die Vorlage. Er grinst.
»Du und Grace Frank, ja? So richtig mit reinstecken und rumrühren, ja?«
Ich treffe ihn ganz gut, aber ich bin in einem jämmerlichen Zustand. Mein Schlag erledigt ihn nicht, und schon liegen wir auf dem Boden, und da ist er noch ganz gut in Form. Irgendwann zieht jemand den Arsch von mir runter, und endlich erfahre ich, mit wem er zusammen ist, denn die Blonde nimmt ihn stolz in die Arme und leckt den Sternenstaub des Siegers. Gewonnen. Ich sollte ihn nach dem Zehner fragen, aber solche Typen zahlen eh nie ihre Schulden.
Ich kann mich eben noch beim Barmann entschuldigen, dann stehe ich auf der Straße und habe Lokalverbot. Toll. Ich schaue mich um. Endlich wieder nachts auf einer ausgestorbenen Straße. Wie geht das eigentlich, eine Stadt voller Menschen, und nie ist jemand da? Wieso leben wir eigentlich zusammen, wenn wir nicht zusammenleben? Ich brauche nur einen Platz zum Schreiben, vielleicht zum Schlafen, vielleicht jemanden zum Festhalten, vielleicht zum Loslassen, ist das wirklich zu viel verlangt? Sind das bereits zu hohe Erwartungen an eine verdammte Stadt voller Menschen?!
Ich zücke das Handy, schalte ein und wähle.
»Hi. Ich bin's.«
»Oh … hallo!«
»Hast du einen Computer?«
»Klar.«
»Kann ich bei dir ins Netz?«
»Klar!«

Kapitel 30

In einem Bett zu poppen, in dem bei jedem Stoß Plüschtiere an einem vorbeihüpfen, da braucht man keinen Therapeuten, um zu wissen, dass man ein Problem hat. Als ich komme, schreit das Soaptalent auf und verdreht die Augen, dann sackt sie in sich zusammen. Soll mir wohl einen Orgasmus erzählen. Geile Geschichte.

Ich entsorge das Kondom, rolle mich auf den Rücken und starre an die Decke. Das Soaptalent schmiegt sich an mich und küsst mich auf die Wange.

»Das war toll«, flüstert sie mit Babystimme.

Oh Gott. Ich schließe die Augen und beginne alsbald zu schnarchen. Anscheinend sind meine Geräusche überzeugender als ihre, denn wenig später schläft sie. Ich stelle den Sound wieder ab, gehe aufs Klo und kotze. Danach reibe ich mir die Zähne mit Zahnpasta ab und betrachte mich im Spiegel. Habe ich wirklich tausend Jahre mit niemandem geschlafen, mich durch diese endlosen beschissenen Nächte gequält, weil ich nach dem Seelensex mit Grace nicht zu tief fallen wollte?

Im Kühlschrank steht Gin und Tonic. In einem Regal Fotos. Das Soaptalent hat Menschen, an die sie denkt, vielleicht sogar liebt. Eltern, vielleicht sogar stolze. Geschwister, vielleicht sogar neidische. Sie hat ein Ziel und einen Plan und ist wahrscheinlich zufrieden mit sich. Das ist mehr, als ich von mir behaupten kann.

Ich setze mich an ihren Computer, der immer noch im Netz ist, seit ich mich vorhin auf meiner Homestation einloggen wollte und *es* plötzlich losging. In dem einen Moment logge ich mich noch friedlich ein, um das Exposé rüberzusaugen, als sie plötzlich beginnt an mir herumzumachen. Ich denke noch, merkt die nicht, dass ich null interessiert bin? Im nächsten Moment liegen wir in ihrem Bett und vögeln. Wer soll das verstehen? Ich fühle mich wie nach einem Autounfall. Situation früh erkannt, rechtzeitig auf die Bremse gestiegen, schön gegengelenkt, alles im Griff gehabt ... und dann wache ich trotzdem in der Notaufnahme auf. Wie ist das passiert? Keine. Verdammte. Ahnung. Und schon muss ich an Grace denken. Sie darf echt nie erfahren, wie ich mich hier ernied... Hallo? Bin ich total bescheuert? Ist ausgerechnet *sie* jetzt meine moralische Instanz? Mann, Mann, Mann, wann ist diese Scheiße endlich vorbei?
Ich kippe Gin-Tonic, öffne das Exposé und lege los.

Irgendwann ist das Exposé fertig. Der Tonic auch. Die Nacht folgt bald. Ich maile den Stoff zu Buddy rüber. In zwei Stunden wird sie aufstehen, es lesen, auf Anschlussfehler checken, die Rechtschreibung korrigieren und es weiterschicken. Wieder habe ich eine Deadline eingehalten. Es gab Zeiten, da hätte ich mich drüber gefreut. Es ist alles so verdammt egal.
Ich gehe aufs Klo und kotze noch einmal. Als ich aufstehe, schwanke ich wie Espenlaub. Zahnpasta verreiben, Spiegelblick ausweichen. Ich sollte jetzt gehen, doch ich muss mich kurz ausruhen.
Im Schlafzimmer ist alles beim Alten. Ich lege mich ganz außen an die Bettkante. Neben mir schläft das Soaptalent. Das Soaptalent. Und ich fühle mich nicht einmal beschissen. Was mache ich hier, was, zum Teufel, mache ich hier bloß? Müde, einsam und nicht blau genug, starre ich aus dem Fenster.

Kapitel 31

Kurz nach acht wacht sie auf. Ich liege still. Ich hätte längst gehen sollen, aber meine Muskeln sind Gelee. Mangel an Schlaf, Ballaststoffen und Frieden.
Mit geschlossenen Augen warte ich darauf, dass sie ins Bad oder in die Küche geht oder was Soaptalente morgens so tun, aber sie bleibt liegen und scheint nachzudenken. Dann spüre ich eine kühle Hand auf meinem Bauch. Sie tastet an mir herum, findet meine Morgenerektion und rutscht an mir herunter.
Sie bläst engagiert und mit beiden Händen im Einsatz. Wenn sie bloß halb so gut schauspielern würde. Das Bett vibriert. Ich öffne ein Auge. Ein Plüschhase taumelt an mir vorbei und stürzt sich über die Bettkante. Ich weiß, wie er sich fühlt. *Was mache ich hier*?
Ich stoße sie weg, rolle mich aus dem Bett und greife nach meiner Hose. Während ich mich anziehe, sagt sie kein Wort. Kein Wort.
Wir schauen uns kein Mal an, bis die Wohnungstür hinter mir ins Schloss fällt. Ich gehe die Treppen runter. Und fühle mich nicht mal beschissen.

Als ich aus dem Haus komme, laufe ich direkt auf eine Plakatwand zu. Grace lächelt mich schief an und lädt mich in ihren neuen Film ein. Ich zeige ihr den Finger und renne jemanden über den Haufen. Croissants und Hörnchen kullern über den Asphalt.

»Scheiße. 'tschuldigung«, sage ich und sehe im selben Moment, wer vor mir steht.
Sie starrt mich an wie ein Vogel, der aus dem Nest gefallen ist. Oh, nein ... nicht jetzt. Sie macht keine Anstalten, das Gebäck aufzuheben. Sie steht nur da und starrt mich an wie eine Erscheinung. Oder Heimsuchung.
»Hey ...«
»Hallo Vik«, sagt sie leise.
Ich weiche ihrem Blick aus, bücke mich und räume alles in die Tüte. An ihrem Fuß hämmert eine dünne Ader.
»Wieso bist du wieder gegangen?«
Der Schmerz in ihrer Stimme schockt mich. Ich richte mich schwankend auf. Ihre Unterlippe zittert. Ich zucke hilflos die Achseln. Weil unsere Zeit abgelaufen war. Weil ich dich nicht genug geliebt habe. Weil ich dich anders geliebt habe. Weil ich dich nicht benutzen wollte. Weil ich wollte, dass wir Freunde sein können. Weil ich frei sein wollte. Weil ich das Bedürfnis hatte. Weil ... scheiße ...
»Es lag nicht an dir. Es war meine Schuld.«
Ich halte ihr die Tüte entgegen. Sie nimmt sie. Als ich loslasse, rutscht sie ihr aus kraftlosen Händen und fällt zu Boden. Wieder kullert alles über die Straße. Ich weiß nicht, ob ich wieder auf die Beine komme, wenn ich mich noch mal bücke. Und ich weiß nicht, wie lange ich diesen Blick aushalten kann.
»Es tut mir Leid.«
Ich drehe mich um und lasse sie stehen. Kann ja nur ein Witz sein. Jeden Moment werde ich stehen bleiben, mich umdrehen und sie umarmen. Doch ich gehe weiter. Verlasse den Tatort, auf dem wieder etwas Menschlichkeit umgekommen ist. Ich sollte mir Zeit nehmen, es ihr zu erklären, und zwar so viel Zeit, wie *sie* braucht. Aber meine Füße halten nicht an. Werden schneller. Ist mir so was von recht. Kann mir gar nicht schnell genug gehen. *Bleib stehen,*

du Arsch! Das da hast du angerichtet! Du hast sie verletzt! Macht für sie gerade keinen verdammten Unterschied, dass es nicht deine Absicht war! Du läufst vor deiner Verantwortung davon, und weißt du noch, was du von Leuten hältst, die das bei dir machen?!

An der nächsten Hausecke werfe ich einen Blick zurück. Sie steht immer noch da. Ich verschwinde um die Ecke und Kata aus meinem Blickfeld. Es müsste viel schwieriger sein, wegzulaufen. Ich will nicht weglaufen. Ich will meine Dankbarkeit zeigen. Verantwortung übernehmen. Ich will sie in den Arm nehmen, mir Zeit für sie nehmen. Doch ich bin so verdammt schwach.

Als ich ins Taxi steige, fühle ich mich nicht mal beschissen.

Kapitel 32

Buddy wartet bereits vor dem Sender. Als sie mich sieht, zuckt sie zusammen, und für einen Augenblick sehe ich Angst in ihrem Gesicht.

»Was ist passiert!«

»Alles o. k.«

»Ach ja? Hast du dich mal angeschaut?!«

»Ich traue mich nicht«, sage ich.

Sie packt mich am Ärmel, zieht mich ein Stück zur Seite und faucht leise auf mich ein.

»Verdammt, Vik, du *stinkst*! Und geprügelt hast du dich auch!«

»He, du ahnst nicht, bei wem ich die Nacht verbracht habe.«

»Schon gut!«, faucht sie.

»Auf keinen Fall. Aber du brauchst nicht sauer zu sein, es hat mir nichts bedeutet.«

Ihr Griff an meinem Arm wird fester. Ich schwanke leicht.

»Es ist mir verdammt noch mal scheißegal, mit wem du ins Bett gehst! Was mir nicht egal ist, dass wir jetzt in einen geschlossenen Raum gehen! Du riechst nach Alkohol und Muschi, und du siehst genauso aus, wie du riechst!«

»Ich fühle mich auch irgendwie gefickt, kann ich dir sagen. Liegt vielleicht daran, dass ich heute früh nicht an einem Strand aufgewacht bin, wo ich eigentlich aufwachen sollte.«

Sie schlägt mich auf die Schulter.

»Wir machen hier einen *Job*! Der *letzte* vor dem Baby! Reiß dich zusammen!«

»Wäre ich sonst hier?«, frage ich und lehne mich schwankend an die Wand.
Sie sieht aus, als würde sie mich noch mal schlagen wollen, stattdessen packt sie mich an der Hand und zieht mich wütend in den Sender.

Nach einem kurzen Aufenthalt in der Herrentoilette, wo sie mit Wasser und Puder das Schlimmste kaschiert, betreten wir den Meetingraum, in dem uns Selma, Pechvögel, Schulz-Äh und der Frosch bereits erwarten. Alle ignorieren meinen Look mehr oder weniger, ich nehme einen Eckplatz, hinter Buddy, trinke ein paar Kaffee und hoffe auf etwas Energie, um die Fassadenreste aufrecht halten zu können.
Nachdem wir von allen außer Pechvögel Lob für die schnelle Arbeit bekommen haben, schiebt der Frosch einen Haufen Papierkram auf uns zu. Ich starre auf die Blätter und werde nicht schlau daraus. Sieht aus wie Tabellen. Gefolgt von … Farbstiften?
Ich weiß nicht, was für ein Gesicht ich mache, doch er lächelt nachsichtig.
»Was will unsere Hauptfigur erreichen? Ich habe diese Tabellen vorbereitet, damit wir uns seine Prämisse verdeutlichen können.«
Die Prämisse verdeutlichen. Ich werfe Buddy einen Blick zu, sie schickt einen warnenden zurück, aber … verdammt noch mal.
Ich wende mich an Tusnelda.
»Damit ich das richtig verstehe. Ein Mann wird mit seiner Familie und hundert anderen Unschuldigen von Terroristen eingeschlossen. Jederzeit können die Schweine seine Frau und seine Tochter umlegen oder sie alle können bei der Erstürmung des Museums sterben oder seine Tochter wegen Insulinmangels tot umfallen. Und jetzt sollen wir

anhand von *Diagrammen* berechnen, was die Prämisse der Hauptfigur sein könnte?«

»Genau.« Er nickt freundlich.

Ich starre ihn an. Noch ein Egoist, der sich auf Kosten anderer fett macht. Ein weiterer Parasit, der seinem Wirt zum Dank Energie abzapft. Ich versuche auf ihn sauer zu werden, auf das, was er repräsentiert. Doch ich schaffe es nicht. Er ist mir egal. Es ist mir egal. Diese ganze Scheiße hier ist doch so was von lächerlich! Was, zum Henker, mache ich hier bloß?

Ich nehme mir einen roten Buntstift, male ein paar Striche auf eine Tabelle und halte sie ihm hin. Er mustert das Papier.

»Was ist das?«

»Die Pulsfrequenz der Hauptfigur, als ihm bewusst wird, dass er einen Eskapismus auslöst«, sage ich und kichere.

Alle im Raum schauen mich an. Offenbar bin ich der Einzige, der das witzig findet. Ich kann gar nicht mehr aufhören zu kichern.

Kapitel 33

Eine Stunde später sitze ich mit nassen Haaren im Taxi. Ich habe Buddy alles überwiesen, was ich auftreiben konnte, habe geduscht und Klamotten in die Survivaltasche gestopft. Währenddessen hüpfte das Handy pausenlos über den Tisch, das Telefon klingelte ununterbrochen, und der AB konnte gar nicht so schnell umschalten, wie er neu zugetextet wurde. Ich habe das Telefonkabel aus der Dose gezogen und das Handy auf die höchste Schrankkante gestellt. Der nächste Anrufer wird es umbringen.

»Halten Sie hier und lassen Sie die Uhr laufen.«

Das Taxi hält. Ich springe raus, unsicher auf den Beinen, wie ein Matrose auf Landurlaub. Mir fehlt Schlaf und Nahrung und was weiß ich noch alles, aber auch wenn mir die Knie schlottern, so fühle ich mich tatsächlich besser. Liegt an der Hoffnung. Zur Abwechslung mal eine Entscheidung für mich selbst getroffen. Ballast über Bord, keine Meetingräume mehr, keine nächtlichen Erniedrigungen. Das Meer, ich rieche es schon. Klarer Fall von Halluzinationen, aber endlich mal schöne.

Ich klopfe ans Fenster. Sofort erscheint ihr Kopf hinter der Scheibe. Ich mache Zeichen, dass sie das Fenster öffnen soll. Sie öffnet es einen Spalt, macht dabei Leise-Zeichen.

»Mama ist da«, flüstert sie.

»Ich weiß. Ich wollte mich nur verabschieden.«

Sie reißt Augen und Fenster auf.

»Du fährst weg?«

»Ich komme wieder. Schon bald. Ich mache nur ein bisschen Urlaub.«
»Nimm mich mit. Bittteee!«
»Das geht nicht, Keks. Aber wenn ich wieder da bin, habe ich eine Überraschung für dich.«
Ihre Augen werden doppelt so groß.
»Was denn? *Was* denn?!«
»Wenn ich es verrate, ist es doch keine Überraschung mehr.«
Ich versuche ein Lächeln, und für einen Augenblick strahlt sie, doch dann erlischt es schlagartig und sie schaut mich so entsetzt an, wie kein Erwachsener es kann. Bricht mir das Herz.
»Dann kommst du nicht ...«
»Keks. Es tut mir so sehr Leid, wirklich, aber nächstes Mal bin ich ganz sicher dabei. Deal?«
Ihr Blick senkt sich.
»Fährst du deswegen weg?«
Oh verdammt!
Ich fasse ins Fenster und nappe ihr ins Ohrläppchen, bis sie mich anschaut.
»So etwas darfst du nicht denken. Das hat doch nichts mit dir zu tun. Keks, du bist der einzige Grund, wieso ich gern hier bleiben würde.«
»Dann bleib doch! Bitteee!«, fleht sie.
Ich schüttele den Kopf.
»Ich kann nicht, ich muss was Dringendes erledigen. Süße, so ist das manchmal im Leben. Aber ich komme wieder, und dann steigt die Überraschung.«
Die Minimagneten saugen mich an, wollen irgendwas, an das sie sich halten kann.
»Du kommst wieder?«
Ich nicke und nappe ihr wieder ins Ohrläppchen. Mit demselben Ergebnis.

»Keks. Ich komme immer wieder. Immer. Ich kann doch ohne dich gar nicht leben. Freust du dich auf die Überraschung?«
Sie mustert mich mit diesem nackten Blick. Ich hoffe so sehr auf ihr Strahlen. Komm schon, bitte, gib mir zum Abschied Neugier statt Traurigkeit.
Bevor sie sich entschließen kann, öffnet Patrizia das Nebenfenster.
»Yasna, komm bitte rein.«
Der Keks zieht ein schuldbewusstes Gesicht, gibt mir ein kleines Winken und verschwindet in der Wohnung.
Patrizia wirft einen Blick zum Taxi.
»Also, fährst du doch weg.«
»Ja, und ich verabschiede mich gerade.«
Sie funkelt mich an.
»Das sehe ich. Sie weint, du Trottel. Und, wie hast du dich entschieden?«
»Was?«
»Hast du es dir überlegt?«, fragt sie.
»Wow. Du lässt mich tatsächlich eine halbe Nacht drüber schlafen?«
Ihre Augen werden noch dunkler.
»Ich wusste nicht, dass die Entscheidung dir so schwer fallen würde«, sagt sie und schließt das Fenster.
Der Schlüssel liegt nicht mehr auf dem Sicherungskasten. Nachdem ich vergebens gegen das Fenster geklopft und ein paar Mal geklingelt habe, steige ich wieder ein. Das Taxi fährt los. Traurigkeit statt Neugierde. Kann jetzt nichts daran ändern, bin so verdammt schwach.

Die Laune versackt endgültig, als ich am Flughafen ankomme. An keinem Last-Minute-Schalter gibt es etwas vor morgen. Kein Kuba. Keine Malediven. Kein Kapstadt. Ich versuche, es den Schalterfrauen zu erklären, aber das beeindruckt hier niemanden. Wahrscheinlich tauchen jeden Tag zehn

Leute mit derselben Tour hier auf, übermüdete Irre mit verzweifelten Augen, auf der Suche nach irgendeinem Ausweg. Die eine Schalterfrau zieht bedauernd die Schulter hoch und murmelt etwas von Konjunktur, Überbuchung und Stoßzeiten. Sie empfiehlt mir, Last-Minute-Flüge einen Monat vorher zu buchen. Ich starre sie an. Last Minute. Einen Monat vorher.

»War es das, was wir wollten?«

Sie schaut mich verständnislos an.

»Jeden Impuls einen Monat vorher zu planen? Das ganze verdammte Leben zu planen, ist es das, was wir wollen, ja? Und wie, zum Henker, geht das mit der Zeit? Wenn ein Monat schon die letzte Minute ist, was ist dann eine Woche? Und falls eine Woche nur eine Sekunde ist, was ist dann mit Tagen, sind die dann Nanosekunden, und wenn ja, was soll man denn mit einer verdammten Nanosekunde anfangen? Stunden! Minuten! Sekunden! Sehen Sie denn nicht, wohin das führt?«

Die Last-Month-Frau blinzelt nervös. Ihre Kollegin ist längst im Büro verschwunden und telefoniert. Ich mache besser, dass ich weiterkomme, doch Last-Minute war immer ein Ausweg, war immer Hoffnung, etwas, das man tun konnte, wenn alle Stricke gerissen waren.

Ich schaue sie an. Sie senkt den Kopf und wühlt in Papieren. Alles klar. Ich drehe mich um.

»Warten Sie ...«, ruft sie in last Minute.

Ich schaue zurück. Sie wedelt mit einem Stück Papier.

»Hier habe ich was, eine Woche Halbpension. Sie können gleich einchecken.«

Ich drehe mich wieder um und starre sie an. Eine-Woche-Helppension? Hallo?

»Pool, TV, deutsche Sender«, schiebt sie nach.

Genau das, was ich nicht brauche. Aber sie will mir ja nur helfen.

Kapitel 34

Eine Stunde später sitze ich in einem Eine-Woche-Help-pension-Bomber, die Baseballkappe tief im Gesicht, froh, dass niemand bei mir ist, mich niemand erkennt, niemand was von mir will. Auf den Ohren der Discman mit *Nightmares On Wax*, auf den Augen die Schlafmaske und in mir eine Müdigkeit, die nur bedingt mit Schlafmangel zu tun hat. Zu wissen, dass Yasna denkt, dass sie an irgendwas schuld ist, tut weh. Ich will nicht, dass sie zu früh erwachsen wird, muss sie beschützen, doch zurzeit kann ich mich nicht mal selbst schützen. Warum ist es so, wenn Liebe im Spiel ist? Wieso muss irgendwann immer jemand leiden?
Ich ordere einen Wodka und nehme mir vor, nie wieder schwach zu sein. Geil. Jetzt kann's losgehen.

Ich werde wach, weil es um mich herum zugeht wie bei Freibier in der Bundestagskantine. Wir sind noch in der Luft, dennoch rennen Menschen durcheinander. Man steht auf, geht woanders hin, setzt sich, steht auf, geht woanders hin, setzt sich. Ich ordere mir noch einen Wodka und schaue zu, ohne zu begreifen. Was geht ab? Arthrosenprävention auf einem Vierstundenflug? Dann verstehe ich – die Schalterfrau hat sich einen Scherz erlaubt, ich bin doch auf dem Weg nach Übersee. Ein schneller Blick auf das Ticket desillusioniert mich. Aber wenn die Leute sich hier nicht die Beine vertreten, was, zum Henker, treiben sie dann?
Nach einem weiteren Wodka habe ich schon leichte Schlag-

seite, begreife aber, dass ich offenbar gerade Zeuge einer modernen Variante von der Reise nach Jerusalem werde: Durch das Rumgerenne werden Plätze frei, und die nutzt man, um schon mal abzuklopfen, wer für die beliebte Urlaubsrealitygameshow *Sieben Tage, sieben Nächte* infrage kommt. Als ich vor vier Jahren das letzte Mal 1-W-HP geflogen bin, hat man noch den Begrüßungscocktail im Hotel abgewartet. So viel Zeit hat heute anscheinend niemand mehr.

Ich ordere mir einen weiteren Wodka, der mir eine freundliche Limit-Ansage der Stewardess einbringt, lehne mich zurück und genieße das Schauspiel. Um eine verbitterte Blondine auf 14c wird gekämpft wie im Winterschlussverkauf. Ihre Enttäuschungen sind unter der Sonnenbank ein wenig verblichen, und so räumt sie schließlich einen durchtrainierten Hübschling ab. Er setzt sich auf 14b, und sie machen ihren Deal, die anderen verziehen sich murrend und werfen sich auf die Reste.

Eine Braunhaarige mit neugierigen Augen fängt meinen Blick und verdreht ihren: *Ein Irrenhaus!* Ich nicke. Ein guter Augenblick. Der davon getrübt wird, dass sie sofort lächelnd auf mich zukommt.

Ich will die Schlafmaske runterziehen, aber die Schnur verhakt sich, und so plumpst die Neugierige neben mich und lächelt mir direkt in die Augen. Ich lächele nicht zurück. Sie fragt was. Ich sage nichts, bewege mich nicht, starre sie nur an – und das, mein lieber Scholli, findet sie saukomisch! Sie lacht sich schlapp, und ich muss daran denken, wie Grace und ich auf irgendeinem Rückflug, übermüdet und verliebt, einen Lachanfall bekamen, der die ganze Maschine ansteckte.

Sie beruhigt sich wieder und plappert fröhlich los. Ich schnappe »Vielleicht doch zum Film …?« auf. Mein Gott.

Nach dem nächsten Song und weiteren Monologfetzen will

ich dann doch nicht mit der Schuld leben, dass sie ihre wertvolle Hinflugzeit mit mir verschwendet, statt sich einen Lover einzutüten, also zeige ich ihr die kleinen Ohrstöpsel. Sie beschimpft mich. Glaube ich. Jedenfalls geht sie.
Erleichtert lehne ich mich zurück und fange den Blick einer etwa hundertjährigen Mumie auf, die mir gegenüber sitzt. Sie grinst schief. Oder Schlaganfall? Ich bin kurz davor, nach der Stewardess zu klingeln, da beweist die Mumie, dass sie keinen Anfall, sondern Durchblick hat, denn sie zeigt warnend nach rechts.
Ich drehe den Kopf und sehe eine Zwanzigjährige im Sommerkleid den freien Sitz neben mir ansteuern. Blaue Augen, vorgebräunte Haut, tolle Beine und ein schüchterner Gang. Bevor ich was tun kann, gleitet sie vorsichtig auf den Nebensitz.
Ich sage nichts. Bewege mich nicht. Starre sie nur an.
Sie sagt nichts. Bewegt sich nicht. Starrt mich nicht an. Es ist wie im Filmbiz: Sobald eine Masche zieht, kopieren es alle bis zum Erbrechen, kriegen es aber nicht hin, die wichtigen Sachen mitzuklauen.
Die Stille sitzt regungslos da und schaut auf ihre Beine. Unter anderen Umständen würde ich ihrem Beispiel gern folgen, aber auch wenn in jeder Begegnung theoretisch eine Chance steckt, ist es praktisch so, dass jeder, der sich zu 1-W-HP erniedrigt, irgendwie unter Druck steht. Sich dringend verlieben zu wollen ist noch die harmloseste Variante, denn es gibt ja auch noch die anderen Typen; Typen wie mich. Typen, die müde sind und Liebe brauchen. Doch sie sind *wegen* der Liebe müde, können aber ohne Liebe nicht leben, und genau *das* ist ihr Problem. Also fahren sie auf eine Insel, um aufzutanken, Abstand zu gewinnen und Erkenntnisse zu sammeln, lassen sich aber stattdessen auf eine Massage mit einer fremden Schönheit ein, und dann kommt man nach einer Woche wieder nach Hause, und es hat sich nichts geändert,

außer dass jetzt ständig eine sweete Frau aus Hamburg oder Amsterdam anruft, die einen wiedersehen will.
Ich mustere meine stille Nachbarin, Mann, hat sie traurige Augen unter der Hipness. Was mag ihr Dämon sein? Wovor ist sie auf der Flucht? *Halt!* Da geht es wieder los! Mein verdammtes Helfersyndrom. *Ich muss endlich lernen, zuerst mir selbst zu helfen!* Wow.
Ich hebe meinen Becher.
»Super Erkenntnis«, sage ich und proste ihr zu.
Sie wirft mir einen erschrockenen Blick zu, dann steht sie wortlos auf und geht. Die Arme. War wahrscheinlich ihre große Über-den-Schatten-Springen-Nummer, sich hier hinzusetzen, und ich mache ihr den Psycho. Soll ich ihr nachlaufen und mich entschuldigen? Ihr Mut für den nächsten Versuch machen? Nein, wieso ist es *mein* Problem, wenn *sie* nicht kommunizieren kann! *Nicht immer alles zu meinem Problem machen!* Schon wieder eine Erkenntnis. Wahnsinn.
Ich winke der Stewardess.
»Ich habe verstanden! Wir können umdrehen!«
Findet sie nicht witzig. Wahrscheinlich erwartet mich bei der Landung die örtliche Anti-Terror-Einheit und walkt mich richtig durch.

Ich bin gerade wieder weggenickt, als ein neuer Jemand auf den Nebensitz rutscht. Ich öffne erst gar nicht die Augen.
»Scheiße, ich glaube, ich bringe mich um, oder, nee, warte mal, ich hab 'ne bessere Idee: Ich bringe jemand anders um ...«
Der Nebensitz wird wieder gewichtslos. Ich klappe die Schlafmaske nach oben und schaue, wer es war. Ein süßer Po in einer zu engen Hose entfernt sich den Gang hinunter. Auf der anderen Gangseite lacht die Mumie über das ganze Gesicht. Oder Herzattacke? Stummer Schrei nach Hilfe?

Nee, sie blinzelt mich an und winkt mit dem Zeigefinger; ich bin ja ein ganz Schlimmer … Nein. Nur ein Müder. Und diese Reise soll mir wieder Zugang zu dem wachen Teil in mir verschaffen. Ich weiß, dass ich die Fähigkeit, mich zu spüren, nicht verloren haben kann. Irgendwo unter der ganzen Überlebenstechnik wartet mein Gefühl auf ein Zeichen.

Kapitel 35

Etwas fühlen? Kein Problem. Beim Einchecken fühlte ich mich deutlich, und zwar schlecht. Hatte ganz vergessen, wie mies so ein 1-W-HP-Speisesaal ist. Als ich dann noch mein Zimmer sehe, wünsche ich mir, verliebt zu sein. Das macht bekanntlich blind. Aber man muss ja auch das Positive sehen, also: Danke, Gott, das von dir gegebene Zimmer zementiert mein Vorhaben, niemals die Fortsetzung von »Im Bett mit einem Soaptalent« zu drehen, und es nimmt mir auch die Angst vor dem Tod, denn wenn ich hier eine Woche geschlafen und gegessen habe, kann mich die Hölle vermutlich auch nicht mehr schocken, außer wenn ich dort nicht den Regisseur von *Surfnazi Must Die* treffen sollte … Allmächtiger, was denke ich mir bloß wieder zusammen? Das sind diese Drinks hier. Lecker. Apropos, bei dem Begrüßungscocktail war ich der Einzige unter fünfzig, der freiwillig ohne Anschluss war. Anschließend habe ich der Mumie die Koffer ins Zimmer getragen. Als sie mich daraufhin »Boy« nannte, mir einen Zehner in die Hand drückte und mich für einen Quickie hereinbat, wusste ich, dass es noch Hoffnung gibt.
Mein Optimismus erhielt allerdings sofort einen Dämpfer, denn es war Essenszeit. Nach dem ersten Bissen in Satans Speisesaal wurde mir klar, was ich da gerade tat. Ich ließ das Besteck fallen, bekreuzigte mich, verließ die Gruft und versuchte dann in der ganzen Ortschaft, einen Jeep aufzutreiben. Einen Jeep gab es nicht, aber ich habe einen für morgen

reserviert und bin dann mit einem Kleinwagen schnurstracks zur »Blauen Kuh« gefahren, wo ich den Fisch und die lustige Kellnerin genossen habe.
Nach dem Fisch in der Kuh mit der Maus, bin ich zurück ins Höllenhotel gefahren und aufs Dach gelaufen, weil da die Bar war. Dadie Barwar …? Mann, die Drinks gehen voll auf die Stilistik, jedenfalls, da bin ich jetzt. Auf dem Dach. Toller Ausblick auf das Meer, das draußen am Horizont ansatzlos in den Himmel übergeht. Die Anschlusslosen sind auch schon da und rücken die Stühle. Ich sitze in meiner Ecke, bewege mich nur, wenn ich einen neuen Schirm heranwinke, sonst beobachte ich die Lage und fühle mich frei. Niemand kennt mich. Niemand will, dass ich etwas tue, worauf ich keine Lust habe, und Grace wird hier vermutlich auch nicht auftauchen. So definiere ich zurzeit Freiheit? Bescheidenheit macht frei.
Nach und nach kommen die neu formierten I-W-HP-Pärchen aufs Dach. Ich versuche, in ihren Gesichtern zu erkennen, wie der erste sexuelle Kontakt war, aber entweder ist noch nichts passiert, oder sie haben keine Energie für eine Mimik mehr übrig.
Ich sauge den restlichen Cuba libre, wo ich jetzt echt lieber wäre, winke dem Barmann mit dem leeren Glas und lasse meine Augen von dem Horizont verwöhnen. Tolle Aussicht. Ich wünschte, meine eigene wäre genauso schön. War es mit Grace wirklich nur einmaliges Pech oder der Beginn einer hundertjährigen Einsamkeitsloserphase? Vielleicht waren Frauen schon immer so, und ich habe es schlicht übersehen? Oder sind sie, von mir unbemerkt, zu Kapitalisten mutiert und haben sich den Männern angeglichen, um da draußen mithalten zu können? Hat das Soziale gegen die Ellbogen verloren? Ist Gerechtigkeit zu einer Illusion verblasst? Sind Frauen nicht mehr die letzte Hoffnung, sondern der letzte Sargnagel? Habe ich in den

vergangenen Jahren die ganze verdammte Entwicklung verpasst? Trübt meine Miss-Right-Sucht meine Urteilskraft? War ich mit Blind- und Taubheit geschlagen? *In dem Fall will ich das sofort zurück!* Endlich verstehe ich den Verräter in *Matrix*. Ich will auch wieder das Leben genießen können. Ich will wieder vertrauen, ich will meinen Genuss und meine Lust zurück. Wenn ich nur wüsste, wen ich verpfeifen könnte, um den Deal mit *Mr. Anderson* aushandeln zu können.

Direkt vor mir lässt 21a 33c ran. Sie knutschen, und er versucht, ihre Brüste umzuformen. He, weiß der denn nicht, dass man Erwachsene nicht mehr verändern kann? Was auch so ein Scheißspruch ist, denn wir können in jeder Sekunde alles verändern, wenn wir wollen. Solche Sätze sage ich gern zu Menschen mit Problemen. Ich meine das ernst. Ich glaube daran. Außer wenn ich selbst Probleme habe.

33c zieht 21a auf sich, und als ich seine Hände nicht mehr sehe, dafür ihre leisen Geräusche höre, bekomme ich tatsächlich so etwas wie eine Erektion. Gleichzeitig gerate ich in die Suchscheinwerfer von dem eingeengten Po. Sie wirft mir einen scheuen Blick unter ihrem Pony zu. Sie sieht gut aus, und ich bekomme einen kurzen Flash von ihrem Po in einer ganz anderen Klemme. Soll ich eine Befreiungsaktion starten? Po libre? Nach dem Soaptalent ist schließlich alles ein Aufstieg.

Stattdessen kippe ich den Liegestuhl, schaue in den Sternenhimmel und arbeite an meiner Schirmchensammlung. Irgendwo da draußen ist sie in ihrer darwinistischen Matrix gefangen. Ich sitze hier in meiner, in der man auch mal Schwäche zeigen kann, ohne gleich getötet zu werden. Vielleicht geht es ihr besser als mir. Vielleicht hat sie die Natur des Menschen erkannt und macht das Richtige, aber ich hebe mein Glas und trinke auf Menschen, die sich für das Miteinander entschieden haben. Und auf alle, die ratlos zurückgelassen wurden. He, wir haben es wenigstens versucht.

Kurz nach Mitternacht schließt die Bar, und schon geht es los: Geisterstunde. Die letzte Frage, die letzte Hoffnung. »Hast du mal Feuer?« »Bist du allein hier?« Verzweiflung geht mit Einsamkeit ins Bett. Hoffnungslosigkeit mit Lüge. Droge mit Abstinenz. Hauptsache nicht allein. Ich beteilige mich nicht, und das macht mich natürlich noch interessanter. *He, der hat es nicht nötig, dem geben wir es jetzt!* Wieso funktionieren wir so?
Ich winke freundlich ab und lächele Nein. Vielleicht denken einige, ich halte mich für was Besseres, aber nur, weil sie nicht wissen, was ich gestern Nacht getrieben habe.
Als Letzte verlässt Miss Po das Dach. Sie bleibt kurz an der Tür stehen und schaut rüber. Ich schüttele den Kopf, ohne sie direkt anzuschauen. Sie geht.
Ich schnappe mir eine Decke und klappe den Liegestuhl in die Waagerechte. Irgendwann möchte ich vielleicht auch in einem Land leben, in dem die Decken dünn sind. In dem es einen solchen Himmel gibt. Über mir ein fantastischer Sternenhimmel, und von meinem Platz aus kann ich hören, wie das Meer unten träge an den Strand klatscht. Vor mir die Zukunft. Die Vergangenheit in Deutschland. Ich bin frei. In mir eine müde Leichtigkeit. Alles wird, aber was?

Kapitel 36

Am nächsten Morgen tausche ich den Kleinwagen gegen einen Jeep und kann endlich zur Bucht fahren. Da führt noch immer keine Straße hin, und dadurch ist es tatsächlich noch so wie vor vier Jahren. Endlich ein Ort, der sich nicht verschlimmert.

Ich haue mich auf mein Handtuch und starre auf die Wellen, die kommen und gehen. Wie Liebe. Mit Kata hatte ich eine schöne Zeit. Dann bin ich gegangen, und sie hat gelitten, während es mir gut ging. Mit Grace hatte ich eine wunderschöne Zeit, dann ist sie gegangen, und ich leide, während es ihr gut geht. Pfandflaschen bringen wir wegen der Umwelt und dem Pfand zurück, obwohl der Genuss des Trinkens schon vorbei ist. Aber sich nach einer Liebesbeziehung einen Monat oder zwei Zeit zu nehmen, um den Verlassenen die Chance zu geben, Abschied zu nehmen, um den ersten Schock zu mildern – nein, nach der Liebe geben wir uns weniger Mühe als nach dem Trinken. Wir brauchen Pfand auf Beziehungen.

Das Meer knallt gegen die Felsen. Ich starre raus und atme ein … aus …

Das Meer knallt gegen die Felsen …

Das Meer knallt gegen die Felsen …

Das Meer knallt gegen die Felsen …

Am Nachmittag kommen ein paar Surfer vorbei. Sonst nichts. Keine Pauschale. Keine Alternative. Nicht mal Ein-

heimische. Ich liege nackt im Sand und schaue raus. Das Meer knallt gegen die Felsen, und ich fühle ... nichts. Wunderbare Bilder, würzige Gerüche, vertraute Geräusche, Input für die Sinne. Aber es berührt mich nicht. Ich schaue raus und werde nicht wach. Ich wache nicht auf. Ich komme nicht runter, ich komme nicht drauf. Nichts. Zum ersten Mal reicht es nicht, ans Meer zu fahren.
Zum ersten Mal in meinem Leben reicht es nicht, ans Meer zu fahren.
Es reicht nicht mehr, ans Meer zu fahren.
Es reicht nicht mehr, ans Meer zu fahren.
Gehen die anderen todsicheren Dinge eines Tages auch verloren? Wird es mich irgendwann kalt lassen, wenn ich einer Liebe die Hand auf den Bauch lege? Wenn ein Freund vor meinen Augen weint? Ein Lover in meinen Armen kommt? Wenn ich neben einer von den Guten aufwache? Einen abgefälschten Ball von der Linie kratze? Einen guten Film sehe? Einen guten Satz lese? Einen schreibe? Wenn ein Kind mir vertraut? Wenn ich liebe? Werden all diese Dinge verloren gehen?

Abends fahre ich ins Hotel, um meine Sachen zu holen. Als ich wieder in den Jeep einsteige, kommt Miss Po mir in einem blauen Sommerkleid entgegen. Sie mustert mich unter ihrer Haarkante, sagt aber nichts. Was gibt es da auch zu sagen? Ich starte den Wagen, nur weg, irgendwo wartet etwas auf mich, und ich habe nur noch sechs Tage, um es zu fühlen.

Kapitel 37

Am Tag vor der Abreise bin ich wieder auf dem Weg zum Hotel. Ich lenke den Jeep durch die Kurven, Wind im Haar, Sonne auf der Haut. Eigentlich unmöglich, nichts zu fühlen.

Eigentlich.

Ich war an jedem schönen Ort der Insel. Jede Nacht habe ich woanders verbracht, in Pensionen, in Buchten und eine halbe in dem Wohnwagen eines Surferpärchens. Wir haben über Beziehungsmodelle geredet. Als ich vom Pinkeln wiederkam, habe ich etwas über ihre herausgefunden, denn sie haben sich fast geprügelt. Das war die einzige Regennacht in der Woche, und ich habe sie auf einer Klippe im Jeep verbracht, in die Dunkelheit gestarrt und versucht, mich verloren zu fühlen. Es aber nicht geschafft. Ich fand den Sitz unbequem, das Wetter beschissen, mir wurde kalt, ich bekam Hunger, ich dachte an Grace und *wusste*, dass es eine Scheißnacht war, doch … nichts.

Die letzte Nacht verbrachte ich im Gästehaus eines Surflehrers, den ich am Strand kennen gelernt hatte. Ich wurde eingeladen, mit seiner Familie zu essen. Er, sie, das adoptierte Kind, die Hunde. Ich lebte einen Tag in ihrem Leben, gehörte stundenlang zur Familie und war dabei, als der Kleine einschlief. Dann badete ich in einer Wanne unter freiem Sternenhimmel, und als ich heute früh aufwachte, lagen die Hunde neben mir.

Als ich mich heute Mittag verabschiedete, umarmte mich

das Kind, und einer der Hunde leckte mir die Hand, und dann hat mir eine Familie nachgewunken, die mir gestern noch fremd war. Doch. Ich. Fühle. Nichts.
Im selben Zustand zurück nach Deutschland? Gut, dass ich die Nummer vom Soaptalent nicht weggeschmissen habe. Falls ich zwischendurch Liebe brauche.
Was soll ich tun? Welchen Knopf kann ich noch drücken? Ich habe viel über Grace nachgedacht. Über Kata. Über Niels, Patrizia, den Keks und meinen Job. Über Bedürfnisse. Träume. Ziele. Aussagen, Aussprachen und Auszeiten, doch … nichts. Ich bin geschwommen, gewandert, gelaufen, habe mich betrunken und verstrahlt. Nichts. Ich habe gelesen, geträumt, geatmet, ein Kind umarmt, gute Menschen kennen gelernt, am Strand geschlafen und auf jede erdenkliche Art in mich reingehorcht. Doch die einzige wirklich wichtige Erkenntnis, die ich habe, ist die, dass es nicht mehr reicht, ans Meer zu fahren.
Es reicht nicht mehr, ans Meer zu fahren.
Es reicht nicht mehr, ans Meer zu fahren.
Es reicht nicht mehr, ans Meer zu fahren.

Ich parke vor dem Hotel und bleibe im Wagen sitzen, ratlos, was ich mit dem letzten Tag anfangen soll.
Meine Entscheidung war falsch. Alles über Bord zu werfen für eine Woche Meer war falsch. Ich habe meine Leute im Stich gelassen und komme ohne ein Ergebnis zurück. Für den Arsch.
Rechts und links ziehen die Pauschalen voll bepackt Richtung Strand. Mein Laptop ist leer. Mein Hirn ist leer. Mein Plan gescheitert. Da kann ich auch gleich Prinzipien brechen und dem beliebten Trampelpfad in die Schweinebucht folgen. Vielleicht finde ich da jemanden, der sich über das Wetter unterhalten will, und das wird toll.

In der Bucht treffe ich alle wieder. Die Stille, die Neugierige, den Hübschling, die Verbitterte, 21a, 33c, sie sind alle da und braun und lachen und wirken viel glücklicher als ich. Die Neugierige liegt auf einem Felsen, aber als sie mich sieht, ist ihr Blick nicht mehr neugierig. Ich passiere auch die Stille, die mit 7e etwas abseits liegt und fröhlich plaudert. Lag wohl an mir im Flieger.
Schließlich bleibe ich mitten zwischen den Handtüchern stehen und schaue in die Runde. Keine Reaktion. Niemand winkt, niemand fordert mich auf, Platz zu nehmen, also spiele ich Handtuchroulette und haue mein Handtuch einfach neben das nächstbeste leere Handtuch. Auf die Art habe ich schon öfter gute Gespräche bekommen und auch mal was aufs Maul. Doch wer nicht wagt, der nichts riskiert, also reiße ich mir die Hose runter und laufe ins Wasser. Der Wellengang ist mir zu menschenfreundlich, dennoch müsste mir das Eintauchen doch ein Jauchzen entlocken. Nichts. Seit sechs Tagen hüpfe ich zehnmal täglich ins Wasser, aber es ist, als würde nur mein Körper baden.

Als ich wieder an Land komme, sitzt die Mumie auf dem Nachbarhandtuch. Das könnte man als Pech im Spiel auslegen, aber beim Handtuchroulette ist es selten so, wie es auf den ersten Blick scheint. Am Wannsee habe ich mich mal neben ein Hertha-BSC-Handtuch gelegt und auf einen kleinen Fußballtalk gehofft. Der Handtuchbesitzer fragte mich, ob ich 'ne Tucke sei. Ich beruhigte ihn, nein, ich wäre hetero und nur auf der Suche nach einem Fachgespräch. Er schickte mich weg, schließlich wollte er jemanden kennen lernen.
Während ich mich abtrockne, schaut die Mumie mir unverhohlen auf den Schwanz und schickt mir wieder dieses Schlaganfallgrinsen. Sie will mich verunsichern und schafft es, also haue ich mich bäuchlings auf mein Handtuch, und da liegen wir dann: ein erwachsener Mann, vom Leben

gezeichnet, neben einer Zweihundertfünfzigjährigen, vom Leben bombardiert, beide umzingelt von Teens und Twens mit glatten Körpern und Gesichtern.

Ich klappe *Snowcrash* auf und gebe vor zu lesen, während ich mir in aller Ruhe diese hoffnungsvollen jungen Menschen anschaue, die noch alle Möglichkeiten haben und dennoch schon so in die Ecke gedrängt sind, dass sie auf 1-W-HP angewiesen sind. Da kommt mein Helfersyndrom wieder durch, vor allem als ich den Po jetzt mal nicht eingeengt sehe. Er liegt da ganz allein, der Arme, da sollte man doch eigentlich was unternehmen.

Die Mumie hält mir einen Becher Sangria hin und mustert meinen Körper unverhohlen.

»Siehst gut aus«, sagt sie und grinst. »Genieß das, die paar Jahre, die du noch hast.«

Ich starre sie an und nehme sie zum ersten Mal als Mensch wahr. Scheiße, was stimmt mit mir nicht? Nur weil sie älter ist, ist sie komplett out of focus? Sie hat Jahrzehnte Vorsprung – will ich nichts von ihr lernen? Ich meine, he, sie sitzt nackt an einem Strand, schaut übers Meer und macht sich mit Sangria die Lampe an. Sie hat verstanden.

Wir trinken einen Becher. Mummy füllt mir den Becher sofort nach, und als wir das dreimal durchhaben, liegen wir auf den Handtüchern und lachen uns schlapp. Mann, hat sie einen dreckigen Humor. Und einen Ehering. Also frage ich sie, wo ihr Mann ist, und da geht es los … tot … Autounfall … die Kinder waren auch im Wagen … alle verbrannt.

Ich komme nur bis zu »Es tut mir …«, schon bricht sie zusammen.

»Uhhhuuuuuhhuuuuu!«

Ich schaue mir ihren Anfall an. Muss der Wein sein. Oder die Wechselwechselwechseljahre.

Sie macht noch einen Witz über meine »kleinen Eier«. Ihr Mann hatte anscheinend Kokosnüsse, was ihm aber auch

nicht geholfen hat, als der Hodenkrebs kam, zu große Angriffsfläche ... uhhuuuuu!
Nach dem nächsten Becher schaue ich zu, wie sie ihren verlebten Körper zum Meer runterschleppt und ganz langsam, wie es alte Menschen tun, ins Wasser geht. Ich laufe ihr nach, schubse sie rein, und schon liefern wir uns ein Wettschwimmen. Sie hat nicht mehr die Power, aber das gleicht sie mit einem flotten Mundwerk wieder aus. So lange sie Luft hat.
Irgendwann tauche ich mal wieder auf und sehe sie ein Stück draußen auf dem Rücken abtreiben. Oder ist sie schon ... sie bewegt sich wirklich nicht und ... *verdammt, da geht sie unter!*
Hektisch schwimme ich hin, kriege sie zu fassen und ...
»Uhuhuuuuuhuuu!!!«
Sie lacht sich tot, die Ratte. Kann sich gar nicht mehr beruhigen. Verdünnt den Sangria mit ein paar Litern Atlantik und erstickt fast an einem Hustenanfall. Ich bringe meinen Rettungsgriff zum Einsatz, sie hustet etwas von sexueller Belästigung und droht mir mit einer Anzeige, wenn ich *nicht* weitermache, und schon geht es wieder los.
»Uhhhuuuuuhuhuhuuu!!!«
Schließlich muss ich auch lachen, und dann saufen wir fast wirklich ab.

Am Strand saufen wir uns dann lieber einen an, immerhin habe ich meiner neuen alten Freundin eben das Leben gerettet, und das muss gefeiert werden.
Wir trinken, reden über das Leben, und als der Hübschling das Meer ansteuert, ertappe ich Mummy, wie sie ihm auf den Familienschmuck schaut. Hm. Alte Menschen sind ja irgendwie geschlechtslos. Doch das denken Teenies wahrscheinlich auch über Dreißigjährige. Und Twens über Vierzigjährige. Aber so wie eine Vierzigjährige sicher generell

nichts gegen den Körper eines Dreißigjährigen einzuwenden hat, hat eine Fünfzigjährige sicher nichts gegen den Körper eines Vierzigjährigen einzuwenden und … he, kann es sein … ich meine, gut, sie ist siebenhundertfünfzig Jahre alt, aber …
Als hätte sie meine Gedanken erraten, schickt sie mir ein Hüftprothesenlächeln.
»Mach dir keine Hoffnungen«, sagt sie, »bist mir zu alt.«
Wir grinsen uns an, dann kitzele ich sie anständig durch. Sie kichert, bettelt um Gnade, blufft und schlägt zurück. In dieser verrunzelten Rentnerin steckt ein lustiges Mädchen, so viel steht fest.
Wir haben einen Höllenspaß, doch als wir mal verschnaufen und ich den Blick hebe, ernte ich böse Vibes aus allen Richtungen: *Perversling!* Auf den Schrecken trinken wir schnell was.
Der Sangria ist bald alle, und die Flut macht Druck, also packen wir unsere Sachen.
»Und jetzt lege ich sie im Hotel flach!«, rufe ich in die Runde, bevor wir aufbrechen.
Daraufhin lacht meine neue alte Freundin so, dass wir es kaum vor der Flut aus der Bucht schaffen.

Weil die Landung in der Schweinebucht ein solcher Erfolg war, beschließe ich den letzten Abend zu krönen, indem ich im Speisesaal diniere. Meine prähistorische Freundin liegt oben im Bett. Der Wein hat ihr die Lampe etwas zu hell angemacht, und so bietet sich die Möglichkeit, an meinem Zweiertisch Platz zu nehmen. Ich werde von allen Seiten beäugt, aber ich bezweifele, dass sich jemand nach der Show am Strand noch traut.
Während ich mir am so genannten Büffet totes Essen auf den Teller schaufele, werde ich Zeuge einer Trennung. Zwischen 44b und 19b hat es nicht mal für die Woche gelangt.

Ich hör mir die Vorwürfe und den Kommunikationslevel an, spüre die Aggressionen und wundere mich mal wieder, dass es so wenig Singles gibt.
Als ich zum Tisch zurückkomme, steht Miss Po neben dem Tisch. Auf den Wangen hat sie Farbe, die nicht nur von der Sonne stammt, und sie hat Fragen. Erst nach dem Stuhl, der frei ist, dann nach meinem Befinden, das wohl ist, schließlich traut sie sich und fragt nach meiner, äh, Bekannten.
»Im Bett«, sage ich, »total ausgeknockt.«
Kann man so oder so verstehen. Jeder im Raum streckt die Lauscher raus, um ja nichts zu verpassen. Ist wirklich keine einfache Sache, doch sie setzt sich. Wow. Sie hat Rückgrat und sieht gut aus. Wie hat sie es geschafft, hier eine Woche solo zu bleiben?
Wir reden viel und essen wenig, was hier eine sinnvolle Prioritätenverteilung ist. Die Liste ist schnell abgehakt. Sie wurde verlassen. Ich wurde verlassen. Sie fühlt sich manchmal leer. Ich fühle mich ständig leer. Sie hat mit ihm noch nicht abgeschlossen. Ich habe mit ihr noch nicht abgeschlossen. Sie rutscht in Beziehungen immer in die Mutterrolle. Ich habe mein Helfersyndrom. Wir packen die Karten auf den Tisch und steigen schließlich dem Hotel aufs Dach, um eine Schirmsammlung anzulegen.

Irgendwann geht die Sonne unter, und Miss Po zeigt mir seit einer halben Stunde dezent, was gehen könnte. Ich frage mich: Was geht? Meine gebräunte Salzhaut lechzt nach Berührungen, ich fühle mich gut, habe einen im Schirm, es ist der letzte Abend, und sie gibt sich wirklich Mühe mit mir, ist aufmerksam und lässt mich fast meinen Zustand vergessen. Sie erzählt von ihrer Beziehung. Ich brumme zwischendurch etwas, damit sie weiterredet.
Irgendwann hört sie auf zu reden, und ihre Hand berührt meinen Arm flüchtig.

»Ich möchte heute Nacht nicht allein sein … ja?«
Ihre blauen Augen bitten mich unter der Haarkante, und das ist so ein Augenblick, in dem ich mich fragen sollte, was »nicht allein« mit sich bringen könnte, doch bevor ich darüber nachdenken kann, räumt mein Helfersyndrom mal wieder voll ab.
»Die Nacht ist uns.«
Miss Po versteckt ihre Augen sofort unter der Haarkante, hebt ihr Glas und prostet mir zu. Ich mag diese Person. Kann nicht genau sagen, warum. Vielleicht ihre verletzliche Aura, vielleicht der Schmerz in ihren Augen oder der Mut, sich mit jemandem wie mir einzulassen. Ich weiß nicht warum, aber sie gibt mir ein gutes Gefühl, und ich könnte mir zumindest ein bisschen Mühe geben, ihr ein ebenso gutes zu geben.
Als sie mich zwei Schirme später fragt, ob ich Lust habe, nicke ich.

Wir lagen den ganzen Tag nackt in Sichtweite, aber jetzt ist es intim, sich auszuziehen. Wir ziehen uns die Schuhe aus, lächeln uns an, dann setzen wir uns in den noch warmen Sand und schauen über das dunkle Meer.
Ich werfe einen Stein. Sie sammelt ein paar Muscheln. Ich werfe noch einen Stein. Sie zieht sich den Pulli aus und offenbart wunderbare Schultern.
»Der Herr hat es wirklich gut mit dir gemeint«, sage ich.
Sie schaut zu Boden und versteckt ihre Augen unter der Haarkante. Ist manchmal nicht einfach mit Komplimenten. Ich ziehe mir das Shirt über den Kopf und lasse es auf den Sand fallen. Sie mustert mich unter den Haaren und beginnt sich die Hose aufzuknöpfen. Sie hebt das Becken an, und als sie sich die Hose runterzieht, zögert sie kurz, dann wendet sie sich schüchtern ab. Wie die Jeans ihre Beine runter gleiten, ist das Erotischste, was ich seit … Und schon muss ich an Grace denken. Die Art, wie sie aus ihrem Slip stieg, war

ein Ritual. Das Letzte, was ich sah, bevor sie das Licht löschte. Wenn sie dann ins Bett kam, war ich schon hart. Scheiß auf sie.
Ich starre ihr unverhohlen auf die Beine. Ihre rechte Hand macht eine kleine Abwehrbewegung, und schon versenkt sie sich wieder unter der Haarkante. Mann, macht das Spaß. Ich ziehe mir die Hose aus. Sie sich das T-Shirt. Ich genieße, wie ihre Brüste sich bewegen, als sie sich das Shirt über den Kopf zieht. Sie sieht, wohin ich schaue, und macht den Ansatz, ihre Brüste zu bedecken. Dann lässt sie die Arme sinken und setzt sich gerade hin.
Ich ziehe mir die Badehose aus und lasse mir keinen Augenblick entgehen, als sie sich aus ihrem Slip schält. Ein Freund von mir geht immer nur an den Strand, um zu beobachten, wie Frauen sich an- oder ausziehen. Ich weiß, was er meint. Ich springe auf und halte ihr die Hand hin. Sie nimmt sie und lässt sich auf die Beine ziehen. Ihr Brüste schwingen, mein Schwanz steht, und aus irgendeinem Grund grinse ich so breit, dass mir das Gesicht wehtut.
»Du bist wunderschön.«
»Ach«, sie winkt ab, aber ihre Augen flackern zu meiner Erektion runter. Ein Kompliment, dem sie offenbar mehr Glauben schenkt.
Und da stehen wir. Eine Frau. Ein Mann. Nachts, nackt, angetrunken. Wir lächeln uns an und laufen Hand in Hand ins Meer.
Schwimmen …
Nebeneinander …
Durcheinander …
Miteinander.

Als wir an Land gehen, bleibt sie im Sand stehen und dreht sich weinend zu mir. Ihr Blick im Mondlicht, so verletzt, dass ich kaum atmen kann. Ich öffne meine Arme. Sie gleitet in mich, klammert sich fest und lässt los. Sie zittert, dass ich sie kaum halten kann. Es schüttelt uns beide durch, und als ich ihren Schmerz spüre, ist plötzlich alles wieder da. Der letzte Sommer. Der Winter. Monat für Monat am Limit, völlige Hingabe und nie in Sicherheit. Glück, Angst, Hoffnung, Desillusion, zu wenig Schlaf, zu viele Fragen und immer wieder dieses Gefühl, dass sie und ich zusammengehören, obwohl mir keine andere Frau so wehgetan hat. Ich lasse los.

Irgendwann weinen wir nicht mehr. Liegen im Sand und halten uns. Sie atmet an meinem Ohr. Und hat einen leisen Wunsch. Möchte nicht, dass er der Letzte war, und mit mir würde es gehen. Ich kann nicht. Doch wir rücken enger zusammen, decken uns mit unserer Kleidung zu und schauen zusammen raus, horchen, was kommt.

Das Meer knallt irgendwo an schwarze Klippen. Dunkle Wellen rollen an den Strand ... ein ... aus ... ein ... aus ...

Und irgendwann kommt es.

Das Gefühl.

Frieden.

Neben mir ein Mensch, der sich dem Falschen hingegeben hat. Daneben ein Mensch, der sich der Falschen hingegeben hat. Wir haben uns hingegeben. Aus Liebe.

Ich schaue in die Dunkelheit und spüre die Millionen Menschen, die lieben.

Die lieben werden.

Eine auch mich.

Die Richtige.

Das Meer funktioniert wieder.

Es ist wieder da.

Mein Gefühl ist wieder da.

Ich bin wieder da.

Kapitel 38

Der Rückflug verläuft ruhig, die Maschine ist still. Jeder bleibt auf seinem Platz. Alles ist ruhig, bis auf Mummy, die sich den vierten Sekt reingeschüttet hat und droht, mir den fünften ins Hemd zu kippen, wenn ich nicht endlich aufhöre zu lesen. Mittlerweile weiß ich auch, dass ihr Mann sie am Flughafen abholen wird. Wenn er auf dem Hinweg keinen tödlichen Unfall hat, uuhuuuuuu!!

Sie lacht ein bisschen zu heftig, und nachdem wir ihren Zahnersatz wieder gefunden haben, kippt sie schnell noch einen Sekt und schläft dann leise schnarchend neben mir. Ich wische ihr den Sabber weg. Mann, ist sie gut. Und es geht auch gut. Ich lächele zu jemand Gutem rüber. Jemand Gutes lächelt zurück.

Kapitel 39

Als wir die Maschine verlassen, verlangt Mummy nach einem Rollstuhl. Wenig später lässt sie sich von einem adretten Flughafenangestellten aus dem Flugzeug tragen und in einen Rollstuhl setzen. Der Flughafenangestellte sieht ein bisschen aus wie George Clooney, und Mummy klammert sich an ihn, als wäre er, nun ja, George Clooney.

George setzt sie behutsam in einen Rollstuhl und schiebt los. Sofort legt sie ihren Kopf in den Nacken und beginnt ihm irgendwelche Dinge zuzuflüstern. Er bleibt freundlich. Die Vampire aus der *Titti-Twister-Bar* haben ihn abgehärtet.

Wir folgen den beiden, und Miss Po greift dabei wie selbstverständlich nach meiner Hand.

»Ich wusste nicht, dass sie gehbehindert ist«, sagt sie.

»Äh, ja«, sage ich und starre auf unsere Hände.

Am Kofferband warten wir, und ich werde immer zappeliger. Endlich kommen sie, ich lasse ihre Hand los und wuchte unsere Koffer auf den Wagen.

»Danke«, sagt sie.

»Gern«, sage ich und sehe zu meiner Überraschung, dass wir wieder Händchen halten. Hallo?

Ich schaue sie an. Der Pony verdeckt ihre Augen, aber der Mund lächelt leicht, und für einen Augenblick habe ich das Gefühl, als wären wir zusammen. Nur für einen Augenblick, aber ... Himmel, ich vermisse das. Mir fehlt der gemeinsame Kofferwagen, das Wecken morgens, das Versprechen für die

Nacht, das Gespräch nach dem Kino, das wissende Lächeln, wenn man den anderen beim Flirten ertappt, Erfolge teilen, Niederlagen auffangen, Pläne schmieden, eine Vergangenheit haben, eine Zukunft aufbauen, ach, scheiße, einfach alles.

Wenigstens bin ich nicht der einzige Beziehungssüchtige hier. Die verbitterte Blondine von 14c himmelt den durchtrainierten Hübschling an und hat in dieser Woche einen Teil ihrer Bitterkeit verloren. Leider scheint es nicht von Dauer zu sein, denn als sie seine Hand nehmen will, zieht er sie weg. Als sie ihn fragend anlächelt, schaut er weg. Sie mustert ihn, und plötzlich sind die alten Linien in ihrem Gesicht wieder da.

Er merkt, dass ich ihn beobachte und schaut böse rüber. Ich hebe die Augenbrauen: *Hast ihr vielleicht ein bisschen viel versprochen, um auf die Schnelle das zu bekommen, was du so dringend wolltest, ja? Und jetzt, zurück in der Realität, merkst du, dass du sie eigentlich gar nicht magst? Sieh bloß zu, dass du ihr das schonend beibringst!*

Er schaut weg.

»Uhhuhhuhhuuuu!«

Mummy hat richtig Spaß, und mittlerweile kommt Georgies Lächeln nicht mehr ganz so flüssig. Ich steuere unseren Wagen rüber. Als ich George sage, dass wir den Rest übernehmen, schaut er dankbar drein und entfernt sich zügig Richtung *El Ray*.

Kaum ist er weg, steht Mummy auf und schaut verblüfft auf ihre Beine.

»Ein Wunder!«, ruft sie. »*Jesus Christus* … ein *Wunder*!«

Nach einer Woche mit ihr am Strand entlockt sie den Gästen aus unserem Hotel nur ein müdes Lächeln, doch die Passagiere der anderen Flüge schauen gebannt rüber. Sie mustern erst den Rollstuhl, dann Mummy, dann beginnen sie ernsthaft zu tuscheln. Mummy nennt mich wieder Boy, zeigt auf

ihre Koffer und geht los. Sie lässt den Rollstuhl und etliche Reisende zurück, die ihr nachschauen, die eine Hälfte tuschelnd, die andere kopfschüttelnd. Vielleicht ein guter Zeitpunkt, um mit einem Hut rumzugehen.
Miss Po lächelt.
»Sie mag es, im Mittelpunkt zu stehen, was?«
Ich schaue sie anerkennend an.
»Ist dir aufgefallen, ja?«
Sie nickt ernst, und ich weiß mal wieder nicht, ob sie mich veräppelt. Manchmal habe ich so ein Gefühl, als würde da jemand nicht ganz so Unschuldiges in dieser unschuldigen Verpackung stecken. Kann aber auch reine Paranoia sein.
»Wie heißt du eigentlich wirklich?«
Sie denkt kurz über das »wirklich« nach, dann lächelt sie.
»Lena.«
»Ich bin Viktor.«
»Hallo, Viktor.«
»Hallo, Lena.«
Wir stehen ein wenig im Niemandsland. Die Hand will ich ihr nicht geben, Knutschen erscheint mir übertrieben, also nicken wir uns zu und müssen beide grinsen. Sie senkt sofort den Kopf und bedeckt ihre Augen mit dem Pony. Eine Geste, an der ich mich einfach nicht satt sehen kann.
Ich packe Mummys Koffer auf unsere und schiebe los. Lena wirft mir ab und an einen Blick von der Seite zu, und am Zoll schaue ich sie fragend an. Sie blickt zu Boden und macht wieder so eine kleine Handbewegung.
»Es ist nur ... der letzte Mann, mit dem ich mir einen Kofferwagen geteilt habe, hat mir einen Antrag gemacht.«
Mein Blick huscht über ihre Finger. Nichts.
»Du bist geschieden?«, frage ich.
»Nein.«
»Verheiratet?«
»Ich habe den Antrag nicht angenommen«, sagt sie.

Ich mustere sie noch mal unter diesen neuen Voraussetzungen. Sie wirkt gar nicht wie jemand, der Heiratsanträge zurückweist. Wer weiß, wie viele Überraschungen noch hinter dieser Haarkante lauern.
»Wieso?«
»Er war nicht der Richtige«, sagt sie ernst.
Ich grinse sie an. Ha! Eine Glaubensschwester! Eine angenehme Abwechslung nach all den Pragmatikerinnen.
Sie gibt mir einen Blick.
»Ich lache dich nicht aus«, versichere ich ihr, »es ist nur: Du glaubst an den Richtigen, ja?«
»Was denn sonst?«
»Genau!«, lache ich.
Sie wirft mir noch einen Blick zu, lässt es aber auf sich beruhen.
Wir kommen in die Empfangshalle, in der Zurückgebliebene Schilder, Blumen und Babys hochhalten. Ich checke die Säule, vor dem heute ein schwer übergewichtiges Paar mit einem übergewichtigem Hund steht. Hier hat Grace mich mal nach einem Kopenhagentrip erwartet. Im langen Mantel. Darunter nackt. Wir haben es stehend in der Parkgarage getrieben. Am nächsten Tag musste ich zum Chiropraktiker. Toll, dass mir das jetzt einfällt. Ich warte auf den unangenehmen Stich, der auf diese Erinnerungen normalerweise folgt und ... nichts. Hm.
Lena lächelt mich an.
»Für die anderen könnte es aussehen, als würden wir zusammen aus dem Urlaub kommen.«
Ich nicke.
»Seltsames Gefühl, was?«
Sie nickt.
Auf den nächsten Metern denke ich darüber nach, wie es wäre, mal wieder mit einer Frau aus dem Urlaub zu kommen. Einer Frau, die ich wiedersehe. Gern wiedersehe. Mehrmals

wiedersehe. Jahrelang wiedersehe. Und mit der ich oft wiederkomme. Vielleicht von unserem eigenen Haus. Auf der richtigen Insel. Mit dem richtigen Gefühl.
Lena mustert mich von der Seite. Ich schaue sie an, doch bevor ich etwas erkennen kann, versenkt sie ihre Augen wieder hinter dem Pony, und im selben Augenblick, verdammt noch mal, bekomme ich Lust auf sie. Kann auch mit dem Parkgaragenschild zusammenhängen, das uns entgegenleuchtet. Höchste Zeit, dass jemand Stopp sagt.
»Stopp mal.«
Sie bleibt stehen und schaut mich unter der Haarkante an. Oh Gott, ich möchte sie auf der Stelle flachlegen. Flughafenfetischismus vom Feinsten.
»Ich kann das nicht«, sage ich.
»Was kannst du nicht?«, fragt Lena.
»Jetzt was mit dir anfangen. Ich mag dich und finde dich sweet, und du bist warmherzig und schön, aber ich kann nicht, es ist nicht deine Schuld, es liegt ausschließlich an mir, ich bin zur Zeit einfach ...«
»Ich weiß«, sagt sie.
Ich schaue sie überrascht an.
»Ach ja?«
Sie nickt.
»Na, dann ist ja alles klar«, sage ich.
Draußen vor der Halle steht Mummy an einem Wagen neben einem großen, weißhaarigen Mann. Sie winkt, ich soll mich anscheinend etwas beeilen.
Lena greift rüber und schiebt weiter. Ich folge ihr. Gut, dass wir darüber gesprochen haben.

Als wir bei Mummy ankommen, stellt sie uns den Weißhaarigen als Doktor Gerhard, ihren Mann, Lover und spirituellen Kratzbaum vor. Er lächelt milde. Hatte wahrscheinlich pechschwarze Haare, bevor er sie kennen lernte. Und viel-

leicht nicht diese Falten um Augen und Mundwinkel. Winkel, die nach oben zeigen.
Wir laden Mummys Koffer in den Wagen, schlagen ihr Mitfahrangebot aus und verabschieden uns von Doktor Gerhard, der sich für alles bedankt. Ich frage ihn, wofür. Er lächelt nur milde. Wahrscheinlich hat jeder, der einen Tag mit seiner Frau verbracht hat und ihr anschließend nicht zum Wagen folgt, um sie umzubringen, seine Dankbarkeit.
Ich umarme Mummy und danke für den ganzen Spaß. Sie fasst mir, vor Gerhards Augen, an den Hintern und sagt, Schwingerclubs seien eigentlich nicht ihr Ding, aber mit mir hätte es teilweise Spaß gemacht, uhhhhuuuu!!
Ich schaue zu Gerhard und ziehe die Schultern hoch. Er lächelt milde. Vielleicht ist er auch nur total stoned?
Nachdem ich Mummy noch ein paar Dutzend Male versprochen habe, dass wir uns wiedersehen, fahren sie endlich los. Ich schiebe den Kofferwagen zum nächsten Taxistand rüber und lächele Lena an. Sie lächelt zurück. Unsere Wege trennen sich. Sie muss zum Bahnhof und ihren Zug nach Hamburg erwischen. Ich will nach Hause. In meine Wohnung.
Als wir ihre Koffer im Taxi haben, umarmen wir uns. Ich lasse sie wieder los. Sie mich nicht. Also umarme ich sie auch wieder. Der Taxifahrer schaut zwischen uns hin und her, dann seufzt er und steigt schon mal ein.
Irgendwann lässt sie mich los, tritt einen halben Schritt zurück und schaut mich eindringlich an. Diesen Blick kenne ich noch nicht.
»Wann sehen wir uns wieder?«
»Weiß nicht.«
Die Haarkante senkt sich, und sie kaut kurz darauf herum. Dann geht der Vorhang wieder auf.
»Ich hätte gern deine Nummer.«
Ich verziehe das Gesicht.
»Also, ich weiß nicht …«

Ihre blauen Augen mustern mich knapp unter der Haarkante.
»Nenn mir einen Grund, wieso wir das nicht tun sollten.«
»Ich will dir nicht wehtun«, sage ich.
»Bisher tust du das Gegenteil.«
Ich nicke.
»Genau. Und dabei sollten wir es vielleicht belassen, eine schöne Erinnerung.«
Sie schüttelt den Kopf.
»Wenn du mir deine Nummer nicht gibst, ist das sexistisch. Wenn du mich jetzt so gehen lässt, dann nur, weil ich eine Frau bin.«
Ich schaue sie an und breite die Hände aus.
Sie nickt.
»Ein Mann, mit dem du letzte Nacht verbracht hättest, der wäre doch heute ein neuer Freund von dir, also benachteiligst du mich, weil ich kein Mann bin, und das ist sexistisch.«
Ich grinse ihr anerkennend zu und habe wieder das Gefühl, dass unter dieser schüchternen Fassade eine Menge Überraschungen lauern. Bisher habe ich sie als Opfer einer Beziehung gesehen, in der sie sich untergeordnet und der Typ sie ausgenützt, hintergangen und verlassen hat. Doch vielleicht liegt er ja auch zerstückelt in einer Tiefkühltruhe, und sie ist auf der Flucht?
»Mit einem Mann würde ich nach dem Nacktbaden vermutlich auch nicht schmusen und wahrscheinlich auch nicht im Bett landen, um dann vielleicht in eine Beziehung reinzurutschen, die ich jetzt ganz sicher nicht will. Ich meine, ich weiß wirklich nicht, wie es bei mir weitergeht.«
Sie stößt die Luft durch die Nase aus.
»Ich bin gerade von einem Mann verlassen worden, der immer wusste, wie es weitergeht. Solche Sicherheit brauche ich nicht mehr. Ich weiß ja auch nicht genau, was ich zur Zeit brauche, aber ich lasse dich jetzt nicht einfach so gehen!«

»Ja, ja, aber du verliebst dich doch nicht in mich, oder?«
Sie schüttelt den Kopf.
»So fangen Freundschaften an«, sagt sie. »Gute, saubere Freundschaften.«
Wow! Ein echter Murray aus *Und täglich grüßt das Murmeltier*. So etwas hat sie also auch drauf. Himmel, ich muss doch bescheuert sein, wenn ich sie nicht wiedersehe, wobei … hm … eigentlich hat Bill diesen Satz im Film nur gesagt, um Andie McDowell ins Bett zu bekommen …
Zu meiner Überraschung nicke ich.
»Freundschaft. Hört sich gut an. Kein Sex, keine Verliebtheit, keine falschen Erwartungen.«
»Gut«, sagt sie. »Aber wir sehen uns wieder. Bald. Bevor das hier nur irgendeine Erinnerung ist.«
»Okay.«
Wir tauschen Nummern aus. Ich nehme ihren Zettel entgegen. Schöne Schrift. Sie nimmt mein Gekritzel entgegen und lächelt.
»Ich rufe dich an.«
»Nein«, sage ich nachdrücklich, »ich rufe dich an.«
Sie schaut trotzdem zufrieden drein. Das bin ich auch. Himmel, fast hätte ich diese Haarkante nie wieder gesehen, nur weil Grace einen Schaden hat.
»Also, schöne Heimfahrt. Und danke.«
Ich will ihr einen brüderlichen Knutscher auf die Wange geben, doch sie dreht den Kopf, küsst mich auf den Mund und nappt mir dabei kurz in die Unterlippe. Ich erinnere mich nicht, dass meine Schwester mich je so geküsst hat. Hm, hm.
»Ruf mich an, wenn du so weit bist«, sagt sie und lächelt. »Ich warte.«
Sie steigt ins Taxi und lächelt mich durch die Scheibe an. Ich erinnere mich auch nicht, dass meine Schwester mich je so angelächelt hat. Aber sie irrt sich.

Kapitel 40

Um die Uhrzeit ist Patrizia noch nicht im Studio, aber ich kann nicht so lange warten, also lasse ich das Taxi direkt vorfahren, springe raus und klopfe ans Fenster. Wie der Blitz klebt der Keks an der Scheibe. Als Yasna mich sieht, werden ihre Augen groß und sie strahlt mich an. Mein Herz macht Sprünge, meine Augen werden feucht. Mein Keks liebt mich noch. Ich Pappnase schaffte es, sogar daran zu zweifeln.

Sie macht Zeichen, dass ich leise sein soll. Ich zeige auf den Kinderspielplatz und ziehe eine Rückhand durch, doch noch bevor der Ball über das Netz ist, geht das Nebenfenster auf und Patrizia steckt den Kopf raus, die Dreads nass in ein Handtuch gewickelt.

»War dir dein Egotrip zu einsam?«

»Ich freue mich auch, dich wieder zu sehen. Schickst du mir die Kleine raus, ich muss kurz mit ihr reden.«

Sie schaut mich nur an. Dann schließt sie das Fenster. Ich mache dem Fahrer Zeichen, dass es nicht lange dauert. Doch es dauert.

Nach einer Weile wird mir klar, dass Yasna nicht rauskommen wird.

Ich klopfe an das Nebenfenster. Patrizia öffnet.

»Was noch?«

»Will sie nicht oder darf sie nicht?«

»Schon die Frage zeigt, wie fertig du bist«, sagt sie. »Natürlich will sie dich sehen, genauso, wie sie dich auf ihrer Aufführung sehen wollte.«

»Ich will doch nur kurz mit ihr reden.«

Sie funkelt mich an.

»Es geht nicht immer darum, was du willst, ist das klar?«

Ich versuche, ruhig zu bleiben. Sie hat Recht, auf mich sauer zu sein, also nicke ich.

»Ja, klasse, nick nur. Und, wie war der Urlaub? Hast du dich schön entspannt?«

Ich nicke wieder.

»Schön für dich. Jetzt bist du zurück und willst wieder einen Platz in ihrem Leben, ja?«

»Ich wusste nicht, dass ich den verliere, wenn ich mal eine Woche wegfahre«, entgegne ich.

»Verantwortung kannst du dir nicht an- und ausziehen, wie es dir in den Kram passt!«

Verloren.

»Patrizia, verdammt, kann es sein, dass du hier irgendwas auf Kosten deiner Tochter austrägst?«

»So etwas ist doch eher dein Ding!«

»Ich habe sie nicht hängen lassen, ich konnte nur nicht zu einer einzigen Aufführung kommen, zu einem von hunderten Terminen in ihrem Leben! Ich habe es ihr vorher erklärt, und es tut mir auch Leid, okay? Doch was du gerade machst, ist nichts anderes als ...«

»Dir tut es also mal wieder Leid, ja? Zum wievielten Mal?« Sie wirft mir etwas Silbernes zu und schließt das Fenster. Diesmal mache ich erst gar nicht den Versuch, mir einzureden, dass sie Yasna rausschickt. Ich schaue in meine Hand und sehe einen silbernen Schlüssel. Dann schaue ich zu Yasnas Fenster, aber sie ist nicht zu sehen. Ich blicke zu Patrizias Fenster. Sie ist auch nicht mehr da. Willkommen zu Hause. Hätte ja auch ein Scheißempfang werden können.

Kapitel 41

Die Tür wird aus den Angeln gehoben.

»Mensch! Vik! Das ist ja schön! Komm doch rein! VIK IST DA!!«

Ist ein bisschen wie Peeling.

»Küche!«, ruft Buddy von irgendwoher.

Ich folge Steffen in die Küche. Er weiß den Weg noch. Wir setzen uns an den Küchentisch, auf dem kein Filmmagazin liegt.

»Du siehst gar nicht ... äh, ich meine ... willst du trotzdem einen Kaffee?«

Ich schaue ihn an. Zum ersten Mal seit Ewigkeiten sehe ich nicht aus, als würde ich den Kaffee dringend brauchen? Das ist komisch.

Steffen schaut mich verwirrt an, beginnt aber mitzulachen.

»Wieso lachst du?«, lache ich.

»Hab ich vergessen«, prustet er.

Daran scheint jetzt wirklich irgendwas komisch zu sein; wir brechen zusammen. Ein Bagger reißt das Haus ab, und wir lachen ... krümmen uns ... klammern uns an die Tischkante.

»Hör auf«, lache ich.

»Ja, ja«, lacht er.

Weiter lachen. Immer weiter. Wie die Irren. Irgendwann geht Steffen die Puste aus. Er lacht nur noch tonlos und schnappt dabei nach Luft wie ein Riesenkarpfen. Das sieht leider witzig aus. Oh Gott ...

»Auf...hören ...«, keuche ich.

»Ahh … ahhh …«, jammert er und zieht Grimassen.
Mir bleibt die Luft weg. Ich senke den Kopf, mustere meine Gürtelschnalle und versuche zu atmen. Ein … aus …
Nach und nach wird es auf der anderen Tischseite ruhiger. Ich wische mir die Tränen aus den Augen und hebe den Blick.
»Tut gut, wieder da zu sein.«
Steffen nickt.
»Bist hier immer willkommen.«
»Ich weiß«, sage ich.
Er schüttelt den Kopf, lehnt sich vor und legt mir eine Hand auf die Schulter.
»Du bist hier immer willkommen.«
»Danke.«
»Nein«, schüttelt er den Kopf. »Viktor. Du bist hier immer willkommen.«
»Das hast du eben bereits gesagt, schon vergessen?«
Er schaut mich nur an. Ich beiße mir auf die Unterlippe und versuche es wirklich zu unterdrücken, ich meine, keine Stunde da und schon zwei Mal geheult?
Er steht auf, holt eine Tasse aus dem Schrank. Ich atme durch. Er gießt mir einen Kaffee ein, setzt sich und schiebt mir Milch und Zucker rüber.
»Danke für das Darlehen.«
»Gern«, sage ich und trinke einen Schluck.
»Buddy meinte, sie musste dafür mit dir schlafen. Du rettest also unsere Ehe und zerstörst sie gleichzeitig, ein interessanter Eskapismus, findest du nicht?«
Ich starre ihn an. Nach ein paar Sekunden beginnt sein Gesicht zu wackeln. Ah. Verstehe. Lustiger Stuntmanhumor. Und dann geht es wieder los:
»Eska…pisssmussss!«, heult er und bricht zusammen.
Er patscht sich wie wild auf beide Schenkel. Geht komplett aus dem Leim, der Mann.

Buddy kommt rein.
»Was ist hier los?«
»Eskaaaa...pihihiiismus ...«, stöhnt Steffen.
Buddy wirft mir einen Blick zu, ich schüttele den Kopf. Sie mustert wieder ihren Mann.
»Eska... hihi... pisss... muuusss«, keucht er und kämpft sich auf die Beine.
Er knutscht seine Frau, klatscht mir auf die Schulter, dass ich aufstöhne, und geht lachend raus. Buddy schaut ihm nach. Dann dreht sie den Kopf und starrt mich misstrauisch an.
»Was hast du ihm wieder gesagt?!«
Ich checke mein Schlüsselbein auf Bruchstellen und drohe ihr mit dem Finger.
»Von wem hat er wohl die Info, dass seine Frau für den Kredit die Beine spreizen musste?«
»Ups!«, grinst sie.
»Eines Tages sterbe ich noch an Ups.«
Sie winkt ab.
»Übrigens rede ich kein Wort mit dir.«
»Das ist nur fair.«
Sie gießt sich einen Kaffee ein, und während sie einen Schluck nimmt, mustert sie mich über den Tassenrand. Sie hat ein leichtes Lächeln in den Augenwinkeln, ich bin mir fast sicher, dass alles okay ist. In mir breitet sich ein warmes Gefühl aus.
»Hast Farbe bekommen«, sagt sie.
»Bist mein Vorbild.«
Sie grinst und nimmt noch einen Schluck. Dann stellt sie die Tasse ab und nickt.
»Und du hast jemanden kennen gelernt.«
Ich ziehe ein Gesicht und will schon den Kopf schütteln, da fällt mir auf, dass ich tatsächlich jemanden kennen gelernt habe, ich bin nur nicht auf den Gedanken gekommen, meine Laune könnte so sehr mit Lena zusammenhängen, schließ-

lich funktioniert das Meer wieder. Aber jetzt merke ich, dass die Aussicht, sie wiederzusehen schon ... na ja, schön ist. Buddy grinst breit.
»Es ist nicht so, wie du denkst«, sage ich.
»Ist es bei dir doch nie«, winkt sie ab und nimmt noch einen Schluck.
Sie scheint wirklich nicht sauer zu sein. Und der Keks liebt mich. Nur Patrizia ist sauer. 2:1. Vor meiner Rückkehr habe ich auf eine knappe Niederlage gehofft, jetzt liege ich in Führung. Es riecht nach Glückssträhne.
»Wie geht's dem Baby?«
»Gut«, sagt sie und tätschelt ihren nicht vorhandenen Bauch.
»Gut. Und wie ging es beruflich weiter?«
Sie stellt die Tasse mit gespreizten Fingern ab und tupft sich dann die Mundwinkel mit einer nicht vorhandenen Serviette ab. Showtime.
»Na ja, du bist ja in dem Meeting einfach aufgestanden und raus gegangen. Hätte eine prekäre Situation werden können ...«
Sie zieht eine Schnute und verstummt. Ich warte. Sie wartet aber auch und, na ja, sie hat es ja verdient, also ...
»Wahnsinnig prekär«, stimme ich ihr zu. »Eigentlich nicht zu machen. Aber du hast es gemacht. Obwohl es natürlich unmöglich ist, ein solches Desaster auszubügeln, ich meine, he, Weltfrieden schaffen ohne Waffen, die Umwelt retten, so was ist doch ein Klacks verglichen mit dem Mist, den ich da angerichtet habe. Dagegen war Stalingrad ein Picknick, Tschernobyl ein Lagerfeuer, die Wiedervereinigung ein Mauernsprung, der erste Mondflug ...«
»Okay, es reicht«, sagt sie grinsend und winkt ab. »War auch gar nicht so schwierig.«
Ich ziehe die Augenbrauen hoch.
»Ach ja?«

Sie legt den Kopf schief und guckt listig.
»Schuld an deiner Laune war der Jetlag.«
»Ähem«, sage ich. »Muss man dafür nicht geflogen sein?«
Sie nickt und grinst leicht.
»Genau. Und als sie erfuhren, dass du seit Wochen zwischen Köln und L.A. hin und her pendelst, weil du einen Hollywooddeal hast, konnten sie dein Verhalten verstehen.«
»Hollywooddeal«, sage ich.
Sie nickt.
»Du hast ja da drüben fett was am Start. Da kann man doch mal die Nerven verlieren, wenn so ein kleiner Skript-Dok einem unterstellen will, dass man nicht schreiben kann. Ich meine, wenn du nicht schreiben könntest, wieso sollten die Amis dich dann haben wollen?«
Ich schüttele den Kopf.
»So eine lausige Geschichte haben sie dir nicht abgenommen.«
Jetzt grinst sie schon breiter.
»Diana hat die Optionsvereinbarung rübergefaxt. Als die Damen deinen Namen auf einem Paramountvertrag gesehen haben, fanden sie dich plötzlich total talentiert. Jetzt halten die dich für so was wie die große weiße Hoffnung. Für Pechvögel bist du jetzt ihr heißer Kontakt ins gelobte Land, und Schulz-Äh findet es einfach nur fantastisch, dass sie manchmal klüger ist als jemand, der den Oscar gewinnen könnte.«
»Ist sie nicht«, sage ich.
»Wird sie ja nie erfahren«, sagt sie.
Wir grinsen uns an.
»Jetzt brauche ich nur noch eine Ansage des Superstarhollywoodschreibers, wann es mit dem kleinen unwichtigen deutschen Provinzprojekt weitergeht.«
»Sofort.«
»Gut«, sagt sie.

»Hast du weitergemacht?«
Sie gibt mir den Blick, den sie für geistig Minderbemittelte reserviert hat.
»Ich hab die ganze Woche allein und verlassen am Treatment geschrieben. Ist so gut wie fertig. Die Story läuft, der Plot stimmt, die Points sitzen. Fehlen nur noch ein paar unreife Sprüche – da kommst du dann ins Boot.«
»Super. Gut gemacht.«
Ihre Augen flackern kurz, und sie zieht die Schultern leicht an.
»Na ja, kann vielleicht nicht schaden, wenn du noch mal drüberschaust.«
»Mach ich.«
Ich ziehe den Laptop und das Verbindungskabel aus der Survivaltasche.
»Wenn ich mein Ding hier kurz in dein Ding stecken darf, ziehe ich mir deine Schmiere auf die Platte und schaue mir den Dreck mal an.«
Sie zieht eine Augenbraue hoch.
»Hmmm, wie du das formulierst … das hat Klasse.«
»Niveau hat man eben oder nicht.«
»Genau«, grinst sie.
Wir gehen ins Arbeitszimmer. Während wir die Kisten netzwerken und ich Kaffee über meine Hose schütte, erzählt sie mir, dass sie schon erste Rechnungen gestellt hat. Selma hat dafür gesorgt, dass die erste Rate sofort gezahlt wurde, und deswegen ist sie wieder flüssig und kann mir einen Teilbetrag zurückgeben. Ich winke ab. Hat Zeit. Was interessiert mich Geld, wenn meine beste Freundin mich liebt?
Ich sauge mir das Treatment von ihrer Festplatte auf den Laptop. Buddy legt eine Hand auf meine Schulter.
»Die Story funktioniert zwar, aber man kann den zweiten Akt sicher noch eleganter stricken.«
»Okay.«

»Und die Figuren. Man müsste da vielleicht noch mal genauer hinschauen.
»Alles klar.«
»Die Subplots sind vielleicht noch nicht so dicke.«
»Verstehe«, sage ich und fahre den Laptop wieder runter.
Sie kratzt sich nachdenklich unter der linken Brust.
»War ziemlich einsam, so allein. Ich habe schon ganz vergessen, wie fies es ist, alles allein zu machen. Ich hab mein Bestes gegeben, aber ...«
Sie verstummt und zuckt die Schultern. Ich lächele sie an.
»Mach dir keine Sorgen.«
Es ist nicht zu übersehen, dass sie meinen Rat ignoriert. Sie schaut mich merkwürdig an.
»Wie geht es denn weiter? Ich meine, ich könnte es verstehen, wenn du dir wegen der Babypause jemand anderes suchst, aber danach ... ich würde dann gern weitermachen.«
Ich brauche einen Augenblick, bevor ich verstehe, dass meine bessere Schreibhälfte tatsächlich glaubt, ich könnte sie entbehren.
»Sind das jetzt schon die Hormone, oder drehst du einfach mal so durch?«
Sie scannt meine Augen ab. Dann lächelt sie erleichtert und winkt ab.
»War nur Spaß.«
»Gut«, sage ich.
»Ich mache dir auch keinen Vorwurf, dass du mittendrin abgehauen bist.«
»Danke.«
»Ich meine es ernst. Ich bin dir dankbar, dass du mir geholfen hast, ich weiß, dass war nicht leicht für dich.«
»Tue ich auch nie wieder.«
Ich werfe einen Blick auf die Uhr. Um diese Uhrzeit geht Patrizia ins Studio. Ich greife nach dem Verbindungskabel und schaue zu Buddy hoch.

»Ich ziehe ihn jetzt raus.«
»Vorsichtig …«, seufzt sie.
Ich trenne die Computer, tüte den Laptop ein und stehe auf.
»Okay. Ich mache mich gleich an die Arbeit.«
»In deiner Wohnung?«, fragt sie.
Ich nicke. In meiner Wohnung.
»Gut«, sagt sie. »Ist auch nötig, denn wir haben nicht viel Zeit. Das Meeting zur ersten Fassung ist in vier Tagen.«
»Keine Sorge, ich freue mich darauf.«
Sie mustert mich.
»Du freust dich darauf?«
Ich grinse fies.
»Oh Mann«, sagt sie.
An der Tür umarmen wir uns umständlich und grinsen uns an, weil wir beide überflüssigerweise darauf achten, dass ihr Bauch genug Spielraum hat. Wir grinsen uns an und kuscheln uns richtig aneinander.
»Schön, dass es dir wieder besser geht«, flüstert sie in mein Ohr.
»Du hast dir wirklich Sorgen gemacht?«
»Nicht nur ich: Patrizia hat deine Tür öffnen lassen.«
Ich brauche ein paar Sekunden.
»Meine Wohnungstür?«
Sie nickt. Das erklärt den Schlüssel. Aber …
»Wieso?«
Sie schaut achselzuckend zu mir hoch.
»Na ja, sie wusste nicht, ob du wirklich weggefahren bist, und in letzter Zeit warst du manchmal ja echt komisch drauf, und da dachte sie, dass du … na ja, dass du vielleicht …«
Sie verstummt, und mir geht ein Licht auf.
»Das ist nicht dein Ernst«, sage ich.
Patrizia hält mich für suizidgefährdet? Na, das erklärt zumindest ihre Angst, dass Yasna sich an meine Besuche gewöhnen könnte.

Buddy mustert mich skeptisch.
»Was ist daran so komisch?«
»Geil, jetzt kann ich sie wegen Einbruchs drankriegen.«
Sie verdreht die Augen.
»Ihr beide ... Wann bringt ihr es endlich hinter euch?«
Ich ziehe eine Grimasse.
»Echt, manchmal glaube ich, du willst nur, dass ich anfange, meine Freundinnen flachzulegen, damit du auch mal an die Reihe kommst.«
Sie streckt die Zunge raus und hechelt.
»Lumpi will Fremdgeh-Knochen!«
»Mann, Buddy«, stöhne ich. »Wann wirst du endlich ... ach, vergiss es.«
Wir grinsen uns an. Ein guter Augenblick. Ich fühle es.

Kapitel 42

Um die Uhrzeit müsste Patrizia im Studio sein, aber Künstler sind ja unberechenbar, daher klopfe ich nur leise an Yasnas Fenster. Als ihr Kopf hinter der Scheibe erscheint, zeige ich auf den Kinderspielplatz und mache entsprechende Tischtennisbewegungen. Diesmal geht der Ball über das Netz, ohne dass der Schiri vom Nebenfenster aus das Spiel abpfeift.

Als Yasna mit den Schlägern zum Spielplatz gelaufen kommt, habe ich Eis geholt und mir hundert Erklärungen zurechtgelegt – dabei weiß ich gar nicht, ob ich ihr überhaupt erklären soll, wieso ich so dringend wegmusste. Will eine Achtjährige etwas über Lebenskrisen und Beziehungsproblemen der Erwachsenen hören?

Als sie auf mich zugelaufen kommt, klopft mein Herz, als hätte ich ein Rendezvous – und schon ist alles erledigt.

»Hey, Keks …«, beginne ich, und schon habe ich einen warmen Körper im Arm, ihre Arme um meinen Hals und ihren Mund an meinem Ohrläppchen.

»Oink! Oink! Oink!«

Ich habe ihre Aufführung verpasst, sie alleine gelassen, habe Dinge getan, die sie nicht versteht, aber kaum bin ich wieder da: Körper im Arm, Arme um Hals, Mund am Ohrläppchen. Schon wieder feuchte Augen. Mein Ruf geht langsam den Bach runter.

Wir essen Eis und spielen dann drei Sets. Aus unerfindlichen Gründen verliere ich zwei davon.

»Ich schulde dir ein Eis.«
»Ja!«, strahlt sie.
»Also müssen wir uns wieder sehen.«
»Mist!«, strahlt sie.
Wir kichern eine Runde. Dann ab auf das Karussell, um über die wirklich großen Probleme zu philosophieren. Wann fahren wir zusammen in Urlaub? Falls Brad Pitt schwul ist, wie kann er sich dann in Yasna verlieben, wenn sie sich treffen? Warum sind alle anderen Jungs nicht so wie Brad? Wieso sind die so doof? Schließlich bleiben wir beim Thema hängen, wieso die Natur unbedingt wollte, dass Jungs stärker sind als Mädchen. Ganz schön blöd von der Natur. Ich versuche ihr zu erklären, dass dies nur den Körper betrifft, mental können Mädchen jeden Jungen fertig machen, das wüsste ich aus Erfahrung, und Yasna könne es erst recht, schließlich sei sie klug und schön. Doch Yasna will die Jungs nicht klug und schön einwickeln – sie will sie verprügeln! Wenn ich es richtig verstehe, ist das Zielobjekt ein gewisser Bo aus ihrer Schule, der erst ihr fastbester Freund war und jetzt ihr allergrößter Feind geworden ist. Den Grund dafür finde ich nicht heraus, aber Yasna will unbedingt Kampfsport machen, doch ihre Mama ist dagegen, ob ich mit ihr reden könnte? Klar kann ich das. Aber ob es was nützt? Ich setze das Thema auf die Liste, die liegen bleibt, bis der Keks einen Wunsch drei Mal geäußert hat.
Nachdem das geklärt ist, schauen wir so ein bisschen vor uns her, dann fange ich einfach an.
»Wie war deine Aufführung?«
Sie strahlt mich an. Dann fällt ihr ein, dass sie ja eigentlich sauer auf mich sein muss, weil ich nicht da war. Ihr Lächeln verblasst. Sie schaut mich verwirrt an. Was denn nun? Ihrem emotionalen Impuls folgen oder schmollen und stur bleiben? Für ein paar Sekunden ist sie zwölf, doch sie fängt sich, wird wieder acht und legt los. Sie erzählt von der Auf-

führung, dass sie Spaß hatte und alle sie gut fanden und sie auch das nächste Stück machen will. Sie schwärmt und strahlt und spielt mir zwei Szenen mit einer herzzerreißenden Euphorie vor. Ich applaudiere, sie verneigt sich, ritzt mir ein Autogramm in den Sand, dann knallt sie sich auf meinen Schoß und will schmusen. So offensiv ist sie selten in der Öffentlichkeit. Da habe ich jemandem gefehlt. Mein Grinsen ist so breit wie Harald Juhnke beim Dreh.

»Es tut mir wirklich Leid, dass ich nicht kommen konnte. Weißt du, manchmal ist das Leben verrückt. Als ob du einen Brad-Pitt-Film schlecht finden würdest.«

»*Lügengeschichte!*«, jubelt sie.

»Nein, nein«, erkläre ich ihr, »es kann durchaus mal passieren, dass du einen seiner Filme schlecht findest, doch das wäre dann gar nicht schlimm, denn du wüsstest ja, dass es eine Ausnahme ist, nicht wahr?«

Sie denkt ein bisschen drüber nach, dann nickt sie zögerlich. Sie sieht das anders, will aber mir zuliebe nicht kleinlich sein.

»Wieso magst du denn keine Schauspieler?«, fragt sie.

»He, wie kommst du denn darauf? Ich mag Schauspieler. Ich meine, hey, alle meine Lieblingsfilme sind voll von ihnen. Wann spielst du denn wieder? Wann kann ich dich auf der Bühne sehen?«

Sie sagt nichts und bannt mich mit ihren Minimagneten.

»Okay«, gebe ich zu. »Alle mag ich nicht. In deiner Klasse magst du doch sicher auch nicht jeden, oder?«

Sie wartet einfach. Manchmal lernt sie mir zu schnell.

»Hm. Okay, also vielleicht ist das Problem, dass ich mein Leben lang daran arbeite, authentischer zu werden. Schauspieler dagegen lernen, sich möglichst gut zu verstellen, und, tja, ich mag es nicht, wenn Menschen sich zu sehr verstellen.«

Sie blinzelt angestrengt.

»Au... au...«
»Authentischer. Das bedeutet glaubwürdiger. Echter. Realer.«
Sie runzelt ihre Stirn.
»Schauspieler sind nicht echt?«
»Tja, nun, also, manche sind das bestimmt, doch für die Rollen muss man lernen, sich glaubwürdig zu verstellen, und manche machen das dann auch privat.«
Sie denkt eine Weile nach. Dann schaut sie mich wieder an.
»Wen magst du?«
»Dich.«
»Neeeiiiinn!«, kreischt sie und verpasst mir einen Schlag. »Du magst keine Schauspieler, wen magst du dann?«
»Berufsgruppen meinst du?«
Sie nickt.
»Na, ich mag Autoren.«
»Neeeiiin! Man darf sich nicht selbst mögen!«
»Wer hat dir denn den Mist erzählt? Klar darf man sich mögen, das ist sogar wichtig.«
»Neeiiinn!«
»Na gut. Also was anderes. Ich mag, hm ... Handwerker.«
Das überrascht sie.
»Warum?«
»Weil die etwas reparieren können. Die nehmen ein Stück Holz und machen daraus einen Stuhl, reparieren einen Rohrbruch, so was.«
»Sind die au...«
Sie konzentriert sich, aber es will nicht so richtig klappen. Das Wort scheint so kompliziert wie der Zustand.
»Authentisch«, helfe ich nach.
»Au-then-tisch ...«
Sie senkt den Blick und schmeckt nachdenklich auf dem Wort herum. Dann schaut sie mich wieder an.
»Sind die das?«

»Na ja, ich denke schon, ich meine, wieso sollte ein Handwerker sich verstellen?«
Auch darüber denkt sie eine Weile nach. Sie macht es sich wirklich nicht leicht.
»Keks?«
Sie schaut mich an.
»Du brauchst keinen Job zu machen, der mir gefällt. Ich möchte, dass du immer das tust, worauf du Lust hast. Was auch immer du tust, wir sind Freunde.«
Sie mustert mich genau.
»Wirklich?«
Ich nicke.
»Ich will Schauspielerin werden«, sagt sie sofort und mustert mich.
»Okay. Wieso?«, sage ich leichthin.
Sie schaut erleichtert drein, hat anscheinend eine wildere Reaktion erwartet.
»Das macht Spaß. Das ist wie Karneval.«
Ich muss lachen. Sich verkleiden und besoffen rumvögeln?
»Schöner Vergleich«, lache ich. »Den habe ich noch nie gehört.«
Sie strahlt stolz, dann ziehen Wolken auf. Für ein paar Sekunden verschwindet mein Mädchen wieder hinter einem vorpubertären Schleier. Dann kommt sie wieder zum Vorschein und sieht einfach nur verwirrt aus. Die Arme. Für einen Moment bekomme ich eine Ahnung davon, was ihr in den nächsten Jahren bevorsteht. Sie wird mich brauchen, und ich werde da sein und versuchen, ihr einen Teil von all dem zurückzugeben.
»Versprich mir aber, dass du eine gute Schauspielerin wirst. Deal?«
»Deal«, sagt sie ohne jeden Zweifel.
»Gut. Und jetzt zur Überraschung. Wir machen zusammen Urlaub. Wir müssen nur noch–«

Schon habe ich einen Körper im Arm, Arme um den Hals, Mund am Ohrläppchen.
»Wann?! Wann?! Wo?! Wo?!«
Sie rüttelt und zerrt an mir und vergisst sogar zu oinken.
»Wohin willst du denn?«
»Ich will …«
Sie verstummt, reißt die Augen auf und denkt angestrengt nach.

Eine halbe Stunde später haben wir wohl jeden Filmort der Erde abgehakt. Kalifornien, New York, Cannes, London – und wie es aussieht, sind wir auf die verrückte Idee gekommen, den irrsten Trip überhaupt zu machen, das Abenteuer der Moderne: Wir fahren eine Woche nach Mallorca. Der Keks will unbedingt dahin, also fahren wir dahin. Ich muss ihr versprechen, dass es nicht mehr als dreißig Tage dauert, bis wir losfahren, dann bringe ich sie nach Hause.
Vor der Tür umarmen wir uns, sie knutscht mich und schaut mich dann an.
»Wieso soll man im Karneval au-then-tisch sein?«
Damit haut sie mich mal wieder um.

Kapitel 43

Ich schließe die Wohnung auf, ignoriere die Tür zum Sonnenzimmer, gehe durch das Glaszimmer, stelle die Survivaltasche ab und lasse mich in meinen Sessel fallen. Mein Handy liegt in fünf Teilen auf dem Boden, daneben liegt ein Zettel, auf dem »Arschloch!« steht. Patrizias Handschrift. Ist nicht der erste Oneliner, den ich von ihr bekomme. Und hoffentlich nicht der letzte.

Der AB blinkt aufgeregt und kriegt fast einen Hirnschlag vor Überlastung. Total gestresst, der Arme.

»Entspann dich«, rate ich ihm und halte den Finger über den roten Löschknopf.

Manchmal ist die Vergangenheit nur ein Knopfdruck. Gar nicht schwierig. Doch dann drücke ich auf *Wiedergabe* und ziehe mir brav alles rein, es könnte ja was Gutes dabei sein. Hey, was ist das? Ich habe Hoffnung auf einen schönen Anruf? Es geht bergauf.

Anruf 1 bis 28 sind Anschisse von Buddy, die immer cooler werden, je länger das Meeting zurückliegt. Unterbrochen von ein paar dringenden Nachfragen von Diana, die immer dringlicher werden, je länger das Meeting zurückliegt. Unterbrochen von vorsichtigen Anfragen von Selma. Gefolgt von Nachfragen von Patrizia, die wissen will, ob ich wirklich weggefahren bin, die sich Sorgen macht und immer heftiger einen Rückruf verlangt.

Anruf 29: Meine Dachbarin teilt mir mit, dass eine Frau vom Schlüsseldienst die Tür aufmachen ließ. Sie hätte sich dazugestellt, um sicherzugehen, dass alles okay ist, aber ich soll sie doch bitte anrufen und bestätigen, dass alles okay ist.

Anruf 30: Sandra, die Redakteurin, bietet uns eine Läster-Hotline für die Dauer der Buchentwicklung mit Schulz-Äh und Pechvögel an. Wir könnten sie jederzeit anrufen. Tag und Nacht. Außerdem würde im Sender eine Wette laufen, dass wir noch vor der zweiten Fassung das Handtuch schmeißen werden.

Anruf 31: Eine Producerin will über ein Exposé sprechen, das wir ihr vor einem Jahr geschickt haben. Wir sollen uns schnell melden, es wäre eilig.

Anruf 32: Das Soaptalent hat meine Nummer herausbekommen und möchte mich wiedersehen. Es kommt mir vor, als wäre das in einem anderen Leben gewesen. Völlig bizarr der Gedanke, dass ich tatsächlich zu ihr gegangen bin, als ich jemanden gebraucht habe. Wie konnte ich nur so fertig sein?

Das war's. Keine aufgelegten Anrufe. Keine Nummernsperre. Meinem Puls ist das egal, also höre ich auch gleich die Mailbox ab.

Anruf 1 bis 25 sind fast identisch mit denen auf dem Festnetz. Schon lustig, dass wir es heute schaffen, dieselbe Emotion auf mehrere Mailboxen zu verteilen.

Anruf 26: Die Redaktion des Klatschmagazins ruft wieder an. Diesmal ist eine andere Frau dran. Eine freundlichere. Sie erklärt mir, dass es für die Öffentlichkeit wichtig sei zu erfahren, wie Prominente wirklich sind, und deswegen könnte ich doch in ihrer Sendung mein Herz ausschütten, von Mensch zu Menschen …

Anruf 27: Steffen hat mitgekriegt, dass es mir vielleicht nicht gut geht. Ich kann immer zu ihm kommen, auch wenn ich Stress mit Buddy habe. Wenn ich Hilfe brauche, soll ich ihn anrufen.

Anruf 28: Der Hauptdarsteller der Teenie-Horrorkomödie lädt uns zu seinem Geburtstag ein.
Anruf 29: Niels ruft besoffen aus einer Bar an und nuschelt, dass-er-mir-den-Hintern-versohlen-und-mich-dann-anständig-durchbumsen-wird. Ich hoffe, er hat sich verwählt.
Anruf 30: Marco fragt an, ob Patrizia Promo-Material hat. Er würde ihren Sound gern jemandem vorspielen, außerdem soll sie auf einem Monsterevent auflegen, zwar nur als Opener, aber immerhin.
Und Ende. Keine weiteren Anrufe. Keine Nummernsperre.
Zuerst rufe ich meine Dachbarin im Büro an und beruhige sie. Dann rufe ich Marco an und bedanke mich, weil er an Patrizia denkt. »Kein Ding«, sagt er, wir sollten uns unbedingt alle bald wieder sehen. »Ich freu misch drop«, sage ich. Er legt auf.
Ich rufe Niels an und rate ihm, sich ein Handy mit größerem Display zu besorgen oder sich endlich eine Brille zuzulegen. Er will wissen, wieso. Ich erzähle ihm von seinem Anruf. Er legt auf.
Dann rufe ich die Producerin an, um ihr zu sagen, dass ich zurzeit keine Aufträge annehme. Ich schaffe es nur bis zur Begrüßung, weil sie mir gleich reindrückt, dass mein Rückruf zu spät kommt, sie konnten nicht länger warten und haben einen anderen Stoff genommen. Ich wünsche ihr ein schönes Leben und lege auf.
Ich rufe die TV-Redaktion an und gebe mich bei einer Assistentin als Mitarbeiter eines Anwaltbüros aus, der wegen Belästigung diverser Klienten Klage gegen die Redaktion erheben wird. Wenn sie vorher dazu Stellung beziehen möchten, könne ihr Boss meinen Boss anrufen. Ich hinterlasse die Nummer des teuersten Medienanwalts der Stadt und lege auf.
Während meine Homestation bootet, rufe ich noch den Bringdienst an und lasse mir den Kühlschrank füllen. Soll

ich es wagen, meine Mails runterzusaugen? Nein, mir geht es zu gut. Kein Grund, daran etwas zu ändern. Stattdessen schließe ich den Laptop ans Netzwerk und sauge mir Buddys Treatment auf meine Homestation.

Der Kinderspielplatz unten wird langsam ruhiger und Buddys Treatment langsam zu unserem. Ich habe noch einen Verräter in die Geschichte eingebaut, um am Ende einen weiteren Twist zu haben. Die Auflösung ist gut, das Finale macht so richtig Laune, dafür hat der zweite Akt noch Löcher, durch die Willy in die Freiheit springen könnte. Aber das kriege ich hin, denn ich kann hier schreiben. Ich fühle mich gut. Es ist mein Zuhause. Mein. Zuhause. Nicht zu fassen, dass ich so lange ohne auskommen konnte. Der Bringdienst war da und hat den Kühlschrank aufgefüllt, aber ich bekomme Lust auf Pizza. Ich habe Hunger? Es geht bergauf.

Ich gebe beim Pizzablitz eine Bestellung auf, mit der man eine Kleinfamilie eine Woche durchfüttern könnte. Die freuen sich: »Herr Stern, lange nicht mehr angerufen, im Ausland gewesen? Schöne Grüße an Grace, sie war super neulich in dem einen Film, einfach super!« Ich verspreche, es auszurichten, und lege auf.

Kaum liegt der Hörer, klingelt das Telefon wieder. Erst als ich den Hörer am Ohr habe, merke ich, dass ich vergessen habe, die Nummer vorher zu checken. Bergauf ist gar kein Ausdruck.

»Hallo?«

»Hi«, sagt sie.

Hamburger Nummer. Ich lächele.

»Wollte nicht ich dich anrufen?«

»Hast du aber nicht«, sagt sie.

Ich schaue auf die Uhr.

»Wann hätte ich anrufen sollen, du kannst erst eben gerade

nach Hause gekommen sein. Außerdem haben wir uns vor vier Stunden noch gesehen.«

»Ja, damals«, sagt sie. »Was machst du?«

»Schreiben.«

»Und wie läuft es?«

»Gut.«

»Und wie ist es in der Wohnung?«

»Auch gut.«

»Wirklich?«

»Bis jetzt schon. Aber ich werde heute Nacht zum ersten Mal wieder hier schlafen seit … na ja.«

»Du schaffst das. Stell dir einfach vor, deine Wohnung ist der Strand und ich liege neben dir.«

»Danke«, sage ich.

»Ich habe nachgedacht«, sagt sie.

»Wahnsinn«, sage ich.

Sie lacht nicht.

»Äh, und worüber?«, schiebe ich nach.

»Du hast gesagt, dass dein Helfersyndrom ein Problem ist.«

»Darüber hast du nachgedacht?«

»Ja, denn es ist falsch. Wenn man heute jemandem hilft, hat man gleich ein Syndrom. Hört sich irgendwie krank an. Aber du bist nicht krank, nur weil dir nicht alles egal ist. David war immer alles egal. Wenn ich versuchte die Beziehung zu retten, hat er mich ausgelacht. Ich will etwas ändern, er pfeift auf alles, geht tanzen, und während ich mich zu Hause frage, was ich falsch gemacht habe, amüsiert er sich mit meiner Kollegin. *Das* sollte ein Syndrom sein!«

»Tod den Arschlöchern. Aber, hm, ich bin gerade am Arbeiten …«

»Ich wollte dir das nur mal sagen.«

»Danke.«

»War schön, dich zu treffen.«

»Tun wir bald wieder.«

»Das hoffe ich«, sagt sie.
»Bis bald.«
»Mach's gut.«
Ich lege auf und merke, dass ich lächele. Jemand, der mitdenkt. Jemand, der sich interessiert und einbringt. Das tut gut. Kein Wunder, dass die Arschlöcher das mitnehmen, wann immer sie können.

Kapitel 44

Draußen wird es dunkel und das Treatment immer flüssiger. Ich schreibe es schon so ausführlich, dass es schon fast für eine unformatierte Drehbuchfassung durchgehen kann. Dabei weiß ich, dass man Redakteuren nie zu viel anbieten darf, denn je mehr können sie kritisieren, aber ich kann mich einfach nicht beherrschen. Es ist so geil, wieder zu Hause zu arbeiten, und auch die Geschichte macht Laune. Ich kenne den Film bereits, er läuft auf meiner eigenen inneren Leinwand, und ich brauche nur noch zu schreiben, was ich sehe. Die Figuren sind wie alte Freunde. Keine Szene, in der ich erst überlegen muss, was jemand denkt, sagt oder tut. Ich liebe es.

In der Wohnung werden die Schatten immer schwärzer, und schon geht es in den Ecken wieder los. Jetzt weiß ich, wie Shyamalan auf die Idee zu *Sixth Sense* gekommen ist: Er hing in seiner Wohnung herum und schaute den Erinnerungen von seiner Ex zu und bildete sich ein, dass sie real seien, dabei hatte die Beziehung längst den Geist aufgegeben.

Nach der Monsterpizza und Nachos mit Salsa bin ich pappsatt, aber ich renne weiter zwischen Kühlschrank und Schreibtisch hin und her, denn jedes Mal, wenn ich mich bewege, verschwinden die Bilder für ein paar Minuten. Doch je stiller das Haus wird, desto kürzer werden die Abstände. Ich tue, als würde ich schreiben, und beobachte aus den Augenwinkeln, wie sie sich materialisiert. Sie wächst aus einem Schatten hervor, braun gebrannt, nackt bis auf ein

Handtuch, die Haare hochgebunden, lesend auf der Couch. Gott verdammt, es fühlte sich damals so groß und so richtig an …

Es klingelt an der Tür. Mein Blut friert ein. Herzstillstand. Sie dreht den Kopf und mustert mich. *Willst du nicht aufmachen?*

Als ich den Türsummer drücke, geht drei Etagen tiefer die Tür auf und ich höre Frauenschritte auf der Treppe nach oben kommen. Näher … näher …

Schwach wie ein Baby hänge ich am Türrahmen und sehe einen schwarzen Pony die Treppe hochkommen. Ab dem zweiten Treppenabsatz haben wir Augenkontakt, den sie nicht mehr bricht, bis sie vor mir steht.

»Hi«, sagt sie und lächelt von einem Ohr zum anderen.

Ich gebe die Tür frei. Lena geht in die Wohnung. Ich folge, schließe die Tür und schaue mich um. *Sie* ist verschwunden. Mag wohl keinen Besuch.

Sie dreht eine Runde durch die Wohnung und gibt den Anblick auf ihren Po frei, der heute Abend artgerecht in einer anschmiegsamen Cordhose gehalten wird. Dann lehnt sie sich an den Kühlschrank, lächelt mich an und deutet auf das Sofa.

»Wieso steht das Sofa auf dem Kopf?«

»Damit niemand darauf sitzen kann.«

Sie nickt, als würde das für sie einen Sinn ergeben. Sie mustert den Mac.

»Hast du gerade geschrieben?«

»Ja.«

»Lass dich nicht aufhalten. Ich wollte dir nur den Rücken freihalten.«

Ich schaue sie an, bis sie nervös lächelt.

»Was denn?«

»Ich kann nicht schreiben, wenn jemand im Raum ist.«

»Oh!«

Sie richtet sich auf. Einen erschrockenen Blick in den blauen Augen.
»Gut, dann ... Dann warte ich im Nebenzimmer?«
Ich werfe einen Blick zur Tür des Sonnenzimmers. Sie will da drin warten?
»... okay.«
Sie mustert mich unter der Haarkante.
»Ist es okay für dich? Ich dachte nur ... ich meine, ich hatte so ein Gefühl ... aber bist du sicher?«
Ich nicke.
»Gut gefühlt.«
Sie lächelt und geht los, doch zwischen den Türen bleibt sie noch mal stehen und lässt mir die Wahl. Links: Ausgang aus der Wohnung, rechts: Eingang ins Bett. Oh Symbolik.
Ich reiße mich zusammen und schicke ihr endlich ein Lächeln.
»Nur für das Protokoll: Wenn ich dich wegschicke, gehst du zum Bahnhof, setzt dich in den Zug und fährst wieder nach Hause?«
Sie schüttelt den Kopf.
»Wenn du mich wegschickst, gehe ich ins Hotel, komme morgen früh wieder, und dann frühstücken wir zusammen.«
Ich schaue sie an. Klingt das nach guter sauberer Freundschaft? Da muss ich dringend drüber nachdenken, doch da meine Hand auf die Schlafzimmertür zeigt, kann ich das wohl auch verschieben. Sie lächelt und verschwindet im Sonnenzimmer.
Ich gehe zurück und setze mich vor den Bildschirm. War was? Nein, da kam nur eben eine Frau, die mir gestern um diese Zeit noch fremd war, nach einem Flug und zwei vierstündigen Zugfahrten in meine Wohnung und ist ins Bett gegangen. Alles klar.

Seltsam, wie man Anwesenheit spüren kann. Ich sehe sie nicht, höre kaum was von ihr, und trotzdem ist alles anders, weil Lena im Nebenzimmer liegt. Manchmal bewegt sich ein Schatten, doch dann fühlt er, dass er in der Unterzahl ist, und verzieht sich. Als er nach einiger Zeit wieder den Kopf prüfend raussteckt, wird er von der Klospülung ins Schattenreich gespült.
Im Kühlschrank steht noch eine Flasche Freixenet aus alten Zeiten. Ein guter Zeitpunkt, um ihn mit den neuen zu konfrontieren. Ich schnappe mir zwei Gläser und gehe rüber.
Auf der Türschwelle zum Sonnenzimmer bleibe ich stehen und warte ... nichts. Ich stehe nur auf einer Türschwelle zu einem gelb-orangefarbenen Zimmer, in dem eine Sonnenlampe hängt. An der Wand klebt eine tote Mücke. Von *ihr* erschlagen. Staubflusen in den Ecken. Das Buch hat Eselsohren an mehreren Stellen. Neben dem Bett stehen meine Lieblingsschuhe. Das Fenster müsste geputzt werden. Eine braun gebrannte Fremde liegt in meinem Bett und liest Selim Özdogans *Trinkgeld vom Schicksal.* Geschmack hat sie auch noch.
»Hier kann man wirklich nur ins Bett gehen«, entschuldigt sie sich.
Ich nicke.
»Ist meine Masche. Ich lade mir immer Frauen ein und lasse sie hier drinnen fünf Stunden warten. Meistens drehe ich vorher noch die Heizung auf und nagele das Fenster zu.«
»Clever«, grinst sie.
Schon sitze ich auf der Bettkante und fülle die Gläser. Sie hat es sich bequem gemacht. Liegt da in Höschen und Shirt. Wieder ist es intim, sie so zu sehen, obwohl wir schon weiter waren.
Ich reiche ihr ein Glas.
»Auf die Syndrome.«
»Die guten«, sagt sie.

Wir stoßen an. Und schon fällt mir ein, wann ich das letzte Mal auf meiner Bettkante saß und mit jemandem angestoßen habe. Ein kleiner Stich, und schon ist es weg. Ich fühle mich gut. Ich fühle mich sogar sehr gut. Ich habe Lust, mir die Kleider vom Leib zu reißen und über sie herzufallen.
Sie lächelt unter der Haarkante.
»Woran denkst du?«
»Das Haus hat keine Parkgarage, also liegt es wohl an dir.«
Sie schaut mich verständnislos an. Jetzt weiß ich, wie Steffen sich fühlen muss. Redet ständig völlig logisches Zeug und muss sich dann schräg anschauen lassen. Ich streiche ihr über die Wange und lasse ihr die Flasche da.

Irgendwann wird es drüben still. Draußen ist es das schon lange. Ich arbeite mich zum zweiten Mal durch das Treatment und weiß, dass ich aufhören sollte, als ich mich dabei ertappe, den Payoff einer Subline zu schreiben, ohne den Bogen vorher geöffnet zu haben.
Ich schalte die Homestation aus, stehe auf und strecke mich. Und dann gehe ich mal eben rüber ins Sonnenzimmer. In mein Bett. Ich bin nüchtern und gehe in mein eigenes Bett. In dem jemand auf mich wartet. Verrückt.
Im schwachen Mondlicht kann ich nicht erkennen, ob sie die Augen offen hat, aber ich fühle, dass sie mich beobachtet, während ich mich ausziehe. Ich wünschte, meine Instinkte wären immer so wach gewesen.
»Ich mag dieses Zimmer«, flüstert sie.
»Ich auch«, flüstere ich zurück und rutsche ins Bett.
Da liegen wir. Seit Ewigkeiten habe ich zwei Decken und Kissen im Bett, daher wird man sich auch aus dem Weg gehen können, aber das ist nicht das, was unsere Körper vorhaben. Eigentlich bewegt sich niemand, doch plötzlich liegen wir Bein an Bein. Ihre Haut fühlt sich glatt und warm an.
»Danke fürs Kommen.«

Wieder spüre ich ihr Lächeln. Arm an Arm.
»Weißt du, was ich schon auf dem Hinflug an dir mochte?«, flüstert sie.
»Hm?«
»Du warst down und betrunken, aber du hast trotzdem nicht den Humor verloren. Das möchte ich von dir lernen.«
»Gut. Ich bin schwul.«
Sie gickelt, dabei bewegt sich ihr Körper an meiner Haut. Weich, glatt und warm. Und schon kommt ihr Gesicht näher. Ich rieche ihren Atem. Dann spüre ich ihre Lippen auf meinen, warm, lebendig. Ich küsse sie vorsichtig, genieße die unschuldige Erregung, die der erste Kuss auslöst. So verdammt lange her. Und schon bewegt sie sich unruhig. Und schon rutscht sie auf mich. Und schon kniet sie über mir. Und schon erobert ihre Zunge meinen Mund. Und schon hat sie von irgendwoher ein Kondom. Und schon rollt sie es auf. Und schon gleite ich in sie. Und schon bewegt sie sich drängend. Und schon krallt sie sich in meine Haare, und schon packe ich ihren Hintern, und schon bewegt sich ihr Becken wild, und schon tanzt ihre Zunge, und schon kommt Lovesound aus ihrer Kehle, und schon beginnt das große Stoßen, und schon wirft sie zitternd den Kopf in den Nacken – und schon sackt sie auf mich.
Da liegen wir. Ihr Herz klopft wild, ihr Schweiß tropft auf mich, und ich muss lachen. Ich liebe Sex. Ich liebe Sex. Ich liebe Sex.
»Können wir jetzt endlich schlafen?«
Sie lacht mich aus sich heraus. Sofort beginnt ihr Becken zu suchen. Ich greife runter, sie hebt sich etwas an, und schon bin ich wieder in ihr. Ich bewege mich leicht, streichele ihren Rücken, ihren süßen Hintern. Im schwachen Licht kann ich ihre Augen erkennen; ihre Pupillen mustern mich dunkel, ihre Zähne blitzen manchmal auf, wir lächeln uns an, spüren uns, weiches Eingrooven. Sie fühlt sich gut an, ich mag

ihren Geruch, ihren Lovesound ... muss ihn wiederhaben ... beginne zu stoßen ... Sie richtet sich auf, presst mir ihre Hände gegen die Brust und drückt mich auf die Matratze, bis ich still liegen bleibe. Ich schaue fragend zu ihr hoch. Sie grinst im Mondlicht auf mich runter.
»Nicht bewegen«, flüstert sie und hält sich dann selbst nicht dran.

Nach Sex regungslos. Liegen wie gefallen. Nur atmen. Riechen. Horchen. Schmecken. Genießen. Sein lassen. Es ist so verdammt ewig her und tut so verdammt gut. Ihr Gesicht liegt auf meiner Brust. Ihre Haare kitzeln meine Nase. Ich rieche in ihnen das Meer. Sie streichelt mich träge. Ein unbeschreiblicher Augenblick. Ich weiß es. Ich fühle es. Trotzdem bleibt mir nichts übrig, als den Moment zu breaken, um das verdammte Kondom zu fassen.
Ich hebe ihre Taille ein wenig an. Sie stöhnt. Ich ziehe das Ding ab, drehe mich ein wenig und lasse sie auf meinen Oberschenkel herunter, hübsch darauf bedacht, sie nicht aufnahmefähig in der Gefahrenzone zu platzieren. Scheiß Kontrolle.
Ich lasse das Ding neben das Bett fallen.
»Wie verhütest du?«
Ich spüre, wie sie auf meiner Brust lächelt, weiß den Zeitpunkt der Frage zu schätzen.
»Spirale.«
»Eine hormonhaltige oder eine normale?«
Sie kichert, dreht den Kopf und schaut zu mir hoch.
»Was bist du – mein Frauenarzt?«
»Ich frag ja nur.«
»Eine hormonhaltige. Zufrieden?«
»Ja. Gut«, sage ich.
Sie kichert wieder und bewegt den Kopf hin und her, aber ich meine es ernst. Falls wir uns entscheiden, das hier zu

wiederholen, können wir irgendwann das Plastik weglassen und komplett die Kontrolle verlieren. Perspektiven …
Sie rutscht höher, stützt sich auf die Ellbogen auf und mustert mich.
»Denkst du, es geht zu schnell?«
»Vorhin ja, jetzt nein, gleich wieder.«
»Ohoooo …«, lächelt sie
Sie rutscht höher und presst ihre Lippen auf meine. Warm. Weich. Nass. Und schon steckt ihre verspielte Zunge ihr Becken an. Und schon geht es wieder los …
Wenig später ertrinkt mein Bein. Sie lässt eine Hand hinuntergleiten und vergewissert sich, dass es stimmt, was ihr Bein ihr schon gemeldet hat. Und schon hat sie ein Kondom in der Hand. Und schon rollt sie es auf. Und schon liegt sie auf dem Rücken. Und schon bin ich in ihr. Und schon lächelt sie zu mir hoch. Und schon nehme ich ihr Gesicht in meine Hände. Und schon lächelt sie mich an. Und dann wird das Lächeln von etwas Schönerem ersetzt.

Glück … Manchmal ist es so einfach. Draußen kündigt sich der Tag an. Keine Schatten in der Wohnung. Sie liegt halb auf der Seite und hat ihren weichen Hintern gegen meine Lende gepresst. Seit ein paar Minuten bin ich wieder wach und massiere ihren Rücken und Nacken. Von Zeit zu Zeit schnurrt sie verschlafen. Mein Schwanz regt sich träge, und ich platze vor Dankbarkeit. Sie hat mich wachgerüttelt, wachgeritten, wachgeküsst. Ich habe eine Nacht genossen. Ich genieße einen Morgen. Ich will die Welt umarmen. So schmal ist der Grat zwischen Depression und Glück. So beruhigend schmal.
Ich knie mich hin, drehe sie auf den Rücken und ziehe mir einen ihrer Füße heran. Sie schnurrt leise, und ich nehme mir vor, daraus einen Dauerton zu machen.
Als ich mir ihren zweiten Fuß vornehme, ertönen »Hmmms«

und »Ahhhhs«, dass es eine Wonne ist, und mein Gesicht schmerzt von dem breiten Zum-Teufel!-Verdammt!-Caramba!-Das-Leben!-Grinsen. Himmel, habe ich das vermisst.
Ich beginne mich an ihrer Wade entlang zu küssen und folge der Schwerkraft. Dank Newtons Gravitationstheorie bin ich mir ziemlich sicher, wie das enden wird. Als ich ihre Knie passiere, stemmt sie sich auf die Ellbogen und schaut mich an.
»Komm her«, flüstert sie.
Ich rutsche zwischen ihre Schenkel.
»Stör mich nicht, ich bedanke mich gerade.«
Sie will etwas sagen, aber ich lasse einen Finger in die nasse Hitze rutschen. Sie stöhnt auf und lässt sich in die Kissen fallen. Und schon kommen ihre Hände herunter, packen meinen Kopf und ziehen mich in die Nässe. Nicht schwer zu überzeugen, dieses Mädchen.
Schon bald wird das Schnurren zu Lovesound. Meine Finger versuchen ihr zu zeigen, wie sehr ich sie mag. Meine Zunge dankt, wo sie nur kann, danke ... danke ... danke ... bis sie ihr Becken anhebt, sich an mich reibt und mich flutet. Mit einem Seufzen der Extraklasse lässt sie sich wieder aufs Bett fallen. Ich streichle ihren Bauch, küsse ihre zitternden Schenkel, atme ihre Lust ein.
Nach einer Zeit hebt sie den Kopf und grinst matt zu mir herunter.
»Danke schön«, sagt sie.
Ich muss grinsen.
»Du schmeckst lecker.«
Sie senkt den Kopf etwas, aber die Haarkante funktioniert nicht im Liegen. Während wir uns anschauen, senke ich meinen Mund. Ihre Augen werden größer, und als ich sie berühre, gibt sie ein merkwürdiges Geräusch von sich und fällt wieder aufs Bett. Sie greift mir fest in die Haare, und auch diesmal gibt es kein Vertun, wer das Sagen hat. Und schon lenkt sie

meinen Kopf in geheime Buchten. Und schon dirigiert sie meine Zunge mit kleinen Bitten. Und schon werden aus den Bitten Ansagen. Und schon werden aus den Ansagen Befehle. Und schon hebt sie ihr Becken, reibt ihre Möse an mich und zittert heftig. Und schon fällt sie wieder aufs Bett.
Ich drehe mich auf die Seite, gönne mir ein paar Handbewegungen und beglücke ihren linken Fuß. Himmel, wenn Daniel Day Lewis das wüsste. Ich lache. Schwerelos. Abgehoben. Mein Kopf auf ihren Bauch. Ein ... aus ... Es fühlt sich gut an, es fühlt sich richtig an ... ein ... aus ... Geschlossene Augen ... Frieden ... Glück ... seit tausend Jahren nicht mehr so entspannt ... schlafen ... endlich schlafen ...
»Hey.«
Ich öffne ein Auge und schiele an ihrem Bauch zu ihr hoch. Sie lächelt mich putzmunter an.
»Erzähl mir von ihr.«
Frauen, Mann, Frauen ...

Nach einer Herzinfarktdusche sitzen wir in große Handtücher gehüllt auf dem Balkon und schlürfen heiße Milch mit Honig. Über den Bäumen geht die Sonne auf, und unter uns erwacht zögernd das Viertel. Durchgevögelt, verschlafen, völlig entspannt, auf meinem Balkon mit jemand Gutem neben mir. Ich wünsche jedem Verlassenen da draußen ein solches Comeback.
Sie beobachtet mich unter einer nassen Haarkante und pustet in die Milch.
»Also, wie habt ihr euch kennen gelernt?«
Ich versuche mich zu erinnern. Ich weiß es genau, aber ich versuche mich wirklich zu erinnern. Und dann ist es da. Der Abend. Ich im Dunkeln auf dem Zuschauerpodest, sie im Scheinwerferlicht auf der Bühne. Unsere Beziehung von Anfang an treffend symbolisiert.
»Ich habe mir die Abschlussaufführung einer Schauspielklas-

se angeschaut. Eine schlechte Inszenierung – bis sie auf die Bühne kam. Sie spielte eine dreimal so alte Frau, und als sie ihren Monolog sprach ... es war ... also, man konnte wirklich fühlen, wie sich etwas anbahnte. Vom ersten Augenblick an hatte sie ein eigenes Tempo, einen eigenen Raum. Sie war so ... echt. Man glaubte ihr, dass sie eine alte Frau war, die jeden Morgen mit gebrochenem Herzen aufwacht; man glaubte, dass da draußen irgendjemand so dämlich gewesen war, *sie* zu verlassen. Man nahm ihr die Hoffnungslosigkeit und die Verwandlung zu einer herzlosen Egoistin ab. Vor meinen Augen wurde sie eins mit der Rolle oder bot mir eine glaubwürdige Projektionsfläche oder was auch immer, jedenfalls dominierte sie das Stück, ob sie Text hatte oder nicht, alle beobachteten nur sie, es war unglaublich.«
Ich hänge den Bildern nach, spüre einen Anflug von der Magie, die damals im Raum lag.
Lena rührt in der Tasse.
»Ist sie schön?«
»Ja.«
»Liebe auf den ersten Blick?«
Ich ziehe die Schultern hoch.
»Ich war damals gerade aus einer Serie ausgestiegen, in der die Schauspieler jede Nuance in den Regieanweisungen nutzten, um aus Melancholie Drama und aus Ironie Schenkelklopfer zu machen, und dann taucht jemand ohne große Berufserfahrung auf und spielt so exzellent ...«
Lena winkt ab.
»Du brauchst dich nicht zu rechtfertigen, nur weil du deine Ex toll fandest. Ich meine, ihr wart zusammen, da muss sie ja toll gewesen sein, wieso sonst sollte sie jemand wie dich bekommen?«
Dazu fällt mir nichts ein. Ich beuge mich vor und küsse sie. Sie drückt mich weg.
»Also weiter, sie hat dich beeindruckt ...«

»Ja«, sage ich und schaue sie an.
Nach einer Zeit verliert sie den Kampf, ein Strahlen bricht hervor, und sofort senkt sich die Haarkante. Sie rührt schnell in der Tasse.
»Und dann?«, murmelt sie.
»Nach der Aufführung haben wir uns unterhalten. Sie war unkompliziert, offen und neugierig, doch sogar die Dozenten, alles alte Hasen, hatten ihr auf der Bühne die frustrierte Hausfrau abgenommen, das faszinierte mich: Woher hatte dieses fröhliche Wesen diesen Blues? Wir haben die ganze Nacht geredet. Morgens haben wir uns dann geküsst und … ja.«
»Weiter«, sagt sie und trinkt mit gespitzten Lippen aus der Tasse.
»Wir waren zusammen, schauten Filme und arbeiteten. Ich schrieb, und sie spielte es vom Blatt. Es war die perfekte Symbiose, die ich mir immer erwünscht hatte; meine Arbeit, direkt ins Spiel umgesetzt. Ich gab ihr eine erste Fassung, und ihr Spiel war dann oft schon die zweite Fassung, es war … unglaublich!«
Ich denke an unsere Zusammenarbeit. Die schönste Art zu arbeiten, die ich je erlebt habe. Ich liebte sie, wenn sie meine Texte spielte, sie entwickelte, sie auf den Punkt oder darüber hinaus brachte.
Ich werfe Lena einen schnellen Blick zu. Sie nickt mir zu.
»Und …?«
»Ein paar Monate später sitze ich mit meinem Freund Niels im Casting und schaue ihm bei dem Versuch zu, die Hauptrollen für sein Regiedebüt zu besetzen. Die Produzentin besteht auf einen bekannten Namen, doch irgendwie passt keine der Schauspielerinnen auf die weibliche Hauptrolle. Am fünften Tag sind alle mit den Nerven runter und der Producer kurz davor, die Rolle an eine absolut talentfreie Person mit Teppichfusseln auf dem Rücken zu vergeben, da

hole ich sie rein. Ich habe sie auf meine Kosten einfliegen lassen, damit mir niemand einen Strick drehen kann. Sie spricht den Text, und als sie fertig ist, gibt Niels ihr die Rolle, worauf der Producer sich querstellt, weil sie unbekannt ist. Niels gibt nicht nach, also einigen sie sich darauf, dass die Produzentin zustimmen muss. Wir rufen die Produzentin an. Eine Stunde später kommt sie vorbei, hört fünf Minuten zu, gratuliert und geht wieder. Und da hatte sie die Rolle.«
Ich denke an diesen Augenblick. Wie glücklich wir waren. Der Anfang vom Ende.
Sie mustert mich.
»Und der Film wurde gedreht?«
Ich schaue über die Baumkante, wo die Sonne immer voller wird.
»Ja.«
»Und sie hat die Hauptrolle gespielt?«
»Ja.«
»Also habe ich sie wahrscheinlich im Kino gesehen?«, fragt sie.
»Du und ein paar Millionen andere.«
Darüber denkt sie kurz nach. Ich sehe ihr an, dass sie drauf kommt. Sie weiß Bescheid. Und sie vergleicht sich. Kann sie mit dem neuen Liebling der Deutschen mithalten?
»Und dann?«
Ihre Stimme klingt etwas rauer. Sie hält die Tasse, ohne zu trinken, und hat sich hinter der Haarkante vergraben.
»Willst du das wirklich hören?«
Sie nickt, aber mir wird endlich klar, dass es vielleicht etwas Sinnvolleres gibt, als jetzt von meiner Ex zu schwärmen.
»Wir hatten eine schöne Zeit. Dann kam der Film in die Kinos. Der Film räumte ab, sie räumte mich ab, und jetzt lebt sie mit einem Schauspieler in Berlin.«
Lena wartet geduldig. Bis sie merkt, dass nichts mehr kommt. Dann lehnt sie sich vor und küsst mich.

»Danke.«
»Gern.«
»Auch für alles andere.«
»Auch gern.«
Sie lächelt.
»Vielleicht sollte ich mich mal anders bedanken?«
»Später.«
Ihre Augen funkeln unter der Haarkante. Dann rückt sie ganz nahe an mich heran, setzt ihre Lippen an mein Ohr und flüstert:
»Ich möchte doch nur ein bisschen an deinem schönen großen Schwanz lutschen ...«
Schon steht er mir. Laufen da draußen wirklich noch Frauen herum, die Männer für kompliziert halten?
Ich trage sie ins Sonnenzimmer, reiße ihr das Handtuch weg und schmeiße sie aufs Bett. Sie sieht, dass ich nach der Packung greife und schüttelt den Kopf.
»Dafür brauchen wir keines.«
»Ich schon«, sage ich.
In ihren Augen blitzt es verletzt auf, doch bevor sie weiter darüber nachdenken kann, habe ich das Ding drauf, bin auf ihr, halte ihre Hände hinter ihrem Nacken fest und dränge mich zwischen ihre Schenkel. Sie spreizt sie bereitwillig und nimmt mich stöhnend auf.
Kaum bin ich in ihr, bleibe ich still liegen und schaue ihr in die Augen. Wir liegen Mund an Mund, Auge an Auge, und ich spüre, wie die Lust in ihr wächst. Sie beginnt unter mir zu zucken, bis alles Schnurren, Stöhnen, Betteln ist und sie immer heftiger Bewegung einfordert. Ich genieße es, wie geil es mich macht, sie betteln zu lassen, genieße die Vorfreude, ihr gleich geben zu können, was sie so dringend braucht. Jemand hat ihr wehgetan. Jemand hat mir wehgetan. Doch das war gestern, und heute tut es gut. In meinem Leben, in meinem Zimmer, in meinem Bett. Ich lasse los.

Wir vögeln wild, laut und sexy. Es ist so weich und fest und heiß und geil und alles ist Leben und gleich werde ich kommen und ... sie bewegt sich nicht mehr!
»Hey!«, stöhne ich verzweifelt.
»Warte mal ...«, kichert sie.
»Na, klar ...«, stöhne ich.
Ich stemme mich auf die Ellbogen und versuche im Groove zu bleiben.
»Warte doch mal, hörst du das nicht?«
Sie deutet breit grinsend zur Decke, und da höre ich es auch. Über uns wird gevögelt, was das Zeug hält.
»Wir inspirieren deine Nachbarn!«, prustet sie.
»Fang jetzt bloß nicht an zu lachen«, flehe ich sie an.
»Ja ... gut ...«, lacht sie.
Ich stöhne verzweifelt, presse sie auf die Matratze, versuche drin zu bleiben, doch dann gibt meine Dachbarin oben ein langes klagendes Jaulen von sich. Lena lacht hysterisch, und raus bin ich.
Ich fluche die Decke an, über der meine Dachbarin vielleicht gerade abgeschlachtet wird. Verdient hätte sie es. Mein Körper zuckt, ich muss so was von dringend kommen ... aber ich kann doch nicht ... nicht schon wieder ... was soll sie von mir halten ... wir gehen zusammen ins Bett, und ich mach's mir ständig selber? ... Aber, verdammt, ich *muss* jetzt kommen!
Ich greife runter. Sie schlägt mir auf die Hand, umfasst mich und grinst.
»Lust auf Gruppensex?«
»Tiere, Tote, egal!«, stöhne ich und bewege mich in ihrer Hand.
Sie kichert, führt mich glatt ein, legt ihre Hände um meinen Nacken und lächelt mich an.
»Na, dann ... fick mich.«
Ich tue ihr den Gefallen. Verdammtes Helfersyndrom.

Kapitel 45

Helles Licht. Sonne knallt auf mein Bein. Die Vögel singen. Etwas riecht gut. Ich öffne ein Auge. Ein gelbes Zimmer. Ein Fenster mit einem Baum davor. Mein eigenes Bett. Eine Suppenschüssel Mokka.

»Morgen.«

Sie sitzt auf der Bettkante und lächelt mich unter der Haarkante an. Nasse Haare, Zahnpasta im Mundwinkel, nur mit einem meiner Hemden bekleidet. Ich stemme mich auf, lehne mich an die Kissen an der Wand, nehme die Schüssel entgegen und probiere den Kaffee.

Sie lächelt mich an. »Gut geschlafen?«

Ich nicke. Vor allem mit ihr. Und Kaffee kochen kann sie auch. Ich hebe die Tasse leicht an.

»Schatz, das hier ist wirklich eine edle Bohne.«

Sie lächelt.

»Harrison Ford in *Der einzige Zeuge.*«

Ich starre sie an. Sie zuckt die Schultern.

»Das Geld fürs Studium habe ich mir in einer Videothek verdient. *Der einzige Zeuge* habe ich mir bestimmt zwanzigmal angeschaut. Harrison Ford war mein Mädchentraum.«

»Kann ja nicht lange her sein«, sage ich.

Sie versenkt gespielt schüchtern die Haarkante.

»Und, wie war das junge Ding?«, lispelt sie.

»Eng.«

»Nur, weil er so unheimlich groß ist«, wispert sie.

Er hört, dass ihn jemand groß nennt, richtet sich verwundert auf und schaut sich neugierig um. Lena gibt mir einen versauten Blick und legt dann wieder die Haarkante drüber. Nicht zu fassen, in einem Augenblick schüchtern, im nächsten Moment dann so was.

Ich nehme noch einen Schluck Kaffee, bin aber abgelenkt, weil sie mich streichelt. Ich stelle die Schüssel ab, doch sie wirft einen Blick auf die Uhr und zieht bedauernd die Schultern hoch.

»Wir müssen das leider verschieben.«

»Wir sehen uns wieder?«

Sie nickt und drückt ihn.

»Ich werde schon bald diesen schönen Schwanz lutschen, wetten?«

Er nickt in ihrer Hand. Sie lächelt zufrieden.

»Siehst du, ich habe ein rotes Telefon zu deiner Lustzentrale.«

»Na, dann hoffe ich mal, du bist 'ne Quasselstrippe.«

»Also, wenn ich erst mal so richtig ins Quatschen komme …«

Und so albern wir weiter, während sie sich anzieht. Als sie angezogen neben dem Bett steht und auf das Taxi wartet, überfällt sie dann doch plötzlich ein Gefühl der Dankbarkeit, und schon stecke ich in ihrem Mund. Sie hat nicht viel Zeit und saugt und leckt und wichst und kratzt, dass es eine Wonne ist, und die ganze Zeit frage ich mich, wie ich es ihr schonend beibringen kann. Eine Ex hat mir mal gesagt, ich sei der undankbarste Kerl, dem sie je einen geblasen hat. Sie meinte damit, dass sie es gewohnt war, dass Männer es großartig fanden, wenn sie ihnen einen blies. Find ich auch. Aber man ist so weit von einander weg.

»Zieh dich aus und komm her.«

Sie schüttelt den Kopf, ohne innezuhalten.

»Keine Zeit«, nuschelt sie.

»Ich will aber was anderes.«

Wieder blitzt kurz ein verletzter Ausdruck in ihren Augen auf. Sie wird langsamer, küsst noch und schaut fragend zu mir hoch, während sie mich streichelt.
»Gefällt es dir nicht? Mache ich etwas falsch?«
Was man in dieser Situation auch sagt, es wird eh missverstanden, also …
»Hey, Süße, du bläst wie ein Orkan! Nachher werde ich als Erstes eine Versicherung gegen Sturmschäden abschließen. Gut, hier und da hab ich einen Zahn gespürt, aber nichts, was eine gute Zahnspange nicht wieder richten kann.«
Sie schaut regungslos zu mir hoch. Ich rolle mit den Augen, wackle mit den Augenbrauen und grinse wie ein Idiot. Die volle Grouchonummer. Ein schwaches Lächeln erscheint auf ihren Lippen. Ich stelle Groucho wieder ab und streichele ihr über die Wange.
»Süße, mir ist jetzt nicht nach einem Blow. Ich will in dir sein und dich dabei küssen, ich will deine Brüste auf meiner Brust spüren, deinen Atem riechen, dir beim Vögeln die Zunge in den Mund stecken und dir in die Augen schauen, all das will ich, oder ich warte lieber auf unser Wiedersehen.«
Die Haarkante weiß nicht, ob sie sich senken oder heben soll. Schließlich lächelt sie.
»Oh Mann. Also, wir haben etwa eine Minute und du meinst, ich soll mich ausziehen, ja?«
Ich nicke. Sie springt aus dem Bett und streckt mir die Hand entgegen.
»Komm!«

Mit wippenden Schwanz ein Sofa umzudrehen ist eine der Sachen, die ich mir lieber nicht bildlich vorstelle, aber Lenas Lust scheint es nichts auszumachen, denn sie erklärt mir in einem fort, wie sehr sie es jetzt braucht, wie sehr sie es jetzt haben will, wie verdammt noch mal sehr sie es mir gleich besorgen wird. Ihre Leidenschaft wäre bestimmt ansteckend, wenn es irgendeine Stelle an mir gäbe, die man noch anstecken könnte.

Kaum steht das Sofa auf den Füßen, schon tritt sie sich einen Schuh vom Fuß, zieht sich die Hose von einem Bein, klemmt sich das Shirt über die Brüste und wirft sich auf den Rücken. Sie liegt schneller da, als ich das verdammte Kondom aufrollen kann.

Sie schiebt den Slip zur Seite.

»Schnell!«

Ich rutsche zwischen ihre Beine und höre im selben Augenblick, wie unten ein Taxi vorfährt. Die Uhr läuft.

Keine zwei Minuten später taumeln wir schwer atmend zur Tür. Der Taxifahrer klingelt zum zweiten Mal, diesmal genervt.

»Sie kommt gerade runter«, sage ich in die Gegensprechanlage.

»Aber hallo!«, kichert Lena neben mir, während sie ihre Hose zuknöpft.

Ich küsse sie.

»Gut, dass du gekommen bist.«

»Und wie«, lächelt sie.

Sie gibt mir ein zufriedenes, dreckiges Grinsen. Ich schüttele den Kopf.

»Und dich habe ich für ein junges unschuldiges Ding gehalten ...«

Sie löst sich aus der Umarmung.

»Dazu mehr am Wochenende.«

»So, so, am Wochenende.«

»Dann werde ich mich ausführlich bedanken«, sagt sie.

»Was ist denn aus der netten, sauberen Freundschaft geworden?«

»Etwas Besseres. Und darum musst du mit ihr reden.«

Ich schaue sie an.
»Mit wem?«
»Du schleppst sie noch mit dir herum. Sie nimmt Raum ein. Klär das. Wir brauchen Platz.«
Ich schaue sie an. Irre ich mich, oder übernimmt hier jemand gerade das Kommando?
Der Taxifahrer hupt genervt. Lange wartet er nicht mehr. Ich werde nie verstehen, wieso die Jungs nicht einfach die Uhr anmachen und ein gutes Buch lesen.
Sie drückt ihre Lippen kurz auf meine.
»Wochenende«, sagt sie, und schon verschwindet ein schwarzer Wuschelkopf die Treppe runter.
Ich bleibe in der Tür stehen, horche nach ihren Schritten, meinem Gefühl, ihren Worten. »Platz machen ...«
Das Telefon breakt den Augenblick. Ich gehe rein und schnappe mir den Hörer.
»Ja?«
»Bist außer Atem, was ist denn los?«
»Was soll sein?«
»Ohhhoooooo...!«, flötet Buddy. »Tolle Nacht gehabt, ja? Wie heißt er denn? Und wie hat er in deiner Straße einen Parkplatz für seinen Truck gefunden?«
»Verdammt, was willst du!«
»Nur mal fragen, wie es so läuft.«
»Tschüss.«
»Ich bin schwanger, Vik.«
»Wusste ich.«
»Dieses Skript finanziert meine Schwangerschaft.«
»Buddy«, stöhne ich. »Es läuft super, und wenn es Probleme gibt, erfährst du es als Erste. Grüß Steffen.«
Ich lege auf und atme durch. Ich bin auf diese Art übermüdet, auf die man nur übermüdet wird, wenn der Grund für den Schlafmangel ein schöner ist. Muskelkater im Gesicht, vom Lachen und Lecken. Mein Schwanz ist wund, in der Woh-

nung riecht es nach jemand. Jemand Gutem. Ich beschließe, dem Ganzen die Krone aufzusetzen.
Während ich die Wanne einlasse, merke ich, was ich vergessen habe. Ich muss lachen, als ich das Kondom abziehe, und habe kurz den irren Gedanken, es aufzuheben, es in zwanzig Jahren hervorzukramen und ihr hinzuhalten: Hier, weißt du noch, Schatz? *Ein benutztes Kondom aufheben?! Es ihr in zwanzig Jahren zeigen?! Ihr. In zwanzig Jahren.* Oh, ohh …

Durchgevögelt und übernächtigt mit einem dämlichen Grinsen in einer Wanne zu liegen ist Gott. Manchmal habe ich das Gefühl, verliebt zu sein. Verrückt, wie schnell alles geht. Dabei kenne ich Lena ja gar nicht. Soll ich mich so schnell einlassen? Sie so schnell reinlassen? Für einen Augenblick blitzt ein Bild auf, wie Lena herkommt, um mir zu sagen, dass sie wegzieht und einen anderen hat.
»Und das ist das Problem, das Verlieben«, sage ich. »Sich in jemanden zu verlieben, den man kaum kennt, und eine Zeit glücklich zu sein, um dann desillusioniert zu werden, wenn man sich kennen lernt – macht das Sinn? Was hat die Natur sich dabei gedacht? Gibt es Verliebtheit nur, um die Menschheit zu erhalten? Hatte die Natur Angst, dass die Menschheit sich sonst nicht vermehrt? In dem Fall braucht die Natur dringend mal ein Update. Erst recht, so lange sie etwas wie Pechvögel hervorbringt.«
Ich lache. Alles klar. Ich liege in der Wanne und rede mit mir selbst. Ihren Geruch in der Nase. Ihren Lovesound im Ohr. Es tut so gut. Und sie hat ja Recht.

Kapitel 46

Als sie die Tür öffnet, sehe ich, dass ihre Gefühle echt sind. Die Freude. Der kurze Moment der Angst. Doch dann hat sie sich wieder unter Kontrolle, breitet die Arme aus und schickt mir dieses unglaubliche schiefe Lächeln.

»Baby!«

»Nenn mich nicht so.«

Sie lässt die Arme sinken, lächelt aber weiter.

»Richtig. Schön, dass du da bist. Wirklich, ich freu mich!«

Es ist wie in einem Traum. Einhundert Nächte lang habe ich mir ausgemalt, dass sie der Antichrist persönlich ist, doch jetzt steht eine wunderschöne Frau vor mir und freut sich, mich zu sehen. Und ich glaube es ihr. Alles so verdammt glaubwürdig, so verdammt schön.

Sie lächelt schuldbewusst.

»Ich wollte mich schon so oft bei dir melden, aber ich wollte nicht, dass es dir schlecht geht.«

»Tolle Taktik.«

Sie zieht die Schultern ein kleines Stück hoch.

»Du hattest mir verboten, mich bei dir zu melden.«

»Weil ich wollte, dass du diese Regel brichst. Wie du all die anderen gebrochen hast.«

Sie verzieht das Gesicht, sagt aber nichts dazu. Wir mustern uns. Hässlicher ist sie nicht geworden. Helle Jeans, ein gelbes Seiden-Shirt, die Haare im Zopf, nackte Füße in gelben Turnschuhen. Schlicht und einfach, aber auf der Straße

würden sich die meisten Männer nach ihr umdrehen. Die meisten Frauen vermutlich auch.
»Hast du meinen Brief bekommen?«
Ich nicke.
»Den zu meinem Geburtstag? Doch, klar, geiles Timing. Hat mir den Tag versaut. Was soll's, war nur mein Geburtstag. Danke noch mal.«
Sie tritt einen Schritt zurück, und sie hat Recht. Wenn ich so weitermache, kann ich ihr auch einfach eine scheuern und wieder gehen. Rein oder raus. Reinhauen oder rausgehen.
»Bekomme ich einen Kaffee?«
Sie gibt die Tür frei, bleibt aber stehen. Ganz alter Trick, doch er funktioniert: Als ich an ihr vorbeigehe, rieche ich sie, und sofort hämmern von allen Seiten Erinnerungen auf mich ein. Mein Herz fühlt sich wie der Sandsack von Max Schmeling, und irgendwas ist mit meiner Atmung. Ich rette mich über die Zeit, indem ich mir die Wohnung interessiert anschaue. In jedem steckt ein kleiner Schauspieler.
Die Wohnung ist Berlin pur. Eine hohe Fabrikhalle mit einer schmutzigen Glasfront, durch die man auf eine graue Hauswand schauen kann, wenn man möchte. Im Raum stehen Möbelstücke verschüchtert herum. Esstisch, Stühle, eine Küchenzeile, eine lange Fensterbank, eine römische Couch, drei Kleiderschränke, ihr Schuhschrank, ein überdimensionaler Spiegel und ein Bett. Neben dem Kondome liegen.
Sie steuert die Couch an. Ich setze mich an den Tisch. Sie kommt zurück und setzt sich mir gegenüber. Sie zieht eine Zigarette aus der Packung und klopft sich damit zerstreut auf die Lippen. Die Streichhölzer liegen zwischen uns auf dem Tisch.
»Also, wie geht es dir?«
»Lass uns nicht mit so einem oberflächlichen Scheiß anfangen.«

Sie nickt sofort.
»Richtig. Also, wieso bist du hier?«
Sie steckt sich die Zigarette zwischen die Lippen und mustert mich.
Gute Frage. Tausendmal habe ich mich gefragt, was ich tun werde, wenn ich sie wiedersehe. Eine Zeit lang wollte ich sie anbetteln, eine Zeit lang wollte ich sie verprügeln. Manchmal wollte ich ihr Schuldgefühle machen, manchmal wollte ich ihr so wehtun, wie sie mir wehgetan hat. Oft wollte ich sie flachlegen. Jetzt schaue ich sie an und bin völlig leer im Kopf. Leer. Bis auf eine Frage.
»Warum?«
»Warum, was?«
»Warum hast du mich verlassen?«
Ihr steht die Überraschung ins Gesicht geschrieben.
»Ich habe dich nicht verlassen.«
Sie hat mich nicht verlassen? Mein Herz springt, das dumme Ding. Aber trotzdem, hallo? Ich habe mir alles nur eingebildet? Dann sind wir noch zusammen? Mein Herz springt zur Sicherheit noch mal.
»Du hast also nicht deine Sachen gepackt, bist nicht nach Berlin gezogen, und hast keine Affäre mit einem Kollegen angefangen?«
Sie sieht was in meinen Augen und fasst nach meiner Hand.
»Ach, Baby ...«
»Nenn mich nicht so.«
Sie zieht ihre Hand zurück und lächelt schwach.
»Die Affäre war ein Versehen. Hab ich dir in dem Brief doch erklärt. Niemand hat unter dieser Sache mehr gelitten als ich.«
»Doch.«
Sie zuckt leicht zusammen.
»Ja, richtig. Was ich meinte, ist, ich wollte dir nicht wehtun und ... du fehlst mir.«

»Das sehe ich«, sage ich und werfe einen Blick zu der Kondompackung.
»Das hat doch mit uns nichts zu tun«, sagt sie.
Fast muss ich lachen.
»Du packst deine Sachen und ziehst in eine andere Stadt, um mit jemand anderem zusammenzuleben, aber du hast mich nicht verlassen?«
Sie fummelt ein Streichholz aus der Packung und gibt sich Feuer. Sie atmet den Rauch tief ein, schnippt das Streichholz in einen silbernen Aschenbecher und pustet den Rauch schief aus dem Mund, damit er nicht zu mir rüberzieht. Sogar das sieht bei ihr gut aus. Dann mustert sie mich regungslos. Hatte ich schon vergessen. Immer wenn sie in der Klemme steckt, macht sie erst mal nichts und setzt so ihre Interessen durch. Ich bin ja schließlich auch hier, ohne dass sie etwas dazu beigetragen hat. Aber diesmal kann ich warten.
»Mein Leben hatte sich verändert«, sagt sie schließlich. »Unsere Beziehung musste sich dadurch zwangsläufig auch verändern. Aber ich habe dich nicht verlassen. Hättest du mir nicht verboten, mich zu melden, hätte ich es dir erklären können.«
Ich tippe mir an die Stirn.
»Ich, Doofie, ich. Wenn ich mir so vorstelle, dass der ganze Scheiß der letzten Monate nur ein Kommunikationsproblem war ...«
Der Sarkasmus prallt an ihr ab.
»Natürlich nicht nur. Sicherlich sind wir nicht mehr so zusammen wie damals, aber ... ich habe eben nicht das Gefühl, dass wir uns getrennt haben.«
Ich ziehe die Augenbrauen hoch.
»Sondern?«
Sie pustet schiefen Rauch aus.
»Verändert.«
Ich starre sie an. Sie nickt.

»*Was mich fertig macht ...* hat alles verändert: mein Leben, meine Möglichkeiten, meine Bedürfnisse, alles. Alles hat sich verändert, nur du dich nicht. Du wolltest keine Veränderungen.«

»Dass jemand in einer Beziehung einfach aufsteht und in eine andere Stadt zieht, nennst du Veränderung? Dass man nicht mehr gemeinsam entscheidet, nennst du Veränderung?«

»Vik, ich will Filme machen, ich kann nicht in einer Fernsehstadt leben.«

»Du hättest mich fragen müssen, ob ich auch nach Berlin will.«

Die Zigarette verharrt auf dem Weg zu ihren Lippen, und ihre Augen fixieren mich überrascht.

»Wärst du mitgekommen?«

»Vielleicht. Ich habe dich geliebt.«

»Das hast du nie gesagt.«

»Das habe ich dir jeden Tag gesagt.«

»Das mit Berlin, meine ich«, sagt sie glatt und zieht.

Ich kann nicht verhindern, dass ich verbittert ausatme.

»Du hast mich nicht gefragt. Du hast mich nicht einbezogen. Du kommst eines Tages an, sagst, dass du eine Affäre hast und nach Berlin gehst. Erst besorge ich dir die Rolle in dem Film, und dann kickst du mich genau deswegen aus deinem Leben!«

Sie breitet die Hände aus.

»Ach, Ba... glaub mir, es tut mir so Leid, dass du darunter gelitten hast, aber so eine Chance bekommt man nur ein Mal im Leben. Ich musste das machen! Hier geht seitdem die Post ab! Hier passiert etwas ganz Besonderes, und ich bin Teil davon!«

Sie atmet schneller, und ihre Wangen haben ein bisschen Farbe bekommen.

»Du warst vorher auch Teil von etwas Besonderem.«

Ihr Blick wird weicher.
»Richtig. Und wie. Aber das hier ... ich musste diese Chance doch nutzen, ich *musste!*«
Sie lehnt sich vor und legt ihre Hand auf meine. Ich ziehe sie weg. Sie wirkt nicht, als ob sie das verletzt. Sie nimmt es eher zur Kenntnis und mustert mich prüfend, während sie die Zigarette im Aschenbecher ausdrückt. Dann streckt sie beide Hände aus, hält sie über meine Hände und schaut mich an. Ich bewege mich nicht. Sie lässt die Hände sinken, bis sie meine Hände berührt und dann hält.
»Ich weiß, dass ich dich verletzt habe, und es tut mir so Leid. Noch nie hat sich jemand so auf mich eingelassen wie du, und ich lasse dich allein. Mir ist auch bewusst, dass wir uns die letzte Zeit nur um mich und meine Karriere gekümmert haben, aber das alles war doch nicht nur *mein* Ding! Es hat dir doch auch Spaß gemacht, mir zu helfen. Du warst doch so happy, als ich die Rolle bekommen habe, und, Baby, dein Einsatz hat sich gelohnt! Du wolltest, dass ich glücklich bin, und ich *bin* glücklich! Ich habe meinen Beruf gefunden, meine *Berufung*! Ich werde viel Geld mit etwas verdienen, das ich auch umsonst machen würde! Ich werde die Welt sehen, und wenn ich Kinder habe, werden sie in einem Haus im Grünen aufwachsen, mit Pferden und ...«
Sie sieht irgendwas in meinem Gesicht und bricht ab. Aber ich bin nicht verletzt, weil sie irgendwann mit jemandem Familie haben wird und ich nicht dieser Jemand sein werde. Ich bin fassungslos, weil ich so ein verdammter Trottel bin! Ich kann es einfach nicht glauben! *Genau* dieselben Gespräche habe ich in meinen früheren Beziehungen geführt – *nur anders herum*! In meinen früheren Beziehungen wurde mir ständig vorgeworfen, meine Träume auf Kosten der Beziehung auszuleben. Ich habe meine Freundinnen geliebt, doch ich habe stets die Bedingungen diktiert, und wenn die Band auf Tour fuhr, fuhr ich, egal welche privaten Probleme sich

dadurch ergeben haben. Grace ist nur so, wie ich damals war – zuerst kommt die Selbstverwirklichung, dann die Partnerschaft. Wie konnte ich das die ganze Zeit übersehen?
Ich lehne mich zurück, entziehe mich ihrer Berührung.
»Es tut mir Leid«, sagt sie.
Ich nicke geplättet. Mir auch, verdammt noch mal, wie blöd kann man sein? Ich konnte damals nie die Einwände meiner Freundinnen verstehen, Musik war schließlich mein Baby, Musik machte mich *glücklich,* und die Frau, die mich liebte, gönnte mir das nicht? Und nach tausend Beziehungsgesprächen, Vorwürfen, Tränen, Streitereien und Versöhnungen gerate ich an eine Frau, die ihre Selbstverwirklichung auf Kosten der Beziehung auslebt, und schon sitze ich da wie ein gottverdammter Schuljunge und zerfließe in Selbstmitleid?! Nur gut, dass man mit dem Alter immer klüger und so unglaublich scheiß lebenserfahren wird.
Sie mustert mich.
»Woran denkst du?«
»Ob ich dir wegsterbe, bevor du endlich den verdammten Kaffee fertig hast. Mann, als Hausfrau taugst du wirklich nichts.«
Ihre Augen weiten sich. Sie starrt mich an. Dann schließt sie die Augen und lacht.
»Jesus, ich habe deine Witze so vermisst.«
»Welchen Witz?«
Sie steht gickelnd auf und geht zur Küchenzeile, doch dann kriegt sie einen Lachanfall. Sie steht an der Küchenzeile und krümmt sich, während sie sich frei lacht. Das habe ich an ihr geliebt. Zu jeder Tageszeit an jedem Ort – immer war sie fähig, von einer Sekunde auf die andere einen hysterischen Lachanfall zu bekommen. Ihre Art, Spannungen rauszulassen. Schwierig, sich nicht anstecken zu lassen. Viele schöne Frauen sind damit beschäftigt, schöner auszusehen, und wenn dann eine Schönheit wie Grace darauf pfeift und sich

vor Lachen nur so wegwirft, liegen die Menschen ihr zu Füßen. Manchmal auch eine ganze Nation.
Schließlich schafft sie es, zwei Tassen Kaffee zu machen. Instant, wie alles in ihrem Leben. Als sie sich wieder setzt und nach einer neuen Zigarette greift, wirkt sie entspannter. Sie gibt sich sogar gleich selbst Feuer, inhaliert tief und lächelt mich schief an. Mein Herz stolpert … fängt sich … stolpert …
Sie atmet schiefen Rauch aus und lächelt mich kopfschüttelnd an, als könnte sie es einfach nicht glauben. Willkommen im Klub.
»Oh, Vik … es ist schön, dass du da bist. Ich will dich nicht verlieren. Du bist mein Entdecker, mein … Freund. Ich bin dir so unbeschreiblich dankbar. Gib mir die Chance, dir von meinem Glück abzugeben. Lass uns zusammen sein, wenn auch anders, als wir es geplant hatten. Oh Baby, das würde mir so viel bedeuten, und es wäre auch gut für dich, glaub mir.«
»Klar«, sage ich und trinke einen Schluck Starkaffee.
Sie nickt heftig und richtet die Zigarette auf mich.
»Gut für dich, gut für mich, einfach gut. Wenn du willst, wird es so wie früher.«
Ich lasse die Tasse sinken.
»Was soll das denn heißen?«
Sie beißt sich auf die Lippe und zieht die Schultern ratlos hoch.
»Ich weiß nicht … noch nicht. Aber wir gehören doch zusammen, oder? Und ich brauche dich hier. Ich vertraue dir. Ich möchte, dass du einen Job in meiner Firma übernimmst.«
»Deiner Firma«, sage ich.
Sie nickt.
»Meiner Produktionsfirma.«
Diesmal lache ich.
»Für wen hältst du dich – Madonna? Du hast gerade mal zwei

Filme gedreht, einer davon ist noch nicht mal im Kino, und schon gründest du eine eigene Produktionsfirma?«

Sie nickt ernst.

»Ich will selbst entscheiden, welche Bücher ich spiele. Ich will mehr Kontrolle und mehr künstlerische Freiheit. Das geht nur mit einer eigenen Firma, und es ist bereits alles geregelt, die Räume sind angemietet, die Verträge unterschrieben. Ich brauche nur noch jemanden, der den Laden schmeißt.«

Ich lache richtig los. Sie schaut verwirrt drein.

»Was?«

»Nach den beschissensten Monaten meines Lebens komme ich hier her und du machst mir ein gottverdammtes *Jobangebot*?!?«

Sie zieht die Schultern hoch, als wäre es das verdammt Normalste der Welt.

»Wenn ich noch einen Hit lande, baue ich ein kleines Netzwerk von Firmen auf, mit denen man billig produzieren kann. Du könntest deine eigenen Bücher verfilmen.«

Sie drückt die viertelgerauchte Zigarette aus, lehnt sich vor und legt ihre Hände wieder auf meine.

»Komm nach Berlin, Baby, sei meine rechte Hand.«

Ich grinse sie an. Sie hat echt ein Rad ab.

»Also, nur damit ich das richtig verstehe: Ich arbeite für dich, und manchmal poppen wir, ja?«

Sie zieht die Schultern hoch, und was auch immer das heißen mag, ein Nein ist es nicht. Sofort glimmt ein verräterischer Funke in mir auf. Ich blinzele schnell, aber sie hat es gesehen und lächelt zufrieden. Ihre Hände streicheln leicht über meine Handrücken.

Ich suche in ihrem Gesicht nach irgendeinem Hinweis, dass sie es ernst meint.

»Wie soll das denn gehen? Ich meine, wie stellst du dir so eine Beziehung vor?«

Sie lehnt sich etwas zurück, geht auf Distanz, zündet sich eine neue Zigarette an. Sie lässt sich Zeit, legt sich die Worte zurecht, dann schaut sie mich wieder an und lächelt ein merkwürdiges Lächeln, das ich weder kenne noch deuten kann.

»Du warst mein Mister Right. Länger und besser als irgendein anderer in meinem Leben. Wenn *Was mich fertig macht …* nicht so eingeschlagen hätte, würde ich immer noch jeden Morgen glücklich in deinen Armen aufwachen. Ich war glücklich bei dir. Du hast mich glücklich gemacht.«

Das Lächeln verschwindet. Ihr Blick bohrt sich entschlossen in meinen.

»Doch ich wache jetzt auch jeden Morgen glücklich auf.«

Ich atme ein.

»In seinen Armen«, sage ich, und es klingt, wie es sich anfühlt.

Sie winkt ab und lässt mich nicht aus den Augen.

»Das ist nicht wichtig.«

»Ach so.«

»Verstehst du denn nicht, Baby, ich konnte diese Chance nicht ungenutzt verstreichen lassen. Der Preis, den ich dafür zahle, ist hoch, doch es dreht sich hier um finanzielle *und* künstlerische Freiheit! Ich *musste* es tun! Und jetzt bist du hier, und das kann kein Zufall sein. Wir finden einen Weg, aber, Baby, ich bin nicht die Richtige für die Art Beziehung, die du führen willst. Noch nicht. Du suchst deine Richtige, doch ich suche erst mal meinen Platz. Ich will mir meinen Platz in der Welt erobern. Hilf mir mit der Welt, dann helfe ich dir mit uns.«

Die Welt. Uns.

»Und ich dachte, du wärst nur ein Mädchen, das einen Jungen liebt …«

Sie lächelt nachsichtig.

»Baby, das ist doch nur ein Film …«

»Das klang früher aber anders.«
Sie pustet Rauch zur Seite.
»Früher war auch einiges anders, aber wenn du willst, wird es wieder so ähnlich wie damals; ich bin dein Mädchen, und wir sind wieder ein Team mit einem gemeinsamen Ziel.«
Ich schaue sie an. Sie nickt mehrmals und inhaliert tief. Ich habe sie noch nie so entschlossen gesehen, und in diesem Augenblick weiß ich, dass sie Recht hat. Sie wird nicht nachgeben, bevor sie nicht irgendwann wie eine Spinne in ihrem Netzwerk sitzen und an den Drähten ziehen kann. Eine deutsche Julia Madonna Roberts.
Ich räuspere mich.
»So, so, du fickst dir also dein Personal zusammen.«
Sie starrt mich fassungslos an. Dann platzt sie. Etwas Glut landet auf ihrem T-Shirt, schon reißt sie es sich lachend runter, checkt das Loch, steht auf, wirft das Shirt in den Müll und geht mit nacktem Oberkörper zu einem Schrank und wühlt darin herum. Sie holt ein Seidenhemd aus dem Schrank und zieht es an, alles, ohne meine Reaktion zu checken. Hat sie nicht nötig. Die Unschuld, die ich an ihr geliebt habe, ist durch Wissen ersetzt worden.
»Erinnerst du dich noch an den Abend, als ich dir gesagt habe, dass wir so nicht weitermachen können?«, frage ich sie.
Sie setzt sich wieder und spitzt die Lippen.
»Welchen Abend?«
»Den, an dem ich dir gesagt habe, dass ich mich in dich verliebe, wenn wir so weitermachen.«
Sie kneift die Augen zusammen und nickt leicht, aber dafür kenne ich sie zu gut: Sie hat keine verdammte Ahnung, wovon ich rede.
»Fünf Gänge unter dem Baum!«, platze ich. »Die Hofkatze mit dem Nachtisch flambiert, Sex im See, *unser* Abend!«
Sie nickt lächelnd.

»Eine wunderbare Nacht.«

Ich starre sie an. Sie hatte sie vergessen. Die schönste Nacht, die wir hatten. Wir kamen völlig geschlaucht von einem vierstündigen Maceo-Parker-Konzert, fielen ins Bett, zu fertig, um miteinander zu schlafen, zu verliebt, um es sein zu lassen. Lachten uns faul ineinander, losten mit Streichhölzern, wer dran war, sich die nächsten Minuten zu bewegen. Endlich befriedigt, standen wir wieder auf und fuhren die ganze Nacht durch, um am Comer See zu frühstücken. Wir badeten und sind auf einer Wiese eingeschlafen. Abends stundenlanges Essen unter freiem Himmel, eine Katze aus Versehen angezündet und anschließend Sex, Sex, Sex, im Wasser, am Ufer, im Wagen. Und das Versprechen. Vergessen.

»Was ist mit dem Abend?«, fragt sie.

»Nichts«, sage ich.

Sie mustert mich und versucht, sich zu erinnern, fragt aber nicht nach und wirkt einen Augenblick lang wie eine Fremde. Dann lächelt sie dieses schiefe Grinsen und ist sofort wieder die Frau, die ich kenne. Sie ist mir vertraut. Aber kann ich ihr vertrauen?

»Vertrau mir, Baby«, sagt sie leise.

Ich spüre, wie mein Herz stehen bleibt, als sie meinen größten Wunsch ausspricht. Sie nickt mir ruhig zu, nichts als Zuversicht in ihrem Blick.

Als es dunkel wird, ziehen wir mit Rotwein auf die Fensterbank um und machen ein Update. Gemeinsame Bekannte, Filme, Unverfängliches. Kein Wort mehr über ihr Angebot. Über beide nicht. Wir sitzen uns gegenüber, trinken Wein, essen kalte Pizza, mustern uns, unsere Füße berühren sich manchmal. Nahe beieinander. Aber nicht zusammen. Manchmal vergesse ich meine Verletzungen, die Enttäuschung, die Wut, den Schock. Sie erzählt von den drei

Monaten in Berlin, dabei fällt fast jeder wichtige Name im Biz. Sie ist ganz oben, kann Dinge realisieren, von denen die meisten träumen. Doch sie fühlt sich manchmal einsam, daher er. Er ist nur ein guter Freund, mit dem sie manchmal schläft, nichts Wichtiges, ja ja.
Ich höre ihr zu und nehme mir vor, ihr nichts von mir zu erzählen. Will mich nicht ausliefern. Will meinen Schmerz für mich behalten. Doch als sie fragt, platze ich mit allem heraus. Erzähle von meinen Monaten, von den Nächten, der Watte, der Angst, der Erniedrigung, den Zweifeln. Ihre Augen werden dunkel. Sie stellt ihre Füße auf meine, wie früher, als wir uns nächtelang gegenüber saßen. Sie unterbricht mich kein Mal, nimmt meinen Schmerz auf, und ich sehe Tränen in ihren Augen.
Danach schweigen wir. Ihre Füße beruhigen und stellen eine Verbindung zwischen uns her, die klarer ist als alles, was wir reden könnten. Sie hebt die Hand und streichelt meine Wange, dabei schaut sie auf ihre Armbanduhr.
»Ben kommt bald.«
Ihr Lover kommt bald, und der Mann, dem sie eben angeboten hat, mit ihr zu leben, muss gehen. Was ist nur aus dem naiven, jungen, unschuldigen Mädchen geworden? Gab es diese Grace überhaupt? Oder wollte ich nur, dass sie so ist? Hat sie mir eine leere Leinwand geboten, auf der ich ungestört meinen Film abgespielt habe? Ist das Verliebtheit?
Ich nehme ihr noch schnell ein paar Versprechen ab, dann bringt sie mich zur Tür und lächelt ihr schiefes Filmstarlächeln.
»Wirklich schön, dass du vorbeigekommen bist.«
»Ja«, sage ich.
Ihre Augen werden dunkler.
»Ich würde dich so gern bei mir haben«, flüstert sie. »Wir gehören zusammen, spürst du es?«
»Ich spür 'ne Menge«, bestätige ich.

Sie tritt näher an mich heran. Ich rieche ihr Parfüm und bekomme Herzstechen. Sie ist so nah bei mir. Wenn ich wollte, könnte ich …

»Alles wird gut«, flüstert sie.

Ich tippe auf ihr Herz.

»Aber da drin … ist da drin wirklich noch mein Mädchen?«

Sie nickt eindringlich.

»Ja, ist sie. Nur anders.«

Ich atme ein, höre zu, mustere sie genau. Ich finde keine falsche Nuance in ihrer Mimik, keinen Missklang in ihrer Stimme, kein unsicheres Atmen.

»Aber würde mein Mädchen mich monatelang allein lassen, wenn es mir scheiße geht?«

Sie nickt beim Nachdenken, und als sie es versteht, weiten sich ihre Augen etwas.

»Richtig. Das war falsch. Aber das hat Julia Roberts in *Notting Hill* auch getan. Nach dem Ärger mit der Presse hat sie Hugh ein Jahr allein gelassen. Doch danach haben sie ihren Weg gefunden.«

»Aber das ist nur ein Film …«, sage ich und ärgere mich, dass es sich nach einer billigen Retourkutsche anhört, denn es tut verdammt gut, das auszusprechen. *Notting Hill* ist nur ein Film. *Thacker* ist nur eine hilflose Filmfigur, die sich an die Regieanweisungen halten muss. Ich nicht, ich bin der Autor, ich schreibe die verdammten Dinger. Ich kann die Geschichte beeinflussen. Kann ich doch. Oder? Ja. Oder? Ich bin platt. Muss hier raus.

Ich greife nach der Türklinke. Sie lehnt sich gegen mich und umarmt mich.

»Baby«, flüstert sie. »Baby, Baby, Baby, vergiss nicht, wie wir zusammengearbeitet haben. Und unseren Seelensex. Denk an das Schöne. Wir gehören zusammen. Anders als früher. Besser! Versprich mir, dass du darüber nachdenkst!«

Ich nicke, die Hand noch immer auf der Türklinke, aber sie

lässt nicht los. Sie ist schnell nach oben gekommen, und jetzt fühlt sie sich einsam da oben. Sie braucht einen Freund. Und hätte jetzt gern eine Ansage, bevor ich gehe, irgendeine Ansage, die ihr Sicherheit gibt. Aber ich muss jetzt nur noch raus hier.

Ich löse mich sanft aus ihrem Griff.

»Lass mir ein paar Tage Zeit. Ich rufe dich an.«

Sie nickt an meinem Hals. Dann löst sie sich und küsst mich auf den Mund. Ich spüre ihre Hände, genau da, wo sie sein sollen. Ihre Brüste. Ihren Bauch. Es ist, als ob eine perfekte Passform zu mir zurückkehrt.

»Lass mich nicht zu lange warten«, sagt sie an meinem Mund, dabei öffnen sich ihre Lippen, und ich rieche ihren süßen Atem … verdammt …

Im selben Moment wird ein Schlüssel ins Schloss gesteckt. Grace zuckt zurück. Die Tür schwingt knapp an meinem Gesicht vorbei, und vor mir steht ein gut aussehender, verlebter Typ, der mir natürlich bekannt ist. Er schaut mich an, ohne sich irgendeine Überraschung anmerken zu lassen, und auch Grace lächelt ihn an, als sei nichts.

»Hey, da bist du ja. Ben, das ist Viktor, Vik, das ist Ben.«

»Hi«, sage ich und strecke die Hand aus.

»Hi«, brummt er und schüttelt meine Hand.

Ich glaube fast, dass er keine Ahnung hat, wer ich bin. Sie hat ihm nichts von mir erzählt. Für einen Augenblick freue ich mich billig, weil sie gleich über mich reden müssen. Dann ist der Augenblick vorbei, und wir stehen da wie Fragezeichen.

»Sie waren toll in dem einen Film. Mir fällt der Titel gerade nicht ein.«

»Danke«, sagt er.

»Tja, ich muss meinen Flieger erwischen, also … Danke für den Kaffee.«

»Meld dich, Baby.«

»Mach ich. Tschö, Ben.«
»Ciao.«
Ich nicke ihm zu und gehe die Treppen runter, und alles, was ich denken kann, ist: *Sie nennt mich Baby, obwohl er zuhört?*
Auf der Straße kommt mir ein Opa entgegen. Als ich an ihm vorbeigehe, wirft er mir einen Blick zu, und er hat ja Recht: Ich muss bescheuert sein, mir eine solche Chance entgehen zu lassen.

Als Grace die Tür öffnet, sieht sie nicht aus, als käme sie gerade aus einem Streit. Ich halte ihr Zettel und Stift entgegen.
»Ich brauche ein Autogramm. Ich meine, he, wann trifft man schon mal jemand so Berühmtes?«
Sie zieht eine Grimasse.
»Soll das lustig sein?«
»Auch von ihm. Außerdem finde ich es scheiße, dass du wieder angefangen hast zu rauchen und, ach ja, ich soll dich vom Pizzablitz grüßen. Die lieben dich.«
Sie mustert mich ausdruckslos, dann schüttelt sie den Kopf und lehnt sich nach vorn.
»Du bist unmöglich«, kichert sie leise.
Sie gibt meinen Eiern einen sanften Händedruck, während sie mir aus nächster Nähe in die Augen schaut. Sie muss einsamer sein, als ich dachte, wenn sie zu solchen Mitteln greift, doch anscheinend sieht sie etwas in meinen Augen, denn sie lächelt zufrieden, nimmt Papier und Zettel und unterschreibt schwungvoll.
»Lass mich nicht zu lange warten«, flüstert sie.
Ich nicke. Sie dreht den Kopf.
»Ben, wir brauchen hier ein Autogramm.«
Sie gibt mir noch einen Blick und verschwindet in der Wohnung. Er kommt zum Vorschein. Ich reiche ihm Zettel und Stift.

»Schreiben Sie: *Für einen talentierten Keks.*«
Er schreibt, ohne sich zu wundern oder nachzufragen. Abgehärtet, der Mann.
Er gibt mir den Zettel wieder. Hat direkt neben Grace unterschrieben.
»Danke.«
»Kein Problem«, sagt er.
Das ist ja das Problem. Ich winke mit dem Autogramm und gehe die Treppe runter.

Kapitel 47

Rückflug. In der Maschine sitzen Politiker, TV-Stars und Anwälte. Die meisten wirken, als hätten sie sich auch irgendwann entscheiden müssen – und das Falsche gewählt. Aber jeder macht mal einen Fehler. Oder zwei. Grace hat gesagt, dass wir zusammengehören, und sie hat Recht: Wir gehören irgendwie zusammen. Doch kann ich sie teilen? Kann ich mich für ein paar Jahre zurücknehmen, bis sie sich selbst verwirklicht hat? Werde ich nicht jeden Augenblick mit früher vergleichen und etwas vermissen? Eins ist sicher: Es würde eine merkwürdige Zeit werden, aber die Arbeit mit ihr war das Schönste, was ich je auf diesem Gebiet erlebt habe. Und letzte Nacht hatte ich wirklich wunderbaren Sex mit Lena. Doch nichts kann mich dort berühren, wo mich der Seelensex mit Grace berührt hat. Als wären wir allein auf der Welt. Als wären wir die Welt. Ich habe die Chance, das alles wieder zu bekommen. Seelensex, perfekte Schreibbedingungen und vielleicht sogar so gute Produktionsbedingungen, dass man halbwegs autonom kleine Perlen produzieren kann. Habe schon schlechtere Deals angeboten bekommen.

Kapitel 48

Am nächsten Morgen wache ich mit einem Lächeln auf. In meinem eigenen Bett. Puls normal. Keine verschreckten Gedanken, keine suchenden Reflexe. Ich bin in Sicherheit. Während die Homestation bootet, trinke ich einen Kaffee auf dem Balkon. Dann rufe ich Niels an.

»Scheiße-muss-ein-Traum-sein-denn-um-diese-Uhrzeit-ruft-mich-keiner-an-außer-er-will-verdammt-nochmal-sterben!«

»Hey, du Donen, sprich langsamer«, begrüße ich ihn.

»Und-das-vom-Goebbels-der-Lyrik!«, schnarrt er los. Dann realisiert er, was ich gesagt habe.

»Äh, Stanley Donen?«, fragt er vorsichtig.

»Ja.«

»Wie in *Singin' in the rain*? *Der* Stanley Donen?«

»Ja.«

Er räuspert sich.

»Wie komme ich zu der Ehre?«

»Ich dachte, ich sag mal was Nettes.«

»Was-ist-los?«, fragt er alarmiert.

»Muss jetzt schon was los sein, damit wir nett zueinander sind?«

»Mann-ich-dreh-durch-sags-einfach!«

»Es ist nichts, ich wollte nur mal wissen, wie es mit dem Schnitt läuft.«

Nach einigem Gemurre geht er darauf ein und berichtet, dass er wohl wieder Single ist. Seine Hauptdarstellerin ist

im Schneideraum aufgetaucht, und als sie die Muster gesehen hat, war Schluss mit lustig. Sie will ihn auf Großaufnahmen verklagen und merke, er hat nicht *Close-up* gesagt.
»Also, wieso rufst du an? Brauchst du wieder Tipps, um jemanden flachzulegen oder was?«
»Nein, ich will dich sehen.«
»Ich hab noch drei Wochen Schnitt, danach können wir ’ne fette Sause machen.«
»Ich meine, jetzt, sofort.«
»Scheiße-sagst-du-mir-endlich-was-los-ist! Ist-jemand-gestorben-oder-was?!«
»Mann, entspann dich! Ich will dich einfach nur mal sehen, ist das so verdammt schwer zu verstehen? Also, heute oder morgen?«
»Ich-bin-im-*Schnitt*!«
Er betont es, als sei das ein anderer Planet. Ganz falsch liegt er damit nicht, aber ich lasse mich nicht abschütteln.
»Heute oder morgen. Eine Stunde.«
Er atmet ein paar Mal hörbar genervt durch.
»Scheiße-okay-wenn’s-sein-muss-komm-rüber.«
»Nein, du kommst her.«
»Was?! Da-verliere-ich-ja-noch-mal-zwei-Stunden-auf-der-Autobahn! Vergiss-es!«
»Morgen Abend, sagen wir um acht?«
»Nein!-Mann-ich-kann-jetzt-nicht-einfa–«
»Super!«, unterbreche ich ihn und lege auf.
Zehn Sekunden später klingelt es. Ich hebe den Hörer kurz an und lege wieder auf. Dieses Spiel spielen wir drei Mal. Dann hüpft mein Handy über den Tisch. Ich schaue auf das Display und drücke den Anruf weg. Dieses Spiel spielen wir zwei Mal, dann piepst eine SMS von der Mailbox, jemand hat mir eine Nachricht hinterlassen, aber ich muss sie nicht hören, um sie zu kennen.
Ich schalte das Handy aus und schreibe.

Am frühen Nachmittag kaufe ich ein, laufe eine Runde, esse etwas und hole Yasna von der Schule ab. Wir putzen die Platte und reden beim Ballwechsel über ihren Tag, der sich vom Ablauf immer ähnelt und dennoch nie gleich zu sein scheint. Wie machen die Kids das nur? Konnte ich auch mal. Will ich wieder können.
Ich frage sie nach ihren Proben, und sie erzählt von Aufregung, Angst und Kollegen, die ihren Text vergessen. Sie sagt wirklich *Kollegen*, ich kann mich eben noch beherrschen. Also, sie und ihre Kollegen haben ein Lustspiel aufgeführt, aber das ist nicht mehr ihr Ding, ab jetzt ist Drama ihr Ding, die großen Gefühle … Erst ist sie sauer, weil ich lache, doch dann kichert sie mit, und schließlich wälzen wir uns herum. Die anderen Kinder und Eltern beobachten uns.
Diese tägliche Stunde auf dem Spielplatz ist das Highlight meines Tages. Ich bekomme ihre Entwicklung mit. Und sie meine. Bald ist der Sommer vorbei, und wenn nicht ein Wunder den Schlüssel zurück auf den Sicherungskasten zaubert, muss ich dann eine ganze Zeit lang ohne Alltag auskommen. Gerade versuchen alle wieder mal, Israel und Palästina an einen Tisch zu bekommen. Wer da sein Gesellenstück schafft, kann die Meisterprüfung bei Patrizia und mir ablegen, denn sie ist sauer auf mich und will nicht mit mir reden. Ersteres kenne ich. Letzteres nicht.
Bevor wir den Spielplatz verlassen, gebe ich Yasna das Autogramm und erkläre ihr, dass Grace und Ben von ihr erwarten, dass sie Spaß hat bei dem, was sie macht. Sie nickt ernst und nimmt das Autogramm entgegen, wie Moses die Gebote. Dann bittet sie mich um meine Meinung und spielt mir eine Szene aus einem Drama vor. Grottenschlecht. Aber ihre Hingabe berührt mich. Michael Caine sagte mal: Vergesst alles, was cool ist, der einzige Grund zu leben ist Leidenschaft – und Yasna legt alles, was sie hat, in ihr Spiel. Es erinnert mich an den heiligen Ernst, mit dem ich früher

die Torwarthandschuhe angezogen oder meinen Mikrofonständer vor einem Gig aufgebaut habe. Ich applaudiere, hebe ihr Selbstwertgefühl und mache ihr Mut. Ab wann ist Lügen verlogen?
Ich bringe sie bis vor die Tür, weiche Patrizia aus, gehe nach Hause, dusche, erledige ein paar Dinge, dann setze ich mich wieder an das Treatment. Während ich schreibe, springt der AB immer wieder an.
Buddy ruft an, um zu hören, wie es läuft. Sie ist immer noch schwanger.
Diana ruft an, um zu fragen, wie es geht. Sie hat den Kühlschrank aufgefüllt, und ich bin herzlich eingeladen.
Niels ruft an und nennt mich einen miesen Erpresser. Er-hat-jetzt-definitiv-keine-Zeit-für-so-einen-Scheiß! Als er sich ausreichend aufgeregt hat, erkundigt er sich vorsichtig, was denn anläge.
Grace ruft an. Sie hat sich sehr gefreut, dass ich vorbeigekommen bin. Und dass ich mich auch gefreut habe, hat sie ja gemerkt, sagt sie lachend und klingt, wie sie damals immer klang, kurz bevor sie mir die Kleider vom Leib gerissen hat. Sie wünscht mir eine schöne Nacht, süße Träume und bis bald, sie freut sich auf mich.
Lena ruft an, um mir zu sagen, dass alle anderen Passagiere sie auf der ganzen Rückfahrt im Zugabteil angestarrt haben. Entweder haben sie es gerochen, oder man hat es ihr einfach angesehen. Sie freut sich sehr, sehr, sehr aufs Wochenende und verspricht, dass wir dann die restlichen Möbel zurückerobern werden. Sie will meinem Zuhause andere Erinnerungen geben. Bessere.
Als sie auflegt, ertappe ich mich dabei, wie ich den Anrufbeantworter anlächele. Oh, oh.

Kapitel 49

Morgens wache ich mit einem Lächeln auf. Während die Homestation bootet, trinke ich einen Kaffee auf dem Balkon. Dann schreibe ich. Mittags laufen, dann Essen. Anschließend hole ich Yasna von der Schule ab. Sie erzählt mir, dass ein Mann bei ihnen übernachtet hat, der Yasna beim Frühstück zum Lachen gebracht hat. Daraufhin bin ich unkonzentriert und gewinne beim Tischtennis. Yasna feuert ihren Schläger gegen einen Baum. Ich versuche ihr zu erklären, dass man im Leben ruhig mal verlieren kann, so lange man aus seinen Fehlern lernt, aber meine Moralpredigt leidet ein wenig darunter, dass sie die ganze Zeit genervte Grimassen zieht, und schließlich muss ich sie über den Spielplatz jagen. Die anderen Kinder und Eltern beobachten uns.
Ich bringe den Keks bis vor die Tür, weiche Patrizia aus und gehe nach Hause.
Im Treppenhaus kommt mir der Lover meiner Nachbarin entgegen. Er erwidert meinen Gruß mit einem finsteren Blick. Anscheinend geht er nicht nur zum Stöhnen in den Keller. Ich bade und denke über den Typen nach, der den Keks zum Lachen gebracht hat. Das ist neu. Sonst bringen die Typen Patrizia zum O. und sind wieder weg, bevor Yasna aufsteht. Hm.
Nachmittags fahre ich in die Stadt und erledige ein paar Dinge. Dann wieder nach Hause und schreiben. Während ich arbeite, springt der AB immer wieder an.

Buddy ruft an, um zu hören, wie es läuft. Sie ist immer noch schwanger.
Diana ruft an, um zu fragen, wie es läuft. Sie hat immer noch Bier.
Abends ruft Grace an. Sie hat eine Schlafcouch ins Büro ihrer Firma stellen lassen. Für den Fall, dass wir Überstunden machen müssen.
Dann ruft Lena an. Sie freut sich sehr, sehr, sehr, sehr, sehr auf das Wochenende und verspricht mir eine ausführliche mündliche Dankesarie. Ich will mir gerade den Hörer schnappen, als es an der Tür klingelt.
Ich drücke den Summer, öffne die Tür und höre jemanden drei Stufen auf einmal nehmen. Schon drängelt Niels sich an mir vorbei in die Wohnung.
»Mieses-Erpresserschwein!-Wenn-mein-Film-floppt-bist-du-schuld!«
»Gut. Und dir?«
Als ich ins Glaszimmer komme, liegt er exakt in derselben Stellung auf dem Sofa ausgestreckt wie Lena gestern, als sie den Slip zur Seite geschoben hat.
»Was-ist-so-verdammt witzig?«
»Entspann dich«, grinse ich ihn an.
Er tippt auf seine Uhr.
»Es sind schon zwei Minuten rum, und du kannst mir glauben, dass ich hier pünktlich wieder rausgehe, also komm in die Gänge.«
»Willst du was trinken?«
»Kaffee.«
Ich kippe ihm Kaffee in seine ehemalige Lieblingstasse, stelle ihm die Tasse hin und Milch und Zucker daneben. Ich könnte ihm ebenso gut Salz und Pfeffer hinstellen, denn er wird eh auf allem herumhacken, weil ich ihn aus seinem Schnitt geholt habe. Ich ziehe mir einen Stuhl heran und setze mich ihm gegenüber.

»Und, wie war dein Tag?«
Er schaut mich genervt an. Dann versteht er, dass die Frage ernst gemeint ist, und berichtet von den heutigen Ereignissen an der Filmfront. Der Schnitt läuft bestenfalls okay, sie liegen zwar im Zeitplan, aber er ist nicht zufrieden mit den Mustern, der Schneider kriegt es irgendwie nicht hin und merke, er hat nicht *cutter* gesagt. Außerdem will seine Hauptdarstellerin ihn nicht mehr verklagen, stattdessen hätte sie wirklich gern eine Rolle in seinem nächsten Film. Als ich frage, wie er das geschafft hat, grinst er nur dreckig.
Er probiert den Kaffee, verzieht das Gesicht und stellt die Tasse wieder ab.
»Ich hoffe, die Nachricht ist besser.«
»Ich liebe dich«, sage ich.
Er starrt mich ein paar regungslose Sekunden an, dann richtet er sich auf und droht mir mit einem Finger.
»Alter, sag nicht, du hast mich herbestellt, um mir das zu sagen.«
»Das und drei andere Dinge.«
Er starrt mich an. Ich starre zurück. Schließlich atmet er aus und lehnt sich wieder zurück.
»Bring es hinter mich«, seufzt er.
»Ich will, dass du aufhörst zu koksen.«
Er mustert mich ausdruckslos.
»Und weiter?«, sagt er sanft.
Ich lehne mich vor.
»Ich weiß, wie viel Regie dir bedeutet, und du hast Recht, das neue Angebot ist wirklich eine fette Chance, also meinen Segen hast du. Mach den Film.«
Er schaut überrascht drein, hat wohl mit mehr Widerstand gerechnet. Ich nutze den Augenblick und mache weiter.
»Aber wir haben uns seit einem Jahr kaum gesehen, wir treffen uns eigentlich nur in der Öffentlichkeit, und da bist du immer auf Droge, doch ich brauche dich. Ich brauche deine

Hilfe, ich brauche deinen Input, ich brauche den Spaß, die Nähe und gemeinsame Zeit mit dir, und all das bekomme ich hier nicht, also machen wir zusammen Urlaub. Und noch was ...«

Er hält drei Finger hoch.

»He, warte, Liebe, Koks, Urlaub, das waren schon drei Punkte.«

»›Ich liebe dich‹ war kein Punkt, sondern Basis, du Pappnase! Ohne ›Ich liebe dich‹ würde dieses Gespräch gar nicht stattfinden! Ohne ›Ich liebe dich‹ hätte ich mir dieses beschissene Jahr nicht gegeben! Ich halte seit einem Jahr die Klappe, um dich nicht bei deinem größten Erfolg zu stören! Ich habe dir keine Vorwürfe gemacht, dass du auf dem besten Weg bist, zu einem versnobten, drogenabhängigen Hauptdarstellerinnenpopper zu mutieren, genau wie die Typen, die wir früher zum Kotzen fanden!«

Er will etwas sagen, aber ich wische es beiseite.

»Seit Ewigkeiten höre ich von dir nichts anderes als wen du gefickt hast, wen du fickst oder wen du noch ficken wirst, und damit sind wir beim dritten Punkt–«

»Du willst, dass ich aufhöre zu ficken?«

»Ich will, dass du aufhörst, Frauen schlecht zu machen.«

Er starrt mich an, dann verzieht er das Gesicht.

»Mann, was ist los? Wirst du jetzt der Frauenflüsterer oder was? *Du* bist doch derjenige, der niedergemetzelt wurde!«

Ich halte einen Finger hoch.

»Ein Mal. Ich hatte das Pech, ein Mal auf eine zu treffen, die ein Rad ab hat. Ansonsten hatte ich das Glück, auf welche zu treffen, die die meisten Räder dran hatten. Ich will nicht alle in einen Topf werfen, nur weil mich eine Einzige verlassen hat.«

Er lacht hämisch.

»Verlassen? Sie hat dich doch nicht verlassen, Mann: Sie hat dich *abgezockt*! Du bringst sie in meinem Film unter, und kaum rockt das, ist sie weg? Das war 'ne echte Arschnummer, und jetzt kommst du mir mit dieser PC-Scheiße, was ist denn *los* mit dir?«

»Nichts, ich will nicht alle über einen Kamm scheren. Ich will nicht meine Zukünftige verlassen müssen, nur weil ich Angst habe, dass sie mich sitzen lässt, so wie Grace es getan hat. Ich will nicht, dass Grace mir *zwei* Beziehungen kaputt macht! Eine reicht mir.«

Er spreizt die Hände.

»Und was hat das mit mir zu tun?«

Ich zeige Richtung Fenster.

»Da draußen passiert jeden Tag so viel Scheiße und so viel Schönes, es ist nur eine Frage der Sichtweise, nicht wahr?«

»Und?«

»Selektive Wahrnehmung: Wenn ich mir ständig einrede, dass das Leben scheiße ist, werde ich da rausgehen und feststellen, dass das Leben tatsächlich scheiße ist, richtig?«

Er stöhnt genervt.

»Kommst du noch zum Punkt?«

»Wenn ich alle Frauen schlecht mache, werde ich rausgehen, und die Frauen *werden* schlecht sein. Ich will aber nicht, dass Frauen schlecht sind, also mache ich Frauen nicht mehr schlecht, ich mache sie gut. Und wenn du schlau bist, machst du mit. Oder hältst die Klappe.«

Er mustert mich. Dann schüttelt er den Kopf, greift in die innere Brusttasche seiner Jacke und holt eine halbe Zigarre hervor.

»Wenn du die hier anzündest, bist du tot«, warne ich ihn.

Er grinst, steckt sich den Stumpen genüsslich in den Mund, beginnt darauf herumzukauen und mustert mich nachdenklich. Ich warte. Doch er kaut nur auf dem Ding herum und mustert mich. Schließlich tippe ich auf den Tisch.

»Du schlägst gerade meine Stunde tot.«

»Du wolltest doch, dass ich nachdenke.«

»Dann beeil dich damit, ich hab auch noch ’ne andere Sache.«
Er schaut zur Decke.
»Scheiße, was denn noch …«
»Du hackst auf deinem Cutter herum. Wieso holst du dir nicht Kata?«
Er senkt den Blick wieder und schaut mich überrascht an.
»Kata? Deine ex Ex?«
Ich nicke. Er rudert mit den Armen.
»Mann, was soll das? Bin ich das verdammte Arbeitsamt für deine Frauen? Du legst sie … ich meine, du hast den ganzen Spaß, und ich muss mit ihnen arbeiten?«
»Sie ist zurzeit down, und es wäre toll, wenn sie bei einem Film mitmachen dürfte, auf den sie stolz sein kann.«
Er lächelt geschmeichelt.
»Na, das klingt schon besser.«
»Und sie ist gut, das weißt du«, lege ich nach.
Er schmatzt auf dem Teil herum.
»Tja, das stimmt. Man könnte es ja mal antesten.«
Ich sehe, er denkt wirklich drüber nach. Ich atme auf. Einem Regisseur einen Cutter anzubieten ist wie einem Schreiber die Stilistik vorzuschreiben. Aber Kata ist wirklich gut. Und es mildert mein Schuldgefühl ein wenig, dass ich etwas für sie tue. Ist zwar nur Arbeit, aber wenigstens etwas, das sie liebt.
»Also?«, frage ich.
Er zuckt die Schultern.
»Ich wollte eh aufhören. Das Zeug frisst meine Nase. Und mein Konto.«
»Und?«
Er schmatzt auf dem schwarzen Stumpen herum und nickt.
»Okay, machen wir Frauen gut.«
»Und?«, frage ich.
Er schüttelt den Kopf.

»Nein. Alter, du stellst drei fette Forderungen, und bei zweien bin ich am Start, das muss reichen.«

Ich schaue ihn nur an. Er beginnt an den Fingern abzuzählen.

»Ich muss das Angebot prüfen lassen, eine erste Kalkulation aufstellen, nachverhandeln, Vorverträge abschließen und nebenbei noch den Schnitt zu Ende machen, und dann geht auch schon die Pro… die Werbung für den Film los. Ich kann jetzt definitiv nicht wegfahren.«

Ich schaue ihn nur an. Er wedelt mit dem Stumpen herum.

»Verlangst du allen Ernstes von mir, dass ich den Schnitt von meinem eigenen Film abgebe, oder was? He, nichts gegen Kata, aber ich bin der *Regisseur*! Es ist *mein* Film! Es ist *mein* Name, der draufstehen wird!«

Ich behalte den Stumpen im Auge.

»Wenn aus diesem Ding irgendwas auf meine Couch tropft…«

Er schaut auf den Stumpen in seiner Hand, als hätte er ihn nie zuvor gesehen, dann beugt er sich vor und wirft ihn in die Kaffeetasse. Na prima.

»Natürlich erwarte ich nicht, dass du deinen Schnitt abgibst. Mach die verdammte Nachbearbeitung und von mir aus auch die Promo, aber bevor es mit dem nächsten Projekt losgeht, fahren wir weg. Und zwar mindestens einen Monat. Du und ich. Ohne Handys.«

Er kratzt sich kopfschüttelnd an der Wange.

»Alter, das geht nicht.«

»Stellst du schon Biz über Freundschaft, ja? Glaubst du wirklich, es verändert nichts zwischen uns, wenn wir uns zwei Jahre lang kaum sehen? Ich sage dir, wenn du dich wieder für ein Jahr ausklinkst, kriegen wir ernste Probleme. Ich meine es ernst, Niels, ich brauche dich, und zwar *jetzt*!«

Er mustert mich . Dann grinst er.

»Manchmal klingst du schon wie meine Ex.«

»Ich sehe dich auch ungefähr so oft, wie sie dich damals gesehen hat, und wenn du willst, dass die Konsequenzen sich ähneln, dann mach nur weiter so.«

Das bringt ihn zum Schweigen. Er wirft einen Blick auf die Uhr, dann lehnt er sich zurück und lächelt mich an. Diesmal ist der gehetzte Ausdruck in seinen Augen verschwunden.

»Was ist los?«

»Nein.«

Seine Augenbrauen gehen hoch.

»Nein?«

»Wenn du was von mir wissen willst, dann nimm dir Zeit. Nimmst du dir keine, dann Scheiß drauf.«

Er kneift die Augen zusammen.

»Du hast dich mit meiner Ex getroffen, stimmt's?«

Ich muss lachen. Er grinst zufrieden und richtet sich wieder auf.

»Sie werden mich umbringen, aber gut, nach der Werbung fahren wir weg. Wohin?«

»Kuba. Einen Monat.«

»Ist im Kasten.«

Ich strecke die Hand aus. Er klatscht sie ab und lacht.

»Drohungen und Erpressung ... Scheiße, es ist wirklich wie in einer richtigen Beziehung.«

Wir lachen zusammen, und ich muss daran denken, wie wir durchgedreht sind, als wir das erste Drehbuchhonorar in die Finger bekamen. Mit dem ersten fetten Honorar haben wir es einigen Seelenklempnern heimgezahlt. Wir suchten uns einen Therapeuten aus dem Telefonbuch, machten auf schwules Paar und vereinbarten einen dringenden Termin für eine Paartherapie. Dann improvisierten wir eine horrende Geschichte und schaukelten uns in der Stunde gegenseitig hoch, während unser Opfer tapfer versuchte, interessierte Miene zum bösen Spiel zu machen und immer wieder verzweifelte Blicke auf die Uhr warf.

»Ihre Zeit ist um«, sage ich mit zitternder Stimme.
Niels runzelt die Stirn, dann versteht er und grinst.
»Was meinst du, hat Dipl. Psychologe Grossmann unseren Besuch schon verarbeitet?«
»Vielleicht sollten wir zur Sicherheit mal wieder auf ein Schwätzchen bei ihm vorbeischauen?«, schlage ich vor.
»Au ja«, lacht er. »Dann nehmen wir uns aber auch eine Doppelstunde Zeit für Dr. Dr. Med. Johanna Johannsen.«
»Die war souverän«, sage ich anerkennend.
»Echt cool.«
Wir grinsen uns an.
»Aber bei der Geschichte mit dem Esel ...«, kichert er.
»... verlor sie irgendwie die Nonchalance«, lache ich.
Er lässt sich lachend gegen die Rückenlehne fallen. Ein richtiges Lachen, nicht dieses harte Bellen, was man in letzter Zeit von ihm zu hören bekam.
Wir lachen, und plötzlich ist es wie früher. Rumhängen, Blödsinn reden, und gleich wird einer eine Idee haben, die der andere dann auf die Festplatte hämmert, während wir uns die Sätze schneller um die Ohren hauen, als man sie festhalten kann.
Wir beruhigen uns und grinsen uns an. Dann wird sein Blick ernster.
»Das waren noch Zeiten, was?«, sagt er mehr zu sich selbst.
Ich nicke zur Sicherheit und warte, ob er darüber reden will, aber er starrt aus dem Fenster und hängt alten Bildern nach.
»Niels?«
Er hebt den Blick.
»Ich meinte es ernst vorhin«, sage ich.
»Ich weiß.«
Er lehnt sich zurück, und auf einmal wirkt er müde und ausgelaugt. Wir sitzen da, ohne zu reden, genießen es.
Dann ist die Zeit rum.

Als er weg ist, gehe ich auf einen Drink. Aber wozu. Nach dem ersten Schluck gehe ich wieder. Kein Grund, rauszugehen, ich habe mein Zuhause zurück. Ich genieße den Frieden in der Wohnung und den in mir, fühle mich besser, ohne richtig orten zu können, woran es liegt. Sicher, Lena, das Meer, mein Zuhause und natürlich: der Berlintrip. Es hat gut getan, zu merken, dass ich ihr nicht egal bin, gut getan, dass ich sie jetzt besser verstehe. Aber das ist es nicht. Es ist … ich habe das Gefühl, auf irgendetwas zuzusteuern, dass mein Leben verändern wird. Zum Besseren.
Nachts ruft Lena wieder an. Ihre Stimme klingt auf dem AB schwer und dunkel. Ich gehe ans Telefon. Sie hat sich mit ihrem Ex getroffen. Sie liebt ihn. Aber ohne Vertrauen ist die Basis weg. Ich erzähle von Berlin. Dass ich da war und dass es gut war. Sie gratuliert mir, ohne weiter nachzufragen. Sie meint, man könne ja auch zu viel reden, wir sollten uns lieber schnell wieder sehen und möglichst oft miteinander schlafen. Hört sich für mich nicht wie der schlechteste Plan an. Als wir auflegen, habe ich ihr nichts versprochen außer genau dem.

Kapitel 50

Morgens werde ich mitten in einem Sextraum wach, nichts als Lust in mir. Der Film läuft weiter, ich bin in Berlin und Grace. Wir seelensexen, doch dann sind wir plötzlich in einer Stellung, die sie gar nicht mag, und als ich sie überrascht anschaue, sehe ich in Lenas Gesicht. Bevor ich mich darüber wundern kann, fliegt die Tür auf und ein kleiner Körper springt zu uns ins Bett. Yasna merkt nicht, in welche Situation sie gerade reinplatzt. Sie spielt eine furchtbare Dramaszene und saust wieder aus dem Zimmer. Ich drehe den Kopf, um Lena anzulächeln, und sehe, dass sie jetzt Dreads hat. Sie schaut mich mit einem Ausdruck unendlicher Liebe an. Ich komme.

Kaffee auf dem Balkon und Schreiben. Mittags laufen, Essen, Yasna. Der Mann, der sie zum Lachen gebracht hat, war heute nicht mehr da, also verliere ich beim Tischtennis. Der Keks erklärt mir ernst, das sei nicht schlimm, so lange ich aus meinen Fehlern lerne. Ich jage sie über den Spielplatz und kitzele sie anständig durch. Die anderen Kinder und Eltern beobachten uns. Und dann vergisst ein Junge seine Erziehung: Er lässt seine Mutter stehen und wirft sich auf uns. Schon ist der Bann gebrochen. Von allen Seiten stürzen sich schreiende Kinder auf uns, und schon sind wir ein einziger, großer Spaßklumpen. Manche Eltern schauen lächelnd zu, andere gehen müde dazwischen und ignorieren die Klumpenenergie. Sie drücken ihr Kind ins

Format zurück, ohne zu spüren, was hier abgeht, die Armen.
Ich bringe Yasna vor die Tür, kann Patrizia nicht ausweichen, handele mir ein Funkeln ein, strahle sie an. Sie verschwindet wortlos ins Haus.
Zu Hause schreibe ich die erste Fassung zu Ende, maile sie raus und fahre zur Beratung.

Als ich wieder nach Hause komme, blinkt der AB hektisch. Buddy hat angerufen, um das Skript zu loben. Sie vergisst glatt zu erwähnen, dass sie schwanger ist.
Diana hat das Skript noch nicht gelesen, aber, ganz Agentin, findet sie es schon mal gut.
Niels nennt mich wieder einen miesen Erpresser, freut sich aber auf die gemeinsame Auszeit. Die Hauptdarstellerin frisst ihm mittlerweile aus der Hand. Es scheint nicht das einzige Körperteil zu sein, das sie ihm abknabbert, aber er verzichtet auf alle schmutzigen Details. He, so war das auch nicht gemeint!
Grace ruft an, und da ich schon mal dabei bin, gehe ich ran, und dann haben wir ein längeres Gespräch über den Markt. Sollte man sich für den Anfang auf gewisse Genres festlegen, um die Firma schneller zu etablieren?
Anschließend haben wir ein kurzes Gespräch über die private Lage. Soll man sich auf gewisse Regeln festlegen, um die Beziehung schneller zu etablieren? Wir müssen die Antwort vertagen, weil sie irgendeinen Flieger kriegen muss, aber sie scheint gewillt, alle möglichen Zugeständnisse zu machen, und redet, als sei ich schon wieder ein fester Bestandteil ihres Lebens.
Nach dem Gespräch starre ich eine Zeit lang aus dem Fenster.
Dann ruft Mummy an und lädt mich zu ihrem Geburtstagsgegrille ein. Sie und der Doktor würden sich freuen, wenn

ich vorbeikäme und auch ein bisschen Fleisch mitbrächte. Vor allem Frischfleisch. Uhuuuuuu!!!
Kaum lege ich auf, klingelt es wieder und ich habe das Soaptalent am Ohr. Ob wir nicht was machen wollen. Wollen wir nicht. Ich entschuldige mich für neulich. Sie fragt wofür. Sie nun wieder.
Danach ruft Lena an, um mir zu sagen, dass sie letzte Nacht von mir geträumt habe und dabei sehr viel Spaß hatte. Ich erzähle ihr, dass ich ebenfalls von ihr geträumt habe. Ich lasse den Grace- und Dreadanteil mal beiseite und konzentriere mich auf den Rest. Sie sagt ein paar Mal »groß«, und schon sind wir mitten in etwas, was uns einhändige Einheiten kostet. Schließlich legt sie auf, nachdem sie mir versichert hat, dass das nur ein Vorspiel war.
Niels ruft aus einem Hotel an. Er-hat-die-Hauptdarstellerin-wieder-in-den-Film-reingeschnitten-und-seine-vorherigen-Bedenken-sind-wie-weggeblasen-ho-ho-ho! Wie er sich anhört, hat irgendjemand in Kolumbien jetzt einen neuen Mercedes. Ich erinnere ihn an unseren Deal. Ja-ja-ja-er-hört-ja-auf-aber-er-bestimmt-selbst-wann! Ich sage ihm, dass er vor unserem Urlaub aufhören soll, sonst fände der in der Betty-Ford-Klinik statt. Er legt auf.

Kapitel 51

Das Meeting macht Pause, und wir steuern die Kantine an. Buddy springt gut gelaunt durch die Gänge, aber ich bin zu perplex, um darauf zu achten, denn wir kommen gerade aus einem denkwürdigen Meeting. Alle sind sich einig: tolle Geschichte, tolle Figuren, tolle Dialoge, einfach toll. Okay, das will nicht viel heißen, schließlich ist die Information schon fünf Minuten alt, aber dennoch, es macht mich nervös, wenn alle meiner Meinung sind. Ist man als Drehbuchautor nicht gewohnt.

Die Kantine ist fast leer. So früh waren wir noch nie hier. Wir brauchen uns nicht einmal anzustellen, bekommen zweimal Turbopampe und haben dann freie Platzwahl. Kaum sitzen wir, fällt Buddy über ihren Teller her wie Dirty Harry über einen Bankräuber. Ich nippe an meinem Wasser und frage mich, ob es wirklich so einfach sein kann.

»Schulz-Äh findet das Buch gut«, sage ich.

Buddy nickt und mampft zufrieden.

»Pechvögel auch«, erinnere ich.

Sie nickt und mampft.

»Das geht nicht«, sage ich.

Sie kaut, dass ihre Ohren wackeln.

»Was?«, mampft sie.

»Die können nicht beide etwas gut finden – und schon gar nicht gleichzeitig. Schulz-Äh nicht, weil sie weiß, dass sie nie verstehen wird, was ein gutes Drehbuch ausmacht, und

Pechvögel nicht, weil sie sich dann festlegen würde und keine Entschuldigung mehr hat für den Scheiß, den sie dreht.«
Buddy schiebt sich unbeeindruckt die nächste Monsterladung in den Mund.
»Und was ist mit Selma los?«, lege ich nach.
»Was soll sein?«, fragt sie mit vollem Mund.
»Sie ist freundlich.«
»Ist sie immer«, sagt sie mampfend.
»Ja, aber heute ist sie besonders freundlich.«
Buddy kichert, verschluckt sich fast, würgt den Brocken runter und lacht erstickt.
»Ich kann ihr nachher ein paar reinhauen, wenn du dich dann besser fühlst«, prustet sie.
Ich bekomme ein bisschen Speichel von ihr ab. Zumindest hoffe ich, dass es Speichel ist.
»'tschuldigung«, kichert sie, »aber du klingst wie ein Kritikjunkie auf Turkey.«
Sie grinst. Etwas Braunes klebt ihr an den Zähnen.
»Und wo ist Tusnelda abgeblieben?«
»Wer?«, fragt sie und stopft sich eine weitere Ladung Schlacke in den Mund.
»Der Skriptdok.«
Sie erstickt fast an dem Brocken und würgt. Ich reiche ihr das Wasserglas. Sie spült es runter und reicht mir das leere Glas zurück.
»Danke.«
»Versuch doch mal, es vorher zu kauen.«
»Ja, Papa«, sagt sie und schiebt gleich die nächste Gabel nach.
Ich warte, bis sie runtergeschluckt hat.
»Also, was ist mit ihm?«
Sie lächelt unschuldig und türmt sich die nächste Ladung auf.

»Och, ich habe Schulz-Äh nur mal angerufen und gefragt, ob wir wirklich einen Skriptdoktor brauchen. Ich meine, wenn der so gut ist wie du, wieso ist er dann hier und du in Hollywood? Außerdem, he, du warst mit Grace Frank zusammen und er nicht.«

Sie grinst und schiebt sich einen neuen Happen rein. Ich beobachte das Gemetzel und weiß endlich, was mich zum Drehbücherschreiben qualifiziert: Promispoppen und Hollywoodoptionen.

»Na prima«, sage ich.

Sie mustert mich kauend und schluckt dann.

»Ach, komm schon, Süßer, jetzt sei nicht so künstlerisch wertvoll. Du weißt, sie haben den Autor vor uns fertig gemacht, und uns wollten sie auch fertig machen, aber nun haben wir sie fertig gemacht.«

Sie wackelt mir den Augenbrauen und grinst. Etwas Halbgekautes fällt ihr fast aus dem Mund, aber im letzten Augenblick saugt sie es wieder hinein.

»Ver-dammt!«, stöhne ich und wende mich ab.

Sie lacht sich schlapp.

»Hat Steffen dich eigentlich mal essen sehen, bevor er dir den Antrag gemacht hat?«

Neben mir gibt es ein Geräusch, als würde ein Ballon flattern, dann kommt ein brauner Klumpen an mir vorbeigeflogen und klatscht auf den Nebentisch.

»Ich warte draußen«, sage ich.

Ich verlasse die Kantine, gefolgt von ersticktem Gelächter.

Kapitel 52

Im Meeting ist das Skript kein Thema mehr, stattdessen redet man über Privates. Gott steh uns bei, dass uns Schulz-Äh nicht noch zu sich nach Hause einlädt. Man tauscht Restauranttipps, Urlaubtipps, und dann macht Schulz-Äh tatsächlich einen kurzen Schlenker zum Thema zurück, aber das ist offenbar reiner Alibitalk, um Pechvögels Flugticket zu rechtfertigen. Dafür kann es eigentlich keine Rechtfertigung geben, und so wechselt man schnell das Thema und redet über Besetzungsvorschläge. Es klingt alles friedlich, keine Anzeichen von Stress – ich werde immer nervöser.

Schulz-Äh schaut auf die Uhr.

»Äh, dann sind wir wohl durch?«

Sie beginnt ihre Zettel zusammenzusuchen. Buddy zwinkert mir zu, aber ich behalte Pechvögel im Auge, und richtig: Sie nimmt ihre Brille ab und kratzt sich nachdenklich an der Wange.

»Also, ich weiß nicht«, beginnt sie nachdenklich, »der dritte Akt ist mir noch zu hit-and-run-mäßig. Da sollte mehr ermittelt werden.«

Ich starre sie an. Hit and run? Wenn sie mal kurz mit vor die Tür kommt, kann sie genau das bekommen.

Sie klopft sich nachdenklich mit einem Brillenbügel auf einen perfekten Schneidezahn.

»Außerdem könnte man einen Ami einbauen, um dem internationalen Anspruch gerecht zu werden.«

Ich werfe Buddy einen Blick zu. Sie macht eine beruhigende

Geste und schaut zu Selma. Selma lächelt Pechvögel seidenweich an und geht dazwischen:
»Man kann ja immer etwas verbessern«, sagt sie diplomatisch, »aber in Anbetracht der Umstände; danke an die Autoren – eine schnelle und gute Arbeit.«
Sie schaut Pechvögel freundlich an, doch diesmal hat sich Stahl in die Seide geschlichen. Pechvögel senkt den Blick.
»Äh, ja, das sehe ich auch so«, sagt Schulz-Äh.
Buddy grinst mich von der Seite an.

Vor dem Sender begleiten wir Selma zum Parkplatz, wo der Wagen vom Fahrdienst wartet. Sie und Buddy unterhalten sich lebhaft, ich gehe daneben und bin es auch. So muss sich jemand fühlen, dem überraschend ein Großteil der Haftstrafe erlassen wird. Die beiden lachen, und als ich den Blick hebe, merke ich, dass sie mich meinen, aber das ist okay, denn es ist geschafft: Das Buch ist abgenommen. Ich bin frei! Jetzt ein Jahr lang nur noch Dinge tun, die Sinn oder Spaß machen oder vielleicht sogar beides. Nicht zu fassen.
Selma steigt winkend in den Wagen. Wir steuern dann das Monster an. Buddy schnappt sich meinen Arm, legt ihn sich um die Schulter, kuschelt sich an und grinst zu mir hoch.
»Stehst du unter Schock, oder was?«
»Warum?«
»Du regst dich gar nicht auf.«
»Wieso sollte ich? Das Buch ist abgenommen, der Scheck in der Post.«
Aber dafür kennen wir uns zu lange.
»Und was ist mit hit and run?«
»Ist mir egal.«
»Baut doch mal einen Ami ein?«, lockt sie mich.
»Auch egal.«
Sie mustert mich.

»Junge, Junge, jetzt bekomme ich es aber langsam mit der Angst.«
Sie mustert mich prüfend, aber dann wird sie abgelenkt, weil wir über die Straße müssen. Sie flucht einem Radfahrer hinterher, der in sicherem Abstand an uns vorbeisaust. Dann schaut sie mich wieder an.
»Sag schon.«
»Ich denke, ich mache auch eine Babypause.«
Sie bleibt stehen, als wäre sie gegen eine Wand gelaufen.
»WAS?«
Ich winke ab, bevor sie der Schlag trifft.
»Einen Roman. Ich denke, ich versuche es.«
Sie verarbeitet das.
»Hast du ein Thema?«
Ich schüttele den Kopf.
»Eigentlich will ich einfach wieder schreiben, ohne vorher über Formate, Genres und Kosten nachzudenken. Ich will nicht mehr wie ein Herstellungsleiter denken. Ich will keine Sprechrollen einsparen, keine Locations mehrfach bedienen und auch mal einen Satz stehen lassen, der nicht primär Konflikte schürt oder die Handlung vorantreibt. Ich will keine Zielgruppen bedienen, keine Plotpoints setzen, mir keine Punchlines ausdenken. Ich will an einem Satz feilen können, bis er gut ist, ich will meine Stilistik wiederfinden, ich will über Dinge schreiben, die mich interessieren …«
Buddy grinst von einem Ohr zum anderen.
»Na ja, so was halt«, sage ich verlegen.
Sie stellt sich auf die Zehenspitzen und küsst mich auf die Wange.
»Das gefällt mir. Ich gehe mit meinem und du mit deinem Baby schwanger. Wir machen beide eine Babypause. Hey, vielleicht kommen sie ja gleichzeitig zur Welt?«
»Hoffentlich wird's bei mir nicht so eine Sauerei.«

Keine kluge Bemerkung, wenn man in Reichweite ist, aber schon wird sie von einem Golf abgelenkt, der von seinem Besitzer so nahe am Monster geparkt wurde, dass Buddy ihre Tür nicht ganz aufbekommt. Das traut sich sonst niemand. Für einen Augenblick befürchte ich, dass sie ihren Schlüssel über den Lack zieht, doch nachdem sie die Hersteller beleidigt und den Wagen böse angeschaut hat, steigt sie friedlich ein.

Als ich mich auf den Beifahrersitz fallen lasse, hat sie bereits die Kühlbox hinter dem Sitz hervorgekramt. Sie greift rein und hält mir eine Flasche Champagner entgegen.

Ich schaue sie an.

»Du hast damit gerechnet, dass die uns heute die Fassung abnehmen?«

»Ich hab dir ja gesagt, dass sie wenig Zeit haben«, sagt sie und grinst.

»Ja, aber hast du je gehört, dass jemand eine erste Fassung dreht? Und wenn, dann gibt es doch zumindest noch ein Dialogpolishing oder irgendwas …«

»Gott, jetzt öffne doch einfach die verdammte Flasche, ja?«

Ich öffne sie und fülle den Abnahmetrunk in die Kristallgläser. Wir prosten uns zu und trinken. Kühle Perlen auf der Zunge.

»Bereit?«, fragt sie.

»Bereit, wenn du es bist.«

Wir küssen uns. Lange. Nass. Ohne Hände.

Als wir breaken, starrt sie schwer atmend auf meine Hose.

»Und?«

»Klar«, lüge ich.

Ich spare mir die Gegenfrage, denn sie rutscht unruhig auf dem Sitz herum. Sieht aus, als würde Steffen heute Nacht eine Menge zu tun bekommen.

»Ich mag, wie du das machst.«

Sie merkt auf.

»Mit der Zunge? He, da solltest du mal sehen, wie ich …«
»Deine Ehe, Buddy«, unterbreche ich sie, »deine Ehe! Ich mag, wie du mit Steffen bist, und ich mag, wie du mit mir bist. Ich mag dich.«
Sie klimpert mit den Wimpern.
»Ich mag dich auch, Süßer.«
Ich hebe mein Glas.
»Aber komm mir nie wieder mit diesem Ich-fordere-einen-Freundschaftsdienst-Scheiß an, außer du liegst im Sterben, mindestens.«
Sie wird ernst.
»'tschuldigung. Ich war wohl ein bisschen in Panik. Da wir gerade dabei sind, du bist einfach für eine Woche verschwunden. Ich habe mir Sorgen gemacht. Mach das nie wieder.«
»Deal.«
Wir stoßen an, leeren die Gläser, und dann drückt sie mir ihr Glas in die Hand. Bevor ich sie weglegen kann, schiebt sie eine CD in den Player, rammt einen Gang rein, legt ihren Zentner aufs Gas, nimmt einem Taxi die Vorfahrt und lässt genug Gummi auf der Straße zurück, um China eine Stunde mit Kondomen zu versorgen. *Let Me Entertain You* knallt los, und das passt ganz gut zu ihrem Fahrstil.
»Ich hab 'ne Überraschung für dich!«, ruft sie durch Robbie und Doppelendrohre.
»Was denn?«, schreie ich und versuche die Gläser zu verstauen, ohne sie zu zerbrechen.
»Wirst du gleich sehen!«
Sie grinst zu mir rüber.
»Auf die Straße!«, schreie ich.
Sie grinst mich noch ein paar endlose Sekunden an, dann schaut sie nach vorn und schlenkert im selben Moment lässig um einen Vordermann herum, der wegen einer gelben Ampel beschlossen hat zu bremsen. *Weichei!* Sie legt sich

voll auf das Vierklanghorn, zeigt den Finger, rast über die Kreuzung, und kurz bevor sie in das Heck eines schwarzen Opels rast, schwenkt sie desinteressiert wieder in die alte Spur zurück, und das alles mit einem Gesichtsausdruck, als würde sie gerade eine deutsche Filmpreisverleihung schauen.
Nachdem sie meinen Nacken an einer anderen Kreuzung aus- und in einer interessanten Rechtskurve wieder eingerenkt hat, halten wir, Dutzende fluchende Mitbürger später, vor ihrem Haus. Sie zieht den Schlüssel aus dem Zündschloss, und der Motor erstirbt mit einem letzten Knurren. Beim zweiten Befehl meines Hirns öffnet sich meine rechte Hand und lässt den Haltegriff los. Ich starre zum Haus rüber.
»Wie sicher bist du, dass deine Überraschung mir gefällt?«
»Jetzt komm schon«, sagt sie und öffnet ihre Tür.
Als sie aussteigt, wendet sie mir kurz den Rücken zu. Ich könnte ihr eins über den Hinterkopf ziehen, den Wagen klauen und abhauen, aber es erscheint mir ein wenig übertrieben. Ein wenig.

Im Haus laufe ich meinem Freundeskreis in die Arme. Als Erstes sehe ich Diana, die mit ladylike angewinkelten Beinen auf dem Rand eines Sessels sitzt und mich fein anlächelt. Sie sieht aus wie ein Model beim Shooting. Automatisch rutscht mein Blick tiefer. Geschlossene Schuhe.
Der Keks sitzt vor dem überdimensionalen Fernseher und zieht sich eine DVD rein. Auf ihrem Kopf thront ein viel zu großer Kopfhörer. Neben ihr hängt Niels in einem Sessel. Anscheinend wird er gerade wach. Steffen und Patrizia kommen mit Flaschen und Gläsern aus der Küche.
»Ein konspiratives Treffen?«, frage ich.
Schon fliegt mir ein Energiebällchen um den Hals, und schon habe ich einen warmen Körper im Arm, Arme um den Hals, Mund am Ohrläppchen.

»Oink! Oink! Oink!«, ruft Yasna und zappelt in meinen Armen.
»Keks! Das ist aber schön! Was machst du hier?«
»Ich schaue mir *Lammbock* an!«
»*Lammbock*? Ich dachte, du machst jetzt nur noch Drama?«
Sie schüttelt den Kopf.
»Das ist öde! Ich will komisch sein!«
»Du bist komisch!«, verspreche ich ihr und kitzele sie durch. Sie zappelt und kreischt und windet sich. Niels verzieht das Gesicht und presst sich ein Kissen auf die Ohren. Ich lasse sie los. Sie stürmt zu dem Fernseher zurück, wirft sich in den Sessel, setzt sich die Kopfhörer auf, und weg ist sie.
Diana umarmt mich.
»Gratuliere.«
»Super, und wozu?«
Bevor sie mir antworten kann, klopft mir ein Stuntman die Luft aus der Lunge.
»Mensch, ich hab's ja immer gewusst!«
Mein Trommelfell flattert wie eine schlecht befestigte Plastikplane.
»Klar, und was?«, frage ich ihn.
»Ja ja ja!«, fährt Buddy dazwischen. »Halt das und warte es ab.«
Sie drückt mir ein Glas in die Hand, verteilt die anderen Gläser in der Runde und springt dann auf einen Stuhl. Niels winkt mir gähnend zu und steht auf. Patrizia hält sich im Hintergrund. Ich winke ihr zu. Sie winkt zurück. Hm.
Buddy klopft mit dem Fingernagel an ihr Glas.
»So, Leute, das Haus, in dem wir stehen, ist abbezahlt. Und das hier«, sie tätschelt ihren Bauch, »kann jetzt ruhig kommen, da Papa und Mama wieder flüssig sind. Das ist besonders wichtig, weil …«
Sie schaut Steffen liebevoll an.

»... weil wir alles doppelt kaufen müssen. Thelma und Louise sind on the road. Wir kriegen Zwillinge.«
Es wird geklatscht und gepfiffen. Nur einer macht nicht mit. Steffen lässt sich schwer in einen Sessel plumpsen. Alle Köpfe fahren zu ihm herum.
»Und ... das erzählst du mir einfach so ...«, sagt er und schaut düster vor sich hin.
Buddy wirft ihm einen kurzen Blick zu und macht dann weiter im Programm.
»Mein Mann beliebt zu scherzen. Also, Zwillinge. Und dass wir uns das leisten können, verdanken wir ... Viktor!«
Alle klatschen. Bis auf Yasna, die unter dem Kopfhörer nichts mitbekommt. Und Niels, der mir einen Finger zeigt. Und Steffen, der regungslos in dem Sessel sitzt und vor sich hinstarrt. Buddy wirft ihm einen Blick zu, noch einen, dann runzelt sie die Stirn, steigt vom Stuhl, kniet sich neben ihn und nimmt seine Hand.
»Süßer, das wusstest du. Wir haben das besprochen.«
Er schaut sie unsicher an.
»Ja?«
Sie nickt.
»Gestern in der Küche, weißt du noch? Wir haben sogar schon besprochen, wie wir die Zimmer aufteilen.«
Er schaut sie zweifelnd an.
»Aber Zwillinge ... und dann gleich zwei. Ich weiß nicht ...«
Er senkt den Blick. Buddy mustert ihn betroffen. Niemand bewegt sich. Eine unnatürliche Stille breitet sich aus. Aus Yasnas Kopfhörer dringen unverständliche Dialoge herüber. Irgendwo summt eine Fliege. Jemand verlagert sein Gewicht. Steffen zaubert eine Kamera hinter seinem Rücken hervor, hält sie Buddy vors Gesicht und blitzt. Buddy blinzelt. Steffen blitzt sie noch mal und grinst breit.
»Und, Schatz, was meinst du, wirst du auf den neuen Passfotos intelligent aussehen?«

Sie starrt ihn entgeistert an und blinzelt ein paar Mal, dann kommt sie in Bewegung.
»Du ... verfluchter ... gibt's doch ... nicht!«
Sie prügelt auf ihn ein. Steffen lässt ein paar Panzer durch den Laden rollen, zieht sie auf seinen Schoß und knutscht sie. Sie schlägt ihn. Er küsst sie. Sie küssen und sie schlagen sich, und um dieses kindische Ehepaar herum steht ein Kreis von Erwachsenen, die allesamt mehr oder weniger breit grinsen. Patrizia schaut mich von der Seite an. Ich schaue sie lächelnd an. Sie lächelt zurück. Hm.
Buddy bringt eine Gerade in Steffens kurzen Rippen unter. Er zuckt nicht mal, strahlt und küsst sie. Sie schlägt wieder zu. Er küsst. Schlag, Kuss, Schlag, Kuss.
Das große Knutschen bricht aus. Ich lasse mir nichts entgehen.
Niels stellt sich neben mich.
»Ich möchte nur noch einmal in meinem Leben von einer Frau so angeschaut werden«, flüstere ich.
»Ich kenn da eine Nutte«, sagt er, »wenn wir der genug Geld geben ...«
Er nun wieder.
»Was machst du überhaupt hier?«, frage ich ihn. »Musst du nicht deinen Film zerschneiden?«
»Buddy hat mich angerufen, ob ich dich flennen sehen möchte. Wollte ich mir nicht entgehen lassen.«
Ich schaue ihn fragend an. Er zuckt die Schultern.
»Vielleicht zwingt sie dich, deine eigenen Drehbücher zu lesen?«
»So lange ich mir nicht deine Filme anschauen muss.«
»Du Ludlum für Arme!«
»Du Fassbinder für Verschuldete!«
Das überrascht ihn.
»Was hast du plötzlich gegen Fassbinder?«

»Nichts. Aber euch verbindet etwas, und es ist leider nicht sein Talent.«
Bringt mir einen Schlag ein. Meine Freunde schlagen mich gern. Muss ich dringend irgendwann mal drüber nachdenken.
Yasna kichert. Wir drehen den Kopf. Sie starrt auf den Riesenbildschirm. Ich erkenne die Szene: Moritz Bleibtreu und Lucas Gregorwicz erörtern gerade, ob man Mehmet Scholl einen blasen kann, ohne schwul zu werden.
Niels mustert Yasna stirnrunzelnd.
»Immer wenn ich die Kleine sehe, hängt sie vor einem Bildschirm.«
»Sie guckt kein Fernsehen, nur Filme«, verteidige ich.
»Aber Kifferkomödien? Sollte sie in ihrem Alter nicht irgendwas für Kinder schauen?«
»Kiffen erinnert sie an Zuhause, das ist für sie quasi ein Heimatfilm«, sage ich und grinse.
Im selben Moment bemerke ich, dass Patrizia in Hörweite ist. Sie funkelt mich an. Das war es wohl erst mal wieder.
Niels schnalzt hämisch mit der Zunge.
»Also, wie du mit Frauen umgehst, ich muss schon sagen, du hast es echt drauf.«
Buddy steigt wieder auf den Stuhl und hebt die Hände.
»Okay, okay, Leute, was ich vorhin sagen wollte, bevor mein Mann seinen kranken Humor unter Beweis stellen musste: Wir alle kennen Viktor als einen frustrierten Kerl ohne Glück in der Liebe.«
Ich stöhne.
»Und einem fiesen Hang zum Stöhnen«, ergänzt sie. »Gut, dass der Mann seine immer länger werdenden Single-Phasen zum Schreiben nutzt. Dieses Haus hier dankt ihm jedenfalls für seinen heldenhaften Einsatz und wünscht ihm viel Glück bei seiner Reise.«

Ich schaue in die Runde. Alles grinst. Buddy schiebt Diana vor.
»Tja, also, Viktor, wie soll ich es sagen …«, beginnt sie mit einem Lächeln, »die wollen das Buch machen.«
»Das ist wirklich eine Überraschung, so kurz vor Drehbeginn.«
Ihr feines Lächeln will in alle Richtungen ausbrechen, aber sie hält es eben noch unter Kontrolle.
»Ich rede nicht von dem TV-Movie.«
»Aha«, sage ich.
Keine Ahnung, wovon sie redet, aber es scheint etwas Erfreuliches zu sein, denn falls die Flutlichtanlage im Stadion mal ausfällt, könnte man die Anwesenden als Ersatzstrahler an die Masten hängen. Nur Niels verdreht die Augen und unterdrückt ein Gähnen.
Ich schaue Diana an.
»Dein Kumpel aus L.A. will *Zwischenzeit* machen?«
Sie nickt bedächtig, die Augen wie kleine Sonnen.
»Die wollen dich treffen. Wir sollen hinkommen.«
»Niemand kriegt mich wieder in ein Flugzeug, bevor ich nicht irgendwas Schriftliches …«
Ihre linke Hand kommt hinter ihrem Rücken hervor und hält mir einen Umschlag hin.
»Optionsvertrag, Vorschuss und zwei Tickets erster Klasse.« Sie strahlt mich an.
»Ah«, sage ich lahm.
Ich öffne den Umschlag, und als Allererstes sehe ich einen Stempel. Der Optionsvertrag trägt den Stempel einer Firma, die ich tausendmal im Vorspann gesehen habe. Im Vorspann von Favoriten. *Der einzige Zeuge, Harold & Maude, Marathon Mann, Glücksritter, Frankie & Johnny, Gottes vergessene Kinder, Bugsy Malone, Chinatown, Braveheart, Indiana Jones, Untouchables* … wie oft habe ich im Kino auf dieses Logo geschaut und mich gefreut, weil ich wusste, dass es gleich

losgeht. Ich verbinde damit glückliche Zeiten, und da steht mein Name und … verdammt … ich weiß, es ist lächerlich, aber … *Hollywood*!
Niels tritt näher und mustert mich eingehend.
»Flennt er?«
Der Spruch handelt ihm einen Schlag von Buddy ein.
Und schon geht es wieder los. Ein Stuntman klopft mir die Luft aus der Lunge, Diana küsst mich von links, Buddy von rechts, sogar Patrizia umarmt mich kurz. Ich hab irgendwas im Auge. Meine Leute. Sie gönnen mir alles Gute.
Niels starrt mir forschend ins Gesicht und will gerade was sagen, als mein Handy klingelt. Ich hole es aus der Hosentasche. Buddy und Niels schauen sich an.
»Sein Handy ist an«, sagt sie.
Niels schaut mich an.
»Dein Handtelefon ist an.«
Ich gehe ran.
»Shane Blacks neuer Nachbar.«
»Wo bleibst du? Die Party läuft seit zwei Stunden, und so jung kommen wir bestimmt nie wieder zusammen, wenn überhaupt! Uhhuuu …«
Verdammt!
»Tut mir Leid, hab ich total vergessen …«
»Jugenddemenz«, lacht Mummy. »Los, schieb deinen Hintern hier rüber, meine Freundinnen wollen endlich den Typen kennen lernen, der es mir im Urlaub so richtig besorgt hat, uhuuu …«
Im Hintergrund macht es *oi oi oi oi oi …!* Gefolgt von fettem Gelächter.
»’tschuldigung, ich prahle ein wenig, aber wann kriegt jemand in meinem Alter schon mal Gruppensex, uhhuuuuuhuuuu!«
Niels schaut mich von der Seite an. Ich gehe ein paar Schritte von ihm weg.

»Ist gerade schlecht. Ich bin hier mit Freunden, und nachher kriege ich noch Besuch und …«

»Bring sie alle mit! Ich hab Geburtstag, und versprochen ist versprochen! Und beeil dich, wer weiß, ob du Gerhard sonst je wieder siehst, er hat da ein paar Muttermale, die mir gar nicht gefallen, uhuu …«

Sie hustet heftig, dann bricht die Verbindung ab. Ich lasse das Handy sinken und schaue in die Runde.

»Hat jemand Lust auf eine Party?«

Buddy breitet entgeistert die Arme aus.

»Und was zum Teufel ist das hier?!«

»Aber da gibt es was zu essen. Vom Grill.«

Steffen dreht sofort den Kopf und schaut Buddy mit großen Hundeaugen an.

Ich blinzele Niels an.

»Und jede Menge notgeile Weiber.«

»Gehen wir«, sagt er.

Ich tippe auf das Handy. Am anderen Ende klingelt es fünfmal, dann geht sie ran. Im Hintergrund hört man die Ansage des Schaffners.

»Verspätung?«

»Natürlich. Aber nicht viel. Kannst dich schon ausziehen, aber fang nicht ohne mich an.«

»Hast du Hunger?«

»Und wie! Das Bordrestaurant ist geschlossen und der Kiosk auch. Niemand weiß, wieso. Niemand weiß, wie lange. Niemand weiß irgendwas.«

»Deutsche Bahn eben. Aber das trifft sich gut, denn wir könnten hier auf eine Grillparty gehen. Fast alle meine Leute sind da. Du könntest sie auf einen Schlag kennen lernen, und das ist etwas wirklich Seltenes.«

»Alle deine Leute …«

»Nur wenn du Lust hast«, sage ich.

»Na gut, gehen wir eben nicht ins Bett und vögeln uns um

den Verstand.« Ihre Stimme klingt, als wäre es okay, aber so gut kennen wir uns noch nicht, also:
»Du kannst auch Nein sagen, ist völlig in Ordnung.«
»Ich würde gern alle deine Freunde kennen lernen«, sagt sie. Ich gebe ihr die Adresse und verspreche ihr, dass wir danach Zeit haben, um ausführlich den Verstand zu verlieren. Wir verabschieden uns, und ich stecke das Handy weg. Alle schauen mich an. Ich wische mir das Grinsen aus dem Gesicht, aber zu spät: Buddy schaut Steffen an und grinst. Diana lächelt. Patrizia mustert mich ausdruckslos. Niels verdreht die Augen und gähnt.

Kapitel 53

Unterwegs halten wir bei einem Einkaufszentrum und kaufen ein. Bei dem, was wir in die Einkaufswagen werfen, bin ich mir nicht sicher, ob wir morgen nicht noch ein, zwei Aufträge annehmen müssen, um über die Runden zu kommen.

Mit Buddy, Steffen, Diana, Niels, Patrizia und dem Keks sind wir nicht gerade ein unauffälliger Haufen, dementsprechend handeln wir uns von allen Seiten Blicke ein, aber einer übertreibt es. Am Obststand mustert er uns. An den Getränken steht er neben uns. An der Fleischtheke hinter uns. Er hat nur Augen für Diana und kann es anscheinend gar nicht fassen, dass er sie hier trifft. Seine große Chance, endlich mal ein Wort mit der Frau zu wechseln, mit der er schon hundert Mal Sex hatte.

Auf den ersten Blick wirkt er ganz normal, dennoch muss er ein paar Blicke einstecken. Er lächelt ertappt, schaut verlegen zu Boden und zieht weiter. Niels nennt Diana unseren »Pop-Star«, und sie verrät uns, dass sie genau deswegen nie einkaufen geht. Seit Jahren lässt sie sich ihre Einkäufe liefern und war tatsächlich seit einem Jahrzehnt nicht mehr in einem deutschen Supermarkt.

An der Kasse reiht Dianas Fan sich wieder hinter uns ein, und unter unseren warnenden Blicken, sich ja keinen Fehler zu erlauben, spricht er Diana an. Er macht ihr ein vorsichtiges Kompliment, hofft, dass sie ihm seine Aufdringlichkeit verzeiht, es wäre nur so: Wenn er jemanden trifft, den er interessant findet, dann fühlt er sich manchmal noch tagelang blöd, wenn er nicht zumindest versucht hat, diesen Menschen kennen zu lernen. Darum möchte er Diana gern auf einen Kaffee einladen. Er lächelt sie verlegen an. Diana kann nicht anders, als zurückzulächeln. Himmel, ich bin ja selbst kurz davor, ihn zu umarmen.

Wir wenden uns etwas ab, um den beiden die Illusion zu lassen, dass wir nicht mithören. Niels, der Idiot, hält mir grinsend TV- und Kinozeitschriften mit Grace' Fotos hin und wirft sie in den Einkaufswagen. Ich zeige ihm einen Finger nach dem anderen, schaue dabei auf die Fotos und frage mich, was sie sagen werden, wenn ich wieder mit ihr aufkreuze und mich in ihrer Firma als schreibender Lustsklave verdinge.

Während wir den Proviant in vierhundert Tüten packen, werfe ich einen Blick zu Diana rüber. Ihr Fan macht das wirklich sweet, und zum ersten Mal sehe ich meine Agentin flirten. Ich drücke ihr die Daumen, dass sie bald jemandem Frühstück machen kann, der nicht sofort weiterzieht. Anscheinend läuft alles bestens, denn sie gibt seine Nummer in ihr Handy ein. Dann lächeln sie sich scheu und hoffnungsvoll an. Ein schöner Augenblick. Vielleicht der Anfang von einer lebenslangen Beziehung, weiß man es? Ich muss grinsen, denn vor einem Monat hätte ich noch gedacht – *die Arme*. So nahe liegt alles beieinander …

Dianas Fan verabschiedet sich von ihr und nickt ein Mal kurz zum Abschied in die Runde. Niels verdreht die Augen und klinkt sich ein: He, wozu warten? Er lädt den Kerl ein, gleich mit auf die Grillparty zu kommen. Iss was, trink was und mal schauen, was geht, wenn erst mal alle besoffen sind …

Der arme Kerl lächelt Niels nervös an und macht sich wieder an seinen Einkauf. Niels schaut ihm stirnrunzelnd nach. Dann bemerkt er unsere Blicke und breitet unschuldig die Arme aus. He, er wollte nur helfen.

Kapitel 54

An einem lauen Spätsommertag mit Freunden in einem überfüllten Wagen, ein kaltes Bier in der Hand – ich hatte ganz vergessen, wie groß das ist. Als Teens sind wir ständig zusammen weggefahren, eine Küste hoch oder quer durch Großstädte, egal. Manchmal haben wir ganze Tage im Auto verbracht; Sound hören, zusammen sein, genug Zeit, um über alles zu reden, genug Zeit, um zu schweigen, und immer die Möglichkeit, jeden Impuls in Abenteuer umzuwandeln.

Buddy legt sich voll auf die Hupe, um einen Busfahrer zusammenzufalten, der die Frechheit besitzt, an einer Haltestelle anzuhalten.

»Was erwartet sie? Das die während der Fahrt abspringen?«, fragt Niels.

Ich zucke die Schultern. Hab längst aufgegeben, mit ihr über ihren Fahrstil zu reden.

Steffen schaltet das Radio an, und wir erwischen die letzten Klänge von *Rückenwind.*

Als eine weiche Stimme danach *Junimond* anmoderiert, riecht es nach einem von diesen Momenten. Zwei gute Songs in Folge? Offenbar hat die Radio-DJane beschlossen, ihren Job zu riskieren. Vielleicht ist auch nur das vorformatierte Band kaputtgegangen, jedenfalls nutzt unsere neue unbekannte Freundin die Gelegenheit. Ich singe mit Rio, schicke ihm Grüße in seinen ewigen Backstageraum und beobachte, wie er meine Leute glücklich macht. Niels singt laut und falsch, ohne sich einen Scheiß drum zu kümmern. Buddy und Steffen singen sich vorne an. Diana bewegt still die Lippen. Patrizia geht mit ihrer kräftigen Stimme in die tiefere Oktave, und sogar der Keks kennt den Text von irgendeiner Coverversion und kräht im Kehrreim mit.

Als Rio verstummt, sagt unsere Freundin eines ihrer Lieblingsliebeslieder an: *Bis ans Ende der Welt.* Ich lausche Udo Lindenbergs einmaliger Art zu intonieren und denke an die tausend Künstler, die mit ihrem Output mein Leben zum Besseren verändert haben. Musiker, Schriftsteller, Filmmenschen, so verdammt viele, die etwas riskiert haben, etwas realisiert haben, was mich berührt, inspiriert, schlauer gemacht und mir in jedem Buchladen, Kino und Club auf der Welt ein Zuhause geschaffen hat. Danke.

Niels legt einen Arm um meine Schultern.

»Wenn danach noch eine gute Nummer kommt, fange ich glatt wieder an, an Gott zu glauben!«, ruft er.

Ich nicke ihm zu. Er strahlt und schwenkt eine Büchse Bier. Ein großartiger Augenblick. Dank unserer Freundin, die alles riskiert. Ich stelle es mir so vor, dass sie die Studiotür von innen verbarrikadiert hat und einen Favoriten nach dem anderen auflegt, während der Studioboss draußen hinter der dicken Trennscheibe tonlose Tobsuchtsanfälle bekommt und die Securities versuchen, die Tür aufzubrechen. Sie schaut zu ihnen raus, versteht sie sogar, ihre Sicherheitssucht, versteht ihre existenzielle Angst vor Leidenschaft, Liebe und Hingabe, weil das alles unkontrollierbar ist. Sie versteht sie und akzeptiert, dass man ihr nach dieser Sache kündigen und sie verklagen muss, sie versteht das. Aber das ändert nichts daran, dass sie das hier tun musste. Die Tür wird nicht mehr lange halten. Also legt sie als Letztes *All The Good Things In Life* vom Sammy Davis jr. auf, lehnt sich zurück und schaut ruhig zu, wie die Securities die Studiotür aufbrechen. Sie hat getan, was sie tun konnte, um uns hier draußen zu zeigen, dass wir nicht allein sind. Jetzt ist es an uns, die Botschaft weiter zu tragen.

Wir singen und trinken Bier, und die Laune steigt. Allerdings nur, bis wir bei der Adresse ankommen, die Mummy mir genannt hat. Es ist ... ein Schrebergarten.

Buddy parkt das Monster zwischen gut gepflegten Wagen, und wir steigen aus. Sofort hören wir von irgendwoher lachende Menschen, und das kommt gut. Leider hören wir auch *Schöne Maid hast du heut für mich Zeit.* Kommt nicht ganz so gut. Ich ernte Blicke und Ansagen.

Wir beladen uns wie die Packesel und taumeln los. Wir passieren ein Rentnerschloss nach dem anderen. Zaun, Garten, Häuschen, Zaun, Garten, Häuschen, Zaun, Garten, Häuschen. Niels spinnt los, dass sein nächster Film von einem Serienmörder handeln wird, der freigesprochen wird, weil er in einem Schrebergarten aufgewachsen ist.

Als wir keuchend um die letzte Kurve biegen, bleiben alle schlagartig stehen.

»Omannomann ...«, sagt Buddy.

»Silberlöckchen ...«, schnauft Niels überrascht.

Die Parzelle ist voller Rentner. Ein Paar, das aussieht, als hätte es sich auf dem Jungfernflug der Hindenburg kennen gelernt, tanzt auf dem Rasen zu Tony Marshalls Liedschlecht. Beobachtet werden sie dabei von circa einer Million Gartenzwerge. Die anderen Gäste sitzen unter Riesenschirmen auf Bänken und essen. Alle sind erstaunlich gut gekleidet, bis auf eine Frauenrunde, die an einem langen Tisch sitzt und zu laut lacht.

Niels klatscht lachend in die Hände.

»Wer leiht mir ein paar Gummis?«

Ein paar Köpfe drehen sich zu uns um. Mummy entdeckt uns am Zaun.

»Frischfleisch!«, gellt sie.

Alle Köpfe drehen sich. Die Frauenrunde macht *Oi oi oi oi*

oi oi oi! und lacht dann meckernd. Schon volle Schlagseite. Mummy kommt grinsend auf uns zu. Sie trägt eine Schürze auf der *Nekrophil – na und?* steht.
»Ach, du grüne Neune ...«, flüstert Steffen.
Sie bleibt am Zaun stehen und nickt in die Runde
»Was hast du mir denn da Schönes mitgebracht?«
»Also, das sind Yasna, Patrizia, Bud...«
»Kann ich mir eh nicht merken.« Sie winkt ab und öffnet das Gartentor. »Schön, dass ihr da seid, fühlt euch wie zu Hause. Auf dem Grill liegen Steaks, Würstchen und Kartoffeln, im Kühlschrank gibt es Bier, Wasser und Schnaps. Beeilt euch, falls ihr meine Gäste noch lebend antreffen wollt, uhuu ...«
Niels grinst. Mummy wirft einen Blick auf Yasna.
»Hat jemand vielleicht Lust, die kleinen Katzen zu sehen?«
Yasnas Hand zuckt hoch.
»Ich!«
»Na, so was«, grinst Mummy. »Dann komm mal mit.«
Yasna nimmt die mehr als zehnmal so alte Hand, und sie gehen los.
»Knusper, knusper ...«, macht Buddy.
»Hoffentlich vergesse ich die Schürze«, flüstert Steffen.
Niels stupst mich an.
»Freie Hand?«
»Sei nett, die waren im Krieg«, sage ich.
Er grinst wölfisch.

Wenig später habe ich vierzig Hände geschüttelt, und was auffällt: Gerhards Freunde haben Manieren und sind gut gekleidet. Mummys Freundinnen dagegen sind eher, nun ja, anders, vor allem ihre Kegelfreundinnen, die auch die Oi-Fraktion stellen. Yasna ist sofort Everybody's Darling. Sie flitzt von einer Ecke zur anderen und sammelt Katzen. Niels entdeckt eine alte Regisseurin, die aus dem Biz ausgestiegen ist, und sofort verstricken sie sich in eine Diskussion über

die richtige Blende, den richtigen Schwenk und blahblahblah.
Steffen erobert den Grill, fächert ihn neu an und beginnt auch gleich, ihn leer zu futtern. Patrizia wühlt kurz im Plattenkarton, tötet den Marschall, und schon läuft generationenverbindener Sound. Sie legt *The Way You Look Tonight* von Sinatra auf, setzt sich neben die Platten und signalisiert: ab jetzt nur noch über ihre Leiche. Sie beginnt sogleich, sich eine Tüte zu bauen, und richtet mit Buddy imaginäre Kinderzimmer ein. Ein gesundes, sauberes Fest. Daran ändert sich noch nicht mal was, als zwei rüstige Sechziger Diana wiedererkennen. Sie machen keinen Spruch, wollen kein Autogramm, sie fragen nur nach, ob sie es ist, und danken dann grinsend für Inspiration. Alter macht anscheinend cool.
Wir essen, trinken und sitzen mit entspannten Menschen, die all das, was uns Kummer macht, längst abgehakt und durch anderen Kummer ersetzt haben. Alles in allem kommen sie souveräner rüber als jede andere Gruppe, in der ich mich in den letzten Monaten aufgehalten habe. Sie jagen nichts mehr hinterher, freuen sich einfach über jeden neuen Tag. Kinder und Alte haben das drauf. Was treiben wir bloß in den Jahren dazwischen?
So nebenbei erfahren wir, dass Mummy nicht nur Geburtstag hat, sondern auch Diamanthochzeit oder wie es heißt, wenn man verheiratet ist, seitdem es fließend Wasser gibt. Patrizia legt einen Walzer auf, und schon tanzen Mummy und Gerhard. Er ist fast zwei Köpfe größer, und sein weißes Haar flattert im Wind, während er Mummy über den Rasen schiebt. Sie wirken, als wären sie zusammen zur Welt gekommen, sogar Niels vergisst für einen Augenblick seine Einstellungen und schaut schweigend zu.
Als der Walzer endet, stehen sie da und schauen sich an. Sie stehen einfach und schauen sich an. Dann hebt Gerhard die

Hand und streicht ihr über die Wange. Alle Anwesenden grinsen breit, stupsen sich an oder lächeln wehmütig.
Patrizia bittet weiter zum Engtanz. Die Ex-Regisseurin fordert Niels auf, sie gehen auf den Rasen. Ich habe ihn noch nie seriös tanzen sehen, doch bevor ich mich begeiern kann, schnappt Mummy sich meine Hand.
»Wieso hast du nichts gesagt, dann hätten wir uns besser angezogen.«
»Uns interessiert nur, was ihr auszieht, uhuuu!«
Beim Tanzen komme ich mir vor wie ein Berg bei einem Freeclimbing-Wettbewerb. Mummy klammert sich an mich, und das, was ihre Hände an meinem Hintern treiben, nennt sie »Alter forscht«, uhuuu!
Buddy wird von einem gut gekleideten Mann aufgefordert, der wirkt, als hätte er schon alles gesehen und würde immer noch gern hinschauen. Dianas Verehrer nutzen ebenfalls die Gelegenheit, und der Kegelklub wirft Steffen Blicke zu, die jeden anderen schreiend durch die Kolonie getrieben hätten. Er winkt freundlich zurück, und schon steckt der Kegelklub tuschelnd die Köpfe zusammen. Ich kann nicht erkennen, ob sie es auslosen, aber wenig später geht eine Kegelmatrone zu Steffen rüber und bittet schüchtern um den Tanz. Er nimmt die Einladung an und erntet anerkennende *Oiii*s vom Tisch.
Ein kahlköpfiger Siebzigjähriger, der aussieht wie Fred Astaire, als er den Oscar für Lebenswerk bekam, mustert die letzte freie Frau. Dieses fremdländische Geschöpf mit den Kabelhaaren, den Tattoos und den Muskeln. Schließlich gibt er sich einen Ruck. Er steht auf, zieht sein Jackett aus, unter dem er eine Blumenweste über einem dünnen Brustkorb trägt. Er hängt das Jackett korrekt über eine Stuhllehne, dann geht er zu Patrizia, bleibt vor ihr stehen, stellt sich vor und bittet um den Tanz. Patrizia lächelt sweet, nimmt seine ausgestreckte Hand und lässt sich, mit einer Anmut, die ich nie an ihr gesehen habe, auf den Rasen führen.

Walzer, Polka, Walzer, Foxtrott, Walzer. Nach jedem Lied ist Partnerwechsel. Bei Steffen bildet sich eine Schlange. Buddy und Diana werden durchgereicht, und sogar Patrizia ist eine begehrte Tanzpartnerin, auch wenn die meisten ihrer Tanzpartner am Anfang nicht so richtig wissen. Aber sie ist fromm wie ein Lamm und genießt es sichtbar, mit der alten Schule zu tanzen. Wusste gar nicht, dass sie Standards kann. Und erst recht nicht, dass sie sich führen lässt.

Bei der richtigen Gelegenheit bedanke ich mich bei Marlies, der sehr ehemaligen Miss Hamburg, komme einem rüstigen Haarteilträger knapp zuvor und strecke die Hand aus.

»Darf ich bitten?«

Patrizia macht eine Riesenshow daraus, zwischen uns hin und her zu schauen. Schließlich vertröstet sie den Haarteilträger auf später. Er erwidert, dass es ihm ein außerordentliches Vergnügen sein werde, auf diesen Tanz zu warten, und zieht sich zurück. Manieren, Mann, Manieren …

Patrizia gleitet mir in die Arme, und schon tanzen wir zum ersten Mal Standard. Sie liegt gut im Arm, lässt sich führen und wirkt viel weicher als in letzter Zeit. Vielleicht hat sie einen neuen Lover, dann ist sie die ersten Wochen immer so, bis sich herausstellt, dass er keine Kinder mag, ihren Sound nicht mag, gegen Drogen oder was-weiß-ich ist.

»Da hat neulich ein Typ bei dir geschlafen, der den Keks zum Lachen gebracht hat, ja?«

Sie nickt und verzieht den Mund.

»Patrik aus London.«

»Und?«

»Guter DJ. Guter Humor. Toller Körper …«

»Verheiratet?«

»Schwul.«

»Beileid. Na ja, vielleicht wirst du ja hier fündig. Ich glaube, der alte Herr da steht auf dich.«

Ich nicke zu dem Gentleman rüber, der auf einem Stuhl sitzt und Patrizia betrachtet, als sei sie moderne Kunst. Als er sieht, dass wir zu ihm rüberschauen, hebt er die Hand. Lebe noch. Wir winken rüber.
Patrizia lächelt.
»Hätte nichts gegen eine erfahrene Zunge einzuwenden.«
»Und Erfahrung hat er sicher reichlich«, lache ich.
Ihre Magnetaugen mustern mich forschend.
»Und dein neuer Lover kommt auch gleich, ja?«
Ich nicke.
»Lover oder mehr?«, fragt sie.
Ich ziehe die Schultern hoch, grinse aber wohl zu breit.
»Gratuliere«, sagt sie.
»Danke.«
Sie übernimmt die Führung.
»Ha, ich *wusste*, dass du es nicht lange aushältst!«, sage ich und muss grinsen.
»Wir erledigen das besser vorher«, sagt sie.
»Erledigen? Was denn?«
Statt zu antworten, tanzt sie mich vom Rasen herunter. Wir tanzen bis zu einem kleinen künstlichen Teich, um den ein paar Gartenzwerge vergeblich Ausschau nach einem Fisch halten.
»Und was machen wir jetzt?«
Sie beachtet mich nicht und schaut sich stattdessen suchend im Garten um.
»Yasna!«
Der Keks kommt angerannt, in den Armen eine Minikatze, die wild zappelt. Aggressiv gestreichelt.
»Jetzt, jetzt?«, ruft sie überdreht.
Patrizia nickt, zieht ein Band hervor und hält es mit zwei Händen hoch, als wäre es eine olympische Goldmedaille.
»Für dich«, sagt sie.
Ich schaue sie regungslos an. Yasna setzt die Katze ab, die

sofort mit durchdrehenden Beinen unter den Bäumen verschwindet.
»Na los, du musst dich bücken!«, ruft sie und zerrt an mir.
Ich beuge den Kopf. Patrizia lässt mir das Band um den Hals gleiten. Ich mustere es.
»Ein Band. Mit einem Haken. Toll. Danke.«
»Jetzt ich!«, ruft der Keks.
Sie wühlt in ihren Taschen und bringt einen Schlüssel zum Vorschein. Sie drückt den Haken auf und lässt ihn dann ins Schlüsselloch schnappen.
»Wir, Yasna und … Wir, Mama und Yasna, verleihen dir, Viktor, den goldenen WG-Ehrenschlüssel.«
Sie lässt den Schlüssel los. Er prallt gegen meine Brust. Yasna strahlt. Ich werfe Patrizia einen Blick zu. Sie lächelt. Ich bin wieder drin.
»Danke«, sage ich und drücke Yasna.
Sie zappelt.
»Ich will weiterspielen!«
»Mach das«, sagt Patrizia, und schon flitzt der Keks der Katze hinterher.
Ich berühre den Schlüssel mit den Fingern. Fühlt sich gut an.
»Wieso?«, frage ich sie.
»Wie wär's mit Danke?«
»Danke.«
»Weil ich nachgedacht habe«, sagt sie.
»Wahnsinn.«
Das bringt mir ein leichtes Funkeln ein.
»Nachgedacht, gut«, schiebe ich schnell nach. »Und an dem Schlüssel hängt keine Bedingung?«
»Doch. Hör auf, ein Arschloch zu sein.«
Ich grinse sie an. Sie seufzt.
»Versuch es einfach, es tut auch gar nicht weh. Echt, Vik, niemand bringt mich so auf die Palme wie du, aber du gehörst

zur Familie, also vergiss den ganzen Quatsch von neulich. Sei einfach für Yasna da, dann kommen wir schon irgendwie klar.«

»Amen«, sage ich und biete ihr meinen Arm.

Sie hakt sich ein. Ich führe sie zum Fest zurück.

»Für dich habe ich auch was.«

Sie mustert mich fragend.

»Zum einen will Marco dich auf einem fetten Event unterbringen. Ich brauche eine CD mit deinem Sound, die ich ihm schicken kann.«

»Ist nicht dein Ernst …«, sagt sie überrascht.

Ich nicke.

»Und es ist kein Freundschaftsdienst, er hat von selbst angerufen. Anscheinend steht er auf dein Händchen.«

Sie strahlt.

»Und zum anderen …«

Ich setze mich an einen Tisch, schiebe ein paar Grillteller beiseite, hole den dicken Umschlag heraus und breite die verschiedenen Formulare aus. Sie tritt neben mich und mustert die Papiere neugierig.

»Was ist das?«

»Die Formulare für das Sorgerecht. Also, mein Anwalt meint, das Einfachste ist, wenn wir beim Jugendamt eine ›Sorgeerklärung‹ für das gemeinsame Sorgerecht öffentlich beurkunden lassen. Dann wollen die vielleicht ein paar Gespräche mit uns und dem Keks führen, dabei binden wir ihnen auf die Nase, dass wir zusammen wohnen, und da das Gericht oft den Wunsch des Kindes berücksichtigt, sieht es eigentlich ganz gut aus.«

Ich schaue zu ihr hoch. Sie starrt auf die Papiere.

»Es gibt auch noch eine einfachere Möglichkeit, in dem du eine ›testamentarische Verfügung‹ triffst. Dafür musst du nicht mal zum Notar, das kannst du wie ein normales Testament aufsetzen. Wenn du darin ausführlich begründest,

wieso dein Ex-Mann im Falle deines Todes das Sorgerecht für Yasna nicht bekommen soll, könnte das reichen. Also, wie hättest du es gern?«
Sie blinzelt und schluckt irgendwas runter.
»Ich will, dass du das Sorgerecht nimmst.«
Ich lächele zu ihr hoch.
»Hey, hast du dir das gut überlegt? Dann darf ich den Keks alle vierzehn Tage für ein Wochenende haben, und wenn du rumzickst, kann ich dich auf Einräumung des Umgangsrechts beim Familiengericht verklagen. Hier …«
Ich suche ihr den Antrag für Prozesskostenbeihilfe heraus.
»Das habe ich dir mitgebracht, falls du mich dann wegen irgendwas verklagen willst. Ach, ja, bei Konflikten wird berücksichtigt, ob einer von uns vorbestraft ist, also deal ruhig weiter, sobald du im Knast bist, hab ich den Keks für mich allein.«
Ich ziehe den Kopf ein und erwarte einen Schlag, doch es kommt nichts. Ich hebe den Kopf vorsichtig. Ihre Augen sind blank, ihre Lippen zittern. Ich brauche einen Augenblick. Dann verstehe ich, dass sie wirklich nicht damit gerechnet hat. Oh, Mann.
»Hast du gedacht, ich lasse dich hängen?«
Schon beginnen dicke Tränen ihre Wangen herunterzukullern. Ich stehe auf und weiß dann nicht weiter. Ich würde sie gern in den Arm nehmen, aber dafür kenne ich sie zu gut. Zu meiner Überraschung greift sie nach meiner Hand und drängt sich an mich. Ich halte sie. Sie zittert an meiner Schulter, und ich erinnere mich an die drei Gelegenheiten, bei denen ich sie habe weinen sehen. Beim Tod ihrer Mutter. Und als ihr endgültig klar wurde, das Yasnas Vater nichts taugt. Und neulich. Dreimal in all den Jahren – und jetzt. Sie hat wirklich gedacht, ich lasse sie und den Keks hängen. Ich habe eine Menge gutzumachen.
Sie lehnt sich mit dem Oberkörper zurück, legt mir eine

nasse Hand auf die Wange und dreht meinen Kopf zu ihrem Gesicht herum. Ihre Augen sind weit geöffnet, ihre Pupillen so dunkel, wie ich sie noch nie gesehen habe.
»Danke«, flüstert sie und drückt ihre nassen Lippen auf meine.
Sie schließt die Augen. Im selben Augenblick betritt Lena den Garten und schaut zu uns rüber. Mummy schaut von Lena zu Patrizia, wieder zu Lena, dann grinst sie mich kopfschüttelnd an. Lena steht regungslos da und schaut unter der Haarkante zu uns rüber. Fährst vierhundert Kilometer und findest deinen neuen Lover in der Umarmung einer weinenden Schönheit ...
Ich löse mich behutsam von Patrizia, behalte aber ihre Hand und gehe zu Lena rüber.
»Hey, schön, dass du da bist. Das ist Patrizia, Patrizia, das ist Lena.«
Patrizia lässt meine Hand los, streckt ihre aus und lächelt herzlich, während sie sich die Tränen wegwischt.
»Freut mich.«
Lena zögert, doch dann greift sie zu, und beim Händedruck mustern sie sich neugierig.
»Hallo«, sagt Lena.
Sie lassen ihre Hände wieder los. Patrizia lächelt mich an.
»Wir sehen uns ja noch.«
Sie geht zum Tisch, nimmt die Papiere an sich, und nach einem weiteren freundlichen Lächeln zu Lena geht sie. Lena schaut ihr nach. Dann dreht sie den Kopf zu mir und wirkt ein bisschen eingeschüchtert.
»Wer war das?«
»Meine Ex-Mitbewohnerin. Du brauchst dir nichts dabei zu denken. Ich habe ihr eben nur ...«
Die Papiere gebracht, die mir das Sorgerecht für ihre Tochter einräumen?
»... eine Freude gemacht. Wir kennen uns ewig.«

Ich umarme sie.
»Schön, dich zu sehen.«
Sie ist zuerst etwas steif, doch dann umarmt sie mich und sucht meinen Mund. Das zweite Paar ernst gemeinter Lippen in einer Minute. Merkwürdiges Gefühl. Sieht sie offenbar auch so, denn sie löst sich.
»Hunger?«, frage ich.
»Und wie«, sagt sie.
Wir schlendern zu einem Tisch in der Nähe des Grills. Sie versucht sich nichts anmerken zu lassen, und ich bin mal wieder froh, dass ich nie was mit Patrizia hatte, sonst müsste ich gleich zum x-ten Mal lügen.
Ich besorge Lena ein Bier, nehme ihre Bestellung auf und gehe zu Niels rüber, der für Steffen den Grill übernommen hat, weil der immer noch auf der Tanzfläche durchgereicht wird. Niels trägt Mummys Schürze und die Kaninchenhandschuhe. Ich gebe ihm die Order. Er schaut zu Lena rüber.
»Sieht süß aus.«
»Sie ist nicht auf Rollensuche, also entspann dich.«
Er grinst.
»Oho, sie bedeutet dir was, ja?«
Ich schaue ihn nur an. Er füllt den Teller und grinst dabei blöde.
»Aha. Und wie ist sie im Bett?«
»Das geht dich nichts an.«
»Also war es spitze.« Er grinst. »Seid ihr jetzt zusammen, oder was?«
»Niels, was soll das?«
»Also nicht. Du hältst dir noch die Hintertür offen? Ist das schlau?«
»Niels, verdammt ...!«
Er hält mir den Teller entgegen und lächelt unschuldig.
»Ich mache mir nur Sorgen, dass du dir doch noch ein Haus-

tier zulegst. Und darum solltest du das Ding schnellstens in trockene Tücher bringen.«
»Läuft nicht weg«, sage ich und nehme den Teller.
»Haste von deiner Ex auch gesagt«, entgegnet er.
Ich starre ihn an. Er grinst. Ich drehe mich um und gehe zum Tisch zurück.
Lena macht sich sofort über das Essen her. Während sie isst, wird sie von allen Seiten neugierig gemustert. Sie lässt sich davon nicht stören und ziert sich nicht beim Essen. Sie kaut, schluckt und spült mit einem halben Bier nach. Sie sieht mein Lächeln und mustert mich unter der Haarkante.
»Warum lächelst du?«
»Schön, dass du da bist.«
»Ja?«, sagt sie und will es hören.
»Ja«, sage ich.
Sie mustert mich, während sie kaut. Ich nippe an meinem Bier und warte. Als sie den Mund wieder frei hat, geht es dann los. Sie nickt in Patrizias Richtung, schaut aber nicht rüber.
»Warum hat sie die ganzen Tattoos?«
»Macht man wohl so im Lesbenknast.«
Sie hört auf zu kauen und schaut mich an.
»Kleiner Scherz«, lächele ich.
Sie kaut weiter, ohne zu lächeln. Ich zucke die Schultern.
»Sie steht drauf. Aber ich glaube, jetzt hat sie genug davon. Die waren auch nicht ganz billig. Für das Geld hätte sie sich einen Kleinwagen leisten können, und den könnte sie jetzt besser gebrauchen.«
Lena nimmt einen Schluck aus der Flasche und wirft einen Blick rüber.
»Die Haare muss sie ja seit zehn Jahren wachsen lassen.«
»Kommt ungefähr hin.« Ich nicke und warte.
»Muss schwer zu pflegen sein«, sagt sie und steckt sich den letzten Bissen in den Mund.

Tattoos und Haare. Immer schön an der Oberfläche. Aber das kann ich auch.
»Nicht nur das, sie sind sogar gefährlich, die haben sie fast mal umgebracht. Wir waren mal bei einem kleinen Sturm am Atlantik. An dem Tag waren die Wellen so heftig, dass sich keiner raustraute, deswegen musste Patrizia natürlich erst recht raus und jedem zeigen, dass sie die taffste Braut an der ganzen Küste ist.«
Lena runzelt die Stirn und schluckt den Bissen runter.
»Ihr wart zusammen im Urlaub?«
»Klar, wir haben jahrelang zusammen gewohnt, und manchmal sind wir eine Woche mit der Kleinen weggefahren.«
»Der Kleinen?«
»Ihrer Tochter«, sage ich und zeige auf Yasna, die gerade mit Gerhard zusammen eine Gartenzwerg-WG voller panischer Minikatzen gründet.
Lena mustert Yasna und wirkt, wie so viele, überrascht, dass Patrizia jemand Untätowiertes mit einer normalen Frisur zur Welt bringen kann. Es ist derselbe Blick, wie ihn die Frauen hatten, die sich zu WG-Zeiten für mich interessiert und dann Patrizia und Yasna kennen gelernt haben.
Ich warte. Doch sie nimmt noch einen Bissen. Anscheinend ist sie noch nicht so weit für die anderen Fragen, also mache ich weiter Unterhaltung.
»Während ich auf die Kleine aufpasse, surft Patrizia also draußen herum. Irgendwann sehe ich, wie sie von einer Monsterwelle weggespült wird. Als sie wieder hochkommt, haben ihre Dreads sich um ihren Hals gewickelt und sie fast erwürgt.«
Bei der Erinnerung muss ich lachen.
»Sie kam wie ein vorzeitliches Monster an den Strand getaumelt und zerrte an ihren Haaren, während sie komische Laute von sich gab. Die Dreads waren wie nasse Stahlseile und total verfilzt, wir brauchten zwei Leute, um sie recht-

zeitig zu befreien, bevor sie an ihrer Frisur zu Grunde ging.«
Ich lache. Lena lächelt leicht. Dann schaut sie wieder zu Yasna rüber und zurück zu mir. Ihre Augen wirken matt unter der Haarkante. Jetzt kommt es.
»Ist sie von dir?«
Ich schüttele den Kopf. Noch nicht.
Lena nickt, kaut das letzte Stück Huhn, schluckt, trinkt etwas Bier, dann legt sie ihre Hände auf den Tisch und schaut mich knapp unter der Haarkante hervor an.
»Zauberst du noch mehr aus dem Hut?«
»Was meinst du?«
»Ich will es nur wissen.«
Ich atme tief durch. Ich hasse das.
»Bring das nicht durcheinander. Patrizia und ich, wir sind alte Freunde. Wir kennen uns ewig, wir haben zusammen gewohnt, aber da war niemals etwas Sexuelles zwischen uns. Kein einziges Mal.«
Sie nickt ein Nicken, das alles Mögliche bedeuten kann, und auch in meinen Ohren klingt der Satz falsch. Patrizia und ich sind vieles, aber alte Freunde? Die Bezeichnung stimmt nicht. Aber was sind wir? Platonische Eltern? Ex-Patchworkpartner? Kumpels? Was auch immer, Lena ist nicht die Erste, die sich da voll reinhängt, und je mehr ich darüber nachdenke, desto klarer wird mir, dass es vielleicht eine bescheuerte Idee war, sie so früh hierher zu bringen. Aber zurück geht nicht, also:
Ich stehe auf und schnappe ihre Hand.
»Komm, ich stelle dir meine Leute vor.«
Wir gehen los. Ich lege meinen Arm um ihre Taille. Sie bleibt ein bisschen auf Abstand und schmiegt sich nicht so richtig an.
Wir steuern Niels an, der einer aus der Kegelklubfraktion soeben den Teller gefüllt hat.

»Ist das nicht der Regisseur von dem Film mit dem langen Titel mit dem Leben und den Tagen dazwischen?«, fragt Lena überrascht.
»Ja«, sage ich und mustere sie nicht minder überrascht. Sie merkt sich Gesichter von Regisseuren?
Wir bleiben vor Niels stehen. Er grinst anzüglich.
»Ist sie so scharf, wie sie aussieht?«
Er nun wieder.
»Lena, das ist Niels, ein Ex-Freund von mir. Niels, das ist Lena aus Hamburg.«
Niels lässt die Kaninchen winken.
»Hast du noch Hunger, Lena aus Hamburg? Die Würstchen sind zwar klein, aber an das Format musst du dich ja jetzt eh gewöhnen.«
Er öffnet den Mund und wackelt mit den Ohren, die volle Fozziebärnummer. Nach ein paar Sekunden lächelt sie zurück. Oh Mann.
»Nein, danke, ich bin von dem einen so richtig ausgefüllt«, erwidert sie mit einem zuckersüßen Lächeln.
Niels grinst zufrieden. Noch eine ganz normale Frau, die er auf sein Wurstniveau heruntergezogen hat. Wow. Ich bin auch zufrieden, denn dank ihm lehnt Lena sich an mich. Zwei Minuten mit Niels, und man muss sich entscheiden, wo man steht.
Lena will nichts mehr essen, aber ich könnte eine Kleinigkeit vertragen, also ordere ich einen Teller. Niels ignoriert mich und verwickelt Lena in ein Gespräch über die Vorzüge Hamburgs. Das kann ein längeres Gespräch werden, also fülle ich mir meinen Teller selbst und erfahre so nebenbei, dass Lena ein großer Fan von Niels' Regiearbeit ist. Sie findet den Film klasse und erkundigt sich nach diesem und jenem. Niels grinst breit und legt los. Endlich kann er wieder über Regie reden – die letzten zehn Minuten waren eine echt üble Durststrecke …

Ich schnappe mir zwei Bier aus dem Kühlschrank, nehme meinen Teller und gehe zu Buddy rüber, die den Plattenspieler übernommen hat. Ich stelle ihr ein Bier hin und setze mich. Sie wirft einen Blick zu Lena rüber.

»Hübsch.«

»Dann musst du mich mal sehen, wenn ich mich schick mache«, sage ich und mache mich über den Kartoffelsalat her.

Sie verdreht die Augen und trinkt einen Schluck Bier.

»Und, was jetzt? Gehst du nach Hollywood?«

Ich ziehe die Schultern hoch und schlucke.

»Warum nicht? In Huntington Beach abhängen, zwischendurch nach L.A. reinfahren, den Hollywoodern mal zeigen, wo Vattern den Most holt, klingt doch nach Spaß.«

Wir grinsen uns an. Wir wissen beide, dass ich nie nach Amerika gehen würde. Sie streichelt sich lächelnd über den nicht vorhandenen Bauch.

»Vielleicht musst du dich ja sowieso bald absetzen«, sagt sie.

»Wieso?«

»Na, wenn das Baby dir ähnlich sieht, will Steffen sicher Vendetta.«

Ich schaue mich automatisch um. Steffen tanzt noch immer die alten Damen müde.

Buddy lacht.

»Süßer, du hast so ein schlechtes Gewissen, dass ich mich manchmal frage …«

Sie verstummt und reißt die Augen theatralisch auf.

»Nein«, sage ich.

»Doch, warte, weißt du noch, damals, als wir uns in München das Hotelzimmer geteilt haben? Als ich morgens aufgewacht bin, war ich irgendwie wund und …«

Ich stehe auf, nehme meinen Teller und ziehe, gefolgt von Buddys Gelächter, weiter.

Vor dem Tisch eines alten Ehepaares bleibe ich stehen. Sie

sitzen nebeneinander, ohne sich anzuschauen oder miteinander zu reden. Ich nicke beiden zu und setze mich. Es geht doch nichts über eine gute, lange Ehe, wenn man in Ruhe essen möchte.
Ich esse und beobachte, wie Lena sich mit Niels unterhält. In dieser neuen Situation merke ich, dass sie eine Fremde ist. Ansonsten kommt sie mir schon verdächtig vertraut vor. Überhaupt kommt mir alles vertraut vor. Ich sehe sie an und fühle mich wohl. Wenn ich mich umschaue, fühle ich mich auch wohl. Fast alle meine Freunde sind hier. Das passiert viel zu selten. Ich muss daran etwas ändern. Aber was? Na ja, die Zeit arbeitet für mich. In zehn, zwanzig Jahren haben sich alle selbst verwirklicht, dann werden wir wieder Zeit füreinander haben. Prima.
Hm ... irgendwas stimmt hier nicht ... Ich schaue mich um. Buddy grinst rüber. Ich ignoriere sie und sehe Diana am Ende des Gartens stehen und telefonieren. Patrizia verabschiedet sich gerade von dem älteren Herrn, dem man das bewegte Leben ansieht. Steffen tanzt Walzer, und so, wie die Schlange neben der Fläche aussieht, werden sie ihn so schnell nicht wieder freilassen. Irgendwas fehlt ... es ist so ... zu ruhig.
Ich will gerade aufstehen, um den Garten zu checken, da fliegt mir ein warmer Körper in den Arm, Arme um meinen Hals und Zähne am Ohrläppchen.
»Oink! Oink! Oink!«
Ich kitzele sie.
»Na, schon 'ne Katze zerquetscht?«
»Wir gehen, komm mit, bitteee!«, quietscht sie. »Erzähl mir eine Geschichteeee!«
Ich werfe automatisch einen fragenden Blick zu Patrizia, dann fällt mir ein, dass ich ja gar nicht mehr fragen muss, weil ich einen Schlüssel habe. Aber ich habe heute was sehr, sehr Jugendfreies vor.
»Heute nicht«, sage ich.

Yasna zerrt an mir, müde und überdreht.
»Geschichteee! Bittteee!«
Ich erkläre ihr wieder, was Nein heißt, und nach einigem Hin und Her verabreden wir uns für morgen, um die Weltreise nach Mallorca durchzusprechen. Sie saust weiter, um sich von den Katzen zu verabschieden. Die Katzen sehen sie kommen und ergreifen panisch die Flucht.
Patrizia bleibt neben mir stehen.
»Lass es uns ihr noch nicht sagen.«
Ich nicke.
»Erst wenn sie das nächste Mal traurig ist, weil das Arschloch sie hängen lässt.«
Sie nickt, und wir lächeln uns an. Mal eben kurz das gemeinsame Vorgehen abgeklärt. Wie in den alten Zeiten. Ihre Gesichtszüge sind weich, und ich sehe darin nichts als warme Freude. Ein schöner Anblick.
»Machen wir zu selten.«
»Was?«
»Nett zueinander sein.«
»Können wir ja ändern.«
»Okay.«
Wir lächeln uns an, dann geht sie sich verabschieden, doch schon will Yasna nicht mehr gehen, und schon will sie nicht mehr ohne eine Katze gehen, und schon ist sie nicht mehr müde, und schon hat sie Hunger, und schon muss sie aufs Klo, und schon fliegt sie mir in die Arme und will nicht ohne ihren Papa los. Sie sagt wirklich »Papa«, und wie auf Kommando drehen alle Anwesenden den Kopf, um zu sehen, wie Lena mit der Lage klarkommt. Lena steht bei Niels und beobachtet die Lage. Sie ist ganz schön cool, aber dafür, dass alles eigentlich total einfach ist, wirkt es plötzlich ganz schön kompliziert.
Ich erkläre Yasna, dass sie jetzt entweder auf ihre Mutter hört oder wir uns morgen nicht sehen werden – ihre Ent-

scheidung. Ich mag dieses Erpressen nicht, aber es funktioniert prima. Yasna ist plötzlich todmüde und will nur noch ins Bett. Patrizia nimmt sie auf den Arm, und schon schläft sie. Patrizia winkt noch mal und geht.

Kaum sind sie weg, gehe ich zu Lena rüber, nehme ihre Hand und ziehe sie auf die Tanzfläche, wo gerade *When You're Smiling* in einer Version von Armstrong anläuft. Ich lege meine Hände um Lenas Taille und schiebe sie über den Rasen. Sie ist wie ein Stock in meinen Händen. Ich streichele ihren Rücken, bis sie etwas lockerer wird, doch es dauert eine ganze Strophe, bis sie ihre Hände um meinen Nacken legt, und die Haarkante hebt sich nie so weit, dass ich ihr in die Augen schauen kann.

Diese Plattenkiste scheint eine Goldgrube zu sein, denn als ich Lena anschließend zum Tisch führen will, legt Buddy *I Got The World On A String* in einer Liveversion von Diana Krall und Tony Bennett auf. Ich nehme Lena wieder in die Arme und führe sie durch die Nummer. Diesmal entspannt sie sich und kommt näher. Hatte ganz vergessen, wie wertvoll Engtanz ist.

Nach dem Song werfe ich Buddy eine Kusshand zu, führe Lena zum Tisch zurück und hole uns zwei neue Bier. Wir setzen uns, prosten uns zu, dann kann es endlich weitergehen …

»Süß, die Kleine«, sagt sie.

»Nicht wahr?«, sage ich und lächele.

»Und die Große liebt dich auch.«

»Ach, die, die ist nur scharf auf mein Geld.«

Ich wackele mit den Augenbrauen. Sie steigt nicht darauf ein.

»Ihr wirkt wirklich wie ein Team.«

Ich zucke die Achseln.

»Wir haben ein halbes Jahrzehnt zusammen gewohnt.«

»Nein«, sagt sie und schüttelt entschieden den Kopf. »Ihr

wirkt nicht wie eine WG. Ihr wirkt wie eine Familie. Und die Kleine nannte dich Papa.«

»Das macht sie nur, wenn sie müde ist. Sie weiß, dass ich nicht ihr Vater bin.«

Sie schaut mich an, dann versenkt sie sich unter der Haarkante und trinkt einen Schluck. Und noch einen. Ich warte. Schließlich hebt sie ihr Gesicht.

»Bist du sicher, dass du das aufgeben willst?«

»Nein.«

»Ich meine es ernst«, sagt sie und fährt die Haarkante so weit runter, dass ich ihre Augen nicht mehr sehen kann.

»Ich auch. Was hat das alles mit uns zu tun?«

Sie wird wieder so steif und distanziert. Ich streichele ihren Rücken.

»Das vorhin war ein freundschaftlicher Kuss, weil ich ihr einen großen Gefallen getan habe und–«

Sie hebt die Hand.

»Warte …«, sagt sie erstickt.

Eine Träne kommt unter dem Pony hervorgelaufen und bahnt sich ihren Weg über Lenas Wange. Scheiße.

»Ach, bitte, Lena, nicht.«

Sie legt mir eine Hand auf die Brust und hebt die Haarkante. Ihre blauen Augen schwimmen.

»Wenn wir jetzt weitermachen, verliebe ich mich in dich. Ich weiß, es geht alles sehr schnell, aber ich dachte, du wärst nur mit deiner Ex beschäftigt und ich hätte eine Chance. Doch jetzt sehe ich dich hier mit deiner Ex-was-auch-immer und einem Kind, das dich liebt. Ich meine, die *lieben* dich!«

Sie schaut mich an, als hätte sie mir gerade das Geheimnis des Lebens verraten.

»Lena …«

»Es geht so schnell«, sagt sie und schüttelt den Kopf. »Es geht alles so schnell, und wir kennen uns kaum, aber ich mag dich schon so sehr … Ich schaffe das nicht.«

Ich streichele ihren steinharten Rücken.
»Was schaffst du nicht?«
»Noch mehr Abweisung«, flüstert sie.
»Lena ...«
Sie schüttelt den Kopf.
»Ich ertrage es nicht. Nicht jetzt. Verstehst du nicht?«
Jetzt weint sie richtig. Und wie ich das verstehe. Die Arme. Ich ziehe sie an mich, aber was kann ich schon sagen? Verlieb dich nicht in mich? Vertrau mir? Ich weiß doch selbst nicht, was ich will. Also sage ich nichts, halte sie, bis sie sich beruhigt. Sie löst sich. Die Haarkante hebt sich etwas, aber ihre Augen bekomme ich nicht.
»Ich möchte ins Bett. Gibst du mir deinen Schlüssel?«
»Ich komme mit.«
Sie schüttelt den Kopf, ohne den Vorhang zu heben.
»Ich will, dass du noch etwas hier bleibst und dir überlegst, was du willst.«
Ich schaue sie verständnislos an. Sie legt mir wieder eine Hand auf die Brust. Die Haarkante hebt sich, ihre blauen Augen schwimmen immer noch.
»Wenn du dich heute Nacht zu mir legst, dann sagst du Ja zu mir«, flüstert sie. »Wenn du nicht Ja sagen kannst, dann komm bitte nicht.«
Ich schaue sie an. Sprachlos. Fast.
»War das ein Ultimatum?«
Sie versenkt den Pony und nickt.
»Wenn du nicht kommst, stehe ich morgen früh auf, fahre nach Hause und melde mich irgendwann, wenn ich stärker bin.«
»So schnell geht das?«
»Ich muss auf mich aufpassen«, flüstert sie. Sie nimmt die Hand von meiner Brust und streckt sie aus. Ich will was sagen, aber was? Kann ich ihr garantieren, dass ich sie nicht verletzen werde?

Sie schaut mich an.
»Bitte.«
Ich reiche ihr meinen Schlüssel. Ihr Mund zuckt, aber sie sagt nichts mehr, steht auf und geht, ohne sich von jemandem zu verabschieden. Ich folge ihr zum Zaun. Sie schaut sich nicht mehr um. An ihren Schultern erkenne ich, dass sie weint. Scheiße. Ich will ihr nachlaufen und sie durch die Nacht retten, aber was ist dann morgen? Kann ich ihr garantieren, dass aus uns eine Beziehung wird? Wache ich vielleicht morgen früh auf und fliege zu Grace? Wieso ist alles so verdammt kompliziert?
Jemand tritt neben mich an den Zaun. Ich drehe den Kopf. Mummy. Sie mustert mich. Kein Grinsen. Keinen Spruch. Mustert mich nur. Dann dreht sie den Kopf, und zusammen beobachten wir, wie Lena den Weg hochgeht.
»Noch etwas, was ich nicht vermisse.«
»Was?«
»Unsicherheit. Selbstzweifel. Einsamkeit. Zurückweisung.«
»Wer braucht das schon«, sage ich.
»Aber Menschen holen es sich immer wieder, und es macht krank. Unglücklichsein macht krank.«
»Du hast leicht reden, du hast Gerhard.«
»Genau«, bestätigt sie. »Deswegen habe ich leicht reden.«
Lena verschwindet um die letzte Kurve, ohne noch einmal zurückzublicken. Mummy dreht den Kopf zu mir. Ich mustere sie aus den Augenwinkeln, während ich auf die Stelle starre, wo Lena eben noch war. Weg.
»Zweiundsiebzig hat er sich in eine Argentinierin verliebt und ein Jahr drüben bei ihr gelebt. In der Zeit hatte ich mehrere Affären mit Kollegen, weil die auf den Tourneen eben immer verfügbar waren.«
Ich drehe den Kopf.
»Tourneen.«
Sie grinst.

»Du weißt immer noch nicht, wer ich bin, oder?«
Ich mustere sie. Sie kichert.
»Niemand erkennt mich. Gott sei Dank. Jetzt weiß ich, dass die Menschen mich meinen.«
»Wer bist du?«
Sie winkt leicht ab.
»Ich bin die, die immer unsicher war, bis ich mich für Gerhard entschieden habe. Partnerschaft, Beziehung, Ehe, all das sind schöne Worte, aber weißt du, wie lange wir zusammen waren, bevor wir uns füreinander entschieden haben?«
Ich hebe die Augenbrauen.
»Neun Jahre«, sagt sie.
Ich muss mich gar nicht anstrengen, um meine Augenbrauen oben zu halten.
»Ihr wart neun Jahre zusammen, bevor ihr euch füreinander entschieden habt?«
Sie nickt.
»Wir hatten uns schon getrennt, bevor ich endlich verstanden habe, dass Gerhard nicht nur mein Mann, Partner und Liebhaber, sondern mein Leben ist. Vorher dachte ich, die Karriere würde mich glücklich machen, und nachdem Gerhard weg war, war ich ja auch oft glücklich, beziehungsweise das, was ich damals für Glück hielt. Doch eines Tages kam er aus Argentinien zurück, besuchte mich und sagte, dass er mich vermisst habe, er wüsste jetzt, dass er zwar ohne mich leben könnte, es aber nicht wollte.«
Sie verstummt und starrt vor sich hin. Sieht Bilder, die nur sie sehen kann. Ihre Augen glänzen in dem schwachen Licht. Ich atme flach und bewege mich nicht. Zauber ist zerbrechlich.
Sie nickt vor sich hin.
»Zu der Zeit ging es mir wirklich gut, ich war erfolgreich und mit jemandem zusammen, einem echten Gentleman, der mir ein guter Gefährte war. Damals dachte ich, es sei

meine Lebensaufgabe, mich selbst zu verwirklichen und glücklich zu werden, doch als Gerhard vom Gartenzaun aus zum Abschied winkte, verstand ich, dass es meine Aufgabe war, ihn glücklich zu machen, denn das würde mich glücklich machen. Also folgte ich ihm.«
Sie verstummt und hängt wieder Bildern nach. Ich warte. Doch anscheinend ist sie fertig. Ich beginne wieder zu atmen und stelle die Frage:
»Und woran hast du gemerkt, das Gerhard der Richtige ist? War es ein Gefühl? Oder ein Zeichen? Was war es, was dich so sicher gemacht hat?«
Darüber denkt sie länger nach. Wir stehen da und schauen in die Nacht. Die Fackeln flackern. Mücken tummeln sich am Blutbüfett. Ich denke an Lenas Haarkante. Denke an den Keks. An Patrizia. Und an all den unvergleichlichen Seelensex, den ich wieder haben werde, wenn ich will. Von der Tanzfläche schallt *Autumn Leaves* von Tony Bennett rüber. Ich denke an den letzten Winter. An den Sommer. An die Nächte im Hotel. An die Nacht am Meer. An den Augenblick, als mein Leben zu mir zurückgekehrt ist. Ich starre in die Sterne. Ich kratze mich am Bein. Ich töte eine Mücke.
Ich räuspere mich.
»Ich bin Viktor, wir kennen uns, es ist alles in Ordnung, wir stehen auf deiner Gartenparzelle, und die Frage war, wie du erkannt hast, dass Gerhard der Richtige ist.«
Mummy kichert.
»Weißt du, was ich an dir mag?«
»Meinen Hintern?«
»Uhuuu«, grinst sie.
»Also. Wie hast du erkannt, dass Gerhard der Richtige ist?«
»Ich habe es entschieden«, sagt sie.
Wieder warte ich. Wieder kommt nichts mehr.
»Wahnsinn«, sage ich.
Sie grinst mich an.

»Ist dir nicht spektakulär genug? Na, dann versuch doch mal, dich für jemanden zu entscheiden.«
»Hab ich schon«, sage ich. »War toll. Bis sie sich für etwas anderes entschieden hat.«
»Hat sie nicht.«
Ich runzele die Stirn.
»Woher willst du das wissen? Du kennst sie nicht.«
»Dafür muss ich sie nicht kennen, sie schaut dich an, als würdest du alle Geheimnisse der Welt hüten.«
Ich starre sie an. Wovon, zum Henker, redet sie? Ah. Verstehe. Sie macht denselben Fehler wie Lena vorhin und alle anderen sowieso.
»Du bringst da etwas durcheinander. Patrizia und ich wirken immer so auf Fremde, das kommt vom jahrelangen Zusammenleben und wegen der Kleinen. Aber wir sind kein Paar. Da ist keine Erotik oder sexuelle Energie zwischen uns. Ich rede von meiner Ex aus Berlin. Ich habe mich damals für sie entschieden. Dann hat sie sich für etwas anderes entschieden. Doch jetzt ist sie zu mir zurückgekommen, wie Gerhard damals zu dir.«
Sie lächelt spöttisch.
»Lass mich raten: Und mit dieser Ex hattest du tolle sexuelle Energien, ja? So richtig tollen Supersex, ja?«
»Was hat das damit zu tun?«
Sie schaut in den Himmel und seufzt.
»Endlich sagt er mal was Vernünftiges.«
Sie richtet den Blick wieder auf die Erde.
»Gerhard war bestimmt nicht der beste Liebhaber meines Lebens. Aber ich habe mich für ihn entschieden. Die Energie, die ich früher in fremde Betten investierte, stecke ich seitdem in unseres, und ich habe das nie bereut. Gerhard weiß genau, was ich brauche. Er kennt meine Bedürfnisse manchmal besser als ich. Er ist der beste Liebhaber geworden, den ich mir wünschen kann.«

»Na, wenn man ein halbes Jahrhundert zusammen ist, kann man doch erwarten, sich zu kennen, oder?«
Sie legt mir eine Hand auf den Arm.
»Fast jeder Mensch kann deinen Trieb befriedigen – aber deine Sehnsucht? Das kann nur die richtige Person, und die findet man selten mit dem Schwanz, noch nicht mal, wenn er so schnuckelig ist wie deiner.«
Ich starre sie an. Vielleicht bin ich ja verklemmt, aber »Schwanz« aus dem Mund einer Frau, die meine Ururur-großmutter sein könnte …
Sie kichert. Ich fange noch mal von vorn an.
»Patrizia ist meine Freundin. Freundschaft. Asexuell. Platonisch. Okay? Meine Ex will mich wieder, doch jetzt habe ich Lena getroffen, und es fühlt sich gut an. Doch ich kann meine Ex nicht nur wiederhaben, sondern auch wieder mit ihr zusammenarbeiten. Ich kann mein altes Leben wiederhaben, genau das, was ich die ganze Zeit vermisst habe. Alles wäre ganz einfach, wenn ich nicht Lena getroffen hätte.«
»Sie will, dass du dich entscheidest?«
Ich nicke.
»Aber du kannst nicht?«
Ich ziehe die Schultern hoch.
»Und wieso nicht?«
Ich ziehe wieder die Schultern hoch.
»Weil sie nicht die Richtige ist«, sagt sie.
Ich schüttele den Kopf.
»Das kann man doch noch gar nicht sagen.«
»Aha, na dann erklär mir doch, wieso du nicht Ja sagen kannst. Worauf wartest du? Auf eine Erscheinung? Auf perfekte Umstände?«
»Ich warte auf ein Gefühl«, sage ich.
Ich sehe in dem schwachen Licht, dass sie wieder grinst.
»Ein Gefühl, so, so … Und du willst, dass es dich aus dem Nichts anspringt und dich völlig umhaut, ja? So richtig

umwirft, ja? Na, dann sag mir mal, wie oft du in deinem Leben schon verliebt warst?«

»Ein paar Mal.«

Sie nickt.

»Und wo sind diese Frauen heute? Jedenfalls nicht bei dir, also? Die Richtige ist kein Gefühl, sondern eine Entscheidung.«

Ich schaue sie an und versuche dahinter zu kommen.

»Ich kann doch nicht zu irgendjemandem hingehen und völlig emotionslos bestimmen, dass wir jetzt Lebenspartner sind.«

Sie winkt leicht ab.

»Von emotionslos ist nicht die Rede. Zwischen gefühllos und ausgeflippt gibt es ja noch ein paar Nuancen.«

Ich denke drüber nach. Klar, es gibt Nuancen, und Beziehungsalltag ist ja auch nicht nur Liebe, sondern Respekt, Humor, Klugheit und Loyalität, ich weiß das, doch wie entscheidet man sich bewusst für jemanden? Ich habe mich noch nie bewusst für jemanden entschieden, es war immer mein Gefühl.

Sie dreht sich zu mir, ihre Hände fahren an meinen Armen hoch, über meine Schultern, über meinen Hals, bis sie auf meinen Wangen liegen bleiben, wie es meine Mutter oft getan hat. In ihrem Gesicht ein warmer, verständnisvoller Ausdruck.

»Öffne deine Seele, Viktor. Hör dir zu.«

Ich mustere diese Frau, die mir in einer lauen Sommernacht rät, meine Seele zu öffnen. Dann beuge ich mich vor und küsse sie vorsichtig auf den Mund.

Als ich mich wieder aufrichte, steht sie noch einen Augenblick mit geschlossenen Augen da. Dann öffnet sie die Augen und grinst mich an.

»Okay, vergiss Gerhard, wir brennen durch! Uhhuuu …«

Sie greift nach dem Gartentor. Ich halte sie fest.

»Wie hast du es damals gemacht? Dich zu entscheiden, meine ich.«

Sie grinst kopfschüttelnd.

»Du stellst vielleicht Fragen ... Ich habe mir damals keine Frage gestellt, daher war es auch keine Antwort, es war ... ein Gefühl. Und dann hab ich mich entschieden.«

»Ah, toll, also doch, ein Gefühl. Wow. Bist mir 'ne wirklich große Hilfe, echt.«

Sie kichert und greift meine Hand.

»Komm, wir tanzen 'ne Runde, solange dein Hintern noch nicht hängt, uhhuuu ...«

Sie zerrt mich Richtung Rasenfläche.

Gegen Mitternacht brechen die meisten auf. In der letzten Stunde höre ich einer Siebzigjährigen zu, die ein halbes Jahrhundert als Sekretärin im Staatsdienst zugebracht hat und Anekdoten über illegale Waffenlieferungen und Schwarzgeldkonten zum Besten gibt. Als sie geht, rutsche ich in das Streitgespräch eines schwer trinkenden Ex-Generals und einer Ex-Krankenschwester, Thema: aktive Sterbehilfe. Junge, Junge ... Es ist wie Rasentennis mit langen Ballwechseln, sie prügeln sich die Argumente um die Ohren, dass mir vor Infos ganz schwindelig wird. Niels und ich lauschen wie trockene Schwämme, und ich merke, wie sehr die Medien mein Denken verzerrt und meine Wahrnehmung limitiert haben. Habe mich schon so daran gewöhnt, nach Gesprächen nicht schlauer zu sein als vorher, dass ich gar nicht mehr mit der Erwartung in ein Gespräch gehe, etwas dazuzulernen. Im Fernsehen erfährt man in hundert Jahren nicht die Wahrheit, da muss man schon auf eine Rentnerparty gehen und Menschen zuhören, die nichts mehr zu verlieren haben. Die keine Interessengruppen vertreten. Die nicht aus Geltungsdrang oder wegen der nächsten Wahl hier sind. Die nicht für Falschaussagen bezahlt werden. Die

keinen FSK haben und die nicht von Suggestivfragen in eine vorgegebene Richtung gelenkt werden. Einfach nur zwei Menschen mit Lebenserfahrung, einer inneren Haltung und ohne Scheu, diese zum Ausdruck zu bringen.
Als der Ex-Soldat müde wird, kämpft er sich auf die Beine, bedankt sich für das Gespräch, küsst der Ex-Krankenschwester die Hand, nickt in die Runde und geht. Stil, Mann, Stil …
Niels beugt sich zu mir rüber.
»Eine scheiß Wohltat, mal wieder jemanden reden zu hören, der was zu sagen hat und auch noch weiß, wovon er redet, was? Lebenserfahrung ist geil, ich meine, scheiß auf den Jugendwahn!«
Ich nicke ernst.
»Schon verrückt, dass junge Leute heutzutage so angesagt sind.«
Ich spiele damit auf den Altersdurchschnitt seiner Bettgenossinnen an, aber er nickt feierlich.
»Wir sollten den Alten mehr zuhören«, sagt er und trinkt einen großen Schluck aus der Flasche.
Ich lache ihn offen aus.
»Den Alten zuhören? Wow! Hast du dir das ganz allein ausgedacht? Es ist übrigens normal, dem anderen mal zuzuhören, das vergisst man nur, wenn man seit einem Jahr auf Maschinenpulver ist.«
Er schnaubt verächtlich.
»Du musst mir gerade was über Sucht erzählen, Patrizia hat mir erzählt, was du getan hast.«
Ich schaue ihn fragend an. Was kann er gegen das Sorgerecht haben?
»Das verstehst du nicht.«
»Klar verstehe ich das«, schnaubt er, »deine Lieblingsstellung ist doch die Hilfestellung! Hauptsache du kannst dir alles kaputthelfen!«

Er will wieder aus der Flasche trinken, aber die ist leer. Er schaut sie böse an. Sie bleibt leer.

»Das verstehst du nicht«, wiederhole ich, »und mit einem Helfersyndrom hat das nichts zu tun.«

Er lacht und wirft dem Sternenhimmel einen Blick zu.

»Aber hallo! Du musst immer jedem helfen, seine Situation zu verbessern, doch wenn alle ein erfülltes Leben haben, haben sie weniger Zeit für dich, und dann jammerst du rum!«

Ich schaue ihn verständnislos an und reiche ihm meine Flasche. Er trinkt sie leer, stellt sie ab, rülpst und schaut mich an, als sei ich ein hoffnungsloser Fall, was falsch ist. Fall, ja. Hoffnungslos, nein.

»Versteht du nicht? Mich hast du in die Regie getrieben, deine Ex hast du persönlich zum Film gebracht, und jetzt besorgst du Patrizia einen Deal? Dein Helfersyndrom räumt dein Leben leer, Mann!«

Ich runzele die Stirn.

»So habe ich das noch gar nicht betrachtet.«

Er seufzt.

»Mann, Mann, Mann, und ich dachte, wir fahren weg, um *meinen* Arsch zu retten ...« Er wirft einen Blick auf die Uhr. »Scheiße, ich muss in den Schnitt zurück.«

Er umarmt mich und stolpert auf Abschiedstour. Als er wenig später das Grundstück verlässt, ist er zu mehreren Grillpartys auf den Nachbarparzellen eingeladen. Buddy und Steffen brechen auch auf. Steffen wird von jeder Frau auf der Parzelle umarmt. Buddy beobachtet das grinsend. Als sie rausgehen, wirft sie mir einen Kussmund zu.

Die Reihen lichten sich weiter. Diana verabschiedet sich. Sie umarmt mich, und ich erwarte noch eine Ansage zum Thema Amiland, stattdessen fragt sie mich, ob sie ihn anrufen soll. Ich brauche einen Augenblick, bis ich verstehe, dass sie den Kerl von heute Nachmittag meint. Ich erkläre ihr, dass es nur eine Entscheidung ist. Ihrem Blick nach zu urteilen, hilft ihr diese Aussage genauso wenig wie mir, also nehme ich ihr die Entscheidung ab und nicke. Sie lächelt und schwebt beschwingt davon. Ich schaue meiner glücklichen Agentin nach. Na, für andere zu entscheiden klappt doch schon ganz gut.

Ich wünsche ihr viel Glück und gehe auf Toilettensuche.

Nachdem ich dem Ökosystem das Bier zurückgegeben habe, starte ich einen Rundgang. Das Haus ist klein, aber sweet. Man kann hier bestimmt locker ein paar Sommerwochen verbringen und hat dabei alle seine Leute auf den Nachbargrundstücken, statt auf den Nachbarkontinenten. Keine schlechte Sache das. An den Wänden hängen Fotos, unter anderem von ihrer Hochzeit. Auf den Fotos sieht Gerhard aus wie Gerhard. Mummy aber sieht aus wie eine Prinzessin. Ganz in Weiß, mit einem Strahlen von Ohr zu Ohr. Glücklich, obwohl sie erst neun Jahre später wirklich Ja zu ihm sagen wird. Wie funktioniert das bloß? In einem Augenblick steht sie am Villafenster, schaut zu Gerhard raus, und im nächsten Augenblick trifft sie einfach mal so die Entscheidung, ihr restliches Leben mit ihm zu verbringen, obwohl er gerade noch mit einer Argentinierin durchgebrannt war? Wie geht das?

Ich warte ein bisschen, aber keine Erleuchtung erleuchtet mich, also gehe ich wieder raus, mache einen Schlenker am Grill vorbei, komme einer Katze knapp zuvor, die sich eben die letzte Hähnchenkeule krallen will. Ich lasse mir die Hand zerkratzen und verpasse ihr einen Nasenstupser. Sie faucht und macht einen wütenden Abgang, he, dabei hat mein Helfersyndrom ihr nur geholfen, ihren Jagdinstinkt nicht verkümmern zu lassen.

Ein neues Bier, ein neuer Liegestuhl. Diesmal lande ich neben Mummy und Gerhard und zwei Nachbarn. Sie unterhalten sich über die beste Art, irgendwelche Blumen hoch-

zuziehen. Danke, Gott. Ich esse meine Keule, zeige der Katze, die unter Mummys Liegestuhl sitzt und mich nicht aus den Augen lässt, den Finger. Ich spüre den Schlüssel auf meinem satten Bauch. Einen wunderschönen Tag im Rücken, leises Gemurmel von guten Leuten, ein kaltes Bier in der Hand. Denke an all die Sätze, die ich schreiben werde. An die Tage, die ich mit einem Kaffee auf dem Balkon beginnen werde, um mich dann an die Homestation zu setzen. All die guten Filme, die ich noch sehen werde. All die Guten, die ich noch kennen lernen werde. Ich lehne mich zurück und lächele in den Sternenhimmel.
Und bin glücklich.
In diesem Moment bin ich glücklich.
Ich weiß es.
Ich fühle es.
Ich genieße es.
Glücklich.
Ich atme es ein und schicke es weiter an meine Leute. Niels, der einen Schneideraumabend opfert, um mich flennen zu sehen. Buddy, die mich zum Patenonkel macht. Patrizia, die mir ihre Tochter anvertraut. Der Keks, der mich einfach nur liebt. Grace, die mir Seelensex und einen Traumjob bietet. Und Lena, die klare Ansagen macht und in meinem Bett liegt und auf eine Entscheidung wartet.
Ein wunderbarer Tag, und mir ist nach Berührungen. Ich will nach Hause fahren, ins Bett gehen, jemand Gutes umarmen und lächelnd einschlafen. Doch wenn ich das tue, verspreche ich Lena etwas. Kann ich das? Geht das nicht zu schnell? Fahre ich bald zu Grace? Wie soll ich eine solche Entscheidung treffen? In mir sind Bedürfnisse, aber keine Gewissheit. Doch wenn ich nicht ins Bett komme, fährt Lena morgen weg, und wer weiß, ob sie dann je wiederkommt. Verdammt … Okay, versuche ich es. Ich schließe die Augen und stelle es mir vor … stehe am Villafenster …

schaue raus in den Garten, in dem mein Mädchen am Gartenzaun steht ... Grace ist wieder da und winkt mir zu. Oder? ... Nein ... doch ... nein ... Ich schaffe es nicht, Grace' Gesicht auf mein Mädchen zu projizieren. Und im selben Moment fühle ich eine absolute Gewissheit in mir. Ich liebe sie. Irgendwie. Und begehre sie. Sehr. Aber ich traue ihr nicht mehr. Es ist wie eine Befreiung: Grace kann nie wieder mein Mädchen sein! Du hast uns erledigt, Baby.

Ich proste dem Himmel zu, trinke auf sie, und auf ein Neues: Ich stehe also am Villafenster. Neben mir steht Grace. Ich schaue aus dem Fenster und winke meinem Mädchen zu, die am Gartenzaun auf mich wartet, nein, verdammt, sie wartet ja gar nicht! Sie öffnet das Tor und schaut mich über die Schultern an ... lächelt wehmütig ... wieso wehmütig? ... Ich rufe ihr zu, dass alles gut wird, doch sie wendet sich ab und geht ... sie ist fast schon weg! *Mach was! Jetzt!*

Kapitel 55

Helles Licht. Es riecht gut. Es ist warm. Neben mir atmet jemand, und etwas Weiches drückt gegen meine Morgenerektion. Ich öffne die Augen und betrachte sie. Sie liegt nackt auf dem Rücken, die Decke auf dem Boden. Ich kann sie in aller Ruhe betrachten und in mich reinhorchen. Irgendwelche Unklarheiten? Ich horche ... nichts. Da liegen wir. Der erste Morgen vom Rest unseres Lebens. Es gibt nur noch eine Sache zu klären ...

Ich rolle mich auf sie, verteile mein Gewicht auf Ellbogen und Knie und rutsche zwischen ihre Schenkel. Ich muss der Sache etwas Nachdruck verleihen, doch dann gleite ich zwischen ihre weichen Lippen und beginne mich leicht zu bewegen. Ihre Atmung verändert sich, ihre Augenlider flattern und, wie lange ich auch leben werde, ich werde nie den Ausdruck vergessen, als sie die Augen aufschlägt, mich fokussiert und gleichzeitig versucht, alle Informationen zu verarbeiten, die ihr Augen, Möse, Haut und Hirn rüberschicken. Dauerbeschuss von allen Nervenenden, und jede Emotion nackt auf ihrem Gesicht. Verwirrtheit. Verständnislosigkeit. Ahnung. Erkenntnis. Hoffnung. Ungläubigkeit. Hoffnung. Gewissheit. Ungläubigkeit.

»Was ... was machst du?«

»Ich vögele dich.«

Sie blinzelt noch ein paar Mal. Ihre Hände gleiten hoch und fassen mich an den Schultern.

»Warte ...«

Ich halte inne. Ihre Augen sind weit geöffnet, ihr Gesicht nackt. Sie verarbeitet, verwirft, ordnet neu zu, verwirft ...
»Hast du dir das gut überlegt?«
Ich nicke.
»Eine Partnerschaft ohne Sex kann ich mir nicht vorstellen, also dachte ich, bringen wir das erste Mal kurz und schmerzlos hinter uns. Hast du eine bessere Idee?«
Ihre Magnetaugen mustern mich. Überlegen, verwerfen, überlegen, verwerfen, dann bewegt sie ihren Kopf einmal hin und her.
»Gut«, sage ich und schnappe mir eine Hand voll Dreads.
Ihre Beine öffnen sich und umschlingen mein Becken. Ich lasse mir nichts entgehen, als ich zustoße.

Kapitel 56

In der Normandie ist wieder die Hölle los. Der Wecker hüpft besessen über den Schreibtisch, die Nachbarn springen vielleicht gerade schreiend aus dem Fenster, doch im Bett liegt ein Komakeks und schläft selig.
Ich mache den Wecker aus.
»Yasna, steh auf, wir müssen los.«
Nichts.
»Ich liebe dich.«
Nichts.
Ich beuge mich vor und flüstere in ihr Ohr:
»Brat Pitt putzt sich dreimal am Tag die Zähne.«
Sie rutscht benommen aus dem Bett. Ich lache.

Während der Keks im Bad ist, mache ich am Telefon ein paar Sachen klar. Dann gehe ich in die Küche und decke den Tisch. Patrizia steht am Herd und beobachtet mich aus den Augenwinkeln, während sie ein paar Eier in die Pfanne schlägt. Sie wirkt, als würde es sie nicht überraschen, wenn es auf einmal puff machen und ich mich in Rauch auflösen würde. Doch es ist alles richtig. Auch wenn ich nicht genau weiß, wie das passiert ist. Grace war geklärt, und ich schaute nur noch aus dem Villafenster, um Lena zu sehen, doch da stand Patrizia. Wie das sein kann? Ich weiß es nicht. Aber es fühlt sich richtig an. Absolut richtig.
Ich trete von hinten an sie heran und falte meine Hände über ihren steinharten Bauch.

»Wie fühlst du dich?«
»Gut«, sagt sie. »Und du?«
»Wirke ich unglücklich?«
Sie dreht den Kopf und mustert mich eingehend.
»Nein«, sagt sie dann.
»Genau«, sage ich. »Alles ist gut, und wir haben jede Menge Zeit für alles Mögliche, okay?«
»Okay«, sagt sie und rührt in den Eiern.
Ich küsse ihren Hals und streichle ihren harten Bauch. Plötzlich lässt sie die Pfanne los und dreht sich um. Sie legt ihre Hände um meinen Nacken und küsst mich, als würde sie auf Nummer sicher gehen, dass sie das kann, wenn sie will. Unsere Zungen berühren sich, drücken sich aneinander, bewegen sich langsam. Dann zieht sie sich zurück, und als ich die Augen öffne, saugen ihre Magneten mit voller Kraft an mir.
»Wieso? Ich meine, wieso jetzt? Ich meine, wieso auf einmal …«
Sie verstummt unsicher, und zum ersten Mal, seit ich sie kenne, sehe ich das Mädchen in ihr. Ein Mädchen, dass gerade ängstlich in die Zukunft schaut, aber jede Sekunde bereit ist, etwas zu erkennen, was Hoffnung macht. Ich sehe Yasna in ihr. Ich sehe die Seelenverwandtschaft, und ich muss lachen: Was habe ich in den letzten Monaten bloß getrieben? Ach, was sage ich, *Jahren* …
»Ich hatte einen Traum, also, ich meine, ich habe nicht von dir geträumt, aber jetzt bin ich aufgewacht und … also in dem Traum warst du nicht *Miss Right*, aber du bist die Richtige, ich meine, wir machen das Richtige, und das kann ja nicht falsch sein. Ach, Scheiße«, lache ich, »ich kann's dir nicht erklären, aber das Gefühl ist klar.«
Sie mustert mich regungslos. Ich greife um sie herum, um die Eier zu retten, dabei berühren sich unsere Lippen fast. Ich schaue ihr aus keiner Entfernung in die Augen und sehe ihre Verwirrung.

»Wenn wir gefrühstückt haben, gehe ich rüber und packe, dabei werde ich alle Kondome, die ich finde, wegschmeißen. Weißt du, warum?«
Die Magneten mustern mich.
»Weil sie nur drei Jahre halten«, sage ich.
Ihre Pupillen werden dunkler. Sie drückt ihren Mund auf meine Lippen, ihre Zunge in meinen Mund. Sie küsst mich, und ich versuche die Eier dabei nicht aus der Pfanne zu kippen.
Schließlich löst sie ihren Mund und umarmt mich. Ich stelle die Pfanne auf eine leere Herdplatte und halte sie.
»Wir haben Zeit«, flüstere ich.
Sie nickt an meiner Halsbeuge. Ich lasse meine Hand zwischen uns rutschen und streichele sanft über den Stein.
»Vorausgesetzt, du atmest weiter.«
Sie atmet tief durch. Der Stein wird weicher.
Die Badezimmertür wird zugehämmert. Sofort wird der Stein wieder hart, und sie will sich von mir lösen. Ich lasse nicht los.
»Yasna kommt ...«, sagt sie.
»Ja«, sage ich.
Die Magneten werden schmaler und beginnen zu funkeln. Wenn Mütter meinen, ihre Kinder beschützen zu müssen, bekommen sie so einen bestimmten Blick. Es ist ein Blick, der einem klar macht, dass der Spaß jetzt vorbei ist. Es wird ernst.
»Ja«, sage ich und halte ihrem Blick stand.
Sie beißt sich auf die Unterlippe, lässt mich aber nicht los. Und so stehen wir da, als der Keks hereingetaumelt kommt. Als Yasna uns dastehen sieht, zuckt ihr Kopf hoch wie ein Erdmännchen bei einem Hyänenangriff. Sie schaut von ihrer Mutter zu mir, wieder zurück – und schon haben wir einen warmen Körper im Arm, ihre Arme um den Hals und abwechselnd ihre Zähne in den Ohrläppchen.

»Oink! Oink! Oink! Oink! Oink! Oink! Oink!«
Sie flippt völlig aus, wir können sie kaum halten, und als sie sich irgendwann ein bisschen beruhigt, erfährt sie, dass sie packen muss, weil wir ja gleich in Urlaub fliegen – schon haben wir einen warmen Körper im Arm, Arme um den Hals und ihre Zähne in den Ohrläppchen.
»Oink! Oink! Oink! Oink! Oink! Oink! Oink! Oink!«
Diesmal will sie sich gar nicht mehr beruhigen, und als wir frühstücken, müssen wir die Stühle so umstellen, dass sie zwischen uns sitzen kann. Dann merkt sie, dass sie zwischen uns sitzt, und schon müssen wir die Stühle umstellen, damit wir nebeneinander sitzen können. Sie sitzt daneben und beobachtet uns mit Argusaugen.
Während des ganzen Frühstücks lässt sie uns keine Sekunde aus den Augen. Keine Chance, hier jetzt auch nur halbwegs ohne bleibende Schäden rauszukommen. Aber das steht auch nicht an. In mir ist kein Fluchtgefühl. Kein Zweifel. Nichts als Erleichterung, Zuversicht und Lust.

Als ich aufbreche, bringt Patrizia mich zur Tür. Der Keks beobachtet uns von ihrer Zimmertür aus. Ich richte meinen Finger auf sie.
»Nur einen Koffer!«, drohe ich ihr.
Sie verzieht sich kichernd in ihr Zimmer und lässt die Tür offen. Ihre Mutter gleitet mir in den Arm. Ich drücke wieder auf den Stein.
»Atmen.«
Sie atmet wieder tief durch. Wir küssen uns. Mein Herz wackelt kurz. Meine Güte, vielleicht verliebe ich mich ja. In Patrizia kann ich das ruhig; in Liebe verlieben ist safe.
Sie löst ihre Lippen und schaut mich dunkel an.
»Also, du holst uns hier ab, ja?«
Sie glaubt anscheinend immer noch nicht richtig daran, dass ich wiederkomme. Daran kann ich nur was ändern, indem

ich wiederkomme. Reden bringt es nicht, und darum brauche ich ihr jetzt auch nicht zu sagen, dass es mir mit ihr im Bett gefallen hat, obwohl wir mit dem Kopf statt mit Leidenschaft dabei waren. Sie hat die ganze Zeit verwundert zu mir hoch gestarrt, und ich habe ihre Mimik fasziniert verfolgt, bis die Mechanik unserer Bewegungen ein Lustgefühl wachrief, dem wir dann kurz und heftig nachgaben. Es war vermutlich der merkwürdigste Sex meines Lebens, aber jetzt, da der Bann gebrochen ist, wird es besser werden, denn wir passen ineinander und sie kann küssen. Sie kann einfach küssen. Und wenn wir uns küssen, denke ich nur an sie. Nur an sie.

Zur Sicherheit küsse ich sie noch mal. Und noch mal.

Als ich mich löse, lächelt sie, weil das Harte an ihrem Bauch jetzt von mir stammt. Doch dann verblasst ihr Lächeln.

»Sag ihr, es tut mir Leid. Oder sag ihr …«

Sie verstummt und sieht mich ratlos an. Genau.

Kapitel 57

Als ich den Schlüssel in die Haustür stecke, sehe ich durch die Glasscheibe Lena die Treppe herunterkommen. Als sie mich sieht, bleibt sie stehen, und wir mustern uns durch die Glasscheibe. Ich hebe die Hand. Sie geht die letzten Schritte und öffnet die Tür.

»Hey ...«

Sie nickt und schaut an mir vorbei. Ihre Augenränder sind dunkel.

»Ich bringe dich zum Bahnhof.«

»Bisschen viel Aufwand für einen One-Night-Stand«, sagt sie bitter.

»Das warst du zu keiner Sekunde ... Es war nicht so.«

Sie nickt und macht eine leichte Handbewegung.

»Ich weiß, tut mir Leid.«

»Also, ich bringe dich.«

Sie deutet hinter mich, wo ein Taxi vorfährt. Ich will ihr die Hand auf den Arm legen. Sie zieht den Arm weg.

»Bist du sauer auf mich?«

Sie senkt die Haarkante und atmet stoßartig aus.

»Sauer ... nein, ich bin wohl nicht sauer auf dich, ich bin nur ... etwas ... fertig.«

Ihre Stimme klingt verloren. Mir ist danach, sie zu umarmen, sie festzuhalten, aber ich weiß, wie falsch das wäre.

»Ich habe dir nichts vorgemacht.«

Während ich es sage, höre ich, wie beschissen herzlos das klingt.

»Ich weiß«, sagt sie.
»Ich habe dich nicht belogen.«
»Ich weiß.«
»Wenn du mir nicht so wichtig wärst, hätte ich es jetzt laufen lassen, aber so musste ich mich entscheiden. Es tut mir so Leid.«
»Hör *auf*!«, schreit sie.
Ihr Fluch bricht den Bann. Unter der Haarkante schießen Tränen hervor. Es ist, als wäre ein Staudamm gebrochen. Sie will an mir vorbei zum Taxi, aber ich ziehe sie an mich. Sie wehrt sich nicht. Zittert in meinen Armen. Ich halte sie fest. Sie wird weicher ... lehnt sich an mich ... klammert kurz ... um wieder auf Abstand zu gehen ... dann wird sie wieder weich.
Es ist nicht der erste Abschied, den der Taxifahrer erlebt, aber irgendwann wird es sogar für einen kölschen Jung zu viel.
»Jitt dat jetz noch eine?«
Ich werfe ihm einen Blick zu. Er verzieht sich in den Wagen. Sie weint leise an meiner Schulter, und während ich sie halte, spüre ich, wie sie mir fremder wird. Ohne die Hoffnung, ohne die Neugier kennen wir uns wirklich erst ein paar Augenblicke. Das Leben ist verrückt.
Sie löst sich mit gesenktem Kopf.
»Es tut mir Leid«, sage ich.
»Ist nicht deine Schuld, dass ich mich ...«
Sie bricht ab. Dann hebt sie die Haarkante und lässt mich die Wahrheit in ihren Augen sehen.
»Es tut mir so Leid«, sage ich.
Sie verzieht den Mund, nimmt ihre Tasche und steigt ins Taxi. Der Wagen fährt los, ohne dass sie noch mal zu mir rüberschaut. Der Fahrer tippt sich an die Stirn. Doch er irrt sich.

In der Wohnung rieche ich ihr Parfüm, und für einen Augenblick verfliegt meine Leichtigkeit. Da draußen weint eine von den Guten im Taxi, eine, die mir nur Gutes getan hat und nur Gutes wünscht. Wenn ich wüsste, wie ich ihr helfen könnte, irgendwie. Doch für all das, was sie jetzt braucht, bin ausgerechnet ich, der es ihr so sehr gönnt, der Falsche. Manchmal ist das Leben ein Arschloch. Doch manchmal gleichzeitig ein Schatz. Ich fliege mit Patrizia und dem Keks nach Mallorca. Dann mit Diana nach L.A. und anschließend einen Monat mit Niels nach Kuba.

Ich packe die Survivaltasche und ertappe mich ständig dabei, vor mich hin zu grinsen oder einfach so den Kopf zu schütteln. Lenas Trauer kann meine Freude nicht bremsen, und ich fühle mich dabei nicht mal schuldig. Offenbar entwickle ich mich.

Ich ziehe Stecker, tränke Blumen, werfe Kondome weg, beende einen Lebensabschnitt, starte einen neuen, und in mir ist nicht die geringste Unsicherheit, nicht der leiseste Zweifel. Wie *William Thacker* sagte: Surreal, aber sehr schön.

Meine letzte Handlung ist, ans Telefon zu gehen, als Diana anruft und mir überdreht den AB zutextet. Sie hat ihren Fan gestern noch angerufen und sie haben sich die ganze Nacht unterhalten. In dem Gespräch stellte sich heraus, dass er Diana gar nicht wiedererkannt hat, sondern ein Kaufhausdetektiv ist, der Yasna beim Klauen erwischt hat. Als er ihr zu ihrem Erziehungsberechtigten folgen wollte, hat er Diana gesehen und irgendwie den Faden verloren; wie kann man sich sonst erklären, dass er sich einen Einkaufswagen voll geladen und den ganzen Kram an der Kasse von seinem eigenen Geld bezahlt hat, nur um vor Diana nicht aufzufliegen? Er würde Diana sehr gern wiedersehen, und sie fragt mich, ob sie ihn heute noch auf einen Kaffee treffen soll. Ich sage: Mach! Sie lacht und klingt fast so glücklich wie ich.

Kapitel 58

Mal wieder Flughafen. Mal wieder Gepäckwagen. Als wir einchecken, spüre ich, wie mich jemand von der Seite mustert. Ich drehe den Kopf und sehe die Last-Month-Frau. Ich winke ihr zu. Muss ich anscheinend noch üben, denn sie tritt einen Schritt zurück und verschwindet in ihr Kämmerchen.

Yasna springt überdreht zwischen uns herum. Neben mir geht meine Partnerin. Ich bin es gewohnt, dass die Menschen, die uns zusammen sehen, uns für eine Familie halten, aber heute schauen sie anders. Normalerweise mustern Mütter Yasna, dann Patrizia, dann mich, die Väter mustern Patrizia, und die Kinder mustern Yasna, Patrizia, Yasna. Doch heute schauen uns alle an, als würden sie etwas spüren.

Patrizia hält sich dicht an meiner Seite. Sie ist richtig anhänglich, fast schon unterwürfig, so habe ich sie noch nie erlebt.

»Kaum lege ich dich flach, wirst du zum Kuscheltier, oder was?«

Für eine Sekunde flackern ihre Magnetaugen, ein kurzes Funkeln, doch dann senkt sie den Blick. Völlig verunsichert. Schon hart, wenn plötzlich alles so läuft, wie man es wollte.

In der Maschine bekommen wir eine Dreierreihe. Yasna will nicht wieder zwischen uns sitzen, also müssen wir uns so setzen, dass sie gleichzeitig neben uns beiden sitzen kann. Nachdem wir jede erdenkliche Konstellation ausbaldowert haben, beginnt sie zu quengeln. Patrizia streichelt sie. Ich

streichele sie. Der Schock muss sich auch bei ihr erst setzen. Vielleicht hat sich das Klauen damit schon erledigt.
Ich setze sie auf den Fensterplatz und schnalle sie an. Sie kriegt den Auftrag, Flugzeuge zu zählen. Ich lehne mich zurück, schnalle mich an, küsse die Wange ihrer Mutter und lege ihr eine Hand auf den Bauch. Steinhart. Yasna will meine Hand halten, Patrizia die andere auf dem Bauch behalten. Sie bekommen beide, was sie wollen. Wieso sollte es ihnen schlechter gehen als mir.
Die Maschine setzt sich in Bewegung. Ich lächele Patrizia an und nicke Richtung Fenster.
»Sag mir, was du siehst.«
Sie schaut raus und wieder zu mir.
»Ein Rollfeld.«
»Eine Startbahn.«
Es dauert einen Moment, dann zucken ihre Mundwinkel, und ein Lächeln beginnt sich über ihr Gesicht auszubreiten.
Ich streichele ihren Bauch.
»Atme, Baby, atme.«
Sie starrt mir in die Augen, sucht wieder alles nach einer Unsicherheit oder einem Missverständnis ab. Als sie ausreichend gesucht hat, macht ihr Gesicht etwas zwischen einem Lächeln und etwas anderem. Die Härte löst sich mit einem merkwürdigen Geräusch, als sie die angestaute Luft rauslässt und tief durchatmet. Unter meiner Hand fühle ich, wie Luft und vielleicht Erkenntnis in sie strömen und sie entspannen. Sie beginnt daran zu glauben, dass dieses Abenteuer hier gut ausgehen kann.
Die Motoren heulen auf. Wir starten.
Ein Kind, eine Frau und ein Mann.
Heben ab.

Glück ohne Fragen.
Fraglos Glück.

And the Oscar goes to …

An meine Leute.
Danke.

Für
… Liebe.
… Positivity.
… Hingabe.
… Aufmerksamkeit.
… Lachfalten.
… Klugheit.
… Rückendeckung.
… Kekse.

Und an dich.
Für die potenzielle Option.

And the lifetime achievement award goes to …

An alle Filmschaffenden.
Dieser Abspann ist für euch.
Keine lustigen Szenen, die ablenken.
Die Schrift nicht zu klein.
Keinen Trailer von der folgenden Sendung.
Und, das Ganze mal *exakt* so schnell, wie *ihr* wollt!

Der Oscar für das Lebenswerk geht an alle …

Autoren, Aufnahmeleiter, Beleuchter, Cutter, Caster, Cater, Fahrer, Feuerwerker, Geräuschemacher, Kameramenschen, Komponisten, Kulissenbauer, Kostümbildner, Motivsucher, Modellbauer, Maskenbildner, Produzenten, Producer, Produktionsleiter, Produktionsdesigner, Redakteure, Regisseure, Requisiteure, Schauspieler, Stylisten, Storyboarder, Stunt-Koordinatoren, Stuntleute, Synchronsprecher, Tontechniker, Tiertrainer.
Und …
alle Praktikanten, Hands, Statisten und sonstige Helfer.

Und einen Ehrenoscar für …

Alle Filmliebhaber.
Eure Kinobesuche und DVD-Käufe finanzieren meine Lieblingsdroge.
Danke.

»Birbæk hat ein sehr komisches Erzähltalent. Muss man einfach lesen.«

Elke Heidenreich

Michael Birbæk
WAS MICH
FERTIG MACHT, IST NICHT
DAS LEBEN, SONDERN
DIE TAGE DAZWISCHEN
Roman
240 Seiten
ISBN 978-3-404-15229-2

Tacheles hat ein Problem. Oder zwei. Das eine liebt er, aber sie ist seine beste Freundin. Das andere begehrt er, aber sie behandelt ihn wie einen One-Night-Stand. Es muss sich was ändern! Ein weiteres Problem ist seine Band. Sie tourt und tourt und trotzdem sind alle immer pleite. Es muss sich was ändern! Nur was? Schließlich kommen einem ständig neue Probleme dazwischen. Wie das mit seiner nymphomanischen Mitbewohnerin, seinem sprachlosen Freund, den Drogen, dem Hamster und den Nazis. Also gibt Tacheles erst mal Vollgas. Die Richtung wird sich schon finden. Und am bleibt die Frage: Wann gibt's endlich Sex auf Krankenschein?

Bastei Lübbe Taschenbuch

Was kommt nach dem Happy End vor dem Traualtar? Eine herrlich witzige, augenzwinkernde Komödie über »die Zeit danach«

Shari Low
HAPPY OHNE ENDE
Roman
Aus dem Englischen
von Sylvia Strasser
352 Seiten
ISBN 978-3-404-15577-4

Carly ist glücklich. Oh ja, das ist sie! Nachdem sie um die ganze Welt gereist ist, um all ihre Exfreunde auf Ehemann-Potenzial zu prüfen, hat sie den Richtigen am Ende gefunden: Mark. Er ist der wunderbarste Mann der Welt und sie haben geheiratet – und zwei entzückende Söhne bekommen. Und jetzt? Jetzt ist der Alltag eingekehrt, Mark arbeitet viel (zu viel!) und Carly bemüht sich um Dreifaltigkeit: Liebesgöttin, Supermami und Bestsellerautorin. Die Situation scheint Carly über den Kopf zu wachsen. Da beschließt sie, dass es Zeit für einen Tapetenwechsel ist …

Bastei Lübbe Taschenbuch

»Dave Barry ist der komischste Mann Amerikas.«

THE NEW YORK TIMES

Dave Barry
DAVE BARRY ERKLÄRT,
WAS EIN ECHTER KERL IST
Sachbuch
224 Seiten
ISBN 978-3-404-60579-8

Auf seine unnachahmlich witzige Art führt uns Dave Barry die Fein- und Grobheiten der Männer vor – und die Konsequenzen, die die Existenz der echten Kerle für die Welt hat. Kerle bringen ihren Kindern bei, wie man rülpst, schmeißen niemals alte Unterwäsche oder löchrige Pullover weg, und wissen, warum Moses vierzig Jahre durch die Wüste gezogen ist: weil er nicht nach dem Weg fragen wollte. Männer sind einfach sonderbar. Aber warum sind sie so? Hier erfahren wir endlich, warum Kerle alles auseinander nehmen, nichts ernst nehmen, nicht so hart im Nehmen sind – und warum Frauen trotzdem gut mit ihnen dran sind!

Bastei Lübbe Taschenbuch